VÍAS CRUZADAS

LOS | IMPERDIBLES

JAMES PATTERSON

VÍAS CRUZADAS

Traducción de Josep Escarré

DUOMO EDICIONES
Barcelona, 2016

Título original: *Cross Justice*

© 2015, James Patterson
© 2016, de esta edición: Antonio Vallardi Editore S.u.r.l., Milán
© 2016, de la traducción: Josep Escarré Reig

Todos los derechos reservados

Primera edición: junio de 2016
Duomo ediciones es un sello de Antonio Vallardi Editore S.u.r.l.
Av. del Príncep d'Astúries, 20. 3º B. Barcelona, 08012 (España)
www.duomoediciones.com

Gruppo Editoriale Mauri Spagnol S.p.A.
www.maurispagnol.it

ISBN: 978-84-16634-19-4
Código IBIC: FA
DL B 11027-2016

Diseño de interiores:
Agustí Estruga

Composición:
Grafime

Impresión:
Grafica Veneta S.p.A. di Trebaseleghe (PD)

Impreso en Italia

Prólogo

ME SIENTO GUAPA…

UNO

COCO DEJÓ EL CADÁVER sumergido en la bañera y entró en el enorme vestidor. Llevaba unas bragas de seda negra, unos guantes negros que le llegaban hasta los codos, y nada más. Sus entrenados ojos parpadearon y echaron un vistazo a la ropa informal: era de calidad, sin duda alguna, pero no era lo que Coco quería.

Vestidos de alta costura. Trajes de noche brillantes. El atractivo y el carácter seductor de la ropa elegante atraían a Coco como un imán atrae al hierro. Unos ojos expertos y unos hábiles dedos enguantados examinaron un vestido de color gris ratón con escote de barco de Christian Dior y luego un traje blanco de Gucci con la espalda al aire.

Coco pensó que los diseños eran magníficos, aunque la mano de obra no era tan precisa ni la ejecución todo lo firme que cabría esperar en vestidos cuyas etiquetas marcaban precios de diez mil dólares o más. Actualmente, incluso en sus modelos más lujosos, el arte de la confección estaba en crisis y las habilidades de antaño casi se habían perdido. Una lástima. Una vergüenza. Un ultraje, como habría dicho la madre de Coco, fallecida hacía ya mucho tiempo.

Aun así, ambos vestidos acabaron metidos en una funda de ropa, para más adelante.

Coco empujó más vestidos hacia un lado, buscando uno que impactara, que despertara una profunda emoción, ese que hacía exclamar: «¡Ohhh, sí! Éste es mi sueño. Mi fantasía. ¡Esto es lo que voy a ser esta noche!».

Un vestido de cóctel de Elie Saab puso fin a su búsqueda. Talla 6. Perfecto. De color índigo oscuro, de seda, sin mangas, muy escotado, con tiras en la espalda en forma de diamante, era espectacularmente retro... Finales de los años cincuenta y principios de los sesenta, sacado directamente del vestuario de *Mad Men*.

Estoy llamando al Sr. Draper; ya podéis empezar a babear.

Coco se echó a reír, aunque aquel vestido no tenía nada de gracioso. Era un vestido de leyenda, de esos que pueden silenciar todas las conversaciones en un restaurante con tres estrellas Michelin o en un salón de baile lleno de gente rica, poderosa y famosa; esa extraña clase de vestido que parecía tener su propio campo gravitatorio y que era capaz de despertar la lujuria en todos los hombres y la envidia en todas las mujeres en cien metros a la redonda.

Coco cogió el vestido, se dirigió a los espejos de cuerpo entero que había en el extremo más alejado del vestidor y se detuvo un momento frente a ellos para echarse un vistazo. Una buena estatura, una figura esbelta, la cara de una modelo de portada y la majestuosa actitud de una bailarina. Coco se fijó en sus ojos ovalados de color avellana y en sus juveniles caderas. Si el mundo no fuera tan cruel, aquella sensual criatura habría sido la estrella de todas las pasarelas, de París a Milán.

Por un momento, Coco se quedó mirando, con frustración, lo único que le había impedido llevar una vida de ensueño como glamurosa supermodelo. A pesar de la cinta que había pegado debajo de las bragas negras, seguía siendo evidente que Coco era un hombre.

DOS

CON CUIDADO DE NO ESTROPEAR EL MAQUILLAJE, Coco pasó el Elie Saab por su lisa cabeza calva y sus femeninos hombros, rezando para que la caída del vestido ocultara cualquier evidencia externa de su masculinidad.

Sus oraciones fueron escuchadas. Cuando Coco alisó la tela para que se aferrara a las caderas y a los muslos, incluso con la calva era, en apariencia, una mujer impresionante.

Coco encontró unas medias negras transparentes que llegaban hasta los muslos y se las puso con mucho cuidado, sensualmente, antes de dirigirse a las estanterías de zapatos que había al lado de los espejos. Dejó de contar cuando llegó a los doscientos pares.

¿Quién era Lisa? ¿La reencarnación de Imelda Marcos?

Se echó a reír y escogió un par de zapatos negros de tacón de aguja de Sergio Rossi. Le apretaban un poco en los dedos, pero, cuando se trataba de seguir la moda, una chica tenía que sacrificarse.

Después de apretar las correas de estilo gladiador y conseguir mantenerse en equilibrio, Coco salió del vestidor y entró en la gigantesca suite. Ignorando la exquisita decoración, fue directamente hacia el enorme joyero que había en el tocador.

Tras descartar varias piezas, encontró unos pendientes de perlas de Tahití y un collar a juego de Cartier que complementaban pero en ningún caso anulaban el vestido. Como solía decir su madre: *Concéntrate en lo importante, y luego adórnalo.*

Se puso las perlas y cogió la bolsa de Fendi que había dejado antes junto al tocador. Apartó el papel de seda, ignorando la camiseta tipo polo doblada, los vaqueros y los náuticos, y sacó una caja ovalada.

Coco quitó la tapa de la caja: dentro había una peluca. Tenía más de cincuenta años, pero estaba en perfecto estado. El pelo, abundante, era humano, y no estaba teñido; era de un color rubio ceniza. Cada hebra de cabello conservaba su brillo y su textura natural.

Se sentó en el tocador, se inclinó sobre la bolsa y encontró un poco de cinta adhesiva de doble cara. Con unas tijeras que había en un cajón, cortó la cinta en cuatro trozos de unos dos centímetros de longitud. Con los dientes, tiró de uno de los largos guantes negros.

Arrancó la tira de cada trozo de cinta y lanzó los papeles en la bolsa de Fendi. Luego fijó los trozos de cinta en su cráneo: uno en la coronilla, otro a unos seis centímetros del centro y uno más encima de cada oreja.

Después de volver a ponerse el guante, Coco sacó la peluca de la caja, se miró en el espejo y se la colocó en la cabeza, sobre los trozos de cinta. Impecable. Suspiró con satisfacción.

A los ojos de Coco, la peluca parecía tan impresionante como la primera vez que la había visto, décadas atrás. La había diseñado un maestro de París que había dividido el pelo por la mitad, lo había cortado por detrás y luego había ajustado la longitud para que, a ambos lados, los rizos fueran más largos. El cabello enmarcaba el rostro de Coco en una lágrima que terminaba justo debajo del perfil de la mandíbula y encima del collar de perlas.

Entusiasmado por el conjunto, Coco se retocó con el lápiz de labios y sonrió seductoramente a la mujer que lo contemplaba.

—Esta noche estás preciosa, querida –dijo, encantado–. Una obra de arte.

Guiñándole el ojo a su reflejo, Coco se levantó del tocador y se puso a cantar.

—«Me siento guapa, ¡oh, tan guapa! Me siento guapa y divertida y…»

Mientras cantaba, su experta mirada se posó de nuevo en el joyero, del que sacó varias prometedoras piezas con enormes esmeraldas. Las metió en la bolsa de Fendi y volvió al vestidor. Despejó un estante lleno de camisas de hombre almidonadas, que dejaron al descubierto una caja fuerte con teclado digital.

Coco tecleó el código de memoria y abrió la caja fuerte; se sintió satisfecho al ver que había diez fajos de billetes de cincuenta dólares. Los metió todos en la bolsa de Fendi, cerró la caja fuerte y puso la bolsa, con lo que había dentro, en la parte inferior de la funda para ropa, subió la cremallera y la cargó en el hombro.

Cuando salía del vestidor, Coco cogió un juego de llaves. Vio un bolso de mano de Badgley Mischka Alba negro y dorado, de forma geométrica, y lo sacó del estante. *¡Qué suerte!*

Metió las llaves dentro.

Cuando entró en la suite, dudó, entró de nuevo en el cuarto de baño, cuyo tamaño era el de una casa pequeña, y gritó:

–¡Lisa, querida, me temo que ya es hora de que me vaya!

Coco inclinó la cabeza sobre su hombro izquierdo y miró atentamente y con tristeza a la mujer morena que había en la bañera. Los ojos sin vida de color turquesa de Lisa estaban fuera de sus órbitas y sus labios inyectados de colágeno se habían ensanchado, como si su mandíbula se hubiera fundido cuando la radio Bose, que estaba enchufada, entró en contacto con el agua de la bañera. Era increíble que actualmente, con tecnologías tan sofisticadas, disyuntores y todo eso, la electricidad y el agua de una bañera aún pudieran producir una descarga tan fuerte que fuera capaz de parar un corazón.

–Debo reconocer, amiga mía, que tenías mucho mejor gusto del que creía –le dijo Coco al cadáver–. Pensándolo bien, después de haber hecho un breve inventario de tu guardarropa, veo que tenías dinero y que lo gastabas razonablemente bien. Y, desde el fondo de mi corazón, debo decir que eres guapa incluso estando muerta. ¡Maravillosa, querida! Maravillosa.

Le lanzó un beso, se dio la vuelta y salió del baño.

Coco se movió con seguridad por la mansión y bajó por la escalera de caracol hasta el vestíbulo. Era tarde, casi había anochecido; la puesta de sol en Florida proyectaba un brillo dorado a través de las ventanas, iluminando una pintura al óleo en la pared del fondo.

Coco pensó que el artista había plasmado a Lisa en todo su esplendor, representándola en el apogeo de su poderosa feminidad, su elegancia y su madurez. Nadie podría cambiar eso. Jamás. A partir de aquel día, Lisa sería la mujer del cuadro y no el cuerpo sin vida que estaba arriba.

Salió por la puerta principal a la rotonda que había frente a la casa. Era finales de junio y tierra adentro el calor era insoportable. Sin embargo, allí, tan cerca del océano, soplaba la brisa y el aire resultaba muy agradable.

Coco avanzó por el camino de entrada, junto a los jardines perfectamente cuidados de Lisa, llenos de exuberantes colores tropicales y perfumados con florecientes orquídeas. Los loros salvajes se carcajearon en las perchas instaladas en las palmeras cuando pulsó el botón de la verja y ésta se abrió.

Caminó una manzana por una calle de césped muy bien cuidado y bonitas casas, deleitándose con el repiqueteo de los tacones de aguja en la acera y el roce del vestido de seda contra sus muslos.

Un coche deportivo antiguo y poco común, un Aston Martin DB5 descapotable de color verde oscuro, estaba aparcado allí. Aquel Aston había conocido tiempos mejores y había que arreglarlo, pero a Coco seguía gustándole, igual que a un niño miedoso le gusta y necesita su manta favorita hasta que acaba hecha jirones.

Se subió al biplaza, dejó la bolsa en el asiento del pasajero e introdujo la llave en el contacto. El vehículo rugió con fuerza. Después de bajar la capota, metió la marcha y se perdió entre las luces del tráfico nocturno.

«Hoy estoy guapa –pensó Coco–. Y hace una noche espectacular en mi paraíso, Palm Beach. El amor y las oportunidades están ahí. Puedo sentir cómo vienen hacia mí. Como me decía siempre mi madre, si una chica tiene clase, amor y una pequeña oportunidad en la vida, lo demás no importa.»

Primera parte

STARKSVILLE

CAPÍTULO
1

CUANDO VI LA SEÑAL DE TRÁFICO indicando que faltaban dieciséis kilómetros para llegar a Starksville, Carolina del Norte, mi respiración se volvió pesada, los latidos de mi corazón se aceleraron y una sensación irracionalmente sombría y agobiante se apoderó de mí.

Bree, mi mujer, iba sentada en el asiento del pasajero de nuestro Ford Explorer y debió de notarlo.

–¿Estás bien, Alex? –me preguntó.

Tratando de no hacer caso de esa sensación, dije:

–Thomas Wolfe, un gran novelista de Carolina del Norte, dijo que no se puede volver a casa. Me pregunto si será verdad.

–¿Por qué no podemos volver a casa, papá? –me preguntó desde el asiento de atrás mi hijo Alex, de casi siete años.

–Es sólo una forma de hablar –le aclaré–. Si creces en una ciudad pequeña y luego te trasladas a una gran ciudad, las cosas nunca son lo mismo cuando vuelves. Eso es todo.

–Ah –dijo Ali, concentrándose de nuevo en el juego de su iPad.

Mi hija Jannie, de quince años, que había permanecido en silencio durante la mayor parte del largo viaje desde Washington D.C., me dijo:

–¿Nunca has vuelto, papá? ¿Ni siquiera una vez?

–No –contesté mirando por el espejo retrovisor–. No desde… ¿Cuánto tiempo hace, Nana?

–Treinta y cinco años –dijo mi diminuta abuela de noventa y tantos años, Regina Cross. Iba sentada en el asiento trasero, entre mis dos hijos, haciendo un esfuerzo por mirar el paisaje–. Nos hemos mantenido en contacto con la extensa familia, pero nunca era un buen momento para volver.

–Hasta ahora –dijo Bree. Podía sentir su mirada posada en mí.

Mi mujer y yo somos detectives de la policía metropolitana de Washington D.C., y sabía que estaba siendo examinado por una profesional.

Sin ganas de retomar la «discusión» que habíamos tenido durante los últimos días, dije, con firmeza:

–El capitán nos ordenó tomarnos unos días libres para viajar, y la sangre tira.

–Podríamos haber ido a la playa. –Bree lanzó un suspiro–. A Jamaica, otra vez.

–Me gusta Jamaica –dijo Ali.

–Pero vamos a la montaña –dije.

–¿Cuánto tiempo vamos a quedarnos? –preguntó Jannie en tono de queja.

–El tiempo que dure el juicio de mi primo –le contesté.

–¡Eso podría ser algo así como un mes! –exclamó.

–Probablemente no –le dije–. Pero es posible.

–Por Dios, papá, ¿cómo quieres que esté mínimamente en forma para la temporada de otoño?

Mi hija, una corredora con talento, se había convertido en una obsesa de sus entrenamientos desde que ganó una carrera importante a principios de verano.

–Entrenarás dos veces por semana con un equipo de la Unión Atlética Amateur en Raleigh –le dije–. Van a la pista del instituto para entrenar a cierta altitud. Tu entrenador dijo que sería bueno para ti correr a cierta altitud, de modo que, por favor, olvídate de tus entrenamientos. Lo tenemos controlado.

–¿A qué *actitud* está Starksville? –preguntó Ali.

–Altitud –le corrigió Nana Mama, que había sido profesora de inglés y subdirectora de instituto–. Significa la altura a la que está algo sobre el nivel del mar.

–Estaremos por lo menos a unos seiscientos metros sobre el nivel del mar –le dije, y a continuación señalé en dirección a las vagas siluetas de unas montañas–. Allí, detrás de aquellas crestas.

Jannie se calló unos instantes y luego preguntó:

–¿Stefan es inocente?

Pensé en los cargos. Stefan Tate era profesor de gimnasia y había sido acusado de torturar y matar a Rashawn Turnbull, un muchacho de trece años de edad. También era el hijo de la hermana de mi difunta madre y...

–¿Papá? –me dijo Ali–. ¿Es inocente?

–Scootchie cree que sí –le respondí.

–Scootchie me cae bien –dijo Jannie.

–A mí también –le dije, mirando a Bree–. Por eso, si me llama, yo voy.

Naomi «Scootchie» Cross es la hija de mi difunto hermano Aaron. Hace unos años, cuando Naomi estaba en la Facultad de Derecho, en la Universidad de Duke, la secuestró un sádico asesino que se hacía llamar Casanova. Tuve la suerte suficiente como para dar con ella y rescatarla, y aquella terrible experiencia forjó un vínculo entre nosotros que nunca se rompió.

Pasamos junto a un estrecho campo de maíz a nuestra derecha y un pinar a nuestra izquierda.

En un rincón de mi memoria, reconocí aquel lugar y me sentí mareado, porque sabía que en la otra punta del campo de maíz habría una señal dándome la bienvenida a una ciudad que me había roto el corazón, un lugar que me había pasado la vida tratando de olvidar.

CAPÍTULO
2

RECORDABA QUE LA SEÑAL que marcaba los límites de mi agitada infancia era de madera y estaba descolorida y envuelta en kudzu. Sin embargo, ahora estaba grabada en metal, era bastante nueva y junto a ella no crecían las malas hierbas.

BIENVENIDOS A STARKSVILLE, CN
POBLACIÓN 21.010

Después de la señal pasamos junto a dos fábricas cercadas por un muro de ladrillos que llevaban mucho tiempo abandonadas. Sin ventanas y a punto de derrumbarse, alrededor de las desmoronadas estructuras había vallas metálicas de las que colgaban carteles declarando los edificios en ruinas. En un rincón de mi cerebro recordé que, en otros tiempos, en la primera fábrica hacían zapatos y en la segunda, sábanas. Lo sabía porque mi madre había trabajado en la de sábanas cuando yo era un niño, antes de que sucumbiera a los cigarrillos, el alcohol, las drogas y, finalmente, al cáncer de pulmón.

Miré por el espejo retrovisor y, por su rostro contraído, vi que a mi abuela también la asaltaban los recuerdos de mi madre, su nuera, y probablemente también los de su hijo, mi difunto padre. Pasamos junto a un centro comercial de mala muerte que yo no recordaba y luego junto a la estructura abandonada de un supermercado Piggly Wiggly del que me acordaba muy bien.

—Cuando mi madre me daba una moneda de cinco centavos, entraba ahí para comprarme golosinas o un Mr. Pibb —dije, señalando el edificio.

—¿Una moneda de cinco centavos? —dijo Ali—. ¿Podías comprar golosinas con cinco centavos?

—En mis tiempos eso era un penique, jovencito —le dijo Nana Mama.

—¿Qué es un Mr. Pibb? —preguntó Bree, que se había criado en Chicago.

—Un refresco —le dije—. Creo que es zumo de ciruelas con gas.

—Eso es asqueroso —dijo Jannie.

—No, en realidad está bueno —le dije—. Es parecido a un Dr. Pepper. A mi madre le gustaba. Y a mi padre también. ¿Te acuerdas, Nana?

—¿Cómo podría olvidarlo?

Mi abuela lanzó un suspiro.

—¿Os dais cuenta de que ninguno de los dos utiliza nunca sus nombres? —dijo Bree.

—Christina y Jason —dijo Nana Mama, en voz baja. Volví a mirarla por el retrovisor y vi lo triste que se había puesto de repente.

—¿Cómo eran? —preguntó Ali, sin apartar la vista de su iPad.

Por primera vez en décadas, sentí el dolor y la tristeza por la pérdida de mis padres. Permanecí en silencio. Sin embargo, mi abuela dijo:

—Eran dos almas hermosas y afligidas, Ali.

—Está a punto de pasar un tren, Alex —me dijo Bree.

Aparté los ojos del retrovisor y vi las luces parpadeando y las barreras bajando. Reduje la velocidad hasta detenernos detrás de dos coches y una camioneta y vimos los vagones de un tren de mercancías que avanzaban lentamente y retumbaban al pasar.

Me vi a mí mismo —¿con ocho, nueve años?— corriendo junto a esas mismas vías por donde cruzaban un bosque que estaba cerca de mi casa. Era una noche lluviosa y, por alguna razón, yo estaba muy asustado. *¿A qué se debía?*

—¡Mirad a esos tipos del tren! —exclamó Ali, interrumpiendo mis pensamientos.

Dos chicos viajaban en uno de los vagones; uno era afroamericano y el otro caucásico, ambos jóvenes, de veintipocos años. Cuando se estaban acercando al paso a nivel, se sentaron, con las piernas colgando por la parte delantera del vagón, como si se estuvieran preparando para un largo viaje.

—A los hombres que viajaban así en tren los llamábamos vagabundos —dijo Nana Mama.

—Visten demasiado bien para ser vagabundos —dijo Bree.

Cuando el vagón en el que viajaban aquellos chicos cruzó el paso a nivel, comprendí a qué se refería Bree. Llevaban gorras de béisbol con las viseras hacia atrás, gafas de sol, auriculares, bermudas, camisetas negras y unas brillantes zapatillas de deporte de caña alta. Parecían haber reconocido a alguien en el coche que estaba delante del nuestro, y ambos saludaron levantando tres dedos. De la ventanilla del conductor del coche emergió un brazo que les devolvió el saludo.

Y entonces los chicos desaparecieron de nuestra vista y poco después también el furgón de cola, en dirección al norte. Las barreras se levantaron. Las luces dejaron de parpadear. Cruzamos las vías. Los dos coches giraron a la derecha y tuve que frenar para dejar que la camioneta girara a la izquierda, siguiendo una señal que rezaba: FERTILIZANTES CAINE CO.

–¡Puf! –exclamó Ali–. ¿Qué es ese olor?

A mí también me llegó.

–Urea –dije.

–¿Te refieres a lo que hay en el pis? –me preguntó Jannie, con cara de asco.

–Pis de animales –dije–. Y probablemente también caca de animales.

–¡Dios! ¿Qué estamos haciendo aquí? –dijo Jannie, lanzando un gemido.

–¿Dónde vamos a quedarnos? –preguntó Ali.

–Naomi se ha ocupado de todo –contestó Bree–. Sólo rezo para que haya aire acondicionado. Estamos a treinta y dos grados, y si vamos a favor del viento, ese olor…

–La temperatura es de veintiséis grados –dije, mirando el tablero–. Ahora estamos a más altura.

Seguí conduciendo por instinto. Aunque no recordaba los nombres de las calles, de alguna forma sabía llegar al centro de Starksville como si hubiese estado allí el día anterior y no treinta y cinco años antes.

El centro de la ciudad se había construido a principios del siglo XIX en torno a una plaza rectangular en la que ahora había una estatua del coronel Francis Stark, un héroe local de la Confederación, hijo del homónimo fundador de la ciudad. Starksville debió de ser un lugar que podría describirse como pintoresco. Muchos de los edificios eran antiguos, algunos anteriores a la guerra de Secesión y otros con fachadas de ladrillo, como las fábricas de las afueras.

Sin embargo, la crisis económica había golpeado Starksville. Por cada establecimiento que estaba abierto aquel jueves –una enorme tienda de ropa, una librería, una casa de empeños, una armería y dos licorerías–, había dos que estaban vacíos, con los escaparates pintados de blanco. Había carteles de «Se vende» por todas partes.

–Me acuerdo de cuando Starksville no era un lugar tan malo donde vivir, incluso *con* las leyes de Jim Crow –dijo Nana Mama con nostalgia.

–¿Qué son las leyes de Crow? –preguntó Ali, arrugando la nariz.

–Había leyes contra la gente como nosotros –contestó ella, y luego señaló con un huesudo dedo una farmacia cerrada y un bar llamado Lords–. Recuerdo que allí mismo había carteles que decían: «Prohibida la entrada a los negros».

–¿Fue el doctor King quien los quitó? –preguntó mi hijo.

–En última instancia, él fue el responsable –dije–. Pero, que yo sepa, nunca llegó a...

–¡Eh, ahí está Scootchie! –gritó Jannie.

CAPÍTULO

3

MI SOBRINA ESTABA EN LA ACERA, delante del tribunal del condado, discutiendo con un hombre afroamericano de aspecto serio vestido con un traje gris de corte muy elegante. Naomi llevaba una falda azul marino y una chaqueta; apretaba un archivo de acordeón de color marrón y tamaño oficio contra el pecho mientras sacudía firmemente la cabeza.

Detuve el coche y aparqué.

–Parece ocupada. ¿Por qué no esperáis aquí? Le preguntaré la dirección del sitio donde vamos a quedarnos.

Bajé del coche. Hacía lo que en Washington D.C. se consideraría un maravilloso día de verano. La humedad era sorprendentemente baja y soplaba una brisa que arrastraba la voz de mi sobrina.

–Matt, ¿vas a discutir cada uno de mis movimientos? –preguntó Naomi.

–Por supuesto que sí –dijo él–. Es mi trabajo, ¿recuerdas?

–Tu trabajo debería ser descubrir la verdad –le espetó ella.

–Creo que todos sabemos la verdad –respondió él, que, acto seguido, me miró por encima del hombro de Naomi.

–¿Naomi? –la llamé.

Ella se dio la vuelta y, al verme, su postura se relajó.

–¡Alex!

Sonriendo, se acercó trotando hasta mí, me rodeó con los brazos y, en voz baja, me dijo:

–Gracias a Dios que estás aquí. Esta ciudad me está volviendo loca.

–He venido en cuanto he podido –le dije–. ¿Dónde está Stefan?

–Sigue en la cárcel –contestó –. El juez no ha querido fijar ninguna fianza.

Matt estaba estudiándonos –o, mejor dicho, estaba estudiándome a mí– atentamente.

–¿Tu amigo es el fiscal del distrito? –le pregunté a Naomi, en voz baja.

–Voy a presentarte –dijo ella–. Ponle nervioso.

–Eso está hecho –dije.

Naomi me llevó hasta él.

–Ayudante de la fiscal del condado Matthew Brady, éste es mi tío y primo de Stefan, el doctor Alex Cross, ex agente de la Unidad de Ciencias del Comportamiento del FBI y actualmente investigador especial de la policía metropolitana de Washington D.C..

Si Brady estaba impresionado, no lo demostró. Me dio la mano con poco entusiasmo.

–¿Y por qué está aquí exactamente?

–Mi familia y yo hemos atravesado momentos difíciles últimamente. Hemos venido para descansar un poco, relajarnos, visitar el lugar donde nací y darle un poco de apoyo moral a mi primo –le dije.

–Bueno. –Brady resopló y miró a Naomi–. Creo que deberías pensar en llegar a un acuerdo con la fiscal si queréis darle apoyo moral al señor Tate.

Naomi sonrió.

–Puedes meterte esa idea por donde te quepa.

Brady sonrió cordialmente y levantó las manos con las palmas hacia fuera.

–Tú verás, pero, a mi modo de ver, Naomi, si llegas a un acuerdo, tu cliente se pasará la vida entre rejas. Pero si vas a juicio, lo más seguro es que la sentencia sea pena de muerte.

–Adiós –le dijo Naomi tranquilamente, tomándome del brazo–. Tenemos que irnos.

–Encantado de conocerle –le dije.

–Lo mismo digo, doctor Cross –me contestó Brady, y se fue.

–Un tipo bastante frío –le dije a Naomi cuando Brady ya no podía oírnos y nos dirigíamos a mi coche.

–Se ha vuelto así desde la Facultad de Derecho –dijo Naomi.

–¿Hubo algo entre vosotros?

–No, sólo éramos compañeros de clase –me explicó Naomi, que chilló de alegría cuando Jannie abrió la puerta del Explorer y salió del coche.

Al cabo de un momento, todo el mundo estaba en la acera abrazando a Naomi, que no podía creer lo alta y fuerte que estaba Jannie. Se le llenaron los ojos de lágrimas cuando mi abuela le dio un beso.

–Para usted no pasan los años, Nana –le dijo Naomi

con asombro–. ¿Acaso tiene un cuadro en el desván que muestre su verdadera edad?

–El retrato de Regina Cross –dijo Nana Mama, riéndose.

–Es genial volver a veros a todos –dijo Naomi. Luego puso cara larga–. Sólo desearía que fuera en otras circunstancias.

–Vamos a descubrir la verdad, Stefan saldrá en libertad y disfrutaremos de unas merecidas vacaciones –dijo mi mujer.

Naomi puso una cara aún más larga.

–Eso es más fácil decirlo que hacerlo, Bree. Sé que las tías están esperándonos. ¿Por qué no me seguís?

–¿Puedo ir contigo, Scootchie? –preguntó Jannie.

–Por supuesto –contestó Naomi. Señaló el otro lado de la calle–: Mi coche es ese Chevy rojo.

Nos alejamos del centro y nos dirigimos a unos barrios más residenciales y llenos de contrastes. Algunas casas estaban casi en ruinas y otras recién pintadas. Y la gente que se veía por las calles iba muy desaliñada o vestía a la última moda.

Vimos el viejo puente con arcos que se extendía sobre la garganta del río Stark. Las paredes de granito de la garganta tenían altura de seis pisos y flanqueaban el río, que bajaba con fuerza y revuelto sobre enormes rocas. Ali vio que había kayakistas en las aguas bravas.

–¿Puedo hacer eso? –preguntó.

–Ni hablar –le contestó Nana Mama, con firmeza.

–¿Por qué no?

–Porque ese desfiladero es mortal –le explicó–. Hay muchas corrientes traicioneras, troncos y lechos de rocas bajo esas aguas. Si te atrapan, ya no te sueltan. Cuando era pequeña, me enteré de que al menos cinco niños murieron allí, incluido mi hermano menor. Nunca encontraron sus cuerpos.

–¿De verdad? –preguntó Ali.

–De verdad –le dijo Nana Mama.

Naomi siguió recto por el puente. Las vías del tren reaparecieron en Birney, un barrio muy deteriorado de la ciudad. La mayoría de las casas adosadas de las calles de Birney necesitaban urgentemente una reforma. Los niños jugaban en los patios delanteros de arcilla roja. Los perros ladraban al vernos pasar. Las gallinas y las cabras vagaban por la calle. Y los adultos que estaban sentados en las escaleras de la entrada nos miraban con desconfianza, como si conocieran a todos los que venían a la zona más degradada de Starksville y supieran que éramos forasteros.

La sensación de agobio que había sentido al ver la señal que indicaba la ciudad se apoderó nuevamente de mí y se hizo casi insoportable cuando Naomi giró por Loupe Street, una calle llena de grietas y baches que terminaba en un callejón sin salida frente a las tres únicas casas del barrio que parecían bien conservadas. Las tres eran idénticas y la pintura parecía reciente. Cada una de ellas tenía una valla baja de color verde alrededor de un césped que había sido regado y parterres de flores junto a un porche acristalado.

Aparqué detrás de Naomi y vacilé en mi asiento cuando mi mujer y mi hijo bajaron del coche. Nana Mama tampoco tenía ninguna prisa; vi la sombría expresión de su rostro por el retrovisor.

–¿Alex? –me dijo Bree, mirando a través de la puerta del pasajero.

–Ya voy –le dije.

Me bajé y ayudé a mi abuela a salir.

Rodeamos el coche lentamente y luego nos detuvimos, mirando la casa más cercana como si en ella hubiera fantasmas, algo que para los dos era cierto.

–¿Has estado antes aquí, papá? –me preguntó Ali.

Solté el aire despacio, asentí y le dije:

–Ésta es la casa donde se crió papá, hijo.

CAPÍTULO

4

—¡DIOS MÍO! ¿ERES TÚ, TÍA REGINA? —gritó una mujer antes de que Ali o cualquier otro miembro de la familia pudiera decir nada.

Aparté la vista de la casa donde había pasado mi niñez y vi a una mujer que, como un caballo desbocado, ataviada con un vestido de estilo hawaiano con un estampado de flores rojo y unas brillantes playeras de color verde, salía corriendo del porche de la casa de al lado. Sonreía enseñando todos los dientes y movía las manos por encima de la cabeza, como si estuviera en una de esas carpas donde se profesaban religiones de otros tiempos.

—¿Connie Lou? —exclamó Nana Mama—. Señorita, ¡creo que ha adelgazado usted desde que vino a verme hace dos veranos!

Connie Lou Parks era la viuda del hermano de mi madre. La tía Connie *había* perdido peso desde que la habíamos visto por última vez, pero seguía teniendo la constitución de un jugador de fútbol americano. Sin embargo, al oír el cumplido de mi abuela, su corpachón empezó a temblar de satisfacción y rodeó a Nana

36

Mama con sus brazos mientras le daba un sonoro beso en la mejilla.

–¡Dios mío, Connie! –exclamó Nana Mama–. No es necesario que babees.

Mi tía pensó que el comentario era hilarante y volvió a besarla.

Mi abuela la detuvo con una pregunta:

–¿Cómo has perdido peso?

–Seguí la dieta de la mujer de las cavernas y empecé a andar todos los días –explicó con orgullo la tía Connie, y se echó a reír otra vez–. He perdido veintidós kilos, y los controles de mi diabetes han mejorado mucho. Alex Cross, ¡ven aquí ahora mismo! ¡Dame un achuchón!

Extendió los brazos y me dio un abrazo de oso. Luego me miró con las lágrimas asomando a sus ojos.

–Gracias por venir a echarle una mano a Stefan. Significa mucho para nosotros.

–Faltaría más. No tuve que pensármelo dos veces –le dije.

–Pues claro que lo hiciste, y es comprensible –me dijo con toda naturalidad; luego abrazó a Bree y a los niños, diciendo maravillas de ambos. Nana Mama decía que la tía Connie trataba a la gente como si la conociera de siempre. Y mi abuela estaba en lo cierto. Todos mis recuerdos de ella estaban llenos de sonrisas y de risas contagiosas.

Después de los saludos, la tía Connie me miró y señaló la casa con un gesto de la cabeza.

–¿Te parece bien que os quedéis aquí? Todo ha sido reformado. No reconocerás ni un solo rincón.

Vacilante, le dije:

–¿Ahora no vive nadie en la casa?

–Mi Karen y su familia, pero ahora están en la costa del golfo de México. Pasarán allí el resto del verano, cuidando de la madre de Pete, que está bastante enferma. He hablado con ellos y quieren que te quedes siempre que no te sientas incómodo.

Miré a Bree y me di cuenta de que estaba pensando si pagar varias semanas de hotel o alojarse allí gratis.

–No me siento incómodo –le dije.

La tía Connie sonrió y me dio un abrazo.

–Muy bien. Os ayudaremos a instalaros en cuanto hayáis comido. ¿Quién tiene hambre?

–Yo –dijo Ali.

–Hattie está preparándolo todo en su casa –dijo Connie Lou–. Primero buscaremos un lugar donde podáis asearos y luego nos pondremos al día.

Mi tía era una fuerza de la naturaleza tal que Ali, Jannie y Naomi fueron tras ella en cuanto se fue. Bree le tendió una mano a Nana Mama para ayudarla y me miró, expectante.

–Estaré bien –le dije–. Pero creo que primero debo entrar ahí yo solo.

Me pareció que mi mujer no me había entendido. Evidentemente, había muchas cosas sobre mi niñez que no le había contado, porque, en realidad, mi vida empezó el día que Nana Mama nos acogió a mis hermanos y a mí.

–Haz lo que tengas que hacer –me dijo Bree.

Mirándome serenamente, mi abuela me dijo:

–No tuviste nada que ver con lo ocurrido, ¿me oyes? Fue algo que no podías controlar, Alex Cross.

Nana Mama solía hablarme así durante los primeros años que viví con ella, enseñándome a distanciarme de la autodestrucción de los demás y enseñándome que podía haber un camino mejor para seguir.

–Lo sé, Nana –le dije, y abrí la puerta.

Al entrar en el porche, sin embargo, me sentí extraño y desconectado como nunca me había sentido en mi vida. Era como si fuera dos personas a la vez: un hombre que era un detective competente, un marido enamorado y un buen padre que se dirigía a una pequeña y tranquila casa en el sur, y un niño inseguro y miedoso de ocho años entrando en una casa que podía llenarse de música, amor y alegría o, con la misma facilidad, de gritos, confusión y locura.

LA TÍA CONNIE TENÍA RAZÓN. No reconocí el lugar.

En algún momento de las últimas décadas, lo habían destripado, y la distribución de la casa había cambiado por completo. El porche era la única parte que fui capaz de reconocer. El zaguán donde solíamos dejar los zapatos había desaparecido. Y también la media pared que separaba la cocina de la sala de estar, donde mis hermanos Charlie, Blake, Aaron y yo acostumbrábamos a jugar y a ver la televisión cuando teníamos una que funcionaba.

El mobiliario nuevo era agradable, y la televisión de pantalla plana enorme. La cocina también tenía muebles, fogones, nevera y lavavajillas nuevos. Había más ventanas, y el lugar oscuro donde comíamos, con una deprimente mesa de formica, era ahora un sitio luminoso y alegre con una barra de desayuno incorporada.

Estando allí, de pie, casi pude ver a mi madre en una de sus mejores mañanas, vestida con una bata raída pero resplandeciente como una reina de la belleza, fumándose un Kent con filtro mientras nos preparaba gofres con huevos fritos y cantando con Sam Cooke la canción que la WAAA 980 AM emitía desde Winston-Salem.

… ha tardado mucho tiempo, pero sé que un cambio está por llegar…

Era su canción favorita, y tenía una increíble y rasposa voz de góspel que había cultivado en la iglesia baptista de su padre. Al oír cantar a mi madre en mi cabeza mientras estaba en la cocina donde ella solía cantarnos sentí que me ahogaba. Luego me eché a llorar.

Nunca hubiera imaginado que podría ocurrir.

Supongo que llevaba tanto tiempo escondiendo a mi madre en una de esas cajas que mantengo encerradas en mi mente que pensé que hacía ya mucho tiempo que había superado la tragedia de su vida. Pero, obviamente, no era así. Era una mujer inteligente, sensible y muy divertida. Le había sido concedido el don de la palabra y el de la música. Era capaz de inventarse canciones en un santiamén, y en las raras ocasiones en que la vi cantando en la iglesia, juro que era como si estuviera poseída por un ángel.

Sin embargo, había otros momentos, demasiados, en que los demonios se apoderaban de ella. Cuando tenía doce años, vio cómo su padre se suicidó delante de ella, y eso la dejó emocionalmente marcada el resto de su corta existencia. Encontró consuelo en el vodka y la heroína, y los últimos años de su vida apenas la recuerdo completamente sobria.

He dicho que los demonios se apoderaban de ella, pero, en realidad, eran los enconados recuerdos de su mente enturbiada por las drogas y el alcohol lo que creaba el monstruo que a veces la mantenía despierta de madrugada. Desde nuestras camas la oíamos llorando o gritando a su difunto padre. Esas noches se ponía violenta, rompía cosas y maldecía a Dios y también a todos nosotros.

Los niños de una familia con un adicto juegan diferentes papeles y se enfrentan al problema de diferentes maneras. Mis hermanos se encerraban en sí mismos cuando mi madre consumía y era un peligro para nosotros. Mi misión era impedir que se hiciera daño y, luego, levantarla del suelo y acostarla. En el lenguaje de la recuperación, he interpretado los papeles de héroe y cuidador.

Estando allí, de pie, recordando todos esos momentos que había tratado de olvidar, vi claramente que mi madre me había creado, y no sólo físicamente. Desde muy temprana edad tuve que enfrentarme al caos y a gente caótica, y para sobrevivir tuve que tragarme mis miedos y obligarme a comprender y a tratar con mentes enfermas. Esas habilidades que tantos esfuerzos me costaron me habían conducido inevitablemente a mi vocación, a la Universidad Johns Hopkins para doctorarme en Psicología y luego a ser policía. Y por esas y otras razones, me di cuenta de que, a pesar de la locura y la pérdida, le estaba agradecido a mi madre y me sentía afortunado de ser su hijo.

Mientras me secaba las lágrimas salí de la cocina y avancé por el pasillo que conducía a los dormitorios. Cuando era niño, la casa sólo tenía dos y un mísero baño. Recientemente, habían añadido otro. La enorme habitación donde dormíamos mis hermanos y yo se había dividido en dos. Ahora en ambas había literas.

Mirando hacia mi lejano pasado, ajeno a cualquier ruido, me acordé de mi padre en una de sus mejores noches; estaba sobrio y divertido, y nos hablaba a mis hermanos y a mí del viaje que haríamos para ir a escuchar jazz a Bourbon Street, en Nueva Orleans.

«Hay que tener sueños, muchachos –decía siempre antes de apagar las luces–. Hay que tener sueños y debéis...»

–¡Quieto! –gritó un hombre–. ¡Las manos arriba, donde pueda verlas!

Me asusté, pero levanté las manos, mirando por encima del hombro y retrocediendo por el pasillo hasta la cocina. Dos hombres vestidos de paisano con insignias de la policía colgando del cuello me apuntaban con sendas pistolas.

6

—¡DE RODILLAS! —GRUÑÓ el más alto y más joven de los dos policías, un afroamericano flaco y fibroso de treinta y pocos años.

El otro policía de paisano era caucásico, de unos cincuenta y tantos años, un tipo pálido, con la cara picada por la viruela, el pelo teñido de castaño y expresión sombría.

—¿Qué está ocurriendo? —pregunté, sin moverme—. ¿Detectives?

—Ha irrumpido en casa de un buen amigo mío —me dijo el policía afroamericano.

—Esta casa pertenece a Connie Lou Parks, mi tía, que es quien me ha dejado entrar y la tiene alquilada a su hija, mi prima Karen, y, supongo, que a su amigo Pete —le dije—. Viví aquí cuando era pequeño y, por cierto, yo también soy policía.

—Seguro que sí —me dijo el policía de más edad.

—¿Puedo enseñarle mi credencial?

—Con cuidado —me contestó.

Extendí la mano para abrirme la chaqueta, dejando al descubierto la funda de la pistola que llevaba colgada del hombro.

–¡Lleva un arma! –gritó el oficial afroamericano, doblando el cuerpo en posición de ataque.

Estaba seguro de que me iban a disparar si intentaba sacar mi identificación, de modo que retiré la mano y dije:

–Por supuesto que llevo un arma. Soy detective de homicidios del departamento de policía de Washington D.C. De hecho, llevo dos armas encima. Además de la Glock del calibre 40, llevo una pequeña Ruger LC9 de 9 milímetros en el tobillo derecho.

–¿Nombre? –me preguntó el policía de más edad.

–Alex Cross. ¿Y ustedes?

–Detectives Frost y Carmichael. Yo soy Frost –dijo, mientras él y su compañero se erguían–. Bueno, esto es lo que va a hacer, Alex Cross. Quítese la chaqueta, primero la manga derecha, y tírela aquí.

No merecía la pena discutir, de modo que hice lo que me pedían y lancé mi chaqueta deportiva al suelo del pasillo.

–Cúbreme, Carmichael –dijo Frost, agachándose para que su compañero me tuviera en su punto de mira.

Estaban siguiendo el manual de instrucciones. No me conocían de nada, y estaban manejando la situación como lo hubiera hecho cualquier policía veterano de Washington D.C., incluido yo.

Cuando Frost cogió mi chaqueta, dije:

–Bolsillo delantero izquierdo.

Me miró de soslayo mientras retrocedía unos centímetros, aún en cuclillas, y sacaba mi placa y mi identificación.

–Baja el arma, Lou –le dijo Frost–. Es quien dice ser. El doctor Alex Cross, departamento de homicidios de Washington D.C.

Carmichael vaciló. Luego bajó ligeramente el arma y me preguntó:

–¿Tiene usted licencia para llevar armas en el estado de Carolina del Norte, doctor Cross?

–Tengo la licencia federal –le dije–. Antes era del FBI. Está ahí, detrás de la identificación.

Frost la encontró y le hizo un gesto de asentimiento a su compañero.

Carmichael parecía irritado, pero enfundó el arma. Frost lo imitó, recogió la chaqueta, la sacudió para quitarle el polvo y me la tendió junto con mis credenciales.

–¿Le importaría decirnos qué está haciendo aquí? –me preguntó Carmichael.

–Estoy investigando el caso de Stefan Tate. Es mi primo.

Carmichael se quedó de piedra. En cuanto a Frost, parecía como si algo amargo se le hubiera quedado pegado en la garganta.

–Puede que Starksville no sea una gran ciudad, detective Cross –me dijo Frost–, pero somos profesionales bien preparados. ¿Su primo Stefan Tate? Ese hijo de puta es culpable, y fin de la historia.

CAPÍTULO
7

MIENTRAS CRUZABA EL CALLEJÓN sin salida de Loupe Street hasta la tercera casa, era consciente de que había un vehículo de policía camuflado que arrancaba detrás de mí. Me pregunté sobre la solidez del caso contra mi joven primo. Tendría que pedirle a Naomi que me enseñara las pruebas y...

La animada voz de la tía Connie me llegó a través de la puerta con tela metálica, seguida del ruido de mujeres riéndose a carcajadas y de hombres gruñendo sobre algo que había dicho. La brisa soplaba, arrastrando los misteriosos y deliciosos olores desde la cocina de mi tía, Hattie Parks Tate, la hermana menor de mi difunta madre. No disfrutaba de esos olores desde hacía treinta y cinco años, pero despertaron mis recuerdos de infancia, en los que subía esos mismos escalones, aspirando esos mismos aromas, y llegaba a la puerta con tela metálica, ansioso por entrar.

Pensé que esa casa había sido uno de mis refugios, recordando lo tranquila y ordenada que era comparada con el habitual caos que reinaba en la calle. Eso no había cambiado, me dije, tras asomarme a la puerta y ver a mi familia sentada en la impecable casa de Hattie, con los platos rebosantes de deliciosa comida y los rostros llenos de felicidad.

–¡Toc, toc! –dije al abrir la puerta y entrar.

–¡Papá! –gritó Ali desde un sofá de mimbre, agitando un hueso ante mí–. ¡Tienes que probar el conejo frito de la tía Hattie!

–Y su ensalada de patatas –dijo Jannie, poniendo los ojos en blanco de puro placer.

Hattie Tate salió apresuradamente de la cocina, secándose las manos en el delantal y sonriendo de oreja a oreja.

–¡Por Dios, Alex! ¿Por qué has tardado tanto en venir a verme?

Llevaba casi diez años sin ver a la hermana de mi madre, pero la tía Hattie no había envejecido nada. A sus sesenta y pocos años seguía siendo alta y delgada, con un hermoso rostro ovalado y unos grandes ojos en forma de almendra. Había olvidado lo mucho que se parecía a mi madre. Un dolor que llevaba mucho tiempo enterrado me inundó de nuevo.

–Lo siento, tía Hattie –le dije–. Yo...

–No importa –dijo ella, con los ojos húmedos. Vino corriendo hacia mí y me rodeó con sus brazos–. El mero hecho de que estés aquí me llena de esperanza.

–Haremos todo lo que podamos para ayudar a Stefan –le prometí.

Hattie sonrió a través de las lágrimas.

–Sabía que vendrías –me dijo–. Y Stefan también lo sabía.

–¿Cómo está?

Antes de que mi tía pudiera contestar, un hombre de unos setenta y cinco años con un andador entró en la habitación arrastrando los pies. Iba en zapatillas y vestía unos pantalones de chándal marrones y una holgada camiseta blanca. Miró a su alrededor, desconcertado, y se puso nervioso.

–¡Hattie! –exclamó–. ¡Hay extraños en la casa!

Mi tía cruzó la habitación como un rayo y, con voz dulce, le dijo:

–No pasa nada, Cliff. Sólo es la familia. La familia de Alex.

–¿Alex? –dijo él.

–Soy yo, tío Cliff –le dije, dirigiéndome hacia él–. Alex Cross.

Mi tío se quedó mirándome fijamente durante unos instantes mientras Hattie, agarrándole por el codo y frotándole la espalda, le dijo:

–Alex, el hijo de Christina y Jason. Te acuerdas, ¿verdad?

El tío Cliff parpadeó como si hubiera detectado algo que brillara en lo más profundo de su deteriorada mente.

–No –dijo–. Ese Alex era tan sólo un niño asustado.

Sonriendo tímidamente, le dije:

–Ese niño se ha hecho mayor.

El tío Cliff se humedeció los labios, me estudió un poco más y me dijo:

–Eres tan alto como ella, pero tienes la cara de él. ¿Dónde está tu papá?

La expresión de Hattie se tensó dolorosamente.

–Jason murió hace mucho tiempo, Cliff.

–¿De veras? –me preguntó con los ojos llorosos.

Hattie apoyó la cara en el brazo del tío Cliff y le dijo:

–Cliff quería a tu padre, Alex. Tu padre era su mejor amigo, ¿no es así, Cliff?

–¿Cuándo murió Jason?

–Hace treinta y cinco años –le contesté.

Mi tío frunció el ceño y dijo:

–No, eso... Oh... Christina está al lado de Brock, pero Jason está...

Mi tía ladeó la cabeza.

–¿Cliff?

Su marido parecía estar nuevamente desconcertado.

–A Jason le gustaba el blues.

–Y el jazz –dijo Nana Mama.

–Pero el blues más –insistió Cliff–. ¿Te lo demuestro?

Hattie se ablandó.

–¿Quieres tu guitarra, cielo?

–La de seis cuerdas –dijo. Arrastrando los pies, se dirigió sin ayuda hasta una silla, comportándose como si estuviera solo.

La tía Hattie desapareció y volvió enseguida con una guitarra de acero de seis cuerdas que yo recordaba vagamente de mi niñez. Cuando mi tío cogió la guitarra, la apoyó en su pecho y empezó a tocar una vieja melodía de blues con toda el alma, fue como si el tiempo hubiera empezado a correr hacia atrás y me vi como un niño de cinco o seis años, sentado en el regazo de mi padre, escuchando a Clifford mientras tocaba aquella misma estridente melodía.

Mi madre también formaba parte de ese recuerdo. Tenía una copa en la mano y estaba sentada con mis hermanos, riendo y animando a Clifford. Ese recuerdo era tan real que por un segundo habría jurado que mis padres estaban allí conmigo.

Mi tío interpretó la canción entera, terminando con una floritura que demostró lo bueno que había sido en otros tiempos. Cuando dejó de tocar, todo el mundo aplaudió. Su rostro se iluminó y dijo:

–Si os ha gustado, venid al concierto de esta noche, ¿de acuerdo?

–¿Qué concierto? –preguntó Ali.

–Cliff and the Midnights –respondió mi tío, como si Ali tuviera que saberlo–. Tocamos en...

Su voz se apagó, y la confusión se apoderó nuevamente de él. Miró a su alrededor, buscando a su mujer.

–¿Hattie? –dijo–. ¿Dónde tocamos esta noche? Sabes que no puedo llegar tarde.

–Y no lo harás –le dijo ella, cogiéndole la guitarra–. Yo me encargo.

Antes de hablar, mi tío pensó un momento en lo que ella acababa de decir.

–Ahora todos a bordo, Hattie.

–Todos a bordo, Cliff –dijo ella, dejando a un lado la guitarra–. El almuerzo se sirve en el vagón restaurante. ¿Tienes hambre, Cliff?

–¿Ha terminado mi turno? –preguntó él, sorprendido.

Mi tía me miró y dijo:

–Ahora tienes un descanso, querido. Te serviré un plato; te lo llevarán al vagón restaurante. ¿Connie? ¿Puedes llevártelo?

–¿Dónde está Pinkie? –preguntó Cliff mientras Connie Lou se dirigía hacia él.

–Ya sabes que está en Florida –contestó ella–. Y ahora vámonos. Y utiliza el andador. El tren es un sitio horrible para caerse.

–¡Eh! –exclamó Cliff, poniéndose de pie–. Llevo veintitrés años trabajando en este tren y nunca me he caído.

–Da igual –dijo la tía Connie, siguiéndolo mientras arrastraba los pies por el pasillo.

–Lo lamento –dijo la tía Hattie, dirigiéndose a todos.

–No hay nada que lamentar –dijo Nana Mama.

La tía Hattie se retorció las manos y asintió, emocionada. Luego se volvió y se dirigió a la cocina. Me quedé allí, sintiéndome culpable por no haber vuelto antes y haber visto a mi tío en tiempos mejores.

–Alex, ve a por un poco de comida para que Ali y yo podamos repetir –dijo Bree.

–Deja algo para mí –dijo Jannie.

Seguí a la tía Hattie hasta la cocina. Estaba de pie delante del fregadero, con la mano en la boca, como si estuviera haciendo un esfuerzo para no derrumbarse.

Pero entonces me vio y me dedicó una valiente sonrisa.

–Sírvete tú mismo, Alex.

Cogí un plato de la mesa de la cocina y empecé a servirme conejo frito, ensalada de patatas, habas y judías verdes y unas gruesas rebanadas de pan casero, el origen de uno de los deliciosos olores que habían llegado hasta mí.

–¿Desde cuándo lo sabes? –le pregunté.

–¿Que Cliff tenía demencia? –me dijo Hattie–. Se la diagnosticaron hace cinco años, pero hará unos nueve que empezó a olvidar cosas.

–¿Te encargas tú sola de él?

–Connie Lou me ayuda. Y Stefan este último año, cuando estuvo en casa.

–¿Cómo salís adelante?

–Con la pensión del ferrocarril de Cliff y la seguridad social.

–¿Es suficiente?

–Nos las apañamos.

–Debe de ser duro.

–Mucho –dijo ella, echándose el pelo hacia atrás–. Y ahora lo de Stefan... –Hattie se interrumpió, levantó las manos y se atragantó–. Él es mi bebé milagroso. ¿Cómo podría un bebé milagroso...?

Recordé que Nana Mama me había contado que los médicos decían que Hattie y Cliff nunca podrían tener hijos, y entonces, de repente, cuando ella ya había entrado en la treintena, se quedó embarazada de Stefan.

Dejé el plato sobre la mesa. Estaba a punto de consolarla cuando Ali entró corriendo.

–¡Papá! –exclamó–. ¡Te juro que hay como trapecientas luciérnagas ahí fuera!

CAPÍTULO
8

CUANDO SALÍ AL PORCHE, hacía rato que había anochecido. A través de la tela metálica vi que había luciérnagas por todas partes, a miles; no recordaba haberlas visto desde que era un niño. Me vinieron imágenes del tío Clifford enseñándonos a mis hermanos y a mí cómo atraparlas en frascos de cristal. Recordé lo asombrado que me quedé al ver la luz que dos o tres eran capaces de generar.

Como si me estuviera leyendo el pensamiento, la tía Hattie me dijo:

—¿Quieres que le dé un frasco, Alex?

—Eso sería genial.

—Tengo un frasco grande de Skippy para reciclar —me dijo, y se volvió para ir a buscarlo.

Salimos todos al patio de la tía Hattie para ver cómo las luciérnagas bailaban y parpadeaban como las estrellas lejanas. Me emocionó ver a Ali aprendiendo a cazarlas, fascinado por algo que yo creía haber perdido hacía muchos años.

Bree enganchó su brazo al mío y me dijo:

—¿Qué te hace sonreír?

–Los buenos recuerdos –le contesté, señalando las luciérnagas con un gesto–. En verano siempre estaban ahí. Resulta… No sé.

–¿Reconfortante? –dijo Nana Mama.

–Más bien eterno –le dije.

Antes de que mi mujer pudiera responder, se oyeron gritos en la calle.

–¡Si nos jodes, esto es lo que te espera!

Me di la vuelta y vi una espeluznante escena que me dejó de piedra.

A cierta distancia, bajo una de las pocas farolas de Loupe Street, dos chicos afroamericanos adolescentes tenían las muñecas atadas con una cuerda de la que tiraban tres muchachos mayores vestidos con ropa de estilo hip-hop. Los dos que iban delante eran blancos y el de atrás negro. Los tres parecían disfrutar con sadismo arrastrando a los muchachos más jóvenes, burlándose de ellos y diciéndoles que se movieran si sabían lo que les convenía. Aquello parecía una cadena de presos. Me sulfuré.

Miré a Bree, que parecía tan molesta como yo.

–No se te ocurra meter la nariz, Alex –me advirtió la tía Connie–. Eso es un nido de avispas, eso es lo que es. Pregúntaselo a Stefan.

Mi instinto me decía que la ignorara, corriera hacia la calle y pusiera fin a aquella salvajada.

–Hazle caso –dijo la tía Hattie–. Son una especie de pandilla, y los chicos más jóvenes están siendo iniciados.

Para entonces ya habían girado por Dogwood Road y habían desaparecido.

—Pero llevaban a esos chicos atados a una cuerda, papá —se quejó Jannie—. ¿Eso no es ilegal?

Así es como yo lo veía. Aquellos chicos debían de ser menores de edad. Sin embargo, me tragué la bilis y me obligué a quedarme en el patio de mi tía, rodeado de luciérnagas y de los sonidos nocturnos de Carolina del Norte: las ranas arborícolas, las cigarras y los búhos, todos tan increíblemente familiares como amenazadores.

—Dijiste que había que preguntar a Stefan sobre la pandilla —dijo Bree.

La tía Connie miró a la tía Hattie, que dijo:

—No conozco los detalles, pero creo que tuvo algunos problemas con ellos en la escuela. Y Patty también.

—¿Quién es Patty? —preguntó Bree.

—La novia de Stefan —dijo la tía Hattie—. También da clases de gimnasia en la escuela.

—¿Qué clase de problemas tuvo Stefan en la escuela? —le pregunté a Naomi.

Después de bostezar, mi sobrina dijo:

—Será mejor que te lo cuente él por la mañana.

Ali también estaba bostezando. Y Nana Mama parecía estar a punto de quedarse dormida.

—Muy bien, es todo por hoy —dije—. Vamos.

Le di un abrazo a la tía Connie y luego me volví para darle otro a la tía Hattie, que parecía estar nerviosa. En voz baja, me dijo:

—Quiero que tengas cuidado, Alex.

Le sonreí.

—Ahora ya soy mayor —le dije—. Incluso tengo una placa y una pistola.

–Lo sé –me contestó–. Has estado fuera mucho tiempo, y puede que hayas tratado de olvidar, pero esta ciudad puede ser un lugar cruel.

Era consciente de que las viejas emociones estaban haciendo mella en mí, como la lava que empieza a moverse en un volcán que está inactivo desde hace muchos años.

–No lo he olvidado –le dije, y la besé en la mejilla–. ¿Cómo podría hacerlo?

La tía Connie y Naomi se quedaron para ayudar a limpiar a la tía Hattie. Llevé a mi familia al otro lado del callejón sin salida hasta nuestra casa y nuestros dolores de cabeza.

–Son amables –dijo Bree–. Y cariñosas.

–Así son ellas –dijo Nana Mama–. Aquí el aire es fresco, ¿no?

Todos estuvimos de acuerdo en que el clima de Starksville no tenía nada que ver con el verano de Washington D.C.

–Qué triste lo de tu tío –dijo Jannie–. Creo que nunca había visto a nadie…, ya sabes, que no fuera como Nana.

–¿Cómo yo? –dijo mi abuela.

–Aguda como tú, ya sabes –dijo Jannie.

–¿En posesión de todas mis facultades? –dijo Nana Mama–. Eso puede ser una bendición y también una maldición.

–¿Una maldición? ¿Por qué? –preguntó Ali cuando llegamos al coche.

–En una vida larga hay cosas que es mejor dejar de lado, jovencito, sobre todo por la noche –le dijo ella, en voz baja–. Y ahora esta vieja dama necesita irse a la cama.

Jannie la acompañó hasta la casa y yo empecé a descargar el coche. Mi hija volvió para echarme una mano mientras Bree acostaba a Ali.

–Papá, ¿a qué se debe que la gente envejezca de formas diferentes? –me preguntó Jannie.

–A muchas cosas –le dije–. A la genética, sin duda. Y a la dieta. Y a si eres activo, física y mentalmente.

–Nana lo es. Siempre está leyendo o haciendo algo para echar una mano. Y además da largos paseos.

–Seguramente por eso llegará a los cien –le dije.

–¿Tú crees?

–Apuesto por ella –le dije, sacando la última bolsa del maletero.

–Entonces, yo también –me dijo Jannie, cruzando detrás de mí la puerta con tela metálica hasta el porche–. ¿Papá?

–¿Sí? –le dije, parándome para darme la vuelta y mirarla.

–Siento haber sido un fastidio durante el viaje –me dijo.

–No has sido un fastidio. Sólo estabas un poco de mal humor.

Se echó a reír.

–Eres muy amable.

–Lo intento –le dije.

–¿Cómo es? Ya sabes, volver aquí después de tanto tiempo.

Dejé la maleta en el suelo y miré a través de la tela de la puerta del porche las luciérnagas y las ventanas iluminadas de las casas de mis tías. Noté un olor dulce en el aire.

—En cierto modo, parece que nada haya cambiado realmente, como si me hubiese ido ayer —le dije—. Pero también es como si la vida aquí fuera otra, y mis recuerdos no encajaran en absoluto, como si fueran los de otra persona.

CAPÍTULO
9

A PESAR DEL ZUMBIDO del ventilador que colgaba del techo sobre la cama, me moví casi cada hora, cuando los trenes retumbaban al pasar por Starksville. Poco después del amanecer, me despertó definitivamente el canto de los arrendajos azules en los pinos que había detrás de la casa.

Tumbado al lado de Bree, escuchando aquellos estridentes trinos, me asaltó un recuerdo de cuando era muy pequeño; no tendría más de cuatro o cinco años. Estaba en la cama, con la cabeza bajo las mantas, pero despierto, mientras mis hermanos dormían. Recordé que la ventana estaba abierta y que los pájaros cantaban. También recordé que me daban miedo los pájaros, como si su canto fuera lo que había hecho que me escondiera bajo las mantas.

Aquella sensación me acompañó incluso después de que Bree se diera la vuelta y, colocando un brazo sobre mi pecho, emitiera un gemido.

–¿Qué hora es? –me preguntó.

–Casi las siete.

–Tenemos que conseguir tapones para los oídos.

–También figuran entre mis prioridades. ¿Aún lamentas no haber ido a Jamaica?

–Muchísimo –me dijo ella, sin abrir aún los ojos–. Pero tus tías me caen bien, y a ti te quiero más que muchísimo. Además, creo que a Jannie y Ali les sentará bien estar un tiempo en una ciudad pequeña.

–Eso lo vive Damon en su instituto –dije.

Damon, mi hijo mayor, había aceptado un empleo como consejero juvenil en el campamento de verano de baloncesto de Kraft, el instituto de Berkshires en el que estudiaba. Había sido ese mismo campamento el que le había llevado allí y a conseguir una beca. La posibilidad de volver al programa había sido razón suficiente para que Damon se perdiera este viaje, aunque yo esperaba que viniera a visitarnos al menos un fin de semana.

–Voy a darme una ducha –le dije, tirando de las sábanas.

–Espera un momento, amigo –me dijo Bree.

–¿Amigo?

–No sé, me pareció apropiado –me dijo ella, sonriendo.

–¿Qué estás tramando? –le pregunté, acurrucándome a su lado.

–Nada de eso –protestó, de buen humor.

–El amigo se siente frustrado.

Bree me hizo cosquillas y se echó a reír.

–No, yo sólo quería que me contaras algunas cosas.

–¿Por ejemplo?

–El árbol genealógico. ¿Nana Mama nació en Starksville?

Asentí.

–Se crió aquí. Y los Hope, su familia, llevaban aquí desde siempre. La abuela de Nana Mama fue esclava en algún lugar de esta zona.

–Muy bien. O sea que conoció a su marido aquí.

–Reggie Cross. Mi abuelo estaba en la marina mercante. Se casaron jóvenes y tuvieron a mi padre. Tendrías que preguntárselo a Nana, pero por culpa de las largas temporadas que él pasaba en alta mar, el matrimonio no acabó bien. Ella se divorció de Reggie cuando mi padre tenía siete u ocho años y se lo llevó a Washington. Trabajó para poder estudiar en la Universidad de Howard y ser maestra, pero el tiempo que dedicó a ello le costó su hijo. Cuando él tenía quince años, se rebeló y regresó a Starksville para vivir con mi abuelo.

–Reggie.

–Correcto –dije, mirando el ventilador, que daba vueltas en el techo–. Supongo que no le vigilarían mucho, lo cual llevó a mi padre a cometer toda clase de excesos. Creo que Nana Mama se sentía muy mal por no haber tenido nunca una buena relación con su hijo después de eso. Y que por eso, cuando él murió, en cierto modo quiso arreglarlo cuidando de mis hermanos y de mí.

–Hizo un buen trabajo –dijo Bree.

–Me gusta pensar que así es. ¿Algún otro misterio genealógico que pueda ayudarte a resolver?

–Sólo uno. ¿Quién es Pinkie?

Sonreí.

–Pinkie Parks. El único hijo de la tía Connie. Vive en Florida y trabaja en plataformas petrolíferas en alta mar. Evidentemente, gana mucho dinero.

–¿Es ése su verdadero nombre? ¿Pinkie?

–No, Brock. Brock Jr. –dije–. Pinkie es un apodo.

–¿Por qué Pinkie?

–Porque cuando era un niño se pilló el dedo meñique de la mano derecha con la puerta de un coche y lo perdió.*

Bree se apoyó en el codo y se quedó mirándome.

–¿Y por eso lo apodaron Pinkie?

Me eché a reír.

–Sabía que dirías eso. Así es como funcionan las ciudades pequeñas. Recuerdo que había un tipo llamado Barry, un amigo de mi padre, que corrió en dirección contraria en un partido de fútbol muy importante, por lo que todo el mundo le llamaba Cabeza Hueca.

–¿Cabeza Hueca Barry?

Bree resopló.

–¿No es horrible?

–¿Y cómo te llamaban a ti?

–Alex.

–Muy aburrido para ser un apodo de una ciudad pequeña –dijo.

–Ése soy yo –le dije, levantándome de la cama–. El aburrido Alex Cross.

–Ni por asomo.

Me detuve frente a la puerta del baño y le dije:

–Gracias.

–Te estoy diciendo que yo te quiero a mi manera.

–Lo sé, mi hermosa Bree –dije, y le lancé un beso.

–Mucho mejor que Cabeza Hueca Bree –dijo ella, riéndose y lanzándome también un beso.

* En inglés, «pinkie» es meñique. *(N. del T.)*

63

Era agradable reírse y volver a bromear de esa manera. En primavera habíamos atravesado un mal momento y nos había costado volver a ver el lado divertido de las cosas.

Me afeité y me di una ducha. Me sentía bien en mi primera mañana en Starksville, como si, para la familia Cross, la vida hubiera cambiado para bien. ¿No es curioso que la perspectiva cambie con sólo cambiar de sitio? Los dos últimos meses en Washington D.C. habían sido claustrofóbicos, pero al estar de nuevo en Loupe Street me sentía como si estuviera en un país que me resultaba familiar pero que había que explorar.

Entonces pensé en Stefan Tate, mi primo, y en los cargos presentados contra él. Y, de pronto, una vez más, el camino que se extendía ante mí me pareció oscuro.

CAPÍTULO
10

UNA HORA MÁS TARDE dejé a Bree y Nana Mama organizando la casa y fui con Naomi a la cárcel donde tenían detenido a Stefan Tate. Mientras nos dirigíamos en coche hasta allí, revisé los aspectos más importantes de las dieciocho páginas de la acusación contra mi primo redactada por el gran jurado.

Un año y medio antes de ser arrestado, Stefan Tate se había unido al distrito escolar de Starksville como profesor de gimnasia de una escuela secundaria y de un instituto. Tenía un historial de consumo de drogas y alcohol que no había hecho constar en su solicitud. Tenía un alumno de secundaria, Rashawn Turnbull, de quien acabó siendo tutor. Mi primo tenía una vida secreta: vendía drogas, incluida la heroína que, al parecer, provocó dos sobredosis antes de la Navidad del año pasado.

El consumo de drogas de Stefan estaba fuera de control. Violó a una estudiante y amenazó con matarla si se lo contaba a alguien. Luego se insinuó a Rashawn Turnbull y fue rechazado. En respuesta, mi primo violó, torturó y asesinó al muchacho.

65

Al menos, según la acusación. Tuve que hacer un esfuerzo para recordarme que una acusación no era una condena. Sólo era la versión de los hechos del Estado, una parte de la historia.

Aun así, cuando acabé de leerla, miré a Naomi y le dije:

—Aquí hay pruebas contundentes.

—Lo sé —me dijo mi sobrina.

—Dime, ¿Stefan lo hizo?

—Él jura que no. Y yo le creo.

—Está siendo víctima de un montaje.

—¿Por parte de quién?

—Ahora mismo acepto cualquier sugerencia —dije, y entré en un aparcamiento público que estaba cerca del ayuntamiento, el juzgado y la cárcel, tres edificios cuyas fachadas, de ladrillo, necesitaban una urgente restauración.

Al otro lado de la calle, la comisaría de policía y el parque de bomberos parecían mucho más nuevos. Se lo comenté a mi sobrina al bajar del coche.

—Los construyeron con subvenciones estatales y federales hace unos años —me explicó Naomi—. La familia Caine donó los terrenos.

—¿Caine, como la empresa de fertilizantes?

—Y el apellido de soltera de la madre del chico, Cece Caine Turnbull.

Nos dirigimos hacia la cárcel.

—¿Es de fiar? La madre, digo.

—Es todo un personaje —contestó mi sobrina—. Tiene un historial delictivo de más de diez años. Una mujer realmente problemática y, sin duda alguna, la oveja negra de la familia. Sin embargo, en este caso resulta más que creíble. El asesinato la ha destrozado, eso es innegable.

–¿Y el padre?

–Va y viene. Aunque últimamente más bien no pinta nada –dijo Naomi–. Y tiene la mejor coartada que puedas imaginarte.

–¿Estaba en prisión?

–En Biloxi. Cumpliendo ocho semanas por asalto.

–O sea que no era ningún modelo para el chico.

–No. Se suponía que ése era el papel de Stefan.

Llegamos a la cárcel y entramos. La ayudante del sheriff echó un vistazo a través de un cristal a prueba de balas.

–Naomi Cross, abogada, y Alex Cross. Queremos ver a Stefan Tate, por favor –dijo mi sobrina, hurgando en su bolso para sacar su identificación. Yo ya lo había hecho.

–Creo que hoy no será posible –dijo la ayudante del sheriff.

–¿Qué significa eso de que hoy no será posible? –le preguntó Naomi.

–Significa que, por lo que me han dicho, su cliente no es precisamente un preso dispuesto a cooperar... En realidad, es bastante agresivo, por lo que se le ha prohibido recibir visitas durante cuarenta y ocho horas.

–¿Cuarenta y ocho horas? –dijo mi sobrina–. ¡El juicio empieza dentro de tres días! *Tengo* que ver a mi cliente.

–Lo siento, abogada –contestó la ayudante–. Yo no dicto las normas. Sólo las cumplo.

–¿Quién ha dado la orden? –pregunté–. ¿El jefe de policía o el fiscal del distrito?

–Ninguno de los dos. Ha sido el juez Varney quien ha tomado la decisión.

CAPÍTULO
11

ESPERAMOS CON IMPACIENCIA dos horas en la segunda planta del juzgado de Starksville, sentados en un banco frente al despacho del juez Erasmus P. Varney hasta que su secretaria nos dijo que podía recibirnos.

El juez Varney nos miró desde detrás de varias pilas de archivos y de unas gafas para leer de montura de concha. Llevaba el pelo de color gris peinado hacia atrás con un tupé bajo y la barba plateada casi rapada. Lucía una corbata de rayas y unos tirantes de cuero fino sobre una almidonada camisa blanca. Nos estudió con una mirada inteligente.

–Juez Varney, éste es el doctor Cross, mi tío y primo de Stefan –dijo Naomi, tratando de refrenar su furia–. Está ayudándome en el caso.

–Un asunto familiar –dijo Varney antes de dejar sus gafas para leer encima de la mesa y levantarse para estrecharme la mano con firmeza–. Encantado de conocerlo, doctor Cross. Su fama le precede. Leí un artículo en el *Washington Post* sobre la terrible experiencia que vivió su familia con ese maníaco, Marcus Sunday. Fue algo terrible. Es un milagro que consiguieran sobrevivir.

–Así es, señoría –respondí–. Y doy gracias a Dios todos los días por ese milagro.

–Estoy seguro de ello –me dijo el juez Varney, sosteniéndome la mirada. Luego se volvió hacia Naomi–. Dígame, ¿qué puedo hacer por *usted*, abogada?

–Permítame ver a mi cliente, señoría.

–Me temo que no puedo hacerlo.

–Con el debido respeto, señoría –dijo Naomi–, faltan menos de setenta y dos horas para que empiece el juicio. No puede limitar así mi tiempo sin poner en peligro su derecho a una buena defensa.

La puerta que había detrás de nosotros se abrió. Miré y vi que entraban cuatro personas: un hombre corpulento de unos sesenta años, de piel clara, vestido con el uniforme de color azul del departamento de policía de Starksville; un tipo desgarbado, también de unos sesenta años, vestido con el uniforme de color caqui de la oficina del sheriff del condado de Stark; una mujer alta y delgada vestida con un traje chaqueta gris, y Matt Brady, el ayudante de la fiscal del distrito que me había presentado Naomi el día antes.

–Mis hombres también tienen derechos –dijo el hombre del uniforme caqui.

–El sheriff Nathan Bean –me susurró Naomi.

–Y el señor Tate los ha infringido –dijo la mujer, que resultó ser la fiscal del condado, Delilah Strong–. No creemos que atacar a dos guardias sea algo que merezca ser recompensado.

–¿Desde cuándo un juicio justo es una recompensa? –preguntó Naomi–. Es un derecho garantizado a todos los ciudadanos por la cuarta, la quinta y la decimocuarta enmienda.

70

El hombre del uniforme azul –«Randy Sherman, el jefe de policía», me informó Naomi– dijo:

–Su cliente mandó a dos guardias a urgencias.

–Pues pónganle cadenas o aíslenlo –dije–, pero tiene usted la obligación de dejar que vea a su abogada.

–Sabemos quién es usted, doctor Cross –contestó Strong–, pero aquí está fuera de su jurisdicción.

–Sí, así es –dije–. He venido como ciudadano para echarle una mano a un familiar. Sin embargo, desde el día que empecé como oficial de policía y durante todos los años que trabajé en la Unidad de Ciencias del Comportamiento del FBI, he sabido que no se puede negar a nadie el derecho a un juicio justo. Si insiste en esto, será mejor que envíe este caso directamente a un tribunal de apelación. O sea que póngale las cadenas y una camisa de fuerza y deje que lo veamos, o, como ciudadano, me pondré en contacto con algunos amigos míos del departamento que investigan violaciones de los derechos civiles.

El sheriff Bean parecía a punto de estallar y empezó a balbucear, pero Varney lo interrumpió.

–Hágalo –dijo.

–Señoría –dijo el sheriff–, esto...

–Esto es lo que hay que hacer –dijo el juez–. Aunque al principio no lo vi así, el doctor y la señorita Cross tienen razón. El derecho del señor Tate a un juicio justo está por encima del derecho a la seguridad de su cárcel. Conténgalo como mejor le parezca, pero quiero que dentro de una hora pueda ver a su abogada.

–¿Sabe lo que ese hijo de puta le hizo a ese muchacho? –me espetó el jefe Sherman antes de salir–. En lo que a mí respecta, su primo perdió todos sus derechos esa noche.

CAPÍTULO

12

LA PRECIOSA NIÑA DE CUATRO AÑOS con rizos de oro, vestida con un traje de princesa de color rosa, se arrodilló al lado de una mesa baja y cogió la tetera.

–¿Quieres un poco de té con las pastas? –le preguntó con dulzura al anciano que estaba sentado en el suelo con las piernas cruzadas, delante de ella.

–¿Cómo podría rechazar tan amable ofrecimiento viniendo de una señorita tan encantadora?

Sabía que tenía un aspecto ridículo con la corona que ella le había obligado a ponerse. Sin embargo, estaba tan fascinado con la niña que no le importaba. Tenía la piel del color de la crema y sus ojos brillaban como dos zafiros pulidos. La observó mientras le servía la taza de té; lo hacía con tanta delicadeza que le entraron ganas de echarse a llorar.

–¿Azúcar? –le preguntó ella, dejando la tetera sobre la mesa.

–Dos terrones –dijo él.

La niña puso dos terrones en la taza del anciano y uno en la suya.

–¿Leche?

72

–Hoy no, Lizzie –dijo él, cogiendo su taza.

Lizzie cogió una varita rosa, extendió el brazo y tocó la mano del hombre con ella.

–Un momento. Tengo que asegurarme de que no hay malos espíritus por aquí.

Frunció el ceño y retiró la mano. La niña cerró los ojos, sonrió y agitó la varita. El corazón del hombre se derritió al verla vivir aquella fantasía como sólo un niño de cuatro años es capaz de hacerlo.

Lizzie abrió la boca... para pronunciar un hechizo, naturalmente.

Sin embargo, antes de que pudiera hacerlo, se escuchó un ruido detrás del anciano.

Irritado por la interrupción, el hombre se dio la vuelta; al hacerlo, se le cayó la corona, cosa que le irritó más aún. Un tipo blanco de unos treinta años, calvo y musculoso, estaba junto a la puerta, tratando de no echarse a reír.

–¿Puedes esperar, Meeks? –dijo el hombre–. Lizzie y yo estamos tomando el té.

–Ya lo veo, jefe, pero tiene una llamada –dijo Meeks–. Es urgente.

–Abuelo, no te has tomado el té ni te has comido las pastas –protestó la niña.

–El abuelo volverá en cuanto se haya ocupado de un asunto –dijo él, lanzando un gemido mientras se ponía de pie.

–¿Y cuándo será eso? –preguntó ella, cruzando los brazos y haciendo pucheros.

–Lo antes posible –le prometió él.

El anciano se acercó a Meeks, que seguía sonriendo, y dijo:

—Sustitúyeme.

La sonrisa desapareció del rostro de Meeks.

—¿Qué?

—Siéntate, tómate el té y cómete una pasta con mi nieta. Pero no te pongas la corona.

—Está bromeando, ¿no?

—¿Tengo cara de estar bromeando?

Actuando como si le hubiesen atravesado el dedo pulgar con un anzuelo, Meeks asintió y se acercó a la mesa. Lizzie sonreía de oreja a oreja.

—Siéntese, señor Meeks —dijo ella, amablemente—. Tome un poco de té mientras espera a que regrese el abuelo.

El abuelo de Lizzie sonrió satisfecho mientras recorría el largo pasillo hasta la biblioteca-despacho lujosamente amueblada. Él ignoraba los libros que llenaban las estanterías. Eso había sido idea de su mujer. Apenas había leído una décima parte de los que había, pero quedaban bien cuando tenían invitados.

Cogió el teléfono móvil barato que estaba encima de la mesa y dijo:

—Dime.

—Tenemos problemas —dijo un hombre de voz grave y ronca.

—Cuéntame.

—Ella no atiende a razones. Está hablando.

El abuelo de Lizzie entornó los ojos, meditabundo.

—¿Estás seguro?

—Sí.

—¿Qué quieres hacer?

—Nosotros nos ocuparemos.

Eso lo sorprendió.

–¿Estás seguro? Podemos recurrir a otros.

–La cagada es nuestra, así que nos ocuparemos nosotros.

El abuelo aceptó la decisión y, cambiando de tema, dijo:

–¿Algún otro problema?

–Naomi Cross se ha sacado un as de la manga. Se ha traído a su tío, Alex Cross. Puede buscarlo en Google. Ex analista de conducta del FBI. Ahora es detective de homicidios en Washington D.C.

–¿Qué reputación tiene?

–Excelente.

El abuelo archivó la información en su cabeza.

–Por lo demás, ¿estamos limpios?

–Ahora mismo sí.

–Entonces no tenemos elección. Encárgate de la situación como mejor te parezca.

Pasó un momento antes de que el hombre que estaba al otro lado del teléfono hablara.

–De acuerdo –dijo.

El abuelo colgó y destruyó el móvil. Luego salió de la biblioteca y avanzó por el pasillo, ansioso por tomar el té con la pequeña Lizzie.

Segunda parte

UNA DECLARACIÓN DE MODA

CAPÍTULO
13

Palm Beach, Florida

«ME SIENTO GUAPA, ¡oh, tan guapa!», cantaba Coco en voz baja mientras se miraba en el espejo, consciente de la mujer muerta vestida con un camisón negro que colgaba del cuello de la lámpara de araña que había detrás de él, aunque más atento a la evaluación de su nuevo conjunto.

La falda de lino de color mandarina se ajustaba a sus caderas de una forma sublime. La chaqueta a juego era muy apretada en los hombros, pero no le quedaba mal. Los zapatos de tacón de aguja y talón descubierto de Dries van Noten le apretaban un poco los dedos. La blusa de tafetán de seda de Carolina Herrera era sencillamente exquisita. ¿Y los pendientes de perlas y la gargantilla? Le daban el toque perfecto de sofisticación.

Ahora sólo necesitaba el peinado adecuado.

Coco metió la mano en la caja y sacó una exuberante y reluciente peluca de color ámbar larga hasta los hombros. Era antigua, de principios de los años setenta, si no recordaba mal. Su madre habría sabido la fecha exacta, por supuesto, pero daba igual. Una vez colocada sobre los trozos de cinta adhesiva de doble cara, con las últimas hebras de pelo en su sitio, la peluca consiguió que Coco pareciera alguien completamente distinto.

Alguien misterioso. Sexy. Seductor. Inalcanzable.

–Yo te bautizo con el nombre de Sueño de Mandarina, reina de la fiesta del jardín. –Coco se quedó embobado con la mujer que lo estaba mirando–. La imagen de…

Se dio la vuelta y miró a la mujer muerta, de poca estatura, que colgaba de un cordón de cortina de la lámpara de araña.

–¿Ruth? ¿Qué podría decir? Estoy pensando en un cruce entre Julianne Moore en *Boogie Nights* y Ginger en *La isla de Gílligan*. Bueno, el corte de pelo… ¿Estoy en lo cierto o sólo soy una niña tonta?

Coco soltó una risita antes de coger la bolsa de Prada y otros valiosos objetos robados de la colección de Ruth. Estaba a punto de salir del dormitorio principal, pero se detuvo a escuchar. Aunque sabía que el servicio tenía el día libre y que el marido de Ruth, el doctor Stanley Abrams –conocido como «el rey de las tetas de West Palm»–, estaba en Zúrich para asistir a un congreso médico, había que andarse con cuidado.

Acto seguido, con seguridad, recorrió una galería llena de valiosas obras de arte, aunque la única pieza ante la que se detuvo fue un retrato al óleo de la fallecida. «Aquí estás –pensó, examinando la belleza de Ruth–. Capturada en tu madurez, querida, un regalo para el universo.»

La casa de Ruth y Stanley era enorme y, para el gusto de Coco, demasiado moderna. Pero ¿qué cabía esperar de una casa construida gracias a las tetas falsas? Según él, el estilo clásico aún tenía mucho que decir.

Como decía su madre: «Cuando se trata de tu arte, Coco, y la moda es arte, lleva tu diseño hasta el límite y luego da unos pasos atrás».

Coco entró en una cocina lo bastante grande como para grabar un episodio de *Iron Chef* y luego recorrió un pasillo que conducía a una puerta de acero. Comprobó el sistema de seguridad, sacó de la bolsa un trapo de color blanco para limpiar el polvo y se cubrió los dedos con él antes de teclear el código. Cinco segundos después, cerró la puerta del garaje y esperó a que la voz electrónica le confirmara que el sistema estaba activado.

El garaje tenía cuatro plazas. La más cercana estaba vacía. En la segunda estaba el Mercedes de Ruth, y en la tercera el Maserati de su marido. El entrañable Aston Martin de Coco ocupaba la cuarta. Sin embargo, antes de dirigirse a él, metió la mano en el Mercedes y cogió el mando a distancia de la puerta del garaje.

Coco se dirigió marcha atrás con el Aston hasta una zona pintada del suelo de cemento, pulsó el mando a distancia y lo limpió con el trapo. Cuando la puerta del garaje empezó a bajar, lanzó el mando a su interior y comprobó satisfecho que aterrizaba a unos pasos del Mercedes.

«Alguien que tuviera intención de suicidarse no se molestaría en recogerlo, ¿verdad?» Coco confiaba en que así fuera. Cruzó las puertas de seguridad de la enorme mansión con vistas al mar de Ruth y Stanley Abrams. Entonces pensó que las damas de Palm Beach ya se habrían reunido para tomar un cóctel. Quizás se dejara caer por Oli's Fashion Cuisine.

¿Le reconocería alguien en Oli's? Le excitó aquella audacia, su gusto por los juegos arriesgados.

«Hagámoslo, amiga. Vamos a divertirnos de lo lindo.»

Diez minutos más tarde, Coco aparcó el Aston Martin a pocas manzanas de su objetivo. El coche deportivo vintage era un riesgo, y él lo sabía, pero lo adoraba; a menudo eso lo llevaba a actuar de forma impulsiva, exigiendo su atención, cuando con el Lexus se las habría arreglado.

«La próxima vez te quedarás en casa», pensó Coco, poniéndose unas gafas de sol retro ovaladas de montura blanca. Caminó por la acera como su madre le había enseñado: con los hombros hacia atrás, la cabeza alta y balanceando las caderas como un péndulo.

El primer hombre con el que se cruzó tendría unos cincuenta años y estaba haciendo *jogging*. Coco pudo sentir su mirada fija en Sueño de Mandarina. El segundo, un europeo vestido de sport, se bajó las gafas para mirar descaradamente.

«Eso es, chica», pensó Coco, moviendo un poco más el trasero para el europeo, que no dudó en volverse para observarla por detrás. Delante de Coco, una multitud llenaba las mesas amarillas de Oli's en la hora feliz.

Después de coger aire, se dijo: «Misteriosa. Sexy. Seductora. Inalcanzable.

»Eso es, Coco. Lo tienes todo.

»Ahora presume de ello.»

Hizo que sus movimientos resultaran aún más insinuantes, balanceando las caderas de un lado a otro.

Coco levantó ligeramente la barbilla al pasar por delante del restaurante, ignorando el sitio pero consciente de los clientes que se daban la vuelta para mirarlo. Estuvo a punto de echarse a reír al ver la envidia y el equívoco deseo que provocaba.

CAPÍTULO
14

Starksville, Carolina del Norte

AUNQUE TODO EL MUNDO había oído la orden del juez alto y claro, ya era bien entrada la tarde cuando dos oficiales acompañaron a una sala de interrogatorios a mi primo, que llevaba los grilletes de los pies y las esposas sujetados a un cinturón de cuero que ceñía su cintura. A pesar de los moretones y la hinchazón, pude ver que Stefan Tate se parecía más a la familia de mi madre. Tenía treinta y pocos años, era alto y corpulento, como Damon y yo. Y todos teníamos la misma línea de la mandíbula.

Me vino a la cabeza una imagen suya siendo un niño, corriendo por el patio de la casa de Nana Mama durante uno de los raros viajes a Washington de la tía Hattie. Tenía una risa contagiosa, y parecía que, para él, todo estuviera lleno de misterio y aventura.

–Alex –me dijo Stefan con voz ronca, tomando asiento–. Me alegro de que hayas venido.

Asentí sin decir nada.

–Dejen sus muñecas esposadas, pero no las mantengan sujetadas al cinturón –dijo Naomi–. Puede que tenga que utilizar las manos. Ah, y desconecten todos los micrófonos y las cámaras.

—Ya hemos desconectado las cámaras y los micros —dijo uno de los oficiales—. Pero me temo que no podemos permitirle utilizar las manos.

Ignorando las protestas de Naomi, encadenaron las piernas de Stefan y el cinturón a una resistente argolla que había en el suelo de cemento y se fueron.

Inclinándose hacia nosotros, Stefan, en voz baja, nos dijo:

—Yo echaría un vistazo para ver si hay micrófonos ocultos.

Me pregunté si hablaba en serio o si sólo estaba siendo melodramático. Sin embargo, Naomi debió de pensar que era una posibilidad. Así pues, sacó su iPhone para conectar una aplicación que emitía ruido de fondo y subió el volumen.

—Eso bastará —dijo Stefan—. Y gracias de nuevo por venir, Alex. No sabes lo que significa para mí que creas que no he hecho nada de lo que dicen.

—Yo no creo ni dejo de creer —le dije, estudiándolo en busca de señales de que era capaz de hacer las cosas de las que se le acusaba.

—Soy víctima de un montaje.

—Escúchame con atención —le dije—. Soy tu primo, pero no te represento. En última instancia, estoy aquí en representación de Rashawn Turnbull. Existen pruebas de que mataste a ese muchacho y ayudaré a la acusación a llevarte a la silla eléctrica o a lo que sea que usen aquí.

—La inyección letal —dijo Stefan—. No te mentiré. Yo no maté a Rashawn.

–¿Por qué atacaste a los guardias? –preguntó Naomi.

–Fue al revés, abogada. Ellos me atacaron a mí.

–Luego volvemos sobre eso –dije–. ¿Te has leído la acusación?

–Más veces de las que eres capaz de contar. Ya te lo he dicho. ¿Este caso? ¿Las circunstancias? Son un montaje, Alex.

–¿No hiciste nada de lo que dicen?

–Algo sí –admitió–. Pero nada ilegal. Lo han amañado, sacándolo totalmente de contexto.

–Convénceme del mismo modo que convenciste a Naomi –le dije, cruzando los brazos–. Empieza por el principio.

–Así es como hay que empezar –canturreó Stefan, tratando de sonreír.*

Según los detalles de la acusación, dos meses atrás Rashawn Turnbull fue hallado muerto en una cantera de piedra caliza abandonada, un terreno anexionado a la ciudad de Starksville. El adolescente había sido drogado y sodomizado a la fuerza, y le habían cortado el cuello con una sierra. En la escena del crimen se encontraron semen y otras pruebas que señalaban a Stefan Tate, profesor de gimnasia de octavo curso de Rashawn, como su asesino. Las pruebas de ADN también acusaron a Stefan de haber drogado y violado a Sharon Lawrence, una joven de diecisiete años, alumna del instituto de Starksville, que había accedido a testificar contra él.

---

* «Así es como hay que empezar» es parte de la letra de «Do-Re-Mi», una de las canciones del musical *Sonrisas y lágrimas*. (N. del T.)

Así, pues, no sonreí cuando mi primo canturreó «Do-Re-Mi».

Durante los siguientes noventa minutos escuché atentamente su versión de los horribles crímenes descritos en la acusación, interrumpiéndolo sólo para aclarar hechos verificables, nombres y horas. Por lo demás, seguí el consejo del dicho que dice que si quieres descubrir algo sobre alguien, debes limitarte a callar y escuchar.

CAPÍTULO
15

—EL DÍA DESPUÉS de que descubrieran el cadáver de Rashawn me esposaron, Alex –dijo mi primo cuando terminó de contar su versión de los hechos–. Y desde entonces estoy aquí. Sin fianza. Con visitas limitadas. Incluso las de Patty y Naomi. Como ya te he dicho, Alex, están haciéndome la cama.

No dije nada. Aún estaba tratando de asimilar su historia teniendo en cuenta la información contenida en la acusación.

Stefan se inclinó hacia delante.

–Me crees, ¿verdad?

–Hay muchos hechos que deben ser demostrados.

–Te juro sobre la Biblia de mi madre que se demostrarán.

–Pongamos que tu versión de los hechos sea cierta. ¿Quién está detrás de todo esto?

Stefan vaciló y luego dijo:

–No lo sé. Esperaba que tú lo descubrieras.

–Pero tendrás sospechas…

–Así es, pero preferiría no hablar de ellas.

–Stefan, tu vida está en juego –le dijo Naomi–. Necesitamos saberlo todo.

–Lo que no necesitáis son conjeturas –dijo Stefan–. Se dice así, ¿verdad?

–Sí, pero...

Stefan me hizo un gesto con las manos esposadas.

–Me gustaría que Alex abordara el caso sin ideas preconcebidas. Dejemos que lo que le he contado lo lleve adonde tenga que llevarlo. Así, cuando diga que me cree, sabré que está diciéndome la verdad.

–Me parece bien –le dije.

Consulté el reloj. Eran más de las seis.

Naomi se acercó a la puerta y la golpeó dos veces. Los guardias vinieron para llevarse a Stefan.

–Decidles a Patty, a mi madre y a mi padre que los quiero y que soy inocente –dijo.

–Por supuesto –contestó Naomi.

–¿Cuándo volveré a veros? –preguntó Stefan mientras lo levantaban y abrían la cerradura de la argolla a la que habían sujetado las cadenas.

–Mañana –respondió mi sobrina.

–Cuando tenga algo de lo que hablar contigo –dije.

–Me parece bien –dijo mi primo, y se lo llevaron.

Naomi esperó hasta que salimos de la cárcel y nos dirigíamos al coche para preguntar:

–¿Qué es lo que no te crees?

–Me lo creo todo hasta que se demuestre lo contrario –dije.

–Pero ahí dentro parecías escéptico.

–Soy escéptico con todo cuando se trata de la violación, tortura y asesinato de un muchacho inocente –dije, impasible.

Aquello pareció molestarla.

–¿Me equivoco al pensar así? –le pregunté.

–No. Lo que ocurre es que Stefan necesita gente que esté de su parte –dijo Naomi–. Yo necesito gente que esté de su parte.

–Lo sé, pero, como ya he dicho, en última instancia estoy de parte de Rashawn Turnbull. Es mi única forma de trabajar.

CAPÍTULO
16

CUANDO APARCAMOS en Dogwood Road, en Birney, a sólo tres calles al este de Loupe, ya había atardecido. Caminamos una manzana hasta una casa de dos plantas que necesitaba una reforma –pintura, sobre todo– pero cuyo césped estaba recién regado. Olía a hierba por todas partes.

Una de las luces del porche estaba parpadeando cuando una mujer caucásica de mediana edad teñida de rubio y vestida con unos pantalones cortos y una camiseta de los Charlotte Bobcats salió por la puerta de la derecha. Tras echarnos un vistazo mientras entrábamos en el porche, dijo:

–¿Amigos o enemigos?

–Amigos –dijo Naomi–. Soy la abogada de Stefan.

–Sydney Fox –dijo la mujer, estrechándole la mano a Naomi–. Vecina y propietaria de la casa.

Me presenté y le expliqué mi parentesco con Stefan.

–Dios, ¿no es horrible? –dijo Sydney en voz baja y con expresión triste–. Ese chico me cae bien. De veras. Stefan es apasionado, ¿saben? Sólo rezo para que lo que dicen de él no sea cierto. Me rompería el corazón que lo fuera, y no quiero ni pensar lo que supondría para

Patty. Pero será mejor que empiece a correr ya; me gusta hacerlo cuando hace frío, como ahora. Encantada de conocerlos, y si hay algo que yo pueda hacer, llámenme. Patty tiene mi número.

La luz parpadeante del porche se fundió, dejando a oscuras a Sydney.

–Mierda –dijo, buscando a tientas la cerradura para introducir la llave–. Creo que mi carrera tendrá que esperar un par de minutos.

Mi sobrina pulsó el timbre de la puerta de al lado. Momentos después, la cortina de la ventana se movió.

–Soy yo, Patty. He venido con mi tío –dijo Naomi.

La puerta se abrió. Entramos en una sencilla y pulcra sala de estar con un futón a modo de sofá, un baúl que servía de mesa de café y una televisión de pantalla plana en la pared. Cuando la puerta se cerró, vi a una atractiva mujer blanca, de pelo rubio, de unos treinta años. Parecía agotada.

Me echó un breve vistazo antes de tenderme la mano.

–Patty Converse. He oído hablar mucho de usted, doctor Cross.

Mirando su pequeño anillo de compromiso de diamantes, dije:

–Y yo sé muy poco de ti salvo lo que Stefan me ha contado.

Enarcó las cejas y su voz se llenó de anhelo.

–¿Habéis visto a Stefan? Llevan días sin dejar que lo vea. ¿Cómo está?

–Hinchado y magullado, pero bien –contestó Naomi–. Fue atacado, sin que él provocara a nadie; primero por unos internos y luego por los guardias.

La preocupación de Patty se convirtió en rabia.

–Debe de haber cámaras de seguridad, grabaciones...

–Lo comprobaré –prometió Naomi.

Me dije que debía comprobar si el hecho de que Patty y Stefan fueran una pareja interracial tenía algo que ver con el caso. Patty nos ofreció una taza de café; Naomi la rechazó, pero yo se la acepté. La seguimos hasta la cocina, estrecha y alargada. Mientras preparaba el café con una cafetera de émbolo, Patty contestó a las preguntas que le hice.

–Stefan me ha dicho que os conocisteis el primer día de clase –dije–. Eras nueva, como él.

–Así es –dijo ella, mientras cogía café de una lata con una cuchara.

–¿Amor a primera vista?

Patty se sonrojó.

–Bueno, en mi caso sí. Tendría que preguntárselo a Stefan.

–En su caso también –dijo Naomi.

A Patty se le humedecieron los ojos. Su mano temblaba cuando se cubrió los labios.

–Él no lo hizo. Apreciaba a Rashawn. Los dos lo apreciábamos.

–Lo sé –dijo mi sobrina.

–¿Cómo conseguiste un empleo en Starksville? –le pregunté.

Patty explicó que se había criado en una pequeña ciudad de Kansas y que consiguió una beca para jugar a softball en la Universidad de Oklahoma, donde se especializó en educación física y también se sacó el título de maestra. Cuando se graduó, decidió mudarse cerca de Raleigh, donde vivía su hermana, y buscar un empleo.

–Y las plazas vacantes más cercanas salieron aquí –dijo–. Necesitaban dos profesores de gimnasia para el instituto y la escuela secundaria.

–Parece cosa del destino que Stefan y tú consiguierais esas plazas –dije.

Los ojos de Patty volvieron a humedecerse.

–Me gusta pensar que así fue –dijo, llorando.

CAPÍTULO
17

ANTES DE HABLAR, esperé a que Patty se calmara.

–Háblame de Rashawn Turnbull y Stefan –le dije.

–Se cayeron bien desde el principio –me dijo, mientras me servía el café–. Y debo admitir que me molestó, porque nuestra relación estaba en sus inicios, y Stefan parecía dedicar tanto tiempo a Rashawn y a otros alumnos por los que demostró interés como a mí.

El tercer o cuarto día de curso, explicó Patty, Stefan encontró a Rashawn sentado en el vestuario, negándose a cambiarse para la clase de gimnasia. El muchacho era tímido y bajito para su edad. Tanto los chicos blancos como los negros se metían con él porque su madre era blanca y una drogadicta en fase de rehabilitación y su padre afroamericano y un ladrón.

–Rashawn se sentía solo, pensaba que no encajaba –dijo Patty–. Stefan decía que también se había sentido así cuando era pequeño, ¿sabe?

–Comprendo –dije–. ¿Stefan se drogó alguna vez en tu presencia?

–Nunca. Sabía que no se lo permitiría.

–Pero estabas al corriente de su pasado.

Patty asintió.

–Él nunca vendería drogas. Odia lo que las drogas le han arrebatado y lo que podría arrebatarles a esos niños.

–¿Alguna vez encontraste drogas en su casa?

–Nunca.

–¿Alguna vez desapareció durante horas sin decirte adónde iba?

Mirando su regazo, dijo:

–Nos queremos, pero no estamos juntos todo el día.

–Eso no contesta a mi pregunta.

–No sé –dijo ella, agitada–. Sí. A veces salía; decía que tenía cosas que hacer.

–Y cuando volvía, ¿te decía dónde había estado?

Patty se pensó la respuesta.

–Normalmente decía que había salido a caminar o a correr. Le gusta un sendero que discurre paralelo a las vías del tren. A mí me parece muy ruidoso. En otras ocasiones se quedaba cerca de lugares donde solían reunirse grupos de chicos.

–¿Por qué hacía eso?

Patty explicó que hacia finales del curso pasado se habían producido una serie de incidentes relacionados con la heroína y la metanfetamina en el instituto de Starksville, incluidas las dos sobredosis que se mencionaban en la acusación del gran jurado.

–El director del instituto y la junta escolar presionaron para averiguar de dónde salían las drogas –continuó–. No creo que hubiera otro profesor que se lo tomara tan en serio como Stefan. Estaba obsesionado con descubrir de dónde procedían.

–Él dice que salió a buscar a Rashawn la noche en que éste fue asesinado.

Patty asintió.

–Cece, la madre de Rashawn, nos llamó alrededor de las ocho. Nos dijo que no había llegado a casa y nos preguntó si estaba en la escuela.

–Stefan me dijo que aquella noche estaba preocupado por muchas cosas –dijo Naomi–. Por primera vez en muchos años, cogió una botella, se fue a las pistas, se la bebió y se desmayó.

La novia de mi primo asintió.

–Dijo que se sentía frustrado por no descubrir de dónde salían las drogas y porque aquel mismo día Rashawn le había dicho que ya no lo quería como amigo –dijo Patty–. Por eso se emborrachó.

–¿Por qué Rashawn ya no quería ser su amigo? –le pregunté.

–Rashawn no dijo por qué, y Stefan estaba...

En la calle se oyó un portazo y luego una voz de hombre que gritaba:

–¡Puta novia de un asesino! ¡Puta novia de un negrata! ¡Espero que te pudras en el infierno!

Los disparos de un rifle de alta potencia resonaron en la oscuridad.

Al escuchar el primer disparo me levanté y desenfundé la Glock. Hubo otros tres disparos más que alcanzaron las ventanas del salón, salpicándome de cristales.

Al oír el chirrido de unos neumáticos me dirigí a la puerta y me puse en cuclillas en el porche. Las luces del coche estaban apagadas, pero me pareció que era un Impala blanco, viejo y destartalado, con unos horribles silenciadores. Una figura con la cabeza cubierta con una capucha negra y las manos enguantadas asomaba por la ventanilla, apuntándome con un rifle de caza. Disparó.

La sexta bala impactó en el revestimiento de madera de cedro que tenía a pocos centímetros de mí. Cuando intenté apuntarlo con el arma, el coche ya había desaparecido.

Me disponía a levantarme, respirando entrecortadamente a causa de la adrenalina, cuando vi una figura de pelo rubio vestida con ropa deportiva tendida a los pies de las escaleras del porche. La sangre brotaba de una herida en la cabeza. No habría servido de nada acercarse para comprobar si tenía pulso. No me cabía ninguna duda de que...

–¡Sydney! –gritó Patty, detrás de mí–. ¡No! ¡No!

Cuando estaba a punto de desmayarse, me di la vuelta y la cogí en brazos.

–¿Por qué? –preguntó Patty, sollozando contra mi pecho–. ¿Por qué Sydney?

En aquel momento no tuve valor para decirle que era evidente que se habían equivocado de objetivo.

CAPÍTULO
18

QUINCE MINUTOS DESPUÉS habían cortado Dogwood Road con unos conos y precintado la casa con cinta amarilla. Los técnicos de la escena del crimen estaban sacando fotografías del cadáver de Sydney Fox. Una multitud llenaba la calle. Un vehículo camuflado de la policía se detuvo junto al perímetro y de él bajaron los detectives Frost y Carmichael.

–Genial –murmuró Naomi.

–¿Tú también los conoces?

–Frost y Carmichael –dijo–. Se ocuparon de investigar el asesinato de Rashawn Turnbull.

–¿Son buenos policías? –pregunté, dejando de lado la primera impresión que tuve de ellos.

–Razonablemente inteligentes, con una formación adecuada para un detective de una ciudad pequeña –dijo Naomi–. Ellos afirman seguir las normas al pie de la letra, pero yo sospecho que a veces toman atajos y son poco rigurosos con los hechos. Además, tienen tendencia a sacar conclusiones precipitadas.

–Lo tendré en cuenta –dije, esperando a que examinaran el cadáver.

Frost se rascó la nariz, llena de cicatrices de acné, y le hizo un gesto con la cabeza a Naomi.

–Abogada.

–Detective Frost –respondió Naomi–. Éste es Alex Cross, mi tío.

–Ya nos conocemos –repuso él, sin ningún entusiasmo. Volviéndose hacia mí, añadió–. Este caso es mío.

–Estoy de vacaciones –dije.

–Lo que quiero decir es que usted no tiene nada que ver con este asesinato, salvo como testigo –insistió el detective–. ¿Estamos de acuerdo en eso a partir de este momento?

–Ésta es su ciudad, detective Frost. Aquí manda usted.

–¿Qué ha ocurrido? –preguntó Carmichael.

Naomi, Patty y yo les contamos nuestra versión de todo lo ocurrido aquella noche, incluida la bombilla fundida del porche y los insultos racistas que habíamos oído antes de que empezara el tiroteo.

La expresión de Frost se agrió.

–¿Sydney también tenía una relación interracial? –preguntó.

–No, que yo sepa –dijo Patty, frunciendo el ceño.

–Entonces, lo que querían era matarla a usted y dispararon a Sydney por error –dijo Carmichael, liberándome de la carga de ser yo quien se lo contara–. Las dos tienen el pelo rubio.

La novia de Stefan encajó mal la información. Parecía mareada.

–¡Oh, Dios mío! Ojalá nunca hubiese venido a esta ciudad.

–Mañana por la mañana tendrán que presentarse en la comisaría para que les tomen declaración –dijo Frost–. Mientras tanto, deben abandonar este sitio. Hay más técnicos de la escena del crimen en camino.

–¿No puedo quedarme aquí, en mi casa? –preguntó Patty.

–No creo que consiga dormir mucho –dijo el más veterano de los dos detectives.

–Puedes quedarte en casa de mi tía Connie. Hay dos habitaciones libres –dije.

La novia de Stefan parecía demasiado cansada para discutir.

–Voy a por algunas cosas.

–¿Pondrán vigilancia en casa de mi tía? –les pregunté a los detectives cuando Patty y Naomi entraron.

–Puedo solicitarla, aunque eso no significa que la consiga.

–Los recortes de presupuesto –explicó Carmichael.

Eso significaría que Bree y yo tendríamos que turnarnos para vigilar el callejón sin salida. Después de que Patty metiera algunas cosas en una bolsa, pasamos junto al cadáver de Sydney Fox. Un médico forense lo examinaba con una potente linterna y un técnico le estaba sacando fotos. No fue hasta entonces cuando vi que le habían disparado dos veces en la frente: dos heridas separadas por unos siete centímetros.

Recordé la cadencia de los disparos, lo rápidos y nítidos que...

–¿Doctor Cross? –gritó una voz de hombre.

Me detuve cerca del coche de Naomi y vi a un tipo alto y atlético vestido con unos vaqueros y una sudadera con capucha negra bajando de una camioneta Dodge de color gris. De su cuello colgaba una placa. Se acercó corriendo hasta nosotros.

–Soy el detective Guy Pedelini –dijo, sonriendo y tendiéndome la mano–. De la oficina del sheriff del condado de Stark. Es un honor conocerlo, señor.

–Lo mismo digo, detective Pedelini –contesté, estrechándole la mano.

–Está un poco fuera de su jurisdicción, ¿no, Guy? –preguntó Naomi, con frialdad.

Pedelini se puso serio.

–Sólo quiero presentarle mis respetos a su famoso tío, abogada –dijo–. Pero, ya que estoy aquí, ¿pueden decirme qué ha pasado?

–Un tirador profesional ha matado a la mujer equivocada desde un viejo Impala blanco –dije, y le conté lo que habíamos oído antes de que empezaran los disparos.

El detective Pedelini adoptó una expresión grave, dedicándome toda su atención.

–¿Por qué ha dicho que era un tirador profesional?

–Porque ha usado un rifle de repetición, no un semiautomático o de aire comprimido, y se las ha arreglado para dispararle dos balas en la frente a la señorita Fox antes de que se desplomara –dije.

–Un cazador –dijo Pedelini.

–O un militar entrenado –dije–. ¿Conoce a algún racista que encaje con la descripción y que tenga un Impala muy viejo?

El detective reflexionó antes de negar con la cabeza.

–Hay un par de racistas reconocidos que conducen coches blancos viejos y destartalados, y un buen número de cazadores decentes y ex militares, pero ninguno de ellos sería capaz de disparar así. Me refiero a que deberían haberse preparado para ser francotiradores.

–Tiene sentido –dije.

–¿Por qué le interesa tanto este caso, Guy? –preguntó Naomi.

–Alguien intenta matar a una testigo esencial en un caso de asesinato atroz cometido dentro de mi jurisdicción. Por eso me interesa, abogada –dijo Pedelini.

–¿Por qué iba a importarle que dispararan contra mí? –preguntó Patty Converse–. Soy testigo de la defensa, y usted cree que Stefan es culpable.

–Así es –admitió Pedelini–. Creo que es culpable de todo, aunque eso no impide que me preocupe la seguridad de la gente. Ya ve, señorita Converse, no quiero que haya ninguna duda con respecto a ese juicio. Quiero que el juez y el jurado escuchen a las dos partes y que luego deliberen y condenen a su novio para que sea trasladado a la Prisión Central de Raleigh y le suministren la inyección letal.

CAPÍTULO
19

ERAN MÁS DE LAS ONCE cuando Naomi aparcó delante de la casa de la tía Connie. Bajé del coche con la intención de dirigirme al que había sido mi antiguo hogar y el de mi familia. Sin embargo, vi que las luces estaban apagadas. Bree abrió la puerta de la casa de mi tía.

Había llamado a Bree pocos minutos después del asesinato de Sydney, pero decidimos que era mejor que se quedara en casa mientras yo hablaba con la policía.

Bree me abrazó y me dio un beso.

—Tu tía ha pensado que estaríais hambrientos —dijo—. Ha estado cocinando y dando consuelo.

—¿Dando consuelo? ¿A quién?

—A Ethel Fox —dijo Bree—. La madre de Sydney. Ella y Connie son amigas.

—¿Cómo se lo ha tomado la madre?

—No se lo cree. Está destrozada y en estado de shock. Sydney era su única hija. Su marido murió hace diez años, y su hijo vive en California. No sé lo que habría hecho si tus tías no hubiesen estado aquí.

La rodeé con el brazo y seguimos a Naomi y a Patty hasta la puerta. La tía Connie tenía la casa impecable, pero no era un lugar frío ni aséptico. Los muebles eran cálidos y acogedores, y por todas partes había fotos de ella, de sus amigos y de sus hijos, Pinkie y Karen. No vi ni una sola en la que mi tía no estuviera sonriendo o abrazando a alguien.

Como ya he dicho, ella siempre trataba a la gente como si los conociera de toda la vida.

Vi a la tía Connie en la cocina, con unas zapatillas de conejo rosas y un albornoz a juego, batiendo huevos en un bol metálico. El ambiente olía a tocino, ajo, cebolla y café. De repente, me sentí famélico y muy cansado. Lo único que quería era comer y luego acostarme enseguida.

Patty, Naomi, Bree y yo entramos en la cocina. También estaba la tía Hattie, sentada a la mesa, cogiéndole las manos a una mujer blanca de fino pelo gris, mayor que ella. En sus mejillas había rastros de lágrimas secas. Parecía mirar al vacío, ajena a nuestra presencia.

–Sydney era la cosa más dulce, Connie –dijo la anciana con voz quebrada–. De pequeña era un encanto.

–Lo recuerdo –dijo la tía Connie, dedicándonos un gesto con la cabeza.

–Creo que después del divorcio estaba encontrándose a sí misma –continuó la madre de Sydney–. Era feliz y miraba hacia el futuro.

–Es verdad –dijo la tía Hattie–. Era muy buena, una hija de la que sentirse orgullosa.

Patty tragó saliva.

–Siento mucho su pérdida, señora Fox. Sydney era una gran persona… Yo…

La madre de la fallecida pareció salir de su trance. Volvió la cabeza lentamente para mirar a la novia de Stefan, que estaba conteniendo las lágrimas.

–La policía ha dicho que le dispararon por tu culpa –dijo Ethel Fox con voz afligida.

Patty se llevó las manos a la boca y se atragantó.

–Ojalá hubiese sido yo. Le juro que… Yo quería a su hija. Era la mejor amiga que tenía aquí. Mi única amiga.

Ethel Fox se levantó, miró fijamente a Patty y, por un segundo, pensé que iba a golpearla. Sin embargo, lo que hizo fue abrir los brazos y abrazar a la novia de Stefan, que lloró en su hombro.

–Sé que tú también la querías –dijo Ethel Fox, dándole palmaditas en la espalda a Patty.

–¿No me culpa? ¿Y a Stefan?

La anciana se apartó de Patty y sacudió la cabeza.

–Sydney creía en su inocencia tanto como tú. El otro día estuvimos hablando de ello. Me dijo que Stefan no era capaz de hacerle algo tan horrible a alguien, y mucho menos a un chico por el que tanto se preocupaba.

La tía Hattie hizo un esfuerzo por no venirse abajo. La tía Connie se secó las lágrimas con el antebrazo.

–Ahora escúchame, Ethel –dijo–. Alex, nuestro sobrino, encontrará al asesino de Sydney, y hará lo mismo con el de Rashawn. Recuerda bien lo que te digo: les hará pagar por lo que han hecho. ¿No es así, Alex?

Todos los ojos me miraron fijamente. En el poco tiempo que llevaba en Starksville, la ciudad había mostrado una cara más siniestra de lo que recordaba. En el fondo, me preguntaba si estaba preparado para averiguar quién había matado al joven Turnbull y, ahora, a Sydney Fox. Sin embargo, todos me miraban tan llenos de esperanza que dije:

—Prometo que alguien pagará por ello.

La tía Connie mostró su amplia sonrisa y luego vertió los huevos batidos en una sartén de color negro que crepitó.

—Sentaos. Enseguida termino.

—Sydney tenía razón —dijo la tía Hattie—. Quienquiera que matara a ese chico no tiene corazón, y mi Stefan sí lo tiene.

Me di cuenta de que su comentario iba dirigido a mí. ¿Le habría contado Naomi lo que había dicho hacía unas horas sobre mi lealtad a las víctimas?

Antes de que yo pudiera responder con delicadeza, Ethel Fox dijo:

—Si me preguntan a mí, creo que por aquí sólo hay alguien sin corazón y capaz de matar así a un muchacho. Si me preguntan a mí, creo que Marvin Bell tiene algo que ver con ello.

El nombre me sonaba, sin embargo no era capaz de ubicarlo.

Sin embargo, era evidente que mis tías sí eran capaces de hacerlo.

Hattie tenía la mirada afligida y volvió la cabeza.

Connie rascó con fuerza el borde de la sartén con una cuchara de madera, me miró y vio la confusión en mi cara. Luego miró a la madre de Sidney y, en voz baja, le advirtió:

—Ethel, sé que no quieres acusar a Marvin Bell de algo a menos que detrás de ti tengas a cincuenta cristianos temerosos de Dios diciendo que vieron lo mismo con sus propios ojos y a plena luz del día.

—¿Quién es Marvin Bell? —preguntó Bree.

Mis tías guardaron silencio.

–Alguien escurridizo que siempre está en la sombra y nunca da la cara –dijo Ethel Fox. Luego me señaló con un dedo huesudo–. ¿Sabes por qué tus tías no te cuentan nada de él?

Mis tías no me miraban. Negué con la cabeza.

–¿Marvin Bell? –preguntó Ethel Fox–. Hace mucho tiempo, antes de que fuera un tipo decente, fue el amo de tu padre. Tu padre fue uno de sus negratas.

CAPÍTULO
20

LA PALABRA SILENCIÓ la habitación. La expresión del rostro de Bree se endureció. La de Patty y Naomi también.

Es una palabra que se oye todos los días en las calles de Washington D.C., entre la gente de color. Pero al escucharla de labios de una anciana blanca del sur refiriéndose a mi difunto padre sentí como si aquella mujer me hubiese cruzado la cara con algo indescriptible.

Su hija estaba muerta. Ella estaba consternada. No sabía lo que decía. Aquello fue lo primero que pensé. Luego me di cuenta de que mis tías no estaban tan conmocionadas como el resto de nosotros.

–¿Tía Hattie? –dije.

Sin mirarme, la tía Hattie dijo:

–Ethel no pretendía deshonrar el nombre de tu padre ni el tuyo, Alex. Sólo ha descrito las cosas tal y como eran.

Incómoda, la tía Connie dijo:

–En aquella época, tu padre *era* el esclavo de Marvin Bell. Bell era su dueño. Y también el de tu madre. Hacían todo lo que él les pedía.

–Por culpa de las drogas –dijo Ethel Fox.

De repente me sentí tan hambriento que me mareé.

–¿No recuerdas que Bell iba a tu casa cuando eras niño para darles algo a tu padre o a tu madre? –preguntó la tía Connie, mientras servía los huevos en una fuente–. Un tipo blanco, alto, de rasgos angulosos, y escurridizo, como ha dicho Ethel.

–Podía ser encantador, y un segundo después peor que un perro rabioso –añadió la tía Hattie.

Aunque una imagen borrosa e inquietante inundó mi mente, dije:

–No, no lo recuerdo.

–¿Y si…? –empezó la tía Hattie, pero luego se interrumpió.

La tía Connie sirvió tortitas de patata, bacon de arce crujiente, tostadas recién sacadas del horno y los huevos revueltos recién hechos en platos que fue dejando encima de la mesa. Naomi y yo atacamos la comida. La novia de Stefan apartó su plato de huevos con bacon y mordisqueó una tostada.

Comí en silencio. Sin embargo, Bree hizo toda clase de preguntas sobre Marvin Bell, y cuando dejé el tenedor sobre el plato después de haber comido hasta casi reventar, sintiéndome mucho menos mareado y dolorido, mi mente había asimilado una breve biografía suya; aunque parte de ella eran hechos, mayormente se trataba de opiniones, rumores, conjeturas y suposiciones.

La palabra *escurridizo* describía a Bell perfectamente.

De los que se sentaban a la mesa, nadie fue capaz de precisar exactamente cuándo empezó a controlar Bell la vida de mis padres. Decían que se había introducido en Starksville como un cáncer silencioso cuando mi madre tenía veinte años. Llegó cargado de heroína y cocaína, y ofrecía dosis gratuitas para que la gente las probara. Se apoderó de mi madre y de una docena de mujeres que, como ella, se colocaban y estaban desesperadas. También engatusó a mi padre, aunque no sólo con las drogas.

–Tu padre necesitaba dinero para vosotros –dijo la tía Connie–. Y lo consiguió vendiendo y trapicheando para Bell. Y como ha dicho Ethel, Bell los tenía tan bien agarrados que era como si fuesen sus esclavos.

–En una ocasión –dijo Ethel Fox–, Bell sacó a tu padre de su casa, lo ató con una cuerda a la parte de atrás de su coche y lo arrastró por la calle. Nadie hizo nada por detenerlo.

Recordando a los chicos a los que el día antes habían arrastrado con una cuerda, la miré, boquiabierto y horrorizado.

–¿No lo recuerdas, Alex? –me preguntó la tía Hattie, en voz baja–. Tú estabas allí.

–No –dije, inmediata e inequívocamente–. No lo recuerdo. Yo… me acordaría de algo así.

El mero hecho de pensar en ello hizo que mi cabeza empezara a dar vueltas; sólo quería tumbarme en la oscuridad y dormir. Mis tías y la madre de Sydney Fox me miraron, preocupadas.

–¿Qué? –dije–. Simplemente no recuerdo que las cosas fueran así de malas.

Con voz triste, la tía Connie dijo:

–Alex, las cosas se pusieron tan mal que la única forma de escapar que tenían tu padre y tu madre era la muerte.

Al oír eso después de un día tan largo, bajé la cabeza, afligido.

Bree me frotó la espalda y el cuello.

–¿Bell sigue traficando? –preguntó.

Discutieron sobre si seguía haciéndolo. La tía Hattie dijo que poco después de que muriera mi padre, Bell se marchó con el dinero que había ganado a treinta kilómetros al norte y se construyó una mansión en Pleasant Lake. Compró negocios en la ciudad y, aparentemente, parecía que hubiera enderezado su vida.

–¡No me creo eso ni por un instante! –exclamó Ethel Fox–. La gente no se muda por las buenas, sobre todo cuando se puede ganar dinero fácil. Yo creo que controla los bajos fondos de esta ciudad y de las ciudades de los alrededores. Incluso puede que los de Raleigh.

Levanté la cabeza.

–¿Nunca lo han investigado? –pregunté.

–Oh, estoy segura de que alguien lo habrá hecho –dijo Connie.

–Pero, por lo que yo sé, Marvin Bell nunca ha sido detenido –dijo Hattie–. De vez en cuando se lo ve por Starksville, y es como si estuviera mirando a través de ti.

–¿Qué quieres decir con eso? –preguntó Bree.

Hattie se movió en su silla.

–El mero hecho de tenerlo cerca te hace sentir incómodo. Como si fuera a amenazarte de un momento a otro, aunque esté sonriéndote.

–Entonces, ¿sabe quiénes sois? ¿Y lo que habéis visto? –preguntó Bree.

–Oh, espero que lo sepa –dijo Connie–. Aunque a él no le importa. En el reino de Bell, no somos nada.

Del mismo modo que los padres de Alex no eran nada para él.

–¿Hay alguna prueba que relacione a Bell con Rashawn Turnbull? –preguntó Bree.

Naomi negó con la cabeza.

Patty Converse parecía perdida en sus pensamientos.

–¿Stefan lo ha mencionado alguna vez? –le pregunté.

La novia de mi primo se sobresaltó cuando se dio cuenta de que estaba dirigiéndome a ella.

–A decir verdad, nunca he oído hablar de Marvin Bell.

CAPÍTULO
21

A LA MAÑANA SIGUIENTE, cuando me desperté, vi a mi hija junto a la cama, zarandeándome. Llevaba un chándal azul y sostenía una bolsa de deporte.

–Son las seis de la mañana –susurró–. Hay que irse.

Asentí, adormilado, y me levanté de la cama, intentando no despertar a Bree. Cogí unos bermudas, unas zapatillas deportivas, una camiseta de los Georgetown Hoyas y una sudadera con capucha de Johns Hopkins y me metí en el baño.

Me eché agua fría en la cara y me vestí, dispuesto a no pensar en el día anterior, en Marvin Bell y en lo que mis tías me contaron que les había hecho a mis padres. ¿Nana Mama lo sabía? Dejé de lado aquella y otras preguntas. Al menos durante unas horas, quería concentrarme en mi hija y en sus sueños.

Nana Mama ya se había levantado.

–Café con achicoria –dijo, tendiéndome una taza para llevar y una pequeña nevera portátil–. Aquí dentro hay plátanos, agua y los batidos de proteínas de tu hija. Y también unos cuantos muffins de semillas de amapola; sé que te gustan.

–¿Me estás cebando?

–Sólo quiero añadir un poco de carne a tus huesos –dijo, echándose a reír.

Yo también me reí.

–Me acuerdo de eso –dije.

Cuando era un adolescente, más o menos de la edad de Jannie, ya había alcanzado mi estatura máxima, pero pesaba setenta y dos kilos. Entonces soñaba con jugar al fútbol y al baloncesto en la universidad. De modo que, durante dos años, Nana Mama estuvo preparándome más comida de la cuenta para añadir un poco de carne a mis huesos. Cuando me gradué en el instituto, pesaba casi noventa kilos.

–¡Papá! –protestó Jannie.

–Dile a Bree que estaremos de vuelta antes de la diez –dije, y salí corriendo de casa con mi hija.

Jannie no estaba nerviosa por la carrera en el instituto de Starksville. Y no me extrañó. Es increíblemente competitiva y resistente cuando se trata de correr. A veces está un poco irritable antes de afrontar un reto en la pista. Y otras, como aquella mañana, está tranquila, muy concentrada.

–Se supone que esa entrenadora es dura –dije.

Jannie asintió.

–Es segunda entrenadora en Duke.

Podía adivinar lo que estaba pensando. Una de las ayudantes de la entrenadora de atletismo de la Universidad de Duke se ocupaba del equipo de la Unión Atlética Amateur en Raleigh durante el verano. Sin duda, alguna de sus atletas estaría en la pista. Jannie estaba dispuesta a impresionarlas a todas.

Entré en el aparcamiento casi vacío que había al lado del instituto. A las seis y cuarto de un sábado por la mañana sólo había unos pocos coches, incluidas dos furgonetas blancas. Detrás de ellas, de una valla de tela metálica y de unas gradas, había gente haciendo *jogging* y calentando.

–Has venido aquí a entrenar, ¿verdad? –dije, mientras Jannie se desabrochaba el cinturón de seguridad.

Ella sacudió la cabeza y sonrió.

–No, papá –me contestó–. He venido a correr.

Cruzamos una puerta que había debajo de las gradas y nos acercamos a la pista. Había quince, puede que veinte atletas, algunas haciendo estiramientos en el frío aire de la mañana y otras precalentando.

–¿Jannie Cross? –Una mujer vestida con pantalones cortos, zapatillas de deporte y un brillante anorak de color turquesa se acercó corriendo hacia nosotros. Llevaba una tabla para sujetar papeles y mostró una amplia sonrisa cuando, extendiendo la mano, dijo–: Melanie Greene.

–Encantado de conocerla, entrenadora Greene –dije, estrechándole la mano y percibiendo su sincero entusiasmo.

–El placer es mío, doctor Cross –dijo la entrenadora. Luego, volviéndose hacia Jannie, dijo:

–Y usted, señorita, ha causado mucho revuelo.

Jannie sonrió, inclinando la cabeza.

–¿Ha visto el vídeo de la competición?

–Igual que el resto de entrenadores de primera división del país –dijo–. Y aquí estás, en mi pista.

–Así es, señora –contestó Jannie.

–Sólo por curiosidad: ¿en otoño sólo estarás en segundo año de secundaria?

–Sí, señora.

La entrenadora Greene sacudió la cabeza con incredulidad y luego me entregó la tabla para sujetar papeles.

–Necesito que firme unos impresos –dijo–. Son para confirmar que, bajo ningún concepto, consideramos esto como una reunión para un fichaje. Esto es sólo un entrenamiento de verano. En la parte inferior hay una autorización del departamento de educación de Starksville.

Eché un vistazo a los documentos y empecé a firmarlos.

–¿Por qué no das una vuelta para calentar? –le dijo la entrenadora Greene a Jannie–. Esta mañana entrenaremos los doscientos metros.

–De acuerdo, entrenadora –dijo Jannie, adoptando una expresión grave mientras dejaba la bolsa encima de una de las gradas bajas y corría hacia la pista.

Firmé el último impreso y le devolví la tabla a la entrenadora.

–¿Cuánto tiempo se van a quedar? –preguntó ella.

–No lo sé –dije–. Estamos aquí por un problema familiar.

–Lo siento y al mismo tiempo me alegra oírlo.

Volvió a estrecharme la mano antes de acercarse corriendo a varias chicas vestidas con sudaderas de la Unión Atlética Amateur y de Duke.

Estaban llegando más atletas, chicos y chicas, más jóvenes que los del grupo de la universidad que ya estaba en la pista, y algunos que debían de tener más o menos la edad de Jannie. Tres de ellos llevaban sudaderas de Starksville. Me senté en las gradas, sorbí un poco de café y me comí unos muffins de semillas de amapola mientras Jannie llevaba a cabo su rutina de calentamiento: una vuelta lenta y luego una serie de enérgicos estiramientos y ejercicios que iban aumentando en intensidad y cuyo objetivo era tonificar los músculos.

El resto de atletas no le quitaba la vista de encima, estudiándola, sobre todo las alumnas de instituto, y especialmente las de Starksville. En el caso de que Jannie se hubiera dado cuenta, no lo parecía. La expresión de su rostro daba a entender que sólo pensaba en su carrera.

La entrenadora Greene llamó a los atletas y los dividió en grupos. Jannie estaba en el de las chicas locales. En el caso de que le importara, no lo demostró. Lo único que importaba era el tiempo.

CAPÍTULO
22

GREENE LES PIDIÓ que se esforzaran al sesenta por ciento. Los chicos salieron en primer lugar, corrieron los doscientos metros y después aminoraron la marcha. Luego Greene fue mandando lo mismo al resto de los grupos por turnos. Las siete universitarias eran atletas de verdad, fuertes y rápidas. En la pista, parecían estar bailando; apenas tocaban el suelo y movían las piernas a toda velocidad, con una poderosa cadencia.

Jannie las observaba con atención, pero no se la veía preocupada. Cuando le llegó el turno a su grupo, el de las alumnas de instituto, ella se quedó en la calle exterior, dejándoles las calles más fáciles a sus compañeras. Greene le dijo algo que no pude escuchar. Jannie asintió y se colocó en su posición.

Todos corriendo a intervalos sin tacos de salida cada vez que Greene tocaba el silbato. Algunas de las otras chicas, sobre todo las tres de Starksville, tenían agallas y se mantuvieron a la altura de Jannie durante la desaceleración. Sin embargo, saltaba a la vista que no poseían su natural elasticidad ni su zancada.

La diferencia fue más evidente en la tercera carrera,

en la que Greene exigió un esfuerzo del ochenta por ciento. Cuando sonó el silbato, Jannie salió con un movimiento suave y cortante, que enseguida dio paso a las largas y explosivas zancadas de una especialista en los cuatrocientos metros al tomar la curva. Redujo la marcha cuando le quedaban diez metros, y aun así superó a las alumnas de instituto en más de cinco metros.

–¡Eh! –le gritó una de las chicas de Starksville a Jannie, enfadada y respirando entrecortadamente–. ¡Ochenta por ciento!

Jannie sonrió y dijo:

–No, setenta.

Lo dijo sin mala intención, pero la chica pensó que estaba siendo condescendiente. Su rostro se endureció y, dándose la vuelta, se acercó a sus amigas.

La entrenadora Greene debió de oír a Jannie diciendo que había alcanzado un setenta por ciento, porque fue corriendo hacia ella y le dijo algo. Jannie asintió y corrió para unirse a las atletas mayores.

–Formad grupos de cuatro, chicas –les gritó Greene.

Las universitarias saludaron con un gesto de la cabeza a Jannie cuando se unió a ellas, pero aquellas chicas eran atletas de primera división, y al cabo de un momento se concentraron en la carrera.

–Ahora, ochenta y cinco por ciento –gritó Greene mientras las chicas se colocaban en sus puestos de salida.

A sus quince años y medio, mi hija era tan alta o más que la mayoría de sus compañeras, aunque no tenía su fuerza ni su constitución. A su lado, se la veía delgada.

Jannie corrió junto a las dos chicas más fuertes durante los primeros ciento cincuenta metros. Luego se puso de manifiesto su experiencia y su condición. Se fueron alejando de ella y cruzaron la meta diez metros por delante.

–Noventa –gritó Greene, y todas las chicas del grupo, incluida Jannie, asintieron con la cabeza, jadeando.

Corrieron otras dos carreras iguales, y Jannie quedó tercera en ambas. Entonces Greene les ordenó que hicieran ejercicios suaves de recuperación y estiramientos. Las dos chicas más rápidas se acercaron a hablar con Jannie, pero las de Starksville la ignoraron.

La entrenadora Greene se acercó a la valla. Bajé a hablar con ella.

–¿Ha corrido los doscientos metros en alguna competición? –preguntó.

–No –dije–. Sólo los cuatrocientos. ¿Por qué?

–Las dos chicas que la han ganado, Layla y Nichole, son velocistas natas. Su prueba son los doscientos. Layla quedó segunda en los campeonatos del Atlántico y duodécima en los nacionales de la NCAA.

No sabía qué decir.

–Creo que ella prefiere los cuatrocientos.

–Lo sé –dijo Greene–. Aún está verde, pero es impresionante, doctor Cross.

–Gracias, eso creo.

–Es un gran cumplido –dijo la entrenadora–. Yo... –Hizo una pausa–. Creo que el próximo sábado por la mañana podría llevarla a Duke.

–¿Para?

–Hay un grupo de Chapell Hill, Duke y Auburn. Todo son chicas que corren los cuatrocientos y entrenan allí. Me gustaría que la jefa que tengo en mi otro trabajo viera correr a Jannie.

–Pensaba que esto no tenía nada que ver con los fichajes.

–Es sólo una sugerencia amistosa. Creo que Jannie se aburrirá corriendo con estas chicas, mientras que allí, a sólo una hora de distancia, hay chicas con las que entrenaría más a gusto.

–Tendremos que hablarlo –dije–. Y dependerá de mi situación familiar.

–Sólo quería que supiera que Jannie tiene las puertas abiertas –dijo la entrenadora antes de alejarse corriendo.

Las tres chicas de Starksville se acercaban por la pista. Greene chocó los cinco con ellas al pasar y les dijo:

–El martes por la tarde.

Las chicas me dedicaron una mirada hostil cuando pasaron junto a mí y luego siguieron charlando. Jannie se puso las sandalias de goma y se cargó la bolsa al hombro. Cada uno de sus movimientos era eficaz y natural; incluso cuando andaba sin prisas lo hacía con fluidez, con los hombros, las caderas, las rodillas y los tobillos relajados y perfectamente sincronizados.

Soy consciente de que estoy presumiendo de mi hija, pero, dejando de lado el orgullo de padre, sabía lo suficiente sobre atletismo para comprender que el don que Jannie tenía era algo que no se podía enseñar. Era algo genético, una bendición de Dios, un nivel de conciencia física que estaba más allá de mi comprensión. Por eso, en aquel momento, levanté los ojos hacia el cielo, pidiendo consejo.

Jannie se acercó a mí y, protegiéndose los ojos, también miró al cielo.

–¿Qué ocurre allí arriba?

Rodeándola con el brazo, dije:

–Todo.

CAPÍTULO
23

LLEGAMOS A CASA alrededor de las ocho y veinte. Ali se había levantado, pero aún iba en pijama. Estaba sentado en el sofá viendo un programa de pesca en Outdour Channel, uno de los pocos canales que se veían bien.

–Esto es genial, papá –dijo Ali–. Enganchan ese enorme pez espada y se pasan horas recogiendo el sedal para poder etiquetarlo y seguirle la pista.

–Increíble –dije, mirando las aguas de color turquesa–. ¿Qué lugar es ése?

–Las islas Canarias. ¿Dónde están?

–Cerca de África, creo.

Bree y Nana Mama estaban en la cocina, preparando el desayuno.

–¿Por qué no me has despertado? –me preguntó Bree cuando entré–. Quería ir con vosotros.

–Lo siento –dije–. Quería dejarte descansar.

–Ya descansaré cuando esté en Jamaica –dijo ella, con firmeza.

Llevándome la mano a la frente para saludarla, dije:

–Detective Stone.

–Descanse –dijo Bree, sonriendo tímidamente–. ¿Podemos ir a dar una vuelta despúes de desayunar? Me refiero a una vuelta de verdad.

–Te voy a hacer un recorrido turístico –dije–. Sí, eso estaría bien.

–Llevadme con vosotros –dijo Nana Mama–. Voy a volverme loca en esta casa si todo lo que puede verse en televisión son programas de caza y pesca. Y no me importa que Connie diga que Starksville ha cambiado mucho. Si cierro los ojos, sigo viéndola como era.

Curiosamente, yo no. Me di cuenta de que no había pensado en la casa como el lugar donde había pasado mi infancia o en el hogar de mis padres desde esa primera noche en la ciudad. El psicólogo que llevo dentro se preguntaba por qué. ¿Y por qué mis tías insistían en que había visto a mi padre siendo arrastrado con una cuerda? ¿Acaso había bloqueado ese recuerdo? Y, si así era, ¿por qué?

–¿Te encuentras bien, Alex? –me preguntó Bree, tendiéndome un plato.

–¿Eh?

–Estás dándole vueltas a algo –dijo.

–Parece que es un día para reflexionar.

Me encogí de hombros y me senté a la mesa a comer. Entonces apareció Naomi.

–¿No fue aquí donde lo dejamos ayer?

–No tiene nada de malo desayunar dos veces en ocho horas –dijo Nana Mama–. ¿Quieres comer algo, querida?

–Apenas puedo moverme después de la bomba de colesterol de anoche –dijo Naomi. Luego me miró–. ¿Quieres ver dónde lo encontraron? Me refiero a Rashawn.

–Sí, si podemos disfrutar de las vistas durante el trayecto –dije.

Una hora más tarde, la temperatura superaba los treinta grados y el calor era cada vez más pegajoso. Puse el aire acondicionado del Explorar a niveles árticos. Bree iba sentada a mi lado y Naomi y Nana Mama en la parte de atrás.

Nos dirigimos a poca velocidad hacia el norte, zigzagueando por Birney, que aún estaba como lo recordaba: en mal estado y habitado por negros y unos cuantos blancos pobres. En el extremo este del barrio, Naomi señaló una vivienda de dos plantas y dijo:

–Rashawn vivía allí. Ésa es la casa de Cece Caine Turnbull.

–¿Cuándo lo vio vivo por última vez su madre? –preguntó Bree.

–Esa mañana, cuando se fue a la escuela –contestó Naomi–. Formaba parte de un programa extraescolar de YMCA; por eso no se preocupó al ver que no llegaba a casa a las seis. Pero a las siete, Cece empezó a llamarlo al móvil. Él no contestó. Sus amigos dijeron que no lo habían visto. Entonces Cece llamó a Stefan y a la policía.

–¿La policía salió en su busca? –preguntó Bree.

–Sí, pero con poco entusiasmo. Le dijeron a Cece que seguramente estaría por ahí con alguna chica o fumándose un porro.

–¿A los trece años? –preguntó Bree.

–Aquí es bastante normal –dijo mi sobrina–. Incluso antes de esa edad.

Me dirigí al norte cruzando las vías, el puente con arcos y los barrios, hacia el centro de la ciudad. Pasamos junto a una licorería y me fijé en el nombre: Bebidas Bell. Me pregunté si sería uno de los negocios supuestamente legales que Marvin Bell había adquirido con el dinero de la droga.

Recorrimos el centro de la ciudad y los barrios ricos. No eran ricos en el mismo sentido que en Nueva York o en Washington D.C., pero estaba claro que allí vivía la clase media, las casas eran más grandes que las de Birney y con patios más amplios y mejor cuidados.

–Cuando era joven era igual –dijo Nana Mama–. Los negros pobres vivían en Birney y los blancos con sus grandes empresas aquí.

–¿Quién es ahora el mayor empresario? –preguntó Bree.

Naomi señaló a través de la ventanilla una colina cubierta de hierba con barrios de clase media y una larga pared de ladrillo y hierro forjado. Al otro lado de la pared, el césped, recortado como si fuera un campo de golf parecía vibrar bajo el sol y se extendía por la colina hasta la única construcción de Starksville que podía definirse legítimamente como una mansión. Versión moderna de un diseño anterior a la guerra de Secesión, la casa tenía una fachada de ladrillo con muchas ventanas blancas con forma de arco y un porche. Ocupaba toda la cresta de la colina y estaba rodeada de arbustos y árboles frutales.

–Ésa es la casa de la familia Caine –dijo Naomi–. Son los propietarios de la empresa de fertilizantes.

–¿Los abuelos de Rashawn? –preguntó Bree.

–Harold y Virginia Caine –dijo Naomi.

–Un gran paso atrás para Cece, entonces –dije–, teniendo en cuenta dónde vive ahora.

—Así pues, Rashawn era una víctima inocente incluso antes de morir —dijo Nana Mama, en un tono disgustado—. Hace cincuenta años no soportaba este lugar, y tengo la sensación de que nada ha cambiado. Por eso tuve que irme después de abandonar a Reggie. Por eso quería sacar a Jason de aquí.

Miré por el retrovisor y vi a mi abuela retorciéndose las manos y mirando por la ventanilla. *Reggie.* Fue una de las pocas veces que la oí pronunciar el nombre de mi abuelo. Raramente solía hablar de su juventud, de su matrimonio fracasado o de mi padre. Su historia siempre parecía empezar cuando se fue a Washington y a Howard. Evitaba hablar de mi padre, como si fuera una costra que no se quisiera rascar.

—Gira a la derecha —dijo Naomi.

Rodeamos la colina, por debajo de la mansión de los Caine, y luego nos dirigimos hacia el oeste, donde había menos casas. Pasamos junto a una iglesia católica en la que un jardinero estaba cortando el césped.

—St. John —dijo Nana Mama, con cariño—. Aquí hice la primera comunión.

Volví a mirar por el retrovisor y me di cuenta de que la habían asaltado algunos recuerdos de Starksville más agradables. Más allá de la iglesia, la carretera se adentraba en el bosque.

—Más adelante hay un área de descanso. A la derecha, después del cementerio —dijo Naomi—. Hay un mirador.

24

PASAMOS JUNTO AL CEMENTERIO de St. John, cuyas puertas estaban abiertas. Desde lo alto de la colina vi el área de descanso.

–Una vista muy bonita –dijo Nana Mama. Miré por tercera vez por el retrovisor y vi a mi abuela contemplando el cementerio–. Tu tío Brock está enterrado ahí. Podría estar en Arlington, pero Connie Lou quiso que estuviera aquí, con la familia.

–Murió en la guerra del Golfo, ¿verdad? –preguntó Bree.

–Estaba en los Boinas Verdes –explicó Naomi–. A título póstumo, le concedieron la Estrella de Plata por su valor en Faluya. Está en una estantería del salón.

–¿Connie nunca se volvió a casar? –preguntó Bree.

–Nunca vio la necesidad –contestó Nana Mama–. Brock era su alma gemela; comparados con él, todos los amigos que tenía salían perdiendo.

–¿Amigos? –pregunté.

–No es asunto tuyo.

Sabía que era mejor no insistir, y lo que hice fue seguir subiendo hasta el área de descanso. A unos trescientos metros había peñascos irregulares de color blanco. Árboles de madera dura, como el arce y la pacana, salpicaban el terreno en el otro extremo de los riscos. Sin embargo, en el más cercano, habían talado los árboles para fabricar madera; sus tocones casi habían sido engullidos por zarzas y retoños de matorrales.

Bree, Naomi y yo bajamos del coche, conscientes del calor que debía hacer en el edificio y del zumbido de los insectos. Mi abuela bajó la ventanilla y se quedó donde estaba.

–Esperaré aquí, gracias –dijo–. He dado clases a muchos chicos de trece años; no quiero escuchar lo que vais a decir.

–No tardaremos mucho –prometió Naomi, y, dirigiéndose a mí, dijo–: Sería genial tener unos prismáticos.

–Tengo unos –dije.

Del maletero del Explorer saqué los prismáticos Leupold que compré cuando aún estaba en el FBI.

Naomi nos condujo hasta una barandilla alta. Vimos una enorme y profunda cantera de piedra caliza abandonada que hizo que mi corazón se acelerara. Una vez más me vi a mí mismo de niño, corriendo de noche bajo la lluvia. No sabía adónde iba ni por qué. O quizás era incapaz de recordarlo.

O no quería hacerlo.

Sea como fuere, hice un esfuerzo por calmarme y estudiar a fondo la cantera antes de que Naomi dijera nada. Tenía unos ochenta, quizás noventa metros de profundidad. En algunas zonas, el suelo estaba cubierto por la maleza, mientras que en otras era de piedra.

Un arroyo lo cruzaba y desaparecía por un hueco de la pared situada a nuestra izquierda.

Los grafitis de las pandillas callejeras cubrían la parte inferior de las paredes de piedra caliza. En la parte superior, los riscos eran irregulares y estaban escalonados en las partes donde los mineros habían cortado grandes bloques de piedra. En algunos puntos había agujeros dentados en la roca... Entradas de cuevas. El agua goteaba de las cuevas y caía hasta el arroyo.

Naomi señaló hacia abajo, indicando la zona de la cantera que quedaba más desprotegida, un campo de escombros quemado por el sol que me recordó a unas ruinas griegas que había visto en unas fotografías. Había trozos de piedra caliza por todas partes. Los bloques más cuadrados estaban amontonados sin orden ni concierto, y los que estaban rotos lo cubrían todo.

–¿Ves la pila más alta? –dijo mi sobrina–. A lo lejos, un poco hacia la derecha. Pues ve hacia la izquierda y fíjate en esa más baja, hacia el centro, más cerca de nosotros.

–La veo –dije, mientras enfocaba con los prismáticos cinco bloques de roca agrietada del tamaño de una puerta. Había una especie de sendero que conducía desde allí hasta un agujero en la pared situado a nuestra izquierda.

–Allí fue donde encontraron a Rashawn –dijo Naomi–. Luego te enseñaré las fotografías de la escena del crimen, pero estaba boca abajo sobre el bloque de piedra más alto, con los vaqueros alrededor del tobillo derecho y la pierna izquierda colgando. No creo que desde aquí puedas ver la decoloración de la roca, pero cuando Pedelini lo encontró, hacía menos de una hora que había estado lloviendo y...

—Un momento —dije, bajando los prismáticos—. ¿Pedelini? ¿El detective de la oficina del sheriff?

—Exacto —dijo Naomi—. Pedelini vio el cuerpo desde aquí arriba. Dijo que, a pesar de la lluvia, cuando llegó hasta donde se encontraba Rashawn había un círculo rosado de sangre alrededor de su cuerpo.

—La acusación decía que le habían cortado el cuello —dije.

Naomi asintió.

—Podrás leer el informe completo de la autopsia.

—¿Tienen el arma? —preguntó Bree.

Mi sobrina se aclaró la garganta.

—Una sierra de bolsillo hallada en el sótano de la casa que compartían Stefan, Patty y Sydney Fox.

—¿La sierra de bolsillo de Stefan?

—Sí —contestó Naomi—. Él dijo que la compró porque le había dado por cazar pavos, y otro profesor de la escuela que los cazaba le dijo que era una buena herramienta para ello.

—¿Tenía sus huellas? —preguntó Bree.

—Y el ADN de Rashawn —dijo Naomi.

Bree nos miraba con escepticismo.

—¿Y cómo lo explica?

—No lo ha hecho —repuso Naomi—. Stefan dice que compró la sierra, la sacó de su embalaje en casa y la dejó en el sótano junto con el resto del equipo que había comprado para salir de caza.

—¿Cuántas entradas tiene ese sótano? —preguntó Bree.

–Tres –contestó Naomi–. Desde el apartamento de Stefan, desde el de Sydney Fox y una puerta en el suelo, en la parte de atrás. No había señales de que esta última hubiese sido forzada.

Levanté los prismáticos y volví a enfocar la antigua cantera, centrándome en el lugar donde un muchacho de trece años había sido torturado y asesinado.

–Quiero bajar para verlo más de cerca –dije.

–El viejo camino que sale de la iglesia está cerrado con unas cadenas, y a pie es un buen paseo –explicó Naomi–. Al menos veinte minutos desde la carretera principal. Necesitarás repelente de insectos, pantalones largos y manga larga para evitar las niguas. También hay zumaques venenosos.

–Con este calor no podemos dejar tanto tiempo a una mujer de noventa años en el coche –dijo Bree–. Llevamos a casa a Nana Mama, cogemos todo lo que necesitamos y volvemos.

Me llevé la mano a la frente y saludé a mi mujer. Era la segunda vez que lo hacía aquella mañana.

QUINCE MINUTOS DESPUÉS estábamos de vuelta en Loupe Street. Ali seguía viendo la televisión, un programa de caza y aventura presentado por un afable grandullón con un sombrero vaquero negro.

–¿Te suena de algo Jim Shockey? –preguntó Ali.

–Me temo que no.

–Viaja a lugares desconocidos y caza cabras montesas en Turquía y ovejas en Mongolia Exterior.

–¿Mongolia Exterior? –dije, acercándome a la pantalla para ver lo que supuse que eran mongoles cargados con mochilas escalando alguna remota montaña con Shockey, el grandullón del sombrero vaquero negro.

–Sí, es genial –dijo Ali, con los ojos fijos en la pantalla–. No sabía que se podían hacer cosas como ésas.

–¿Te interesa Mongolia Exterior?

–Claro. ¿Por qué no?

–Eso es cierto, ¿por qué no? –dije, y subí a cambiarme de ropa.

Naomi decidió quedarse para trabajar en la presentación del caso. Cuando Bree y yo nos fuimos, Nana

Mama se estaba preparando algo de comer y Ali estaba gratinando sándwiches de tomates verdes y queso.

Llevábamos con nosotros los informes y las fotografías de la escena del crimen cuando nos dirigimos de nuevo hacia la iglesia. El jardinero había terminado y estaba cargando el cortacésped en un remolque. Yo buscaba el camino abandonado y cerrado con cadenas que Naomi nos había mostrado cuando volvíamos a casa.

–Nana Mama tiene razón –dijo Bree–. El cementerio es muy bonito.

Miré hacia la colina, más allá de la iglesia, y vi las filas de lápidas y tumbas. Recordé algo que había dicho mi tío Clifford hacía dos noches y algo que mi abuela había dicho aquella misma mañana.

Giré y metí el Explorer en el aparcamiento.

–Espera un segundo –dije.

Me acerqué al jardinero, me presenté y le hice varias preguntas. Sus respuestas me estremecieron y un escalofrío recorrió mi espina dorsal.

Volví al coche.

–Antes de ir a la cantera haremos una breve parada –dije.

–¿Adónde vamos?

–Al cementerio –contesté, tragándome las emociones y poniendo el coche en marcha–. Creo que mis padres están enterrados allí.

Bree estuvo pensando un momento en silencio y luego dijo:

–¿De verdad?

–La otra noche, el marido de Hattie dijo: «Christina está al lado de Brock». Brock era el hermano de mi madre, el esposo de la tía Connie, y Nana Mama dijo que estaba enterrado aquí. Y mi madre fue enterrada junto a su hermano. El jardinero me ha dicho que también hay una parcela de la familia Cross.

Crucé la entrada y seguí por la colina de suaves ondulaciones, buscando las tumbas que el jardinero me había descrito.

—Alex —dijo Bree en voz baja—. ¿Nunca has visitado la tumba de tus padres?

Negué con la cabeza.

—Pensaban que era demasiado pequeño para asistir al funeral de mi madre, e inmediatamente después de que muriera mi padre nos mandaron con Nana Mama. Teniendo en cuenta todo lo que habíamos pasado, quiso ahorrarnos el dolor de un funeral.

Bree pensó en lo que acababa de decirle.

—Entonces, tus padres murieron con poco tiempo de diferencia.

—Un año —dije—. Después de que mi madre muriera, mi padre estaba tan afligido que empezó a beber mucho y a tomar drogas.

—Eso es horrible, Alex —dijo ella, frunciendo el ceño—. ¿Por qué no me lo habías contado?

Me encogí de hombros.

—Cuando te conocí, mi pasado era... mi pasado.

—¿Y quién cuidó de ti y de tus hermanos mientras ocurría todo eso?

Pensé en ello, conduciendo despacio, sin dejar de examinar la ladera.

—No me acuerdo —dije—. Probablemente la tía Hattie. Siempre íbamos a su casa cuando las cosas se ponían...

La tumba era de granito gris, y estaba un poco más abajo de una fila de sepulturas parecidas. En la parte delantera habían grabado el apellido CROSS.

Detuve el coche, lo dejé en marcha para que siguiera funcionando el aire acondicionado y miré a Bree. La expresión de su rostro estaba llena de dolor y compasión.

–Ve –dijo en voz baja–. Estaré aquí si me necesitas.

Le di un beso antes de salir del coche. Hacía calor y se escuchaba el zumbido de los insectos procedente del bosque. Pasé por delante del Explorer y me dirigí hacia la hilera de tumbas, centrando mi atención en la que tenía el apellido Cross. Sentí que todo mi cuerpo se entumecía cuando estuve delante de la tumba, muy descuidada. La hierba crecía a su alrededor. Tuve que agacharme y apartarla para ver tres pequeñas lápidas de granito con unas iniciales grabadas. De izquierda a derecha, rezaban:

A.C. G.C. R.C.

Escarbé en la hierba, a la derecha de R.C., y sólo encontré paja y tierra. No había una cuarta lápida. Ningún J.C.

Me puse de pie y me dirigí a la parte trasera, donde había más gente enterrada. El primer nombre y lo que decía me impactó.

ALEXANDER CROSS
HERRERO
12 DE ENERO DE 1890
8 DE SEPTIEMBRE DE 1947

La segunda inscripción y la tercera rezaban:

GLORIA CROSS
MADRE Y ESPOSA
23 DE JUNIO DE 1897
12 DE OCTUBRE DE 1967

REGINALD CROSS
MARINO MERCANTE
6 DE NOVIEMBRE DE 1919
12 DE MARZO DE 1993

Desconcertado, me metí de nuevo en el coche.

–¿Qué pasa? –preguntó Bree.

–Mi padre no está aquí. El ex marido de Nana Mama, mi abuelo, sí, y también sus padres. Debieron de ponerme mi nombre en recuerdo de mi bisabuelo Alexander, que era herrero.

–¿Lo sabías?

Negué con la cabeza.

–Quizás haya otra parcela de los Cross –dijo Bree.

–Tal vez –dije, poniendo el coche en marcha.

Cinco filas más arriba vi la tumba de color blanco en la que podía leerse PARKS debajo de una bandera de Estados Unidos tallada en la piedra. Estaba más cerca de la avenida del cementerio, cuatro tumbas hacia adentro, y muy bien cuidada, con flores frescas en un jarrón. Al igual que en la tumba de los Cross, había lápidas más pequeñas, dos de ellas separadas por un par de metros de distancia. Sus inscripciones rezaban B.W.P. y C.P.C.

Brock William Parks y Christina Parks Cross.

Sentí que la pena me invadía como una espesa niebla

y una sensación de pérdida y dolor. Las lágrimas rodaron por mis mejillas cuando susurré:

–Siento no haber venido antes, mamá. Lo siento... por todo.

Me quedé allí de pie, tratando de recordar la última vez que había visto a mi madre, y no pude. Había muerto en casa. Estaba seguro de ello porque mis tías estaban allí a todas horas, cuidando de ella, pero no fui capaz de recordarla.

Angustiado por eso, me limpié las lágrimas y caminé hasta la parte de atrás para leer las inscripciones.

BROCK WILLIAM PARKS
BOINA VERDE
HÉROE NACIONAL

CHRISTINA PARKS CROSS
AMADA MADRE

Me sentí embargado por la emoción y acudieron a mí imágenes de mi madre en sus mejores tiempos, cuando era cariñosa y divertida. Habría jurado que podía oírla cantar y tuve que hacer un esfuerzo por volver al coche.

Bree me miró con los ojos llenos de lágrimas.

–¿Tu madre está ahí?

Asentí, y entonces me eché a llorar.

–Ha estado aquí todos estos años, Bree, y yo nunca... la vine a visitar. Ni una sola vez. En todo este tiempo, ni siquiera me he preguntado dónde estaría enterrada. ¡Dios mío! ¿Quién hace algo así? ¿Qué clase de hijo soy?

CAPÍTULO
26

Palm Beach, Florida

ESE MISMO SÁBADO, al mediodía, los detectives Peter Drummond y Richard S. Johnson, de la oficina del sheriff del condado de Palm Beach, fueron enviados a una mansión de North Ocean Boulevard.

El detective Johnson era un tipo alto y atlético de treinta y pocos años, ex marine, que trabajaba desde hacía poco tiempo en el condado de Dade. El sargento Drummond, de unos sesenta años, era un hombre negro, alto y robusto, con un rostro casi carente de expresión debido a los daños sufridos en un nervio por una enorme cicatriz, consecuencia de una quemadura, que empezaba debajo de su ojo derecho y se extendía por gran parte de la mejilla hasta la mandíbula.

Johnson sabía que tenía suerte de tener a Drummond como compañero. El sargento era una leyenda en el departamento, uno de esos hombres que tenía un don para descubrir a los criminales, sobre todo a los asesinos.

El sargento Drummond giró a la derecha en North Ocean Boulevard y cruzó las puertas abiertas de una mansión con un patio de estilo italiano donde habían aparcados dos coches de policía, una camioneta del servicio médico y un Rolls-Royce de color azul oscuro.

–¿Quién diablos puede permitirse vivir así? –preguntó Johnson.

–Por aquí, mucha gente –dijo Drummond–. Y, sin duda alguna, el doctor Stanley Abrams. Tiene la clínica de cirugía plástica más grande de la zona. Le llaman «el rey de las tetas».

Salieron del coche de policía camuflado. El calor, a pesar de la proximidad del océano, era insoportable.

–Pensaba que la mayoría de los millonarios de Ocean Boulevard se iban al norte en verano –dijo el detective más joven.

–La mayoría lo hace –contestó el sargento–. Pero los tipos como Abrams se quedan por mucho calor que haga.

Uno de los agentes de uniforme les enseñó la casa, un castillo, en realidad, con tantos pasillos y habitaciones que el detective Johnson pronto se perdió. Subieron una majestuosa escalera y pasaron por delante del retrato de una mujer muy guapa con un vestido de noche. Oyeron a un hombre que estaba llorando.

Entraron en un enorme dormitorio y vieron en la entrada a un hombre delgado, cabizbajo, sentado en un banco acolchado.

–¿Doctor Abrams? –dijo Drummond.

El cirujano plástico levantó la vista. Tenía un rostro de rasgos delicados y una cabeza con una abundante mata de cabello. Johnson pensó que, entre otras muchas cosas, se habría hecho implantes de pelo.

Drummond se presentó y le dijo a Abrams que lamentaba su pérdida.

—No lo entiendo —dijo Abrams, tratando de calmarse—. Ruth era la mujer más feliz que he conocido. ¿Por qué haría algo así?

—¿No hay indicios de que pudiera haber estado pensando en suicidarse? —preguntó Drummond.

—Ninguno —respondió el médico.

—¿Había algo que le preocupara últimamente? —preguntó Johnson.

El cirujano plástico empezó a negar con la cabeza, pero de repente dejó de hacerlo.

—Bueno, la muerte de Lisa Martin, la semana pasada. Eran amigas íntimas y se movían en los mismos círculos.

Ambos detectives asintieron. También se habían ocupado del caso, pero la muerte de Lisa Martin, otra mujer que residía en Ocean Boulevard, se había considerado un accidente. Una radio Bose que estaba enchufada se cayó a la bañera mientras ella se daba un baño.

—Entonces, ¿su esposa estaba triste por la muerte de la señora Martin? —preguntó Drummond.

—Sí, triste y preocupada —dijo Abrams—. Aunque no tanto como para… Ruth tenía muchos motivos por los que vivir, y amaba la vida. ¡Dios mío! ¡Era la única persona de esta ciudad, además de mí, que nunca había tomado antidepresivos!

—¿Fue usted quien la encontró, señor? —preguntó Johnson.

Los ojos del cirujano se humedecieron y asintió.

–Ruth había dado el fin de semana libre al personal de servicio. Yo volé de noche desde Zúrich.

–Vamos a echar un vistazo –dijo Drummond–. ¿Ha tocado algo?

–Quería cortar la cuerda –dijo Abrams mirándose las manos–, pero no lo he hecho. Sólo… les he llamado a ustedes.

Parecía solo y perdido.

–¿Tiene familia, señor? –le preguntó Johnson.

Abrams asintió.

–Mis hijas. Sara está en Londres y Judy en Nueva York. Ellas van a…

El médico suspiró y se echó a llorar otra vez.

Drummond entró en el dormitorio, y Johnson le siguió. El sargento se detuvo, estudiando el cuerpo in situ.

Ruth Abrams colgaba de un cordón de cortina, enrollado alrededor de su cuello, atado a una lámpara de araña que había en el techo, encima de la cama. Era una mujer bajita que no debía de pesar más de cincuenta kilos, vestida con un camisón negro. Tenía la cara hinchada y con manchas de color púrpura. Sus piernas y sus pies tenían un color rojo oscuro debido a la sangre coagulada.

–¿Tienen la hora de la muerte? –le preguntó Drummond a la forense, una joven de origen asiático que estaba tomando notas.

–De momento sólo puedo decir que la muerte se produjo hace entre dieciocho y veinte horas –dijo la forense–. El aire acondicionado dificulta las cosas, pero para mí está claro. Se ahorcó.

Drummond asintió sin hacer ningún comentario, con la mirada fija en el cuerpo. Se acercó a la cama y se detuvo a unos centímetros de distancia de ella. Johnson hizo lo mismo en el otro lado.

A Drummond también le parecía que estaba claro. Aparentemente, la mujer había colocado una papelera boca abajo encima de la cama para subirse a ella mientras se ataba el cordón al cuello y luego le dio una patada. Allí estaba, sobre la alfombra, en el lado derecho de la cama. Se había ahorcado. Fin de la historia.

Sin embargo, el sargento se había puesto las gafas para leer y estaba examinando la colcha, que había sido colocada, formando un montón, en el lado izquierdo de la cama. Observó el cuello de la mujer, lívido y con las marcas del cordón. Luego se quitó las gafas para examinar los nudos que sujetaban la cuerda a la lámpara de araña.

–Precinte la casa, Johnson –dijo Drummond, finalmente–. Esto no ha sido un suicidio.

–¿Qué? –dijo el joven detective–. ¿Cómo lo sabe?

El sargento hizo un gesto, señalando la colcha y alrededor de la cama.

–A mí me parece que aquí hubo un forcejeo.

–La gente suele forcejear cuando se ahorca.

–Es cierto, pero las sábanas fueron desplazadas hacia la izquierda, lo que significa que el cuerpo fue arrastrado desde el lado derecho; luego la papelera fue colocada a la derecha para sugerir un suicidio –dijo Drummond.

Johnson vio lo que el sargento quería decir, pero no estaba convencido. Drummond señaló las manos de la mujer.

–Tiene las uñas rotas –dijo–. Hay un poco de esmalte en el cordón de la cortina. Eso y los arañazos verticales por encima del cuello indican que estaba rasgando el cordón al principio del forcejeo, que tuvo lugar en el suelo. Fíjate en cómo las marcas rojas se entrecruzan por encima y por debajo del cordón.

Johnson frunció el ceño.

–Es verdad.

–No deberían estar ahí –dijo el sargento–. Si ella le hubiera dado una patada a la papelera, el cordón habría soportado todo su peso casi de inmediato. Habría una marca detrás y a lo largo del cordón, y veríamos alguna señal del cable rozando la piel al deslizarse. Sin embargo, estas dos marcas tan claras sugieren que el asesino rodeó la cabeza de la señora Abrams con el cordón desde atrás y la estranguló. Ella forcejeó, se arañó la garganta con los dedos y puede que le diera una patada a su asesino. En cualquier caso, aflojó el nudo. El cordón se deslizó y el asesino tuvo que volver a apretarlo. Ella ya estaba muerta cuando la colgaron ahí. Fíjate en las marcas que hay en el cordón en la parte que está sujetada a la lámpara de araña. Eso lo hizo el asesino al subir el cuerpo.

El joven detective sacudió admirado la cabeza. La leyenda de Drummond era cierta, y todo estaba muy claro después de que él lo hubiese explicado.

–¿Quiere que llame a un equipo forense completo? –preguntó Johnson.

–Creo que sería una excelente idea.

CAPÍTULO
27

Starksville, Carolina del Norte

EL BOSQUE QUE HABÍA AL OTRO LADO de la calle de la iglesia estaba lleno de moscas y mosquitos de los que picaban. Pululaban en torno a Bree y a mí mientras nos dirigíamos a la antigua cantera. Aunque hacía bochorno y mucho calor, nos alegramos de haber seguido el consejo de Naomi y habernos puesto pantalones largos y camisas de manga larga y habernos rociado con repelente de insectos.

Llevábamos una mochila cada uno, y entre ambos cargábamos varias botellas de agua, una cinta métrica, una cámara, bolsas de plástico con autocierre, carpetas con fotografías de la escena del crimen, diagramas de la policía y copias de las notas que tomaron los detectives Frost y Carmichael cuando se encontró el cuerpo de Rashawn Turnbull.

El descuidado camino discurría por un terreno lleno de ortigas y maleza salpicada de kudzu. No soplaba el aire. El ambiente era húmedo y sofocante, y el zumbido de los insectos casi nos había desquiciado cuando cruzamos el arroyo. El sendero seguía el curso del agua por un agujero practicado por el hombre en la pared de piedra caliza, de unos tres o cuatro metros de ancho y unos doce de altura. El riachuelo se desbordaba al pasar a través de aquel agujero, por lo que gran parte del suelo estaba cubierto de musgo y era resbaladizo. Tuvimos que apoyarnos el uno en el otro hasta que estuvimos al otro lado de la cantera, bañada por el sol.

Bree miró hacia atrás a través del agujero.

–Supuestamente, el asesino trajo a Rashawn aquí, pero me cuesta imaginármelo arrastrando al chico.

Asentí.

–Debió de caerse. Los dos debieron de caerse.

–¿Alguna nota dice que el musgo estuviera aplastado?

–No, que yo vea. Aquella noche llovió. Mucho.

–Da igual –insistió Bree–. No creo que Rashawn fuera arrastrado. No vino obligado, lo cual significa que conocía a su asesino.

La policía era de la misma opinión. Así constaba en la acusación.

–Estoy de acuerdo –dije–. ¿Qué más?

Bree sonrió.

–Te lo haré saber cuando lo descubra.

Nos acercamos al montón de bloques de piedra y nos detuvimos cuando tuvimos una buena perspectiva. Saqué las fotografías de la escena del crimen, miré al cielo para armarme de valor y dejé de lado mi condición de padre, marido y ser humano. Es la única forma que me permite estar por encima de las cosas que tengo que ver y hacer mi trabajo.

Sin embargo, cuando miré la primera fotografía, me estremecí. El cuerpo, pequeño y casi desnudo, yacía boca abajo sobre el primer bloque de piedra, con las manos atadas a la espalda con un cinturón de lona. Los brazos parecían dislocados. Los vaqueros estaban enrollados alrededor del tobillo derecho; en la parte superior de la pierna izquierda sobresalía un hueso que había perforado la piel. La cabeza estaba tan hinchada y magullada que no parecía la de un chico.

–¡Dios mío! –exclamó Bree–. ¿Quién es capaz de hacer algo así a un muchacho indefenso?

–Alguien con mucha rabia contenida –dije, mirando hacia la pila de bloques de piedra.

–Que la acusación atribuye a la reacción de Stefan ante el rechazo de Rashawn –dijo Bree.

–Eso no me lo creo –le contesté–. Este nivel de maldad sugiere un odio patológico o una sádica demencia, pero no una agresión producto de la venganza.

Nos quedamos allí, a unos diez metros de la pila de bloques de piedra, y tuvimos que hacer un esfuerzo para mirar las fotografías. Cubrían toda la gama: desde primeros planos de las pruebas en el orden en que fueron encontradas hasta una docena de fotos del cuerpo torturado de Rashawn, incluido el cuello cortado con la sierra de bolsillo.

En las imágenes, la superficie de la piedra alrededor de Rashawn era de un color rosa pálido, porque la lluvia había diluido la sangre. Se había derramado y deslizado por las otras piedras hasta el suelo. A dos metros de la pila de bloques, el rastro de sangre desaparecía en un terreno –cuyo tamaño oscilaba entre el de un campo de béisbol y uno de fútbol– lleno de escombros de piedra caliza que terminaba en el arroyo, a unos doce metros de distancia.

Las zapatillas de deporte de Rashawn, una camiseta desgarrada de los Duke Blue Devils y su ropa interior fueron encontradas en un radio de unos ocho metros alrededor de la pila de bloques. Y también la prueba más incriminatoria de la acusación. Una foto mostraba el dorso de una tarjeta blanca manchada de barro, entre dos trozos de piedra, a cuatro metros del cuerpo; en la siguiente fotografía le habían dado la vuelta: era una tarjeta de identificación del distrito escolar de Starksville con una foto de mi primo, Stefan Tate.

CAPÍTULO
28

EN LA CONVERSACIÓN QUE MANTUVIMOS el día antes en la cárcel, Stefan me había dicho que la última vez que recordaba claramente haber estado en posesión de su tarjeta de identificación fue tres días antes del asesinato. Dijo que mientras estaba dando la clase de gimnasia en el patio a los alumnos de décimo curso la había metido en el bolsillo de una cazadora que dejó en las gradas. Olvidó que había guardado allí la tarjeta hasta el día siguiente. Cuando fue a buscarla, no la encontró.

Patty Converse, su novia, había estado dando una clase a la misma hora y en el mismo sitio, por lo que unos sesenta alumnos tuvieron a su alcance la cazadora y la tarjeta de identificación. Sin embargo, las únicas huellas dactilares que había en la tarjeta pertenecían a Stefan, que no había informado de su desaparición.

Las huellas dactilares de mi primo estaban también en una bolsa de plástico para bocadillos encontrada a cinco metros de la tarjeta, hacia el este. La bolsa para bocadillos estaba enrollada y la habían metido en otra bolsa de plástico más grande con autocierre. En la bolsa para bocadillos había drogas preparadas para su venta envueltas en papel de celofán: seis gramos de heroína de alquitrán negro, tres gramos de cocaína y nueve gramos de metanfetamina en cristal machacado.

Mi primo no tenía ninguna explicación para las huellas de la bolsa; pensó que alguien podía haber hurgado en su papelera de la escuela y cogido una bolsa que él hubiese tirado después de comer. Era muy posible, aunque endeble como defensa. Las pruebas demostraban de manera irrefutable que Stefan había estado allí esa noche.

—Acerquémonos un poco más para verificarlo todo otra vez —dije—. La posición de las pruebas, las mediciones, el ángulo de las fotografías, cualquier cosa que se nos ocurra.

—En dos meses pueden haber cambiado muchas cosas, Alex —dijo Bree poco convencida, mientras nos dirigíamos hacia la pila de bloques de piedra donde Rashawn Turnbull había sido torturado y asesinado—. Aquí no hay nada que parezca remotamente sangre. De hecho, da la impresión de que hubiesen fregado.

Vi a qué se refería. Había marcas en forma de círculo y muescas en la superficie y en un lado del primer bloque de piedra, como si alguien lo hubiera limpiado todo con un estropajo con un producto abrasivo y un cepillo de acero. Miré a mi alrededor, preguntándome qué más podrían haber desinfectado después de que la policía hubiera reunido las pruebas.

Para complicar un poco más las cosas, la zona estaba llena de botellas de cerveza y whisky rotas, casquillos de escopeta y de rifle del calibre 22, envoltorios de comida rápida, utensilios de plástico rotos y varias latas vacías de Mountain Dew.

–¿Han arrojado aquí toda esta basura después de la muerte de Rashawn? –preguntó Bree.

Me encogí de hombros.

–Tendremos que comparar las fotografías con lo que hay ahora.

–Pero no fotografiarían cada centímetro más allá de un perímetro de ocho metros, ¿verdad?

–Por lo que se ve, no –dije–. Tendremos que arreglárnoslas con lo que tenemos.

Empecé comprobando las mediciones y comparando las fotos con lo que había en aquel momento. Los diagramas de la escena del crimen situaban el agujero de entrada a unos veinte metros de la pila de bloques. Utilicé un telémetro láser de bolsillo y vi que la distancia se acercaba más a los veintiún metros. El dato no era muy importante, pero daba a entender que el resto del trabajo forense también podía ser una chapuza.

Volví a utilizar el telémetro láser para determinar dónde habían hallado la tarjeta de identificación y las drogas. Comparadas con las de las fotos, las ubicaciones también estarían unos treinta centímetros más lejos. Además, muchas de las rocas se habían caído o movido ligeramente con respecto a la posición que mostraban las fotografías.

Aun así, me fijé en la trayectoria que formaban la pila de bloques de piedra, la tarjeta y las drogas: la posición de las tres sugería que alguien había ido desde la pila hacia el este, en dirección al arroyo. Esto encajaba con la teoría de la policía, según la cual el asesino había escapado a través de las rocas y seguido el curso del agua para abandonar la cantera.

Seguí esa trayectoria, y comprobé en las fotos que ninguna piedra, en los veinte metros que separaban las drogas del agua, se había movido. Según el informe, la policía no había encontrado más pruebas a lo largo de ese recorrido, pero, de todos modos, seguí caminando hasta llegar al arroyo.

La corriente, con rocas en el fondo y llena de algas, no tendría más de veinte centímetros de profundidad y cuarenta de ancho. Discurría perezosamente desde mi izquierda hacia mi derecha, junto y por debajo de las zarzas que había visto por la mañana desde el mirador.

Me metí en el agua y empecé a caminar, contemplando los sauces que se cernían sobre el riachuelo. Si las cosas no habían cambiado demasiado en los últimos meses, un hombre tendría que haber avanzado reptando por allí. Y una mujer también.

¿Por qué hacer algo así? ¿Por qué se metió en el agua en plena noche? ¿Por qué no se fue por el mismo lugar por donde había venido?

Pensé que alguien podría argumentar que Stefan escaparía siguiendo el curso del arroyo para borrar el rastro de su olor. Sin embargo, había llovido cuando el autor del crimen se fue. ¿Y qué había pasado para que el asesino huyera dejando caer la tarjeta y las drogas? ¿Se había desgarrado un bolsillo durante el forcejeo?

Me agaché para mirar a través de las ramas y los matorrales y vi el lugar donde el arroyo desaparecía, a unos doce metros de distancia, cerca del agujero practicado en la pared de la mina. En las orillas, atrapado entre las raíces, había un montón de basura: latas de cerveza, una botella de leche de plástico a la que parecía que hubiesen disparado con una escopeta y un trozo de cordel naranja descolorido enredado en las raíces, como en el juego de las cunitas.

En el extremo más alejado había algo que parecía el manillar oxidado de una bicicleta y...

Detrás de mí, cerca de Bree, una bala rebotó en una piedra una fracción de segundo antes de que yo oyera, a lo lejos, la detonación de un rifle de alta potencia.

CAPÍTULO
29

ME ECHÉ HACIA ATRÁS, sobre el agua, y sacando mi pistola grité:

–¡Bree!

Oí la segunda bala impactando contra la piedra caliza antes de la detonación, y entonces ella gritó:

–¡Estoy bien, Alex! ¡El francotirador está en el flanco noroeste, a la izquierda del mirador!

Con la pistola de repuesto en la mano, levanté la cabeza, encontré el boscoso flanco noroeste y vi algo brillando entre los árboles un segundo antes del tercer disparo. Éste iba dirigido a mí.

La bala impactó en una roca, a poco más de un metro de donde me encontraba; trozos de piedra y arena salpicaron mi cara antes de que pudiera apartarme.

Bree abrió fuego con su nueve milímetros, tres disparos rápidos y luego otros dos, tiros a la desesperada a casi doscientos metros de distancia. En cualquier caso, el contraataque consiguió que el francotirador se lo pensara dos veces antes de seguir disparándonos.

Durante casi un minuto no ocurrió nada. Metí la cabeza en el agua, manteniendo los ojos abiertos para que se limpiaran. Levanté la cabeza y parpadeé antes de oír el sonido de un motor arrancando y de unos neumáticos levantando la grava del suelo.

Me puse en pie y miré hacia arriba. Aunque veía borroso, vislumbré un destello blanco cuando el francotirador salió huyendo.

–¿Era un Impala? –grité.

–¡No sabría decirlo! –contestó Bree, también a gritos–. ¿Estás bien?

–Mejor de lo que podría estar –dije, parpadeando y limpiándome los ojos hasta que pude ver razonablemente bien.

Bree estaba de pie al otro lado de la pila de bloques de piedra, examinando el extremo del bosque por si había alguien más dispuesto a disparar.

–¿Dónde han impactado las dos primeras balas? –pregunté, cuando estuve junto a ella.

–Con el primer disparo me tenía a tiro de cintura para arriba. Ha dado aquí –dijo, señalando una marca reciente en la piedra caliza, a un metro y medio a su derecha. Luego señaló una segunda marca en la superficie del primer bloque de piedra, a unos cincuenta centímetros delante de ella–. Cuando ha hecho este disparo ya me había escondido detrás de la pila de bloques.

Me protegí los ojos con la mano, mirando hacia el lugar donde había visto el reflejo del sol en la mira telescópica del rifle.

–Tiene que haber más de doscientos cincuenta metros de distancia –dije–. Pero no hay viento.

–¿Qué estás diciendo?

–El tipo que disparó a Sydney Fox era un tirador experto en distancias cortas –dije–. Si el de hoy es el mismo hombre, se trata de alguien que ha realizado entrenamiento militar ó es un cazador experto. Si hubiera estado en buenas condiciones, nos habría alcanzado fácilmente.

–O quizás se trata de un cazador que es bueno disparando entre la maleza pero no cuando lo hace desde grandes distancias –dijo Bree.

–Quizás la mira estaba rota –dije–. O ha fallado a propósito.

–¿Para asustarnos?

–Y para que sepamos que están vigilándonos y probablemente siguiendo.

Bree miró a su alrededor.

–Aquí me siento una presa fácil –dijo.

Yo también, y no podía quitarme de encima esa sensación. Decidimos irnos, llamar a la oficina del sheriff y averiguar adónde se había dirigido el francotirador. Sin embargo, me metí por el resbaladizo agujero que había en la pared, pensando que quizás descubriría algo más en la cantera. Me propuse volver al día siguiente.

En cuanto tuve cobertura, llamé al único policía de Starksville que conocía y que me parecía algo más que simplemente competente. El detective Pedelini contestó después del segundo tono. Le conté lo ocurrido. Me dijo que estaba a menos de veinte minutos de allí y que lo esperáramos en el puesto de observación.

–No se adentren en ese bosque sin mí –dijo Pedelini.

No lo hicimos. Llegó cinco minutos después que nosotros en un Jeep Cherokee de color blanco sin distintivo de la policía. Nos acercamos a él y le señalamos el lugar donde nos encontrábamos cuando empezó el tiroteo, explicándole dónde estimábamos que podía haber estado el francotirador.

Pedelini asintió.

–Síganme –dijo.

El detective empezó a abrirse camino a través del kudzu con un machete que sacó de una caja que llevaba en el maletero del Cherokee. Desde nuestra posición parecía que el francotirador estuviera muy cerca del extremo del bosque, pero pronto descubrimos que a quince o veinte metros de allí el terreno era demasiado empinado para que alguien pudiera caminar sin ponerse en peligro.

Pedelini se detuvo en un lugar donde el suelo era traicionero. Tuvimos que agarrarnos a los árboles para mantener el equilibrio.

–Aquí es donde estaba el francotirador –dijo, señalando con el machete las marcas de unas hojas–. Aquí ha apoyado las patas del bípode.

Me acerqué y vi dos agujeros en el suelo. Le mostré a Bree el sitio donde se veían los helechos aplastados.

–Estaba sentado, con los pies apoyados en esas raíces.

Pedelini escuchó nuestras teorías sobre por qué un buen disparo con el arma sostenida por un bípode no nos había alcanzado a campo abierto, y todas le parecieron razonables aunque ninguna de ellas concluyente. Peinamos la zona y no encontramos cartuchos vacíos; eso significaba que el francotirador se había tomado tiempo para recogerlos, hecho que daba a entender que era un tipo listo, pero nada más.

Pedelini nos guió para salir del bosque. Estábamos empapados en sudor y subimos al coche con aire acondicionado del detective.

–¿Qué estaban haciendo aquí? –preguntó Pedelini.

–Diligencia policial –dije–. Si puedo, me gusta examinar la escena del crimen.

–¿Han descubierto algo?

–En los diagramas hay algunas mediciones incorrectas –dije.

El detective parecía disgustado.

–Las mediciones. Eso es asunto de Frost y Carmichael. ¿Algún otro fallo?

No lo dijo en un tono defensivo, como si lo único que quisiera fuese la opinión de investigadores con más experiencia.

–Da la impresión de que alguien hubiese fregado esos bloques de piedra con un cepillo de acero y un producto de limpieza abrasivo.

Pedelini parecía afligido.

–Lo hizo Cece Turnbull unas seis semanas después de la muerte de Rashawn. Le contaron que algunos chicos habían ido a ver el sitio donde su hijo había sido violado y asesinado. Como si fuera un puto santuario. ¿Se lo imaginan?

La mejilla de Pedelini se contrajo y su mandíbula se desencajó antes de decir:

–De todos modos, para entonces Cece ya había vuelto a beber y a drogarse, y se le iba la olla. Se trajo con ella cinco botellas de Jack Daniel's y un poco de metanfetamina y se dirigió a ese bloque de piedra con un cepillo de barbacoa y un producto para limpiar grafitis. A la mañana siguiente la encontré aquí, llorando y borracha como una cuba.

CAPÍTULO
30

PEDELINI NOS PIDIÓ que lo acompañáramos a la oficina del sheriff para declarar. Cuando llegamos, eran más de las tres de la tarde y los agentes estaban haciendo el cambio de turno. El detective nos hizo pasar a las oficinas y nos señaló dos sillas cerca de su mesa, en la que había una foto reciente en la que aparecía él en una lancha, sonriendo y pescando junto a dos encantadoras niñas pequeñas.

–¿Son sus hijas? –le preguntó Bree.

El detective sonrió y dijo:

–Dos de las alegrías de mi vida.

–Son preciosas –le dije–. ¿Cuándo murió su mujer?

Mi mujer me miró con el ceño fruncido, pero Pedelini ladeó la cabeza.

–¿Cómo lo ha sabido? –me preguntó.

–Por la forma en que se ha frotado el dedo anular de la mano izquierda. Sin darme cuenta, yo también lo hacía después de la muerte de mi primera esposa.

Pedelini se miró la mano.

–Recuérdeme que no juegue al póker con usted, doctor Cross –me dijo–. En septiembre hará siete años que murió mi Ellen. De parto.

–Siento oír eso, detective –le dije–. Es muy duro.

–Gracias –me dijo Pedelini–. De verdad. Pero mis hijas y mi trabajo me ayudan a seguir. ¿Puedo ofrecerles algo de beber? ¿Café? ¿Té? ¿Una Coca-Cola? ¿Un Mr. Pibb?

–Tomaré un café –dijo Bree–. Con leche y sin azúcar.

–Un Mr. Pibb –dije–. Hace mucho tiempo que no me he tomado uno.

–A mí también me gusta –dijo Pedelini, antes de alejarse por un pasillo.

–Me cae bien –dijo mi mujer.

–A mí también –dije–. Un tipo responsable.

Una agente entró en la sala cargada con una pila de expedientes y el correo, que distribuyó entre todas las mesas. Cuando llegó a la de Pedelini, dijo:

–¿Guy está aquí?

–Ha ido a por algo de beber –dijo Bree.

La agente asintió y dejó varios expedientes antiguos y llenos de polvo sobre la mesa.

–Díganle que éstos se los manda la recepcionista. Ha estado preguntando por ellos.

–Lo haremos –le prometí.

La agente se alejó.

De repente, me dio un calambre en la zona lumbar y me levanté para estirarme. Cuando lo hice, se me ocurrió echar un vistazo a los expedientes. Vi las etiquetas descoloridas de las fichas y mi cabeza empezó a dar vueltas.

La etiqueta del expediente que estaba encima de todo rezaba *Cross, Christina*.

La que estaba debajo, *Cross, Jason*.

Cogí el expediente de mi madre y estaba a punto de abrirlo cuando Bree, alarmada, dijo:

–Alex, no puedes empezar a…

–¡Oh, Dios mío! –exclamó Pedelini.

Levanté los ojos y vi al detective tratando de mantener en equilibrio la taza de café y los dos Mr. Pibb que había en una bandeja. Se había puesto pálido.

–Lo siento mucho, doctor Cross –dijo, desazonado–. Yo… Escribí su apellido en nuestra base de datos y aparecieron estos informes. Así que… los pedí.

–¿Mi apellido? –dije–. ¿Qué es esto?

Pedelini tragó saliva y dejó la bandeja encima de la mesa.

–Los informes de una antigua investigación.

–¿Sobre qué? –preguntó Bree, poniéndose de pie para echar un vistazo.

Tras vacilar, el detective dijo:

–El asesinato de su madre, doctor Cross.

Por un momento pensé que lo había entendido mal. Entornando los ojos, dije:

–Querrá decir la muerte de mi madre.

–No –contestó Pedelini–. Estaban archivados en homicidios.

–Mi madre murió de cáncer –dije.

El detective parecía desconcertado.

–No, eso no es correcto. La base de datos dice «asesinato por asfixia», aunque el caso se cerró debido a la muerte del principal sospechoso, que recibió un disparo cuando intentaba huir de la policía y se cayó por un precipicio.

Totalmente conmocionado, dije:

–¿Y quién era el principal sospechoso?

–Su padre, doctor Cross. ¿No lo sabía?

Tercera parte

INFRAMUNDO

CAPÍTULO
31

TRES HORAS MÁS TARDE, Bree conducía por las calles de Birney, camino a casa. El dolor que me había provocado la lectura de esos informes aún estaba en carne viva, quemándome por dentro.

Bree puso su mano sobre la mía.

–No me puedo ni imaginar por lo que estás pasando en este momento, Alex –dijo–. Pero estoy contigo, cielo. Estoy contigo para lo que necesites.

–Gracias. Yo… Lo que pasa es que esto lo cambia todo, ¿comprendes?

–Lo comprendo, cariño.

Bree aparcó delante de la casa donde, según aquellos informes, mi padre había asfixiado a mi madre con una almohada.

Bajé del coche con la sensación de que acababa de salir del hospital después de una enfermedad que había puesto mi vida en peligro, sin fuerzas y tambaleándome. Anduve hacia el porche mientras en mi cabeza veía destellos de fragmentos de recuerdos inconexos: yo, de pequeño, corriendo junto a las vías del tren bajo la lluvia, viendo a mi padre mientras era arrastrado con una cuerda, y, por último, mirando el cuerpo sin vida de mi madre en su cama, frágil, pequeña y vacía.

No recuerdo el momento en que me caí, sólo que me golpeé lo bastante fuerte contra el suelo como para que todo diera vueltas a mí alrededor.

–¿Alex? –gritó Bree, corriendo hacia mí.

–Estoy bien –contesté, jadeando–. Debo de haber tropezado o… ¿Dónde está Nana?

–Seguramente estará dentro –dijo Bree.

–Tengo que hablar con ella –dije.

–Lo sé, pero…

–¡Papá! –gritó Ali, empujando la puerta con tela metálica y saltando las escaleras de la entrada.

–Estoy bien, hijo –dije, poniéndome de pie–. He comido poco, eso es todo.

La puerta se abrió de nuevo. Era Naomi, con expresión preocupada.

–Se ha mareado un poco –explicó Bree.

–¿Dónde está Nana? –pregunté.

–En casa de la tía Hattie –respondió Naomi–. Están preparando la cena.

–Creo que deberías tumbarte, Alex –dijo Bree.

–Ahora no –dije, mirando la casa de mi tía como si fuera un faro en plena noche.

Di unos pasos, aún vacilantes, desorientado, buscando el consuelo de mi abuela. Sin embargo, en cuanto llegué al porche de la casa de la tía Hattie, empecé a moverme más deprisa, enfadado, buscando respuestas.

Entré en la casa. La tía Hattie, la tía Connie y el tío Cliff se encontraban en la cocina. Mis tías estaban rebozando unos filetes de tilapia en harina para freírlos.

–¿Dónde está Nana?

–Justo ahí.

Mi abuela estaba sentada en una silla, a mi izquierda, leyendo un libro.

Me acerqué, me incliné sobre ella, con los puños apretados, y le dije:

–¿Por qué me mientes?

–Atrás, jovencito –dijo Nana Mama–. ¿Sobre qué te he mentido?

–¡Sobre mi madre! –exclamé–. ¡Sobre mi padre! ¡Sobre todo!

Mi abuela se apartó de mí y levantó un brazo, a la defensiva, como si pensara que podía golpearla. Lo cierto es que eso era precisamente lo que había estado a punto de hacer.

Me estremecí. Di un paso atrás y eché un vistazo alrededor. Mis tías me miraban con miedo. Bree, Jannie, Ali y Naomi habían entrado en la cocina y me observaban como si me hubiese vuelto loco.

–¡Eso no! –rugió el tío Cliff, levantándose con la ayuda de su andador y moviendo un dedo hacia mí–. En mi tren no se ataca a ninguna anciana. Siéntate de una vez y déjame ver tu billete o te echo en la próxima parada, ¿me oyes?

El tío Cliff me había hablado a gritos y, de repente, yo volvía a ser un niño débil y mareado. Cogí una silla y me senté, con la cabeza entre las manos.

–Alex, ¿qué ha ocurrido? –me preguntó Nana Mama.

–Dime sólo por qué me mentiste en todo –dije, soltando un gemido–. Es todo cuanto quiero saber.

CAPÍTULO
32

–¡TE JURO QUE NO SABÍA nada de esto! –exclamó Nana Mama después de que Bree le contara lo que habíamos leído en los informes. Mirando a mis tías, añadió–: ¿Es cierto? ¿Vosotras lo sabíais?

La tía Hattie y la tía Connie se agarraron la una a la otra de tal modo que no fue necesario que contestaran.

–¿Por qué? –preguntó Bree.

–Porque sí –dijo la tía Hattie con voz temblorosa–. Lo que ocurrió fue tan horrible, tan traumático, que tú, Alex, bloqueaste ese recuerdo. Era como si nunca hubieras visto lo que le ocurrió a tu padre. Pensamos que era la mejor forma de ayudarte a enfrentarte a ello y que sería mejor que creyeras que tu madre había muerto de cáncer y tu padre a causa de las drogas y el alcohol.

–Pero, y a *mí*, ¿por qué me mentisteis? –quiso saber mi abuela, que estaba tan conmocionada como yo.

–Tú ya habías sufrido lo tuyo y te había ido bien en la vida, Regina –dijo la tía Connie, resollando–. No queríamos que sufrieras más. El alcohol y las drogas; eso quizás pudieras aceptarlo. Jason estaba predestinado a morir así desde hacía mucho tiempo. Pero que matara a Christina, y luego la forma en que murió... No podíamos contártelo. Pensamos que eso te destrozaría cuando lo que necesitabas era ser fuerte para cuidar de Alex y sus hermanos.

Nana Mama miró fijamente al vacío. Le temblaba el labio inferior. Luego me miró a mí y se echó a llorar.

Me acerqué a ella y me puse de rodillas, apoyando la cabeza en su pequeño regazo, haciendo mía su angustia mientras sus lágrimas salpicaban mi rostro.

–Siento haber dicho que mentías –le dije.

–Y yo lo siento por todo, Alex –repuso ella, acariciándome la cabeza como solía hacer cuando me fui a vivir con ella–. Lo siento muchísimo.

Cuando nos sentamos a cenar, el ambiente estaba muy cargado. Nadie dijo gran cosa durante el resto de la noche. O, al menos, no recuerdo nada en concreto hasta que, después de tomar el postre, me acerqué a mis tías y les dije que las perdonaba. Cuando nos abrazamos, se echaron a llorar otra vez.

–No queríamos que ocurriera nada de todo esto –dijo la tía Connie.

–Lo sé –le dije–. No pasa nada.

–¿Estás seguro? –me preguntó la tía Hattie.

–Intentabais protegerme –le dije–. Lo entiendo.

–Pero ¿sigues sin acordarte de nada? –preguntó la tía Connie.

–He tenido destellos de algunos recuerdos, pero poco más –admití.

–Puede que eso sea todo lo que Dios quiere que recuerdes –me dijo la tía Hattie.

Asentí, las besé a ambas y fui a reunirme con mi familia. Jannie ya se dirigía hacia nuestra casa, y Bree, Ali y Naomi caminaban detrás de ella. Ali me vio, se dio la vuelta y vino corriendo hacia mí. Lo rodée con el brazo y le dije:

–¿Has visto las luciérnagas?

–Sí –dijo, como si le diera igual.

–¡Eh! ¿Qué ocurre?

–Papá –dijo, sin mirarme–, ¿podemos volver a casa?

–¿Qué? No.

–Este sitio no me gusta. No tengo amigos y no me gusta ver lo mal que lo pasas aquí. Y lo mal que lo pasa Nana.

Cogí en brazos a mi hijo pequeño y lo estreché con fuerza.

–A mí tampoco me gusta pasarlo mal, hijo, pero le prometí a Stefan que lo ayudaría. Y, en esta vida, un hombre vale lo que vale su palabra.

CAPÍTULO
33

EL DOMINGO, después de asistir a la misa de la mañana, Nana Mama y yo dejamos a Bree y a los niños en casa. Luego conduje hasta las inmediaciones del puente con arcos y aparqué. Mi abuela me cogió del brazo y fuimos paseando despacio hasta el arco que daba al desfiladero.

El río Stark rugía lanzando chorros de espuma, girando en oscuros remolinos y estrellándose contra las paredes hasta donde alcanzaba la vista. Me acordé de que mis padres siempre nos decían a mis hermanos y a mí que nunca nos acercáramos al puente ni al río.

–Papá solía decir que ahogarse era la peor forma de morir –le dije a Nana Mama–. Sinceramente, creo que le daba miedo el desfiladero.

–Porque yo le enseñé a tenerle miedo –contestó en voz baja–. Wayne, mi hermano pequeño, murió allí cuando tenía seis años. Nunca encontraron su cuerpo.

Permaneció en silencio durante un buen rato, mirando las aguas revueltas que discurrían muchos metros por debajo de nosotros como si escondieran terribles secretos.

Finalmente, Nana Mama sacudió la cabeza.

–Me horroriza pensar lo aterrado que debía de estar tu padre cuando se precipitó por aquí.

–Según el informe, es probable que cuando se cayó al agua ya estuviera muerto.

–¿No te acuerdas de nada? –me preguntó.

–Anoche tuve una pesadilla. Estaba lloviendo y había relámpagos. Yo corría junto a las vías del tren, en dirección al puente. Veía destellos de luz y oía unos disparos. Y luego había hombres en el puente, mirando hacia abajo, como nosotros ahora.

–Una vida desperdiciada –dijo mi abuela–. Desperdiciada y trágica.

Se echó a llorar otra vez y yo la abracé hasta que se calmó. Secándose los ojos con un pañuelo, me dijo:

–¿Crees que eso fue todo lo que ocurrió? Me refiero al informe.

–No lo sé –dije–. Hay un par de personas con las que me gustaría hablar.

–Si averiguas algo, ¿me lo contarás?

–Por supuesto que lo haré –le prometí.

Durante el camino de regreso a casa conduje por la zona este de Birney, para que Nana Mama pudiera ver la casa donde vivía cuando Wayne murió. Me detuve junto a la destartalada construcción. Estaba a tan sólo dos manzanas del río.

–Nunca olvidaré aquel día –dijo mi abuela, señalando la casa–. Yo tenía ocho años. Estaba allí, en ese porche, jugando con una de mis amigas, cuando apareció mamá, preguntando dónde estaba Wayne. Le dije que había ido a ver a su amigo Leon. Ella fue en su busca, a casa de Leon, que estaba justo allí, en la esquina de

South Street, al otro lado del desfiladero. Mamá vio a Wayne y a Leon en las rocas que había sobre el río. Vio cómo caía. Sus gritos se oían desde aquí. Nunca lo superó. El hecho de que nunca encontraran su cuerpo la consumió. Todas las primaveras obligaba a mi padre a ir río abajo hasta donde termina el desfiladero para ver si la corriente había arrastrado el cuerpo de Wayne. Lo estuvieron buscando durante veinte años.

–Estoy empezando a comprender por qué querías irte de aquí –le dije.

–Oh, tu abuelo se encargó de eso –me dijo.

–¿Cómo era? –le pregunté–. Me refiero a Reggie.

–¡Bah! –dijo Nana Mama, como si no quisiera hablar de él, aunque luego dijo–: No se parecía a ningún hombre que hubiese conocido hasta entonces. Era encantador, no puedo negarlo. Dominaba como nadie el arte de la adulación, y contaba tan bien sus aventuras en alta mar que nunca te cansabas de escucharlas. Me volvía loca con esas historias. Y además era guapo, bailaba bien y, comparado con la mayoría de la gente de Starksville, ganaba mucho dinero.

–¿Pero?

Nana Mama lanzó un suspiro.

–Pero se pasaba cinco o seis meses fuera de casa. Estoy segura de que cuando estaba en algún puerto extranjero se iba de juerga, porque tampoco le costaba demasiado hacerlo cuando estaba en casa. Llegó un momento en que lo único que hacíamos era pelearnos. No tenía ningún problema en beber cuando nos peleábamos, y tampoco en usar sus puños. Un día decidí que, a pesar de mis votos matrimoniales, aquella no era la vida que me merecía ni deseaba. De modo que me divorcié de Reggie y le saqué el dinero suficiente para irme a Washington para empezar de nuevo. Y, después de todo, fue la mejor decisión que he tomado jamás.

Guardó silencio unos momentos.

–¿Viste la tumba de Reggie?

–Está enterrado junto a sus padres –le dije.

–Alexander y Gloria siempre me cayeron bien. Fueron buenos conmigo y querían mucho a tu padre, sobre todo Alexander.

–Me pusieron su nombre en su honor.

–Así es.

–Era herrero.

–El mejor de la zona. Nunca le faltaba trabajo. –Después de lanzar otro suspiro añadió–: Tengo que echar una siesta.

–Claro –le dije, poniendo el coche en marcha.

Nos dirigimos hacia Loupe Street con las ventanillas del coche bajadas. Durante el trayecto pasamos junto a la casa de Rashawn Turnbull. Delante había aparcado un reluciente Cadillac Escalade de color crema.

En el porche vi a tres personas. Un hombre alto de pelo gris vestido con un traje azul, y una mujer rubia de unos cincuenta y tantos años, muy elegante, que discutía airadamente con una mujer más joven, de pelo castaño claro, vestida con una camiseta roja y pantalones cortos.

La más joven parecía estar borracha cuando gritó:

–¡Eso es mentira! ¡Nunca te importó una mierda cuando estaba vivo! ¡Largaos de aquí y manteneos alejados de mí!

CAPÍTULO
34

BREE Y YO ESPERAMOS casi una hora, comimos y nos aseguramos de que Nana Mama se había ido a echar la siesta antes de volver a la casa de Rashawn Turnbull.

–¿Estás seguro de que era Cece? –preguntó Bree cuando detuve el coche donde antes estaba aparcado el Escalade.

–Encaja con la descripción –dije, bajando del coche.

Subimos al porche. Había un cubo de la basura volcado. A su alrededor había botellas de cerveza rotas y cajas de pizza vacías. En el interior de la casa, el tema de Darth Vader, de las películas de *La guerra de las galaxias*, sonaba en la televisión.

Llamé a la puerta, pero no contestó nadie. Volví a llamar, un poco más fuerte.

–¡Largaos de una puta vez! –gritó una mujer–. ¡No quiero volver a veros!

–¿Señora Thurbull? –grité–. ¿Podría acercarse a la puerta, por favor?

Antes de que dejara de escucharse la televisión se oyó ruido de cristales rotos. A continuación, la cortina amarilla de la ventana más cercana se corrió hacia un

lado. La madre de Rashawn nos miró con ojos soñolientos a través del cristal. Se notaba a simple vista que
en otros tiempos había sido guapa, pero ahora su pelo
tenía el color y la consistencia de la paja, sus dientes
estaban amarillentos y picados y tenía la piel cetrina.
Sus hundidos y legañosos ojos castaños tenían la mirada perdida cuando me preguntó:

–¿Quién coño es usted?

–Me llamo Alex Cross –le dije–. Y ésta es Bree, mi
mujer.

Cece encendió un cigarrillo, dio una calada con des-
dén y dijo:

–No me interesa para nada toda esa mierda de Jeho-
vá, o sea que ya se están largando de mi porche.

–Somos detectives de la policía –le dijo Bree.

La madre de Rashawn Turnbull entrecerró los ojos
y dijo:

–Conozco a todos los policías de Starksville y de tres
ciudades de los alrededores, y no me suena ninguno de
los dos.

–Vivimos en Washington D.C. –le aclaré–. Somos
del departamento de homicidios. Antes trabajaba en
el FBI.

–Entonces, ¿qué están haciendo aquí?

Tras vacilar un momento, dije:

–Estamos investigando el caso de su hijo.

–¿Por qué?

–Porque Stefan Tate es mi primo.

Parecía como si le hubiese dado un puñetazo. Echó
la cabeza hacia atrás y luego se inclinó hacia delante,
llena de rabia.

–Ese maldito hijo de puta va a morir por lo que ha hecho –dijo, entre dientes–. Y yo estaré allí para verlo. Y ahora salgan de mi porche antes de que saque la escopeta de mi abuelo.

La cortina se cerró.

–¡Señora Turnbull! –grité–. No trabajamos para Stefan. Si mi primo mató a su hijo, me sentaré a su lado cuando lo ejecuten. A Stefan también se lo dije. Sólo trabajamos para una persona. Para su hijo. Eso es todo.

No hubo respuesta, y por un momento pensé que podía haber ido a buscar la escopeta de su abuelo.

Bree la llamó.

–Cece. Por favor, ¿podría hablar con nosotros? Le prometo que no tenemos ningún interés personal. Sólo queremos ayudar.

Durante unos instantes, no hubo respuesta. Luego una voz lastimosa dijo:

–No hay nada que pueda ayudar. Ni a mí, ni a Rashawn ni a Stefan. Nadie puede cambiar lo ocurrido.

–No, no podemos cambiar lo ocurrido –dije–, pero podemos asegurarnos de que sea el verdadero culpable quien pague por las cosas horribles que le hicieron a su hijo. Por favor, le prometo que no le haremos perder mucho tiempo.

Unos momentos después, Cece quitó el cerrojo y la puerta crujió, abriéndose hacia dentro.

A LO LARGO DE MI CARRERA he entrado en las casas de muchas madres afligidas y he visto un amplio repertorio de los altares que pueden erigirse para recordar a un hijo fallecido. Sin embargo, jamás había visto algo así.

Muebles rotos. Botellas de licor rotas. Platos y tazas rotas. La pequeña sala de estar era un auténtico caos, salvo por una mesa de centro ovalada encima de la cual había una urna de mármol rodeada por una colección de fotografías enmarcadas de Rashawn desde que era un niño.

Las fotos más antiguas parecían los retratos que se hacen todos los años en las escuelas. En todas ellas, Rashawn mostraba una sonrisa magnética. En serio: era imposible apartar los ojos de la sonrisa de ese niño.

Alrededor de todo el borde de la mesa y junto a las fotos, como si fueran los rayos de un círculo sagrado, había juguetes, desde una pistola de aire comprimido a muñecos de superhéroes, pasando por peluches y coches en miniatura. Las únicas cosas que había en la mesa y que estaba claro que nunca habían pertenecido a Rashawn eran una botella medio vacía de vodka

Smirnoff, dos pipas de cristal ennegrecidas, un soplete de butano pequeño y una bolsa que contenía una sustancia blanca.

Colgado en la pared había un televisor de plasma de sesenta pulgadas. La pantalla estaba dividida horizontalmente en dos partes: en la de arriba podía verse *El imperio contraataca*, sin volumen; en la de abajo, vídeos domésticos de Rashawn cuando tenía cuatro, puede que cinco años. Llevaba una capa y estaba saltando, blandiendo una espada láser de juguete.

–Le gustaba mucho *La guerra de las galaxias* –dijo Bree en tono compasivo.

Cece arrugó la nariz, resolló y movió el extremo de los labios intentando esbozar una sonrisa.

–Veía esas películas a todas horas. Como si nunca las hubiera visto. A veces las veíamos juntos. Se sabía todos los diálogos de memoria. Y cuando digo todos, quiero decir todos. ¿Quién puede hacer algo así?

–Un chico muy inteligente –dije.

–Lo era –dijo ella, apagando el cigarrillo. Se rascó el brazo y miró con ansia las pipas y la droga.

–Háblenos de Stefan Tate –dije.

Cece se puso tensa.

–Es un sádico y un asesino despiadado –dijo.

–¿También creía que era un sádico antes de la muerte de Rashawn?

–¿Quién va diciendo por ahí que es un sádico? –preguntó ella.

–Tiene razón –dije–. Pero ¿no sospechaba nada?

–Si hubiera sospechado algo, ese hombre no habría pasado ni un segundo con mi hijo –dijo Cece, rodean-

179

do el sofá. Estuvo a punto de coger una de las pipas. Luego se dio cuenta de que la droga estaba a la vista y empujó la bolsa de plástico hasta que quedó oculta bajo un osito de peluche.

Encendió otro cigarrillo. Le preguntamos por Rashawn y Stefan, y ella corroboró lo que nos había dicho mi primo: que se habían conocido en la escuela y que enseguida se cayeron bien. Stefan se convirtió en una especie de hermano mayor o de padre para el muchacho, pero algo ocurrió unos días antes de la muerte de Rashawn, porque quiso romper su relación con mi primo.

–Stefan dice que no sabe cuál fue el motivo –dije.

Cece dio una calada y señaló la urna con un gesto de la cabeza.

–Stefan se insinuó a Rashawn y mi hijo lo rechazó.

–¿Rashawn le dijo eso?

–Sólo interpreto la forma en que se comportó Rashawn la última vez que lo vi.

–¿Y cómo se comportó?

–Como si tuviera miedo de algo –dijo Cece mirando la pantalla, donde Luke Skywalker se disponía a enfrentarse a su padre–. Desde entonces me he preguntado un millón de veces por qué esa mañana no presioné a Rashawn para que me lo contara, pero llegaba tarde a una reunión de Alcohólicos Anónimos. Intentaba estar sobria y hacer las cosas bien.

Hizo una pausa y luego se estremeció. Con la voz quebrada, dijo:

–En el último recuerdo que tengo de mi pequeño está mirando fijamente su tazón de cereales, como si pudiera ver algo en la leche. ¡Oh, Dios mío!

Cece cogió una pipa, revolvió en la bolsita y, con manos temblorosas, metió dentro lo que fuera que se disponía a fumar. Bree se acercó a ella y le puso la mano en el brazo.

–Esto no la ayudará –le dijo con dulzura.

La madre de Rashawn apartó el brazo de Bree, le dio la espalda, protegiendo la pipa, y, en tono desdeñoso, le dijo:

–Esto es lo único que me ayuda.

–¿Piensa asistir mañana al juicio? –le pregunté.

Cece cogió el soplete de butano y se colocó al otro lado de la mesa, mirándonos fijamente.

–No va a empezar ahora con eso, ¿verdad? –dijo–. Por hoy ya he tenido bastante.

Puso en marcha el soplete y miró ansiosamente la cazoleta de la pipa mientras chupaba para encenderla. Aspiró una bocanada, esperó un instante, y acto seguido echó la cabeza hacia atrás, exhalando larga y lentamente. Pensé que iba a desmayarse, pero sólo parpadeó estúpidamente un par de veces y luego dejó la pipa sobre la mesa.

–¿Alguien le ha preguntado si asistiría al juicio mañana? –dije en voz baja.

La rabia había dado paso al desprecio.

–Harold y Virginia, mi querido papá y mi querida mamá –dijo, dejándose caer en una silla con el asiento roto. Entonces, imitando a una elegante belleza sureña y a un hombre de voz grave, dijo–: «Tienes que adecentarte para asistir al juicio, Cece; no querrás que te vean así». «Tienes que hacerlo en recuerdo de tu amado Rashawn, Cynthia Claire.»

Se inclinó hacia delante, cogió la botella de vodka, se sirvió y se la tomó de un solo trago.

–¡Putos hipócritas! Ahora que está muerto se preocupan por él. ¡Pero cuando estaba vivo se avergonzaban de su sangre!

Cece se rodeó las rodillas con los brazos y sacudió la cabeza violentamente.

–Y sigue sin importarles una mierda. Lo único que les preocupa es su dinero y su preciosa imagen ante la comunidad. –Con voz más grave, añadió–: «No queremos que Cece haga más daño del que ya se ha hecho. Debemos hacer lo posible para minimizar nuestra relación con ese pequeño mulato muerto. Con la ayuda de Dios, ninguno de nuestros amigos pijos de Hilton Head se enterará de nada».

Se tomó otro trago de vodka y se quedó allí sin decir nada, colocada, durante un minuto, como si estuviera sola. Al final, bajando la cabeza, añadió:

–Si mañana no asisto al juicio es como decir que me avergüenzo de él, que me avergüenzo de ser su madre, ¿verdad?

–Si no asiste –dijo Bree–, lo que está dando a entender es que ha renunciado a él, que ya no le importa.

–Pero sí me importa –dijo Cece, sollozando–. Rashawn lo era todo para mí. Era lo único bueno y decente que he hecho en toda mi vida. ¡Y miren cómo acabó! ¡Dios mío, miren cómo acabó!

Bree se acercó a ella y rodeó sus hombros con los brazos.

–Ya sé que le parece imposible, pero ahora debe ser fuerte.

–No tengo esa clase de fuerza –gimió Cece–. Nunca la he tenido. Es la historia de mi vida.

–Hasta hoy –dijo Bree, frotándole la espalda–. La nueva historia de su vida es que hoy ha tocado fondo, Cece. Ha tocado fondo, y desde lo más profundo de su desesperación, está pidiendo ayuda. Y cuando lo hace, el espíritu de Rashawn extiende el brazo, coge su mano y le da fuerzas para entrar mañana en la sala del tribunal sobria y con la mirada limpia, porque sólo usted puede representarlo en ese juicio. Sólo su madre puede estar allí en su nombre y asegurarse de que prevalece la justicia.

Sin levantar aún la cabeza y con el pelo pajizo colgando, Cece se puso tensa, como si estuviera dispuesta a volver a luchar. Luego se estremeció, larga y lentamente. Y al apagarse, algo pareció menguar en el interior de la madre de aquel niño muerto. Cece se apoyó en Bree y se quedó dormida.

Bree levantó los ojos y, en un susurro, me dijo:

–Me quedaré con ella. Toda la noche, si es necesario.

Una sincera emoción se apoderó de mi garganta.

–¿Te parece bien? –me preguntó.

Sonreí y, con voz ronca, le dije:

–Más que bien.

–Entonces, ¿por qué estás molesto?

–No lo estoy. Lo que has hecho aquí, con ella, ha sido..., en fin...

–¿Qué?

–Nunca me he sentido más orgulloso de que seas mi esposa, Bree Stone.

CAPÍTULO
36

Palm Beach, Florida

LA MANSIÓN SE HABÍA CONSTRUIDO según el diseño de una villa de la Costa Amalfitana, y en otros tiempos había sido una magnífica residencia. Ahora, sin embargo, se notaba que era antigua. Las instalaciones no estaban tan bien cuidadas como antes. A la verja de la entrada y a la puerta les hacía falta una mano de pintura, y gran parte del trabajo de albañilería necesitaba ser remozado. En cuanto a las ventanas, ¿cuándo era la última vez que las habían limpiado?

Coco lo sabía todo sobre las deficiencias y las necesidades de la casa. Le bastaba con echar un vistazo al dormitorio en el que se encontraba para ponerse enfermo. El papel pintado de la pared estaba despegado en muchos ángulos y mostraba el dorso de color amarillo. Casi todos los muebles tenían golpes y arañazos, y las alfombras persas empezaban a verse descoloridas.

Coco se negó a preocuparse por todo eso. Decidió ignorar lo que había que hacer en la casa, del mismo modo que había ignorado el artículo del *Palm Beach Post* sobre la muerte de Ruth Abrams.

En lugar de eso, eligió complementos para los tres conjuntos que había sobre la enorme cama de matrimonio. Le encantaba elegir complementos. Le relajaba tanto como travestirse.

Durante la última hora, después de haber leído que, según la policía, la muerte de Ruth había sido un homicidio, Coco había complementado cada uno de los conjuntos con las piezas que había en una enorme caja llena de joyas antiguas.

¿No era fascinante ver cómo el efecto cambiaba radicalmente con una pequeña modificación? «Mamá siempre decía que la imagen está en el detalle, y tenía razón...»

Entonces sonó el teléfono de la casa.

Coco lo ignoró. La gente no paraba de llamar, de acosar, de pedir esto y aquello, y lo único que él necesitaba era tomarse un descanso de la realidad durante un poquito más de tiempo.

«¿Es mucho pedir? No. En absoluto.»

Coco había eliminado uno de los tres vestidos cuando sonó el timbre de la puerta.

«¿Y ahora llaman a la puerta?»

Se obligó a tragarse su indignación. Nada iba a interrumpir aquel interludio. Hoy no. Que esperen. Una fiesta no es una fiesta hasta que no llega el alma de la misma. «¿No es así, mamá?»

Coco se decidió por un conjunto formado por una falda de tafetán negro de Argentina, una blusa de gasa lila con un atrevido escote, unas medias negras transparentes y unos zapatos negros de tacón. Se dirigió a la puerta de un armario, cogió la llave que estaba en la parte superior de la jamba y la giró en la cerradura.

Abrió la puerta. En la parte de atrás se movieron varios albornoces y kimonos que colgaban de sendas perchas. El vestidor era enorme y estaba lleno de toda clase de vestidos de mujer de alta costura protegidos con fundas de plástico transparentes. La mayor parte de ellos tenían varias décadas de antigüedad. Tuvo que dejar atrás el tocador y el espejo para encontrar un espacio donde guardar las nuevas adquisiciones.

Primero colgó el Sueño de Mandarina y luego el vestido de Eli Saab de color índigo. Los dos le iban a venir bien en más de una ocasión. Dejó los zapatos de tacón de aguja con correas de estilo gladiador y los zapatos de tacón de color naranja con cierre trasero en el suelo, debajo de los conjuntos, y sacó el joyero.

Coco lo colocó en un estante, junto al tocador, y se puso manos a la obra. Se vendó los genitales, se aplicó una base de Lancôme y se pegó las pestañas postizas. Sintiendo que le faltaba el aliento, como le ocurría siempre que estaba en pleno proceso de transformación, de momento dejó de lado el maquillaje.

Encontró un provocativo tanga negro que se había comprado en un viaje a París que había hecho unos años atrás y se lo puso. Entonces se colocó el liguero y las medias; le encantó cómo le quedaba la línea negra en la parte trasera.

«¡Qué vulgar!»

Ahora, Coco sabía quién iba a ser aquella noche, y rebuscó en una estantería más alta llena de viejas cajas de pelucas. Se fijó en una de color azul y la sacó. No se la pondría hasta que no estuviera totalmente vestido, pero no pudo resistir la tentación de probársela.

El pelo era de color negro azabache y estaba peinado hacia atrás, en un tupido moño. Coco se la colocó sobre su lisa cabeza y luego se puso los zapatos negros.

Mirándose al espejo, frunció los labios con satisfacción.

«Esta noche serás la Dalia Negra –pensó Coco–. Una latina sensual con un aire de dominátrix y...»

En aquel momento oyó un jadeo y volvió la cabeza cubierta por la peluca hacia la derecha.

Una mujer gruesa, negra, de mediana edad, vestida con vaqueros y una sudadera oscura con capucha y con guantes amarillos de goma para lavar los platos estaba en la puerta del vestidor, mirándolo boquiabierta.

–¡Oh, no! ¡Dios mío!

Entonces, la mujer se dio la vuelta y echó a correr.

COCO SE QUITÓ LOS ZAPATOS y la peluca y corrió tras ella.

La mujer no estaba en forma ni hacía deporte y la alcanzó antes de que llegara a la puerta del dormitorio. Coco la agarró por el hombro, la hizo girar sobre sus talones y la empujó contra la pared.

–¿Qué demonios está haciendo en mi casa, Francie? –le preguntó.

–Yo… Olvido algo importante, señor Mize –dijo, aterrorizada–. Yo no sé que está aquí.

–Es evidente –dijo Mize–. ¿Y qué podría ser tan importante para que irrumpa en mi casa con guantes de goma, Francie?

Ella se echó a llorar.

–Buscaba… mi tarjeta de crédito. Para el cajero automático.

–¿Y ha descubierto que no tenía su tarjeta de crédito tres meses después de que la despidiera?

Francie asintió enérgicamente.

–Sí. Ayer. Busco por todas partes. Y me digo: debe de estar en casa de Jeffrey Mize. Por eso vengo. Lo llamo desde la calle. Llamo a la puerta.

–Para asegurarse de que yo no estaba en casa –dijo Mize.

–¡No! Usted no contesta. ¿No oye?

–Estaba ocupado.

Su antigua asistenta parpadeó mientras bajaba la mirada hasta las bragas negras, el liguero y las medias y luego volvía a subirla hasta las pestañas y el maquillaje.

–Lo siento mucho –balbuceó–. Yo veo ahora esto.

–¿Mi vida secreta? –preguntó él–. ¿Mi vestidor?

–¡Yo no quiero! Sólo buscaba…

–Algo que robar, ¿verdad?

–No, señor Mize –dijo ella, haciendo la señal de la cruz.

Mize adquirió de nuevo el punto de vista de Coco.

–Me preguntaba por qué no encontraba algunas de las joyas menos valiosas de mi madre. Nunca sospeché de usted, Francie, pero así soy yo: confiado por naturaleza.

La asistenta estaba si cabe más asustada.

–No, eso no…

–Pues claro que sí –dijo Mize–. Usted es muy pobre, Francie. Y por eso roba. Eso es lo que hace. Es lo que yo haría si fuera usted.

Ella apretó la mandíbula y trató de escabullirse, pero él la lanzó contra la pared.

–Por favor, señor Mize –dijo ella, sollozando–. No llame a la policía. Hago lo que sea, ¡pero no lo haga!

Mize pensó un instante.

–Sabe guardar un secreto, ¿verdad, Francie? –dijo.

Por un momento, ella parecía no comprender, pero entonces movió la cabeza, como lo hacen esos muñecos en la parte de atrás de los coches.

–Por supuesto, no digo a nadie que usted le gusta vestirse de señora-chico, señor Mize.

Él se echó a reír.

–¿Señora-chico? ¿Así es como me llamarían en Haití?

Francie movió los ojos erráticamente, pero luego su cabeza volvió a oscilar como la de un muñeco.

–Lo siento, señor Mize. ¿Eso es malo? ¿Señora-chico?

–Dígamelo usted.

–No, señor Mize –balbuceó–. A mí no me importan sus secretos de señora-chico.

–Entonces, a mí tampoco me importa que usted sea una ladrona, Francie.

Ella no sabía qué decir, pero asintió, resignada.

–*Merci*, señor Mize. Por favor, lo siento.

–¿Cómo ha entrado? –preguntó Mize.

Francie miró al suelo.

–Si vamos a compartir secretos, será mejor empezar por ser sinceros, ¿no le parece? –dijo Mize en un tono más agradable.

Francie asintió, con las lágrimas rodando por sus mejillas.

–El año pasado hago llave.

–Enséñemela.

Ella se quitó uno de los guantes de goma, hurgó en el bolsillo trasero y sacó una llave. Él la cogió.

–¿Y el código de la alarma?

Francie parpadeó.

–Usted me lo da, señor Mize. ¿No recuerda?

«Es cierto. Qué estúpido soy.»

–Lo recuerdo –dijo Mize.

–¿Qué hago por usted? –preguntó ella–. ¿Limpio casa otra vez? Parece que no se limpia hace tiempo, señor Mize.

–Puede que le tome la palabra.

–Sí, sí –dijo Francie–. Lo que quiera, señor Mize.

–¿Quién más sabía que iba a venir aquí a robar?

–¡Nadie! Lo juro por los muertos.

–Mejor así, supongo.

Ella asintió de nuevo.

–Nadie lo sabe. Es mejor, creo.

–Tiene sentido –dijo Mize–. ¿Qué me ha robado hasta ahora?

Francie volvió a mirar al suelo.

–Algo de plata del comedor, y quizás pulseras y un collar de la otra habitación.

–¿Pulseras de oro fino? ¿Brazaletes pequeños?

–Lo siento mucho.

–Debía de estar desesperada –dijo él–. Sé lo que es eso.

Francie le agarró la mano y se la besó.

–Que Dios le bendiga, señor Mize.

Mize sonrió.

–Bueno, ahora que conozco su secreto, ¿le gustaría conocer los míos?

La mujer de la limpieza parecía vacilar.

–Venga, si vamos a compartir secretos, ahora somos amigos –dijo Mize–. Déjeme que le enseñe el vestidor y toda la belleza que contiene.

Francie se lamió los labios y luego se encogió de hombros.

–De acuerdo.

–Las señoras primero –dijo Mize, indicándole con un gesto la puerta del vestidor abierta.

Indecisa, ella se movió hacia delante, cruzó el dormitorio y se detuvo frente a la puerta del vestidor. Miró a su alrededor y abrió unos ojos como platos.

–Magnífico, ¿verdad? –dijo Mize.

La voz de Francie sonó maravillada cuando dijo:

–Nunca veo cosas así hasta ahora. Puede que en el cine.

–Fue mi madre quien empezó la colección –explicó Mize, cogiendo un kimono blanco que colgaba de la puerta y echándoselo sobre los hombros–. Le encantaban sus vestidos, y me enseñó a amarlos a mí también.

El rostro de Francie se tensó.

–Es bueno. Eso creo.

–Eso nos unía –dijo él–. ¿Ve ese joyero que hay encima del tocador? Era de mi madre. Derrochaba en joyas con un gusto exquisito. Eche un vistazo. A ella le gustaría que lo hiciera.

Francie vio que Mize se ataba la bata. Él se detuvo, sonriendo.

–Adelante.

La mujer de la limpieza se acercó al tocador. Las luces que había en el marco del espejo brillaban. Ella abrió la tapa del joyero. Se quedó boquiabierta.

–Eso es lo que esperaba encontrar, ¿verdad? –le preguntó Mize.

Se colocó detrás de Francie. En el espejo, ella no vio a Mize, sino a Coco. Su sonrisa desapareció, y su mirada se quedó vacía.

Antes de que la asistenta pudiera responder o incluso cambiar de expresión, Coco pasó el cinturón de la bata por encima de la cabeza de Francie y lo apretó con una fuerza brutal en torno a su cuello.

CAPÍTULO
38

Starksville, Carolina del Norte

A JUZGAR POR LA CANTIDAD DE GENTE que asistió al velatorio el sábado por la tarde, Sydney Fox debió de ser una persona muy querida en Starksville. Nana Mama y yo fuimos a presentar nuestros respetos mientras Naomi terminaba de preparar su presentación del caso y cuidaba de los niños y Bree se quedaba con Cece Turnbull hasta que recuperara algo de sobriedad.

–Es terrible –dijo Nana Mama, agarrándose a mi antebrazo–. Una mujer como ella, en su mejor momento, abatida a tiros en el porche de su casa. Por malo que fuera vivir aquí cuando yo era una niña, nunca ocurrió nada tan violento como esto.

–Si lo dices tú me lo creo –dije–. Y sí, es terrible, forma parte de la maldad generalizada de esta ciudad. ¿No la percibes?

–Todos los días, desde que llegamos. Me encantará poder volver a casa cuando sea el momento.

–Estoy de acuerdo contigo. Y eso que sólo estamos aquí desde el jueves.

Seguimos a una pareja que vestía de luto hasta la funeraria. Había muy poca gente que no estuviera llorando entre las cuarenta o cincuenta personas que habían acudido a presentar sus respetos. Esperamos en fila para dar el pésame a Ethel Fox, que llevaba un viejo pero cuidado vestido negro que había comprado cuando falleció su marido.

–Pensé que sólo volvería a ponérmelo cuando estuviera muerta –dijo Ethel–. Y ahora aquí estoy yo, y ahí está mi niña, dentro de un ataúd. –Bajó la cabeza y, en voz baja, añadió–: No es justo.

Nana Mama le dio una palmadita en la espalda.

–Si necesitas algo, lo que sea, puedes llamarme a mí, a Hattie o a Connie. Te veré mañana en la iglesia.

Ethel se secó las lágrimas con un pañuelo y asintió.

–A las diez –dijo.

Acompañé a mi abuela hasta la capilla donde yacía el cadáver de Sydney Fox, en el interior de un sencillo ataúd cerrado. La sala estaba llena de gente desconsolada y cuya relación con la fallecida era lo bastante importante como para aparecer en público y expresar su dolor con entera libertad.

Nana Mama se sentó en una silla que habían reservado para ella junto a mis tías y al tío Cliff, que se cogía de la mano de la tía Hattie y parecía un poco asustado. Me quedé de pie fuera, junto a la puerta. Desde allí vi que algunas personas se acercaban al ataúd para presentar sus respetos. Luego seguí a un grupo de gente hasta una sala en la que había café y algunos platos con las galletas y los *brownies* que había preparado la tía Hattie.

Hablando con algunos de los asistentes me enteré de algunas cosas sobre Sidney Fox. Se había criado en la ciudad y se había casado con su novio del instituto, que se convirtió en un auténtico cabrón en cuanto supo que ella no podía tener hijos. Durante años, ella soportó sus abusos mientras trabajaba como maestra de primer y segundo curso en la escuela de primaria de la ciudad. Mucha de la gente con la que hablé eran padres de alumnos que habían tenido la suerte de que Sydney fuera su profesora en sus primeros años escolares.

Al cabo de un rato me enojé. Sólo había intercambiado unas pocas palabras con Sydney Fox, y ahora aquello parecía otro crimen, un asalto a mano armada a mi oportunidad de conocerla.

Me sirvieron una taza de café, comí más galletas de mantequilla de cacahuete de las que debería haber comido y volví sobre mis pasos para ver si Nana Mama quería irse ya. Estaba llegando más gente. Estudié sus rostros, buscando a alguien que me sonara. ¿Me había criado con alguno de ellos? ¿Los reconocería después de tantos años?

La respuesta era no hasta que saqué a Nana Mama de la capilla y me la llevé para ir en busca de unas cuantas galletas más. Al otro lado de la sala vi a un imponente afroamericano con un traje oscuro que estaba tomando café y comiéndose un *brownie*. Me sonaba tanto que lo observé.

Era tan corpulento como mi mejor amigo, John Sampson. Más alto que yo. Y más fuerte. Diez, puede que quince años más joven. El traje que llevaba era caro, pero el cuerpo que había debajo sugería un trabajo físicamente duro. Entonces, cuando se cambió el café de una de sus ásperas manos a la otra, lo reconocí de inmediato.

Me aseguré de que mi abuela estaba bien y me acerqué a él.

–¿Cómo estás, Pinkie? –le dije–. Ha pasado mucho tiempo.

CAPÍTULO
39

EL ROSTRO DEL ÚNICO HIJO de mi tía Connie, Brock «Pinkie» Parks Jr., se empañó un poco al escuchar su apodo, pero luego me reconoció y sonrió.

–Alex –dijo, estrechándome la mano–. La última vez que te vi me llevabas a cuestas delante de la casa de Nana Mama.

Recordaba vagamente aquel momento.

–Hace mucho tiempo –dije–. Creo que si intentara hacerlo ahora me rompería la espalda. He oído decir que la vida te ha tratado bien.

–Así fue hasta que me enteré de que Sydney había muerto –dijo Pinkie, con los ojos llorosos–. ¿La verdad? Quería a Sydney desde que yo tenía ocho años y ella diez. Tenía algo..., ya sabes... Todo era genial cuando ella estaba cerca.

–¿Se lo dijiste alguna vez? –le pregunté.

–No. Éramos amigos, y luego lo fuimos un poco menos cuando se casó con Finn Davis –dijo–. Él lo prefirió así.

–He oído decir que Finn se lo hizo pasar mal.

–Una vez le puse en su sitio, pero ¿qué iba a hacer?

Me iba bien trabajando en alta mar y no podía estar cerca de ella para protegerla, sobre todo teniendo en cuenta que ni siquiera quería protegerse a sí misma.

–Se divorció de él.

–Me lo contó –dijo él, lleno de pesar–. Nos enviábamos mensajes por Facebook y todo eso, y tenía intención de venir a verla.

–Lo siento.

–Yo también –dijo–. ¿Se sabe quién lo hizo?

–Parece ser que se equivocaron de objetivo –dije, y entonces le conté que la novia de Stefan también era rubia.

Pinkie parecía escéptico.

–¿Nadie ha pensado en Finn Davis?

–Oímos insultos racistas antes del tiroteo –dije–. Iban dirigidos a Patty.

–Puede ser –dijo Pinkie–. Pero Finn Davis es lo bastante listo como para usar eso como tapadera. Le enseñó el mejor.

–¿A quién te refieres?

–A un viejo amigo de tu padre –dijo Pinkie, muy serio–. Marvin Bell.

Antes de que pudiera decir nada, la tía Hattie se acercó con el tío Cliff, que iba en una silla de ruedas. Al vernos, el rostro de mi tía se iluminó y se acercó a nosotros. Después de saludar a su sobrino, se disculpó y se fue a hablar con Nana Mama y la tía Connie.

Pinkie se arrodilló junto a nuestro tío.

–¿Cómo estás, tío Cliff? –le preguntó.

–Las vacaciones han estado bien –dijo el tío Cliff–. La semana que viene vuelvo al trabajo. Todo el mes que viene viajaré a Nueva Orleans. La semana que viene veré a Jason en el barrio; tocaremos un poco de blues y hablaremos de los viejos tiempos.

–Mi padre murió, Cliff –dije.

Mi tío frunció el ceño, pero luego miró a mi primo y se puso nervioso.

–¿Es verdad eso, Pinkie? ¿Cuándo murió Jason? ¿Por qué no me lo ha dicho nadie?

–Murió hace mucho tiempo, Cliff –dije–. Cuando yo era pequeño. Le dispararon y se cayó al desfiladero desde el puente.

Clifford se puso más nervioso.

–Pinkie, eso no es verdad. ¿Jason está muerto?

Mi primo se lamió los labios, me miró y le dio una palmadita en el brazo a Cliff.

–Sí, como ha dicho Alex. Y tú lo sabes. Todos lo sabemos…

Fuera se oían gritos. Parecía Ethel Fox.

Pinkie y yo dejamos al tío Cliff y salimos al porche de la funeraria. La diminuta madre de Sydney Fox estaba discutiendo con un hombre mucho más alto que ella. Delgado, con un rostro duro y anguloso, debía de tener la edad de Sydney y vestía para la ocasión un traje gris oscuro.

–Si piensas entrar tendrá que ser por encima de mi cadáver –dijo Ethel Fox.

El hombre sonrió.

–Fue mi mujer durante muchos años, Ethel. Lo menos que puedes hacer es dejarme entrar para que le presente mis respetos.

–¡Tú nunca la respetaste cuando estaba viva, Finn

Davis! –gritó Ethel Fox–. ¿Por qué ibas a hacerlo ahora que está muerta?

Davis se inclinó sobre su ex suegra, le puso un dedo en el pecho y en voz baja pero amenazadora dijo:

–Porque es lo que hay que hacer, Ethel.

Al cabo de un segundo, Pinkie salió al porche y yo lo seguí.

–Atrás, Finn –gritó–. ¡Atrás o te rompo la cabeza!

De repente, de entre las sombras y los coches, aparecieron cuatro hombres. Todos tenían cara de pocos amigos.

–Pinkie Parks –dijo Davis, despacio, separándose de Ethel Fox con expresión divertida–. Supuse que estarías aquí, y me he traído algunos amigos por si acaso. ¿Quién es tu compañero?

–Mi primo –contestó Pinkie–. Es un gran policía; trabaja en el FBI.

Si Davis estaba impresionado o se sintió intimidado, no lo dio a entender.

–Por lo que he oído, está aquí para intentar que no condenen al perturbado de tu primo por haber matado a ese chico. ¿Qué pasa con la sangre que corre por las venas de esos endogámicos primos de Loupe Street? ¿Sois todos unos perturbados de mierda?

–Sigue así y te vas a enterar –dije, en voz baja.

La sonrisa de Davis se congeló.

–Siga usted así y verá como los echan a todos de la ciudad.

–Lárgate –dijo Pinkie–. Legalmente, no tienes derecho a estar aquí. Y está claro que moralmente tampoco. Así que lárgate ya.

Davis vaciló y dio un paso atrás, con las manos a la altura del costado, con las palmas a la vista.

–Como tú quieras, Ethel –le dijo a su ex suegra–. Llora a tu querida Sydney. Entierra a tu querida Sydney. La semana que viene iré al cementerio, le presentaré mis respetos y me mearé en la tumba de tu querida Sydney.

CAPÍTULO
40

EL JUICIO DE STEFAN TATE empezó a la mañana siguiente, a las ocho en punto. El jurado, formado por ocho mujeres y cuatro hombres, había sido elegido la semana anterior, y Erasmus P. Varney hizo honor a su fama de ser un juez rápido y diligente.

La sala estaba llena de público que quería escuchar los argumentos iniciales. Allí estaban todos los miembros de nuestra familia. Pinkie había venido con su madre. Yo me senté al lado de la tía Hattie y Patty Converse, justo detrás de Naomi y Stefan, que entró visiblemente nervioso en la sala.

Parecía estar especialmente inquieto por las personas que se habían sentado detrás de la acusación. Cece Turnbull estaba allí, ojerosa, débil y cogida de la mano de Bree. Mi mujer había pasado toda la noche con ella y se aseguró de que se presentara sobria.

Randy Sherman, el jefe de policía, también estaba sentado al lado de Cece. No dejaba de mirar a Bree, como si quisiera averiguar cómo encajaba en la ecuación. Detrás de ellos había varios periodistas de Raleigh y Winston-Salem y uno de Associated Press.

Harry y Virginia Caine, la elegante pareja a la que había visto el día anterior en el porche de la casa de Cece, estaban en la tercera fila. Llevaban ropa de ejecutivo y parecían aliviados al ver que su hija estaba sobria.

Guy Pedelini, el detective de la oficina del sheriff del condado de Stark, llegó justo cuando daban comienzo los argumentos iniciales y se sentó en la parte de atrás, cerca de donde se encontraban los detectives de homicidios Joe Frost y Lou Carmichael.

Delilah Strong, la fiscal del distrito, presentó los argumentos iniciales de la acusación con Matt Brady como su ayudante. La presentación que hizo Strong de la causa contra mi primo fue clara, concisa y condenatoria.

Strong describió a Stefan Tate como un individuo con problemas al que habían echado de varias escuelas y trabajos por consumir drogas; como un mentiroso que ocultó su pasado en la solicitud del distrito escolar de Starksville para dar clases, y como un profesor que tuvo una recaída, vendió drogas a sus alumnos y violó a una estudiante antes de agredir sexualmente y asesinar a Rashawn Turnbull después de que éste lo rechazara.

Cuando la fiscal hubo terminado, los miembros del jurado dedicaron letales miradas a mi primo. Cece Turnbull se puso frenética y gritó:

—¡Irás al infierno por lo que le hiciste a mi hijo, Stefan Tate!

Fue necesaria la intervención de Bree y de un agente judicial para sacar de la sala a la madre de la víctima. Cuando pasaron junto a sus padres, ella tenía la cabeza inclinada y estaba llorando. Harry y Virginia Caine parecían torturados y perdidos.

Naomi le pidió un receso al juez Varney y también que instruyera al jurado para que no tuviera en cuenta el arrebato de Cece. El juez dio las instrucciones, pero denegó el receso y le pidió a Naomi que presentara su caso.

Mi sobrina se levantó, tambaleándose un poco, y dijo:

—La fiscal del distrito ha descrito a Stefan Tate como un maníaco homicida movido por las drogas. Nada más lejos de la verdad.

Con un poco más de seguridad, Naomi describió a mi primo como un joven que había ido por el mal camino, que se había enfrentado a sus demonios y que había omitido su adicción en la solicitud de empleo porque, por ley, estaba en su derecho. En Starksville había descubierto la pasión por la enseñanza y se preocupaba mucho por sus alumnos. Naomi se refirió a los casos de sobredosis que se habían producido en el instituto y el empeño de Stefan por enfrentarse y descubrir a los camellos.

—Señores y señoras del jurado: es el argumento de la defensa que Stefan Tate estuvo a punto de descubrir a una importante banda dedicada a la distribución de drogas en Starksville y sus alrededores. Por eso, mi cliente ha sido acusado de ser un camello, un violador y el brutal asesino de un muchacho al que quería como a un hijo. Cuando hayan escuchado las declaraciones de los testigos y comprueben que, examinado con detalle, todo es un montaje, se darán cuenta, sin duda alguna, de que Stefan Tate no es un camello, un violador y mucho menos un asesino.

CAPÍTULO
41

EL JUEZ VARNEY DECIDIÓ hacer un receso al mediodía.

Mis pobres tías y Nana Mama estaban agotadas. Patty Converse las llevó a casa. Después de acompañar a Cece Turnbull a su casa, Bree se reunió con Pinkie y conmigo en el Bench, un restaurante de carne a la parrilla que atendía a la multitud procedente del juzgado.

–¿Has seguido pensando en Finn Davis? –preguntó Pinkie después de sentarnos y pedir.

–Un poco –admití.

–¿Qué pasa con Finn Davis? –preguntó Bree.

Como había hecho conmigo el día antes, Pinkie le habló a Bree del ex marido de Sydney Fox. Nacido y criado en Starksville, Finn Davis se quedó huérfano cuando sus padres murieron en un accidente de coche. Marvin Bell, el hombre que había enganchado a mis padres a las drogas, se hizo cargo de Finn Davis y lo trató como a un hijo.

–Marvin echó a perder a Finn, le enseñó y probablemente abusó de él –dijo Pinkie–. Si queréis saber mi opinión, Finn acabó siendo igual que su padre adoptivo. Ambos pueden ser muy carismáticos y hacer que te olvides de lo que son en realidad.

–¿Y qué son en realidad? –preguntó Bree.

Pinkie empezó a hablar, pero luego se interrumpió y miró por encima de mi hombro.

–Acaba de entrar el diablo en persona.

Delgado y de rasgos angulosos, Marvin Bell me recordó al actor Bruce Dern mientras se acercaba a nuestra mesa. Pelo largo y gris. Rostro demacrado y estrecho. Nariz afilada. Y unos ojos de color verde opaco que, como señaló Bree, te escrutaban.

Marvin Bell me estudió con aquellos extraños ojos opacos y luego hizo lo mismo con Bree, sin mostrar ninguna reacción. Luego miró a Pinkie.

–¿Sabes una cosa, Parks? –dijo–. En los funerales, todos los rencores se dejan de lado. Mi chico tenía todo el derecho a llorar a Sydney y presentar sus respetos.

–A menos que su chico le disparara –le contestó mi primo–. Lo que, en mi opinión, encaja con su amenaza de mearse en su tumba.

Los músculos de las mejillas de Bell se contrajeron por la tensión, pero su voz se mantuvo firme cuando dijo:

–Finn firmó los papeles del divorcio y siguió adelante con su vida. No hay ninguna razón para que le hiciera algo así a su ex mujer.

–Bueno, creo que se podría presentar un caso por obsesión –dijo Pinkie–. Pero el que habla es mi resentimiento. A usted y a su chico nunca les ha gustado perder credibilidad.

Bell se quedó allí de pie un momento, como si estuviera echando mano de toda su capacidad de autocontrol para no romperle la cara a mi primo.

–Finn no es un asesino.

Y acto seguido se alejó en dirección a otra mesa.

–Creo que voy a presentarme y a hablar con él –dije.

–¿Crees que es una buena idea? –preguntó Bree.

–A veces, si agitas una rama, cae algo –dije, levantándome.

La camarera le sirvió una taza de café a Bell y se fue. Me deslicé en el banco y me senté delante de él. Si mi presencia le puso nervioso, no lo demostró. Y si le habían alterado las acusaciones de Pinkie, tampoco lo demostró.

–No sabía que lo había invitado a sentarse, forastero –dijo Bell, abriendo un sobrecillo de azúcar y echándolo en el café.

–Ya nos conocemos, señor Bell –dije–. Pero fue hace mucho tiempo.

–¿De veras? –dijo, removiendo el café y dirigiendo hacia mí sus extraños ojos verdes–. No lo recuerdo.

–Alex Cross. Jason Cross era mi padre.

Bell ladeó la cabeza para volver a examinarme, golpeó la cucharilla contra el borde de la taza y sonrió beatíficamente.

–Sí, ahora veo el parecido.

–Soy detective de homicidios en Washington D.C.

–Está muy lejos de casa, detective Cross –respondió, dejando la cucharilla en el plato–. Y es curioso, pero no consigo recordar cuándo nos conocimos.

–Yo era un niño –dije–. Fue alrededor de un año después de que muriera mi madre.

–Querrá decir después de que fuera asesinada, ¿verdad? –Lo dijo en un tono neutro, con una expresión que no daba a entender nada.

–Recuerdo esa noche –dije–. Usted ató a mi padre a su coche con una cuerda y lo arrastró por la calle.

Bell sorbió su café, sin apartar los ojos de mí en ningún momento.

–Eran otros tiempos. Eso es lo que se le hacía a un hombre que había matado a su propia esposa a sangre fría y decía que había hecho bien.

No me esperaba eso y no dije nada mientras Bell hablaba.

–Le di a su padre parte del castigo que se merecía. Y luego cumplí con mi deber y lo entregué inmediatamente a la policía. Lo que pasó luego fue una desgracia, pero seguramente acabó siendo lo mejor para todos. Incluso para usted. Y para sus hermanos.

Eso tampoco me lo esperaba. Pasaron unos instantes antes de que fuera capaz de responder.

–Usted vendía drogas a mis padres –dije–. Usted hizo que se engancharan a ellas.

Sin apartar los ojos fijos de mí, Bell sonrió mecánicamente. Cambió la posición de la taza en el plato, haciéndola girar un cuarto de vuelta.

–Esa afirmación no es cierta –dijo–. Nunca he vendido drogas ni he tenido nada que ver con ellas. En realidad, intenté que sus padres se desengancharan, y cualquiera que diga lo contrario miente.

–¿Nunca ha tenido nada que ver con las drogas? –le pregunté.

–Yo soy un hombre de negocios –dijo Bell, tomando

un sorbo de café–. Tengo varias empresas, todas prós-
peras. ¿Por qué iba a meterme en algo tan peligroso
como las drogas?

–No lo sé. Pero cada vez que su nombre sale a colación, la gente me dice que debería fijarme en usted.

Bell parecía divertido.

–¿Fijarse en mí? ¿En qué sentido?

–Como una especie de genio del crimen –dije.

Bell se echó a reír y cogió otro sobrecillo de azúcar.

–Ésta es una ciudad muy pequeña y con mucha gente
pobre. Muy poca cosa para usted.

–¿Qué tiene que ver en esto la gente pobre?

–Todo –dijo Bell–. La mayoría de la gente pobre
piensa que cualquier persona que triunfa no puede haberlo conseguido legítimamente, a base de iniciativa y
trabajo duro. Eso no forma parte del mito que la mayoría de la gente pobre quiere creer. Así pues, se sientan
a inventar mentiras que expliquen por qué alguien ha
alcanzado el éxito.

–Entonces, ¿no hay nada de lo que se le pueda acusar?

–Nada en absoluto –me dijo Bell, sosteniéndome la
mirada–. Dígame, ¿por qué ha vuelto a la ciudad, detective Cross?

Estaba convencido de que lo sabía, pero le seguí el
juego y le dije que Stefan Tate era mi primo.

–Un asesino –dijo Bell, más tenso que antes–. Lo
siento, ya sé que es su primo, pero, por lo que he leído,
espero que le frían.

–Es el sentimiento popular.

–Así es.

–¿Ha oído los argumentos de la defensa?

–No –dijo Bell, levantando la mano para quitarse una pizca de café molido que se le había quedado en la punta de la lengua.

–Stefan cree que existe una amplia y compleja organización criminal que opera en Starksville –dije.

–Si es así, debo decir que nunca he oído hablar de ella –contestó Bell.

–Trafican con droga –le dije–. Y puede que con más cosas.

–¿Con más cosas? A mí me parece otra sarta de mentiras. Suena a patraña inventada para confundir los hechos, que, según tengo entendido, son concluyentes más allá de cualquier duda razonable. Su primo asesinó a ese pobre muchacho y va a pagar por ello. Si de mí dependiera, ordenaría que alguien lo atara y lo arrastrara por la calle hasta la cámara de gas.

–Si dirigiera una organización criminal, me imagino que lo haría –dije.

Bell se quitó el café molido de la lengua dándole un golpecito con el dedo, me miró con sus ojos verdes y dijo:

–Si yo fuera usted, detective Cross, no iría soltando calumnias carentes de fundamento. Suena mal. Suena a que está desesperado. Si yo fuera usted, aceptaría lo que ha hecho su primo, haría las maletas y dejaría que ese hijo de puta siguiera su destino.

–Eso no va a ocurrir –dije, poniéndome en pie–. Lamento haberle hecho perder el tiempo.

–Lo que sea por el hijo de un viejo amigo –repuso Bell–. Pero dígale a su sobrina que si intenta sacar mi nombre a colación en este juicio, sea de la forma que sea, le pondré una demanda que recordará toda su vida.

CAPÍTULO

42

RECORDÉ LO QUE HABÍA DICHO de Bell cuando el juez Varney levantó la sesión el lunes, a las cinco y media de la tarde, después de cuatro horas de testimonios que consiguieron que mi primo pareciera un monstruo.

El detective Guy Pedelini había sido el primero en subir al estrado. Testificó sobre cómo había descubierto el cadáver e identificó las pruebas que la fiscal del distrito había admitido. La más importante era la muestra de semen encontrada en el cuerpo de Rashawn Turnbull, que coincidía con el ADN de Stefan. La acusación también presentó una muestra de la sangre, que coincidía con la de Rashawn, encontrada en la sierra de podar descubierta en el sótano de la casa de mi primo.

Naomi hizo lo que pudo para conseguir que el detective de la oficina del sheriff admitiera que esas pruebas podían haber sido colocadas en el sitio donde fueron encontradas, pero se mostró escéptico al respecto y el jurado tomó nota de ello.

Más perjudicial para Stefan resultó el testimonio de Sharon Lawrence, una adolescente que reconocí como una de las chicas que habían entrenado con Jannie el

212

sábado anterior. En el estrado, además de guapa, estuvo elocuente y devastadora.

Strong empezó el interrogatorio de Sharon Lawrence haciendo que admitiera que le daba vergüenza estar allí, pero que había decidido decir la verdad «por el bien de Rashawn».

El jurado sintió compasión por ella. Y yo también.

Sharon Lawrence estaba en la clase de gimnasia de Stefan de duodécimo curso. Dijo que desde el principio hubo algo entre mi primo y ella.

—El entrenador Tate siempre me estaba mirando —dijo.

—¿Y eso le gustaba? —preguntó Strong.

Lawrence se quedó mirando su regazo y asintió con la cabeza.

—¿El entrenador Tate se le insinuó?

La chica asintió de nuevo y se ruborizó, frotándose las manos.

—Sabía que eso no estaba bien, pero él era…, no sé…

—¿Inteligente? ¿Guapo?

—Sí —dijo ella—. Y parecía preocuparse por todo el mundo.

Stefan estuvo mirando un bloc todo el rato, tomando notas y sacudiendo la cabeza.

—Parecía preocuparse por todo el mundo —repitió Strong.

—Sí.

—¿Y especialmente por usted?

—Supongo que sí —dijo Lawrence—. Sí.

—¿Qué pasó?

—Al principio nada. Sólo coqueteábamos.

213

–¿Y luego?

–Fue más allá –dijo la chica en voz baja.

–¿Cuándo ocurrió eso?

–Unos meses después de que Billy Jameson y Tyler Marin murieran de sobredosis y una semana antes de que Stefan matara a Rashawn.

–¡Protesto! –gritó Naomi.

–Aceptada –dijo el juez Varney–. El jurado no lo tendrá en consideración.

–Cuéntenos qué pasó –dijo Strong.

Era evidente que Sharon Lawrence habría querido estar en cualquier lugar salvo en la sala del tribunal mientras se armaba de valor y decía que, después de las dos sobredosis, mi primo se obsesionó con descubrir quiénes eran los camellos.

–Hablaba de ello en clase –dijo–. Decía a todo el mundo que si sabían algo lo contaran.

–¿Y lo hicieron?

–No lo sé. Y, de todos modos, daba igual, porque todo era un montón de mentiras.

–Protesto –dijo Naomi.

–Denegada –dijo el juez Varney.

–¿Podría decirnos por qué cree que era mentira?

–Porque el entrenador Tate era el único que vendía drogas –dijo Lawrence.

–¡Protesto!

–Con la venia, señoría, la señorita Lawrence explicará los motivos de su afirmación.

–Proceda con cautela, letrada, no le voy a pasar ni una.

–¿Qué le hace pensar que el entrenador Tate vendía drogas?

–Él me lo dijo –respondió Lawrence–. Y me las enseñó.

–¿Dónde estaban cuando ocurrió eso?

–En su casa.

–¿Por qué estaba usted en su casa?

–Aquella mañana, en el instituto, me dijo que me pasara por allí –explicó Lawrence–. Dijo que la señorita Converse estaría en el médico, en Raleigh.

Miré a Patty Converse. Tenía una expresión afligida.

–¿Y el entrenador Tate le enseñó las drogas? –preguntó Strong.

–Sí.

–¿Tomó drogas con el entrenador Tate?

–Sí.

–¿Qué clase de drogas?

Lawrence se mordió el labio inferior, que estaba temblando.

–No lo sé. Seguramente se trataba de cocaína. Y puede que un poco de metanfetamina. Él dijo que era *speedball*.* Pero creo que también puso algo en mi refresco.

–¿Por qué piensa eso?

–Un par de horas más tarde me desperté en su cama –dijo Lawrence, mirándose de nuevo el regazo–. No recuerdo cómo llegué allí. Pero estaba desnuda y... sentía dolor.

–¿Dónde sentía dolor?

–Ya sabe dónde –dijo, echándose a llorar.

Strong se acercó al estrado y le ofreció un pañuelo de papel.

* Mezcla de cocaína y heroína. *(N. del T.)*

–Lo está haciendo muy bien.

Lawrence asintió, pero no levantó los ojos.

–¿Estaba allí el acusado cuando se despertó?

–Entró en la habitación.

–¿Reconoció haber tenido relaciones sexuales con usted?

–Más o menos.

–¿Podría ser más concreta?

–Dijo que ahora teníamos un pequeño secreto. Dijo que si no guardábamos ese secreto, yo podría acabar como Billy y Tyler.

–¿Los chicos que murieron de sobredosis?

Lawrence asintió y rompió a llorar otra vez.

Después de que Sharon se tranquilizara, Strong le preguntó:

–¿Las relaciones sexuales fueron consentidas?

–No –contestó la chica con contundencia.

–Pero usted fue a casa del entrenador Tate y tomó drogas con él. Coqueteó con él. Es evidente que debió de pensar que podrían acostarse.

–Es posible que lo pensara, pero nunca tuve la oportunidad de echarme atrás o decir que no.

–Él la drogó.

–Sí –contestó Lawrence. Le temblaban los hombros.

–¿Y la violó?

–Sí.

–¿Cuántos años tenía cuando ocurrió eso?

–Diecisiete.

–¿Lo denunció?

Lawrence bajó la cabeza.

–No inmediatamente –dijo.

–¿Cuánto tiempo esperó a denunciar la violación?

–Hasta el día después de que arrestaran a Stefan.

–Una semana –dijo Strong.

–Ojalá hubiese presentado la denuncia cuando ocurrió –dijo Sharon Lawrence, en un tono lleno de dolor y sinceridad–. Si lo hubiera hecho, puede que ese chico aún estuviera vivo, ¿sabe? Pero descubrí cómo era realmente el entrenador Tate y temí por mi vida.

43

AQUELLA NOCHE, EN CASA, la cena fue lúgubre y sombría. Estábamos todos salvo Naomi, que estaba trabajando en su interrogatorio, y Patty Converse, que estaba tan preocupada después del testimonio que decidió irse sola a su casa.

La tía Hattie también estaba descompuesta. Se sentó en silencio junto al tío Cliff y Ethel Fox, que estaba agotada después de haber pasado el día preparando el funeral de su hija, pero que insistió en acompañar a su amiga para darle apoyo moral.

La tía Hattie lo necesitaba. Las televisiones y las radios de Raleigh informaban del testimonio de Sharon Lawrence contra su hijo, centrándose tanto en la historia de la chica como en las bragas que llevaba el día de la supuesta violación. Lawrence dijo que no las lavó porque aún no sabía si iba a denunciar a Stefan.

Naomi se opuso a que las bragas fueran presentadas como prueba, diciendo que «en el mejor de los casos, estarían sucias», pero el juez rechazó su protesta después de que Strong informara al tribunal de que un analista de ADN de la policía testificaría que el semen y los fluidos vaginales secos encontrados en la ropa interior eran de mi primo y de Sharon Lawrence.

Las cosas no pintaban demasiado bien.

–Papá, ¿podemos ir de pesca mientras estemos aquí? –me preguntó Ali cuando entré en su habitación para arroparle.

–¿De pesca? –dije.

Me asaltaron vagos recuerdos en los que, siendo muy pequeño, fui de pesca con mi padre y con el tío Cliff.

Ali asintió.

–He visto esos programas de Outdoor Channel. Y además he conocido a un niño que se llama Tommy. Dice que su padre le lleva de pesca al lago Stark. Dice que es divertido, que hay un montón de peces.

–Bueno –dije–. No sé nada de pesca, pero si eso es lo que deseas, veremos lo que podemos hacer.

El rostro de Ali se iluminó.

–¿Mañana?

–Mañana puede ser un mal día –dije–. Pero déjame ver qué es lo que necesitamos y adónde podemos ir.

–Se lo podrías preguntar al padre de Tom –dijo Ali, bostezando.

–Si me encuentro con el padre de Tom, lo haré –dije, ajustando las sábanas en torno a su barbilla–. Te quiero, colega. Que duermas bien.

–Yo también te quiero, papá –dijo Ali, con los ojos cerrados.

Cuando salí de la habitación, la tía Hattie me miró y dijo:

–¿Puedes llevar a Cliff a casa? Iré enseguida.

–Claro –dije–. ¿Estás listo, tío Cliff?

Mi tío no dijo nada, sólo se quedó mirando al vacío. Bree mantuvo la puerta abierta mientras yo empujaba la silla de ruedas por la rampa hasta la acera.

–¿Necesitas ayuda? –me preguntó.

–No –dije–. Vuelvo ahora mismo.

Bree me lanzó un beso y entró. Mientras conducía la silla hacia la calle, dije:

–¿Aún te gusta ir de pesca, tío Cliff?

Fue como si se le hubiera encendido una bombilla. Mi tío pasó de la confusión a la lucidez en dos segundos.

–Me encanta ir de pesca –dijo.

–Me han dicho que el lago es un buen sitio.

–Por la mañana, muy temprano –dijo el tío Cliff, asintiendo–. En la ensenada, en la orilla oeste. No lejos de mi cabaña. ¿Sabes dónde está?

–Me parece que sí –dije–. Además del lago, ¿qué otro lugar es bueno para ir de pesca?

–Esas enormes charcas que hay al fondo del desfiladero son buenas para pescar truchas.

–¿Qué charcas? –le pregunté.

–Ya sabes. Donde tu padre iba a nadar.

Me detuve y me coloqué delante de él.

–¿Qué quieres decir? ¿Adónde iba a nadar mi padre?

Mi tío me miró, nuevamente confundido.

–A las charcas. Siempre íbamos allí cuando éramos niños. ¿Dónde está Jason?

La tía Hattie y Pinkie nos alcanzaron. Mi primo llevaba los restos de una tarta y mi tía dos bolsas con muslos de pollo.

–Jason está muerto, Clifford –dijo Hattie.

La expresión de mi tío se torció. Estaba conmocionado.

–¿Cuándo murió?

–Jason murió hace mucho tiempo, en el desfiladero –dijo Hattie.

El tío Cliff se echó a llorar.

–Era como un hermano para mí, Hattie.

–Lo sé, Cliff –repuso mi tía, dándole una palmadita en el brazo. Luego nos miró a mí y a Pinkie, a quien se veía preocupado por toda la situación–. No sé a qué se debe. A veces está confundido y triste. Lo siento mucho.

–No tienes por qué disculparte –dije.

Hattie se colocó detrás de la silla de ruedas.

–Será mejor que yo lo lleve a casa. Pinkie, ¿puedes coger las sobras?

Mi primo asintió y yo me quedé allí, en la calle, mirando hasta que entraron en la casa y se encendieron las luces.

Con la esperanza de aclarar mis ideas y contemplar el día con un poco de perspectiva, le mandé un mensaje a Bree diciéndole que iba a dar un paseo. Mientras caminaba por Loupe Street tuve que reconocer que las pruebas que acusaban a Stefan eran abrumadoras. Mi sobrina debía de pensar lo mismo. En cuanto se levantó la sesión, se fue directamente a hablar con Stefan. ¿Cómo iba a explicar Naomi lo del semen? ¿Cómo iba a interrogar a Sharon Lawrence?

¿Tendría razón Marvin Bell? ¿Era aquélla una causa perdida? ¿O mis tías y Ethel Fox estaban en lo cierto? ¿Estaban implicados en el caso Bell y su hijo adoptivo, Finn Davis? ¿Había matado uno de ellos a Sydney Fox?

¿Estaban detrás de la organización criminal que, según Stefan, operaba en Starksville? ¿Cómo podía responder yo a cualquiera de aquellas preguntas?

Aún no tenía ninguna idea clara cuando me di cuenta de que había llegado al puente con arcos que cruzaba el río Stark. Allí, de pie, escuchando el rugido del agua en el desfiladero, me vino un destello de ese sueño que tuve de la noche, en que murió mi padre, en el que yo era un niño: corría junto a las vías del tren, bajo la lluvia, y veía los coches de la policía, con las luces intermitentes, y lo que no le había contado a Nana Mama, lo que no había recordado hasta hacía poco... Mi padre allí, en el puente, el disparo, y luego él, cayendo.

Caminé por el puente hasta el lugar donde, aproximadamente, estaba mi padre en mi sueño y miré hacia abajo, hacia la oscuridad, desde donde me llegó el ruido del río al fondo del desfiladero, aunque no podía verlo.

Vi un coche avanzando por el puente. Las luces se deslizaron, pasándome por encima. Me quedé mirando el vacío y...

El coche se detuvo en seco justo detrás de mí. Me di la vuelta a tiempo para ver a tres hombres bajando de un viejo Impala blanco.

Llevaban capucha y sostenían en la mano barras de hierro y un bate de béisbol Louisville Slugger.

CAPÍTULO
44

NO ME DIO TIEMPO A SACAR LA PISTOLA de repuesto que llevaba en la funda del tobillo. Los tuve encima de mí enseguida.

En una situación así no es tan importante prestar atención a los atacantes o a las armas como al espacio. Cuanto más espacio tengas o puedas crear, más seguro estarás.

Tenía la barandilla del puente a mis espaldas y a esos tres hombres muy cerca de mí, tratando de abrirse en abanico, de cerrarme el paso. Me moví rápidamente hacia mi derecha, siguiendo la barandilla, y me acerqué a uno de los hombres, que sostenía una barra de hierro.

Gruñó, soltando una risa, levantó el arma y trató de golpearme. Di un paso hacia delante con el pie derecho, bajando del bordillo, y levanté el izquierdo de modo que la barra de hierro no amenazara mi espalda sino mi cara.

Antes de que pudiera golpearme levanté las manos y extendí los brazos por debajo del arco del arma para agarrar al tipo por la muñeca. Con la mano izquierda se la retorcí, alejando la barra de hierro de mí. Con la palma de la mano derecha, le golpeé el lado izquierdo de la mandíbula.

El tipo se tambaleó.

Volví a golpearlo, esta vez con el puño, en la garganta. Se oyó un crujido y el tipo se cayó, atragantándose. Le quité la barra de hierro y di cuatro pasos hacia atrás, intentando crear más espacio.

Uno de los otros dos tipos, el que sostenía el bate de béisbol, comprendió mis intenciones. Miré y vi que había otro hombre en el coche, al volante del Impala. El conductor puso primera y arrancó. Los neumáticos chirriaron al mismo tiempo que el tipo del bate de béisbol saltaba hacia delante, levantándolo por encima de su cabeza como si fuera un hacha.

El Impala iba a atropellarme. Cuando el coche se dirigía hacia mí, salté sobre el capó. El conductor pisó el freno. Me golpeé contra el parabrisas y rodé hacia el otro lado.

El tipo del bate me propinó un fuerte golpe en medio de la espalda. Salí despedido del capó y caí al suelo. Me quedé sin respiración. Los faros del coche me cegaron.

Sin embargo, aún tenía la barra de hierro, y un instinto muy profundo me ordenó que apartara los ojos de los faros y mirara el asfalto.

–¡Cabrón! –gruñó uno de los hombres. Vi el destello de una sombra en el suelo un segundo antes de que la bota me golpeara las costillas.

Oí un crujido. El dolor me hizo soltar un grito ahogado.

–Machacadle el puto cráneo y acabemos con esto –gruñó una segunda voz masculina detrás de los faros.

Mantuve la cabeza baja, obligándome, a pesar del dolor, a mirar el asfalto. En cuanto vi un leve movimiento en las sombras, me di la vuelta y me levanté, empuñando la barra de hierro.

Lo sentí antes de ver la rodilla doblándose de perfil. Sentí el bate golpeándome un lado de mi cabeza. No fue un golpe directo, pero sí lo bastante fuerte como para sentirme mareado, sin saber qué estaba arriba y qué abajo.

El tipo al que había golpeado estaba gritando y tratando de agarrarse la rodilla. Tropezó, se desplomó sobre el capó del coche y, ahora sí, se agarró la rodilla.

Gimiendo de dolor, y aún con problemas para respirar, pensé: «Dos fuera de combate. Queda uno más con una barra de hierro. Y el conductor».

–¡Dispárale!

Volví la cabeza y vi al conductor saliendo del coche con un rifle de caza con mira telescópica. Mientras se daba la vuelta para apuntarme con el arma, le lancé la barra de hierro. Se desvió hacia un lado y rompió el cristal de la ventanilla del conductor, salpicando de cristales al hombre del rifle.

El rifle se disparó; la bala rebotó en la estructura de acero del puente.

Oí el chirrido de unos neumáticos a lo lejos. Detrás del Impala, vi unos faros acercándose por el puente.

–¡Salgamos de aquí! –gritó el conductor, metiéndose en el coche.

Temiendo que intentara atropellarme mientras huía, me arrastré hasta la acera. El tipo al que había herido en la rodilla dio un salto hacia el coche y subió al asiento delantero. El que sostenía la otra barra de hierro tiró del tipo al que había tumbado y lo metió en el asiento trasero. Cuando llegué a la acera, tratando de no pensar en el dolor, me incliné para sacar la Ruger de la funda del tobillo.

Las puertas del coche se cerraron. Los neumáticos echaban humo. Alguien sacó una pistola por la ventanilla.

Yo apunté con la mía, disparé a la desesperada al Impala y le di al cristal trasero, que se agrietó por completo mientras el coche aceleraba. El tipo del golpe en la rodilla disparó cuando pasaron junto a mí. Escuché el sonido metálico de la bala al impactar cerca de mi cabeza.

–¡Lárgate de nuestra ciudad, Cross! –gritó uno de los hombres mientras se alejaban–. ¡O acabarás como el cretino de tu primo!

CAPÍTULO
45

UNA CAMIONETA DODGE RAM de color azul con matrícula de Florida derrapó y se detuvo junto a mí.

–¡Alex! –gritó Pinkie, saltando de la cabina.

–Ayúdame a levantarme –dije, jadeando–. Sácame de aquí.

–¡He oído disparos! –exclamó.

–Ésa es la razón por la que tienes que sacarme de aquí –dije, haciendo un esfuerzo por ponerme en pie–. No quiero hablar con la policía de Starksville.

Las fuertes manos de Pinkie me sujetaron por debajo de los brazos. Apreté los dientes por el dolor que sentía en las costillas y fui cojeando hasta la puerta del acompañante. Pinkie me izó hasta la camioneta y abandonamos el puente antes de oír las sirenas de la policía.

Mi primo apagó los faros y tomó un camino que discurría en paralelo al desfiladero. Habríamos recorrido unos quinientos metros cuando, a lo lejos, vi pasar las luces zumbando, en dirección al puente.

–¿Adónde vamos? –preguntó Pinkie.

–A algún lugar donde podamos esperar hasta que se larguen –dije–. Luego rodearemos Birney por Eight Street.

Entonces sonó mi teléfono. Era Bree.

–¿Dónde estás?

–Estoy con Pinkie.

–¿Has oído esos disparos?

–Sí –dije, y a continuación le conté lo ocurrido.

–¿No crees que deberías ir al hospital? –dijo ella.

–No. Quiero pasar desapercibido en este asunto.

–¿Por qué?

–Te lo explicaré cuando vuelva a casa –dije–. Dame cuarenta y cinco minutos.

–¿Seguro que estás bien?

–Estoy bien. Te quiero.

–Yo también te quiero, Alex.

Colgué.

Abandonamos la zona este de la ciudad. Cuando tomamos un largo y serpenteante camino rural en pendiente, Pinkie encendió los faros.

–¿Qué demonios estabas haciendo en el puente? –me preguntó.

Empecé a contarle mi sueño, pero me interrumpí al darme cuenta de que ése no era el motivo de que estuviera allí.

–Fue por algo que Cliff dijo sobre mi padre.

Pinkie me lanzó una mirada rápida.

–¿Qué te contó sobre tu padre?

–Me habló de unas charcas muy profundas que había al fondo del desfiladero, y cuando le dije que no las conocía, me dijo que mi padre solía ir allí a nadar.

–¿Y...?

–No sé. La conversación me impulsó a caminar hasta el puente y contemplar el río.

–Supongo que lo comprendo –dijo Pinkie.

Estábamos casi al pie de la colina, cruzando un frondoso bosque.

–¿Sabes dónde están esas charcas? –pregunté, mirando por la ventanilla.

En el cielo había una luna casi llena que inundaba el bosque con una luz de color azul oscuro.

Pinkie guardó silencio. Luego, pisando el freno, dijo:

–Por supuesto.

Un minuto después detuvo la camioneta y señaló un camino lleno de barro.

–Se llega por ahí.

–¿Aguantará tu camioneta? –pregunté.

Pinkie vaciló, pero al cabo de un momento tomó un sendero que cruzaba un bosque de pinos. Por los surcos, me di cuenta de que aquel camino era muy transitado, aunque el bosque era muy frondoso a ambos lados. Las ramas de los árboles y de los espinos arañaban los laterales de la camioneta.

Diez minutos más tarde llegamos a un cambio de sentido. Pinkie detuvo el coche y apagó las luces. Allí, en un claro del bosque, la luz de la luna era si cabe más brillante.

–¿Dónde están las charcas? –le pregunté.

Mi primo señaló un camino de grava.

–No están lejos. Mucha gente va a nadar allí.

–¿Tienes una linterna?

–¿Qué crees que andas buscando, Alex? –me preguntó.

–No lo sé. Sólo quería ver las charcas.

Pinkie hizo una pausa antes de hablar.

–¿Seguro que quieres hacerlo? –me preguntó.

–Si algo va mal espero que me eches una mano.

Pinkie lanzó un suspiro.

–Como quieras –dijo.

Mi primo se acercó a la puerta del acompañante, la abrió y me ayudó a bajar. Rebuscó en una caja de herramientas que llevaba en la camioneta y se acercó con un foco portátil. Lo encendió. Las sombras desaparecieron.

Avancé lentamente, protegiéndome las costillas, y lo seguí por el camino de grava hasta una zona llana cubierta de hierba, junto a la orilla del río Stark. La luz de la luna bañaba el lugar, en el que había dos grandes charcas casi divididas por la mitad por una roca de granito que parecía un alfil tumbado de lado.

Pinkie apagó el foco cuando llegamos al saliente de la roca. En la zona donde el canal se estrechaba y fluía en torno a la base redonda de la roca, la corriente era rápida. Sin embargo, en las charcas era mucho más tranquila, y el reflejo de la luna brillaba en sus aguas. A unos trescientos metros río arriba podía verse la pared de la cresta y se escuchaba el rugido del agua cayendo por la boca del desfiladero.

–¿Sabes de alguien que se haya caído al desfiladero y haya sobrevivido? –pregunté.

Pinkie guardó silencio unos segundos antes de responder.

–Ahora esto está lleno de kayakistas a todas horas.

–Me refiero a un nadador. ¿Sabes de alguien que haya conseguido nadar por el desfiladero después de caerse desde el puente?

Pinkie dejó pasar un largo rato antes de contestar. Me volví para mirarlo a la luz de la luna. Estaba contemplando el agua.

–Sólo uno, Alex –dijo, en voz baja–. Tu padre.

CAPÍTULO
46

CON EL DOLOR EN LAS COSTILLAS y el golpe que había recibido en la cabeza esa misma noche, estaba seguro de que lo había entendido mal.

–¿Has dicho mi padre?

Pinkie no me miraba, pero asintió con la cabeza.

Se me revolvió el estómago y noté sabor a bilis. Vi unos puntos brillando ante mis ojos y tuve la sensación de que iba a desmayarme. A continuación, una ira irracional se apoderó de mí. Agarré a mi primo por el cuello de la camisa.

–¿De qué demonios estás hablando?

–Lo siento, Alex –dijo Pinkie. Su voz sonó culpable–. El tío Cliff me hizo prometer hace años que guardaría el secreto.

Miré a mi primo con incredulidad.

–¿Me estás diciendo que mi padre no murió esa noche? ¿Que consiguió salir vivo del desfiladero?

–Consiguió llegar hasta aquí a rastras –dijo Pinkie–. Estaba inconsciente. Cliff lo encontró mucho antes del amanecer y de que la policía empezara a buscar su cuerpo. Tu padre estaba malherido. Cliff se lo llevó a su cabaña del lago y cuidó de él hasta que se recuperó.

–¿Y no se lo contó a nadie? –le pregunté, incrédulo.

–Sólo a mí –dijo Pinkie.

–¿Y por qué a ti?

–Unos años después fuimos a su cabaña. Yo tendría unos dieciocho años. Se había peleado con la tía Hattie y bebía mucho. Muchísimo. Se puso triste y se echó a llorar. Y luego se puso a hablar. En cuanto empezó, ya no pudo parar. Lo contó todo.

El tío Cliff le explicó a Pinkie que había encontrado a mi padre y lo había llevado a su cabaña. Le dijo que mi padre decidió que era mejor que sólo Cliff supiera que estaba vivo. Nana Mama no tenía que saberlo. Y mis hermanos y yo tampoco.

–¿Por qué? –pregunté, aún desconcertado y sin saber muy bien cómo me sentía.

–Supongo que porque mató a tu madre –dijo Pinkie–. Fue un acto de piedad, pero aun así la mató; la asfixió. Daba igual la forma de verlo: en esa época, en una zona rural de Carolina del Norte, tu padre se habría enfrentado a una acusación de asesinato. En cuanto se hubo recuperado, decidió ir hacia el sur y desaparecer por completo en otra vida.

–¿Y lo consiguió? –le pregunté.

–Sí –contestó Pinkie.

Noté cómo mi corazón me martilleaba el pecho. ¿Mi padre? ¿Vivo?

–¿Y adónde te dijo el tío Cliff que había ido?

–A Florida.

–¿A qué parte de Florida?

–Lo único que sabía Cliff era que vivía cerca de Bell Glade, que trabajaba en el campo y que durante un tiempo perteneció a una iglesia –me dijo Pinkie.

–Entonces, ¿me estás diciendo que sigue vivo? –le pregunté.

Pinkie lanzó un suspiro y sacudió la cabeza.

–No he dicho eso. Lo siento, Alex. Por lo que tengo entendido, se suicidó dos años después de abandonar Starksville.

Eso me dolió más que la patada que me habían dado a primera hora de la noche. Un momento antes había dejado que la fantasía de encontrar a mi padre hiciera crecer la esperanza en mi corazón, y ahora volvía a ser otra vez un niño desconsolado.

¿Suicidio?

–¿Hace treinta y tres años? –pregunté, consciente de la amargura en mi voz.

Pinkie asintió.

–El tío Cliff me dijo que una noche recibió la llamada de una mujer. Le dijo que había encontrado su número de teléfono entre los efectos personales de un hombre llamado Paul Brown que se había suicidado detrás de su iglesia. El tío Cliff le preguntó desde dónde llamaba y ella le dijo que desde Belle Glade.

–¿Cómo se llamaba esa mujer? –pregunté.

–No lo sé. Ni siquiera sé si lo sabía el tío Cliff. Le afectó mucho saber que, después de todo lo que había sufrido, tu padre había acabado suicidándose.

De repente me sentí débil y extendí el brazo hacia Pinkie. Mi primo lo agarró por debajo y dijo:

–¿Estás bien?

–La verdad es que no.

–Demasiada información que procesar –dijo Pinkie.

–Así es.

–Vamos a casa y echemos un vistazo a esas costillas.

–Probablemente sea una buena idea.

Sin embargo, mientras me alejaba de allí detrás de mi primo, me detuve un momento para contemplar la luna brillando en la superficie de la charca, río arriba, y me sentí vacío y despojado de algo que ni siquiera sabía que tenía.

CAPÍTULO
47

—**ES HORA DE DARSE UN BAÑO** y de ir a la cama, calabaza –dijo él, limpiando los restos de chocolate glaseado de la boca de la niña.

–¿Me contarás un cuento, abuelo? –preguntó ella.

–Uno muy bonito, Lizzie –le prometió él–. Ve con la abuela y date un baño. Cuando te hayas puesto el pijama, el abuelo te arropará y te contará el mejor cuento que jamás hayas oído.

–¿Uno de princesas mágicas? –La niña sonrió, juntando las manos–. ¿Y de hadas?

–¿Y qué más?

Ella le dio un beso en la mejilla a su abuelo y salió de su despacho, alejándose por el pasillo. ¿Había algo mejor que eso en aquellos momentos? ¿Un vínculo más fuerte que aquél? Él creía que no. Más que un abuelo y una abuela, eran un padre y una madre. Estaban emocionalmente tan unidos que a veces se sorprendía.

En uno de los cajones sonó un teléfono, interrumpiendo sus pensamientos.

Cogió el teléfono y contestó.

–Espera –dijo.

Se dirigió a la puerta y oyó risas, voces y agua corriendo en el baño que había al final del pasillo. Mientras cerraba la puerta, dijo:

–Habla.

–Cross estaba casi liquidado, pero lo dejaron escapar.

El abuelo de Lizzie se frotó la frente. Tenía ganas de romper algo.

–Idiotas –dijo–. ¿Tan difícil es?

–Es un tipo duro.

–Cross es una jodida amenaza para todo lo que hemos construido.

–Estoy de acuerdo.

Después de reflexionar unos momentos, dijo:

–Necesitamos a un profesional.

–¿Tiene a alguien en mente?

–Contacta con esa mujer que contratamos el año pasado. Ella se ocupará.

–Es cara.

–Por algo será. Mantenme informado.

El abuelo de Lizzie rompió el móvil de prepago y lo tiró a la papelera. Luego salió del despacho y avanzó por el pasillo hasta el cuarto de baño. Sus pensamientos volvían a un mundo de princesas mágicas y hadas con cada paso que daba.

CAPÍTULO
48

Belle Glade, Florida

A LA MAÑANA SIGUIENTE, el sargento Pete Drummond conducía un vehículo de la policía sin identificar hacia el oeste del condado, lejos de las megamansiones y del profundo mar azul.

El detective Richard S. Johnson miró por la ventanilla mientras pasaban por delante de lo que debió de ser un hospital, un supermercado y una tienda de ropa que ahora estaba tapiada. En algunas manzanas había tantos edificios abandonados sin ventanas y con agujeros de bala que le recordaron algunas zonas de Afganistán que había visto cuando servía en el Cuerpo de Marines.

Cruzaron un canal y tomaron el camino de Torry Island que conducía a los campos de cultivo que se extendían al sur de Pelican Bay, en el lago Okeechobee. La mayoría eran de caña, maíz y apio. Johnson vio a gente que estaba cosechando con aquel calor infernal.

Drummond giró a la izquierda por un ramal. El coche patrulla del sheriff estaba aparcado en un cambio de sentido, con las luces intermitentes encendidas. La camioneta del forense del condado estaba un poco más lejos. El sargento se bajó del coche y Johnson lo imitó.

Gabrielle Holland, la ayudante del sheriff, se bajó del coche patrulla.

–Está tal y como la hemos encontrado, sargento –dijo–. Por suerte, la he encontrado yo antes de que lo hiciera un caimán.

–¿La ha identificado? –preguntó Drummond.

–Francie Letourneau. Era de Bell Glade. Una inmigrante haitiana. ¿Saben quién es?

Drummond sacudió la cabeza.

–Ya no conozco Bell Glade tan bien como antes.

–Una mujer agradable, en general. Trabajaba en Palm Beach limpiando mansiones.

–¿Conocía profesionalmente a la fallecida? –preguntó Johnson.

–Detuvimos a Francie algunas veces por embriaguez y alteración del orden público, pero lo cierto es que sólo estaba desahogándose.

–¿Tiene su dirección? –preguntó Drummond.

–Puedo conseguirla –dijo Holland.

–Se lo agradecería –dijo el sargento–. Iremos a echar un vistazo.

–Puede que necesiten unas botas –dijo la ayudante del sheriff, subiendo al coche patrulla.

Drummond se dirigió a la parte de atrás de su coche y sacó un par de botas de goma verdes altas hasta las rodillas. El sargento se quedó mirando los relucientes zapatos negros de Johnson y dijo:

–Te harán falta un par de éstas para trabajar en la zona oeste del condado.

–¿Dónde las compró? –preguntó Johnson.

–El catálogo de Cabela's tiene los mejores precios –dijo el sargento, mientras se ponía las botas–. Pero también puedes encontrarlas del mismo estilo en Bass Pro Shops, en Dania Beach.

Drummond rodeó el coche patrulla, pasó por detrás de la camioneta del forense y se dirigió a la orilla de un canal de riego. Holland había señalizado con precinto policial un fangoso camino que conducía hasta el agua.

–Es el lodo más negro que he visto en mi vida –dijo Johnson.

–Y uno de los suelos más ricos del mundo –le respondió Drummond, siguiendo la cinta a través de la hierba del pantano, alta hasta la cintura.

Johnson iba detrás de él. Después de dar tres pasos, se hundió en el lodo y perdió un zapato.

–Cabela's –gritó Drummond por encima del hombro.

El joven detective soltó una maldición, recuperó su zapato y lo frotó contra la hierba antes de seguir al sargento por la acequia. El cuerpo de Francie Letourneau yacía boca arriba sobre el barro, con la cabeza en la orilla y los pies hacia arriba. Tenía los ojos abiertos e hinchados. Su cara tenía un aspecto especialmente tumefacto. Iba descalza y tenía los pies llenos de fango.

–¿Causa de la muerte? ¿Hora de la muerte?

Drummond se lo preguntó al ayudante del forense, un hombre joven llamado Kraft que también llevaba unas botas de goma verdes y que estaba de pie junto al cadáver, sobre una lona de plástico azul doblada.

Kraft se quitó las gafas de sol y dijo:

–Fue estrangulada hace unas treinta y seis o cuarenta horas. Las marcas son profundas, y parece que hay fibras en las heridas.

–¿Ha estado aquí todo el tiempo, con este calor? –preguntó Johnson.

–No lo creo –contestó Kraft–. Fue asesinada en otro sitio y la arrojaron aquí, seguramente anoche. Un pescador la encontró al amanecer.

El sargento asintió.

–¿Llevaba un teléfono encima?

–No –dijo el ayudante del forense.

Drummond miró alrededor antes de agacharse para estudiar el cuerpo. Luego se acercó a la orilla, siguiendo la cinta, y examinó el camino y las marcas en el barro, la mayoría de las cuales estaban llenas de agua turbia.

El sargento señaló unos surcos pocos profundos.

–Esas marcas son de los tacones de los zapatos que llevaba ella –dijo–. El asesino la arrastra hasta aquí, sujetándola por las axilas. Y aquí, donde las marcas son más pequeñas, se le caen los zapatos. El asesino suelta el cuerpo y vuelve atrás para recoger los zapatos. Pero ¿por qué no empuja el cadáver dentro del agua?

–Quizás quería hacerlo pero algo lo asustó –dijo Johnson–. Un coche que venía por la carretera principal. Pero ¿por qué se llevaría sus zapatos? ¿Será un fetichista o algo así?

–No se los llevó –dijo Drummond, señalando la acequia–. Los tiró. Uno de ellos cuelga de una de esas armas.

Johnson frunció el ceño y vio el zapato.

–¿Cómo lo ha visto? –preguntó.

–Mirando, detective. En Dade le enseñaron a mirar, ¿verdad?

CAPÍTULO
49

UNA HORA MÁS TARDE, Drummond y Johnson estaban de vuelta en Belle Glade. Aparcaron el coche delante del bar Big O; según la ayudante del sheriff Holland, allí era adonde solía ir Francie cuando salía de fiesta.

El Big O era un antro que estaba atravesando tiempos difíciles. El suelo de cemento era irregular y estaba agrietado. La pintura azul se caía a pedazos. La mayoría de las sillas, taburetes y mesas estaban rayadas. La única parte del local que parecía mínimamente cuidada era la que estaba detrás de la barra. Cientos de fotografías de pescadores de caña de aspecto satisfecho que sostenían percas americanas miraban desde la pared a los cuatro clientes vestidos para salir de pesca y al camarero.

–Cecil –dijo el sargento.

El camarero, un hombre mayor con una enorme barriga, se echó a reír.

–Drummond. ¿Quieres tomar algo?

–Cómo te gusta tentarme.

–Sí, por supuesto –dijo Cecil, extendiendo la mano para estrechar la del sargento–. Todo el mundo tiene su trabajo, ¿no es así?

–Amén, hermano –contestó Drummond–. Cecil Jones, mi compañero, el detective Richard Johnson. Un chico de Miami.

El camarero le dio la mano a Johnson y dijo:

–Espero que le vaya bien por aquí.

–Quiero pensar que así será –dijo el joven detective, sonriendo.

Jones miró a Drummond y dijo:

–¿Vas a contarle cómo funcionan las cosas por aquí?

–Eso intento –aclaró el sargento.

–He oído que han encontrado un cadáver en la isla –dijo el camarero.

–Por eso estoy aquí –dijo Drummond–. Francie Letourneau.

A Jones le cambió la cara.

–Mierda. ¿De verdad? Mierda.

–Entonces, ¿era una clienta habitual?

–No estaba aquí a todas horas, pero venía con frecuencia.

–¿Estuvo aquí recientemente?

–El domingo, sobre las doce –dijo Jones, levantando la vista para echar un vistazo al reloj–. Empezó a beber temprano: se tomó un Bloody Mary, un vodka doble y luego otro para armarse de valor.

–¿Para armarse de valor?

–Tenía que ir a Palm Beach –explicó Jones–. Me dijo que tenía una entrevista para un nuevo trabajo por el que le iban a pagar cuatro veces más de lo que cobraba por el que tenía. Le pregunté por qué necesitaba un nuevo trabajo después de que le hubiera tocado dos veces la lotería en un mes.

–¿Eso es cierto? –preguntó Drummond.

–Cinco de los grandes en un rasca y siete en lo que solía jugar todas las semanas –dijo Jones.

–Doce mil es mucho dinero –dijo Johnson.

–Así es –respondió el camarero–. Pero ella dijo que, aun así, necesitaba el trabajo. Recientemente había perdido a dos o tres de sus clientas habituales. No fue culpa suya; una de ellas se electrocutó en la bañera.

–Déjame que lo adivine: otra fue asesinada –dijo Drummond.

–Sí, en efecto –dijo Jones–. La mujer de un cirujano plástico que aparece a todas horas en un anuncio de televisión. El rey de las tetas, ya sabes.

Veinte minutos más tarde, Drummond y Johnson aparcaban el coche frente al pequeño apartamento de Francie Letourneau con renovados propósitos. La mujer de la limpieza fallecida había trabajado para dos mujeres ricas, también fallecidas, que vivían en Ocean Boulevard. Estaba claro que la muerte de Ruth Abrams había sido un asesinato por estrangulamiento. Ahora Drummond y Johnson se preguntaban si la radio Bose había caído de verdad accidentalmente en la bañera de Lisa Martin. ¿Habría sido también asesinada?

Le pidieron al propietario que les abriera el apartamento de Francie Letourneau y entraron. Johnson tuvo una arcada cuando le llegó el olor procedente del improvisado altar que había en un rincón.

La cabeza cortada de un gallo descansaba en posición vertical en el centro de un molde de hojalata para tartas. Cinco centímetros de sangre de pollo coagulada y podrida rodeaba la cabeza. Las patas del ave también estaban allí, con las garras mirando hacia una muñeca hecha con cañas, relleno de arpillera y hojas de maíz.

Una espina sobresalía de la ingle de la muñeca. En el corazón había otras dos espinas y una cuarta penetraba en la parte superior de la cabeza.

–Santería –gruñó Drummond–. Está claro que no se la dejó olvidada en Puerto Príncipe.

–¿Quién se supone que es la muñeca? –preguntó Johnson.

–Vamos a averiguarlo –contestó el sargento.

Estuvieron buscando durante más de una hora.

En un sobre de papel manila que había en un pequeño escritorio, Johnson encontró recibos del mes anterior de un sofá, un televisor y un robot de cocina Cuisinart. En el cajón de arriba encontró el recibo del ordenador MacBook Pro de Apple que aún estaba dentro de la caja que había en el suelo, al lado de un archivador. Todo se había comprado con dinero en efectivo.

El último cajón del archivador estaba parcialmente abierto. Una de las carpetas se había guardado precipitadamente y sobresalía por encima de las demás. Johnson tiró de ella y vio que, el día antes de morir, Letourneau había comprado un teléfono nuevo y había mejorado su contrato con Verizon.

Johnson marcó el número y le salió directamente el buzón de voz. Pensó que habría que consultar su registro de llamadas.

Drummond se acercó a Johnson después de haber registrado el dormitorio.

–¿Has encontrado algo? –preguntó.

–El mes pasado se gastó mucho dinero –dijo Johnson–. En metálico. He calculado en torno a unos cuatro mil. He mirado sus cuentas bancarias. No hay ocho mil, y no hay pruebas de que tuviera una caja de seguridad.

–Y tampoco guardaba el dinero debajo del colchón –dijo Drummond–. He registrado cada centímetro del apartamento: las dos habitaciones, la cocina, todo, y…

Johnson miró al sargento. Se había interrumpido y se había quedado mirando fijamente el altar y la muñeca.

–Puede que la señorita Francie fuera más lista de lo que pensábamos –dijo Drummond, acercándose al altar–. Puede que dejara esa sangre de pollo ahí sabiendo que apestaría y consciente de que todo ese rollo del vudú asustaría a cualquiera que pudiera entrar en su casa buscando dinero.

Drummond levantó la tela marrón, que dejó al descubierto las patas de una mesa plegable, la alfombra y nada más.

–Buena idea, a pesar de todo –dijo Johnson.

Drummond se puso de rodillas y se metió debajo de la mesa plegable.

–Te rindes muy deprisa, Miami.

El sargento metió los dedos debajo de la alfombra y arrancó una parte que había sido sujetada con tiras de velcro. Sacó una navaja y levantó una esquina del suelo.

Drummond introdujo la mano en el agujero, sacó una bolsa de cuero negro y salió de debajo del altar de vudú. Se puso de pie, colocó la bolsa encima del escritorio y la abrió.

El sargento lanzó un silbido, sacudiendo la cabeza.

—Francie, Francie, ¿en qué lío te metiste?

Johnson echó un vistazo a la bolsa.

—Si son auténticas, sargento, aquí hay mucho más de ocho mil dólares.

CAPÍTULO
50

Starksville, Carolina del Norte

SHARON LAWRENCE AGUANTÓ bien las primeras preguntas del interrogatorio de Naomi. Se atuvo a su historia de que Stefan la había drogado y violado y de que le tenía miedo, razón por la cual no lo denunció hasta que fue arrestado por el asesinato de Rashawn Turnbull.

–¿Tiene usted muchas amigas, Sharon? –le preguntó Naomi.

La chica asintió.

–Bastantes.

–¿Amigas para siempre?

–Un par, sí.

–¿Le contó a alguna de ellas que iba a ir a casa del entrenador Tate la tarde que usted afirma que la violó?

–No. Se suponía que era un secreto.

–¿La vio alguien cerca de la casa?

–No lo creo –dijo Lawrence–. Me dijo que me colara en el sótano por la puerta que hay en el suelo callejón.

Estaba sentado detrás de Naomi. Bree me había cogido de la mano. Estaba intentando concentrarme en el testimonio, tratando de hallar discrepancias, pero me dolían las costillas y no dejaba de pensar en lo ocurrido la noche anterior. Jannie y mi abuela ya se habían acostado cuando Pinkie me dejó en casa.

Bree y yo estamos muy unidos. Ella supo de inmediato que algo iba mal y que se trataba de algo más que dos costillas rotas. Le repetí la historia que me había contado Pinkie, y se quedó tan sorprendida como yo.

–¿Se lo vas a contar a Nana Mama? –me preguntó.

Había estado planteándome aquella pregunta durante casi toda la noche. Y aún seguía preocupándome esa mañana en el juicio. Como también me preocupaba el hecho de que Patty Converse no hubiera aparecido; creo que varios miembros del jurado se habían dado cuenta de ello.

Entonces, Naomi dijo:

–Señorita Lawrence, ¿vio usted a Rashawn Turnbull esa tarde en casa del entrenador Tate?

Me olvidé de la noche anterior y de la novia de Stefan y me concentré. Era la primera vez que se hablaba de la víctima en la supuesta escena de la violación. Miré a Cece. Estaba sentada al lado de una mujer rubia muy guapa de unos cuarenta años. Dos filas detrás de Cece se sentaban sus padres y una mujer joven que no sabía quién era. Todos parecían estar tan concentrados como yo.

–No, no vi a Rashawn allí. ¿Por qué? –contestó Lawrence.

–Porque el entrenador Tate dice que la única persona que ese día estuvo en su casa después de la escuela fue Rashawn Turnbull.

La alumna del instituto parecía vacilante.

–No sé nada sobre eso.

–¿A qué hora se fue de allí?

Lawrence se encogió de hombros.

–No lo sé exactamente. ¿A las cuatro? ¿A las cinco, quizás? Aún estaba un poco mareada.

–¿Salió por la puerta del sótano que hay en el callejón?

–Así es.

–Es extraño –dijo Naomi, consultando un par de hojas de papel–. Aquí tengo una declaración jurada de Sydney Fox en la que afirma haber visto a Rashawn Turnbull llamando a la puerta de la casa del entrenador Tate alrededor de las cuatro de la tarde. Dice que recuerda haber visto entrar a Rashawn.

Delilah Strong se levantó de un salto.

–Protesto, señoría. Sydney Fox está muerta y no puede ser interrogada. Me gustaría que no fuera admitida su declaración.

–Tiene que ver con la credibilidad de la testigo, señoría –dijo Naomi.

Tras pensarlo un momento, Varney dijo:

–Denegada.

–¡Señoría! –gritó Strong.

–He dicho denegada. Señorita Cross, ¿puede reformular su pregunta?

Tras asentir, Naomi dijo:

–¿Está usted segura de que no vio a Rashawn?

Lawrence frunció el ceño y miró a su alrededor, como si estuviera buscando a alguien en la sala.

–No me acuerdo –dijo–. Estaba aturdida. Puede que estuviera allí.

–O quizás fuera usted la que no estuviera allí –dijo Naomi.

–¡Eso no es verdad! ¿Por qué mentiría sobre algo así?

–Es lo que estoy intentando averiguar –respondió Naomi–. ¿Han venido hoy sus padres, Sharon?

Lawrence volvió a inspeccionar la sala.

–Mi madre –dijo–. Mi padre no vive aquí.

La atractiva mujer rubia que estaba sentada al lado de Cece Turnbull estiró el cuello para poder ver mejor.

–¿Quién es su madre?

–Ann Lawrence.

–¿Cuál era su apellido de soltera?

–Protesto –dijo Strong–. ¿Qué importancia tiene eso, señoría?

–Estoy a punto de demostrar la importancia que tiene, señoría –dijo Naomi.

Varney asintió, pero me di cuenta de que se había puesto pálido desde que había entrado en la sala.

–¿Cuál era el apellido de soltera de su madre?

–King –dijo Lawrence–. Ann King.

–¿Su madre tiene una hermana?

Lawrence parecía incómoda.

–No veo... –dijo.

–¿Sí o no?

–Sí, Louise era su hermana. Está muerta.

–¿Y con quién estaba casada Louise cuando murió?

Antes de contestar, la mandíbula de la chica parecía estar un poco desencajada.

–Con Marvin Bell.

Eso captó mi atención y me enderecé. Bree también lo hizo.

–Entonces, ¿Marvin Bell es su tío? –preguntó Naomi.

–Sí.

–¿Su tío ha estado ayudándolas económicamente a su madre y a usted desde que su padre se fue? –le preguntó Naomi.

–¡Protesto! –gritó la fiscal–. ¿Qué importancia tiene eso? El señor Bell no tiene ninguna relación con este caso.

–Con la venia, señoría, estoy intentando establecer esa relación –dijo Naomi.

–Proceda con cautela, letrada, no le voy a pasar ni una –dijo Varney. El juez estaba sudando, a pesar de que en la sala se estaba bastante fresco.

–Marvin Bell ha estado entregando dinero a su familia, ¿verdad? –preguntó Naomi.

–Sí –contestó Lawrence, levantando la barbilla.

–Sin ese dinero lo pasarían mal, ¿no es así?

Me di cuenta de que la madre de Sharon se había puesto muy tensa; se había inclinado hacia delante, agarrándose a la parte posterior del banco que tenía frente a ella.

–Sí –dijo Lawrence en voz baja.

–¿Lo bastante mal como para que usted mintiera acerca de una violación si él se lo pidiese?

–No –contestó Lawrence, extendiendo el brazo para rascarse el hombro con la mano derecha, protegiéndose el corazón.

–Es usted consciente de que está bajo juramento –dijo Naomi–. Y sabe cuál es la pena por cometer perjurio en los crímenes castigados con la pena de muerte.

–No… Quiero decir, sí.

–Protesto, señoría –dijo Strong–. La defensa está acosando a la testigo.

–Se acepta la protesta –dijo Varney, secándose la frente con un pañuelo.

Tras hacer una pausa, Naomi prosiguió.

–¿Le preguntó alguna vez el entrenador Tate por su tío, Marvin Bell?

Lawrence parecía confundida.

–Si lo hizo, no lo recuerdo.

–Qué curioso –dijo Naomi, volviendo a la mesa de la defensa–. Hemos hablado con Lacey Dahl. Es una buena amiga suya, ¿no es cierto?

–Sí.

–La señorita Dahl testificará que oyó al entrenador Tate preguntándole a usted por Marvin Bell unos días antes de que denunciara la violación –dijo Naomi–. Lo oyó fuera del vestuario de las chicas, en el instituto. ¿Lo recuerda ahora?

Lawrence se movió nerviosamente.

–No lo sé. Es posible.

–¿Qué le preguntó?

–No lo recuerdo.

–¿Le preguntó si su tío estaba involucrado en el tráfico de drogas en Starksville?

–¿Qué? –dijo Lawrence, ofendida–. No, eso nunca...

Antes de que pudiera terminar de hablar, el juez Varney gritó como si le hubiesen apuñalado. Su desencajado rostro se volvió de color rojo y todo su cuerpo se puso rígido. Entonces lanzó un gemido, como un animal herido, y cayó hacia delante, sobre su mesa.

–¿**TRES DÍAS?** –pregunté.

Un poco después, por la tarde, estaba de pie al lado de Bree, junto a la pista de atletismo del estadio del instituto de Starksville. Estábamos hablando con Naomi con mi móvil en manos libres.

–Puede que cinco –me dijo mi sobrina–. El juez Varney tiene piedras en el riñón, y está intentando expulsar dos de ellas. Strong dice que en el mejor de los casos se reanudará la vista el jueves, aunque lo más probable es que sea el lunes.

–Probablemente sea una bendición –dijo Bree.

–¿Y eso? –preguntó Naomi.

–A menos que Stefan y tú nos ocultéis algo, Bree y yo hemos estado investigando, y, salvo las sospechas de Stefan, no hemos encontrado nada que relacione a Marvin Bell con el tráfico de drogas.

–Hay pruebas circunstanciales –dijo Naomi.

–Con eso no basta –dijo Bree–. Tenemos que demostrarlo.

–Si podemos presentar a Bell como un capo de la droga al que amenazan con denunciarlo –dije–, la historia de su sobrina Sharon parecerá sospechosa y tendremos motivos de peso para que quisiera tenderle una trampa a Stefan.

–Pero sigue estando la prueba del ADN –dijo Bree.

–Creo que puedo ocuparme de eso –dijo Naomi–. Stefan y Patty usan preservativos. Tengo un testigo experto dispuesto a declarar que es muy posible que el semen que encontraron en el cuerpo de Rashawn y en esas bragas haya sido robado de la basura y colocado allí.

–Si sumamos esas dos cosas, ahí tienes tu duda razonable –dije.

–Pero no tenemos a Bell –dijo Bree–. Y el hecho de que Patty Converse no apareciera hoy en el juicio no ayuda.

–Estoy de camino a su apartamento –dijo Naomi–. No contesta a mis llamadas.

–Manténnos informados –dije, antes de colgar.

Entramos en el estadio y subimos a las gradas. Muchas de las atletas del otro día estaban allí, incluida Sharon Lawrence, que nos lanzó una mirada a Bree y a mí cuando pasó corriendo junto a unas amigas por delante de nosotros.

–La otra noche, Cece Turnbull dijo que los días antes de su muerte Rashawn estaba muy preocupado –dijo Bree.

–Lo recuerdo –dije.

–¿Ser testigo de una violación sería suficiente motivo de preocupación? –preguntó Bree en voz baja.

La miré y me di cuenta de que hablaba en serio.

–Sí, lo sería –dije.

¿Sería mentira la versión de los hechos que contaba Stefan? ¿Le había visto Rashawn con Lawrence? ¿Había atacado mi primo al chico para mantener su boca cerrada?

Jannie corrió de nuevo con las chicas mayores. La entrenadora Greene las hacía saltar cada doscientos metros. No recordaba que Jannie hubiera hecho eso en ningún entrenamiento y me di cuenta de que le costaba seguir el ritmo de las atletas del instituto.

Cuando terminó, Jannie se acercó a su bolsa, se puso una sudadera y luego se dirigió a la valla con mala cara.

–Soy pésima saltando –dijo–. No sé ni por qué lo hago.

–¿Lo has preguntado? –le dije.

Jannie se encogió de hombros y dijo:

–Se supone que mejora tu fuerza explosiva.

–Ahí lo tienes –dijo Bree.

–Soy bastante explosiva cuando tengo que serlo –dijo Jannie.

–Pero no estaría mal tener un poco más de potencia –dije, al ver que la entrenadora Greene cruzaba la pista dirigiéndose hacia nosotros. Llevaba la bolsa de Jannie y su expresión era seria.

–Doctor Cross –dijo, sin mirar a Jannie–. Tenemos un problema.

–¿De qué se trata? –le pregunté, poniéndome de pie.

Me mostró la bolsa de Jannie sujetándola por las asas. Estaba abierta.

Jannie frunció el ceño y trató de averiguar de qué estaba hablando la entrenadora cuando bajé de las gradas. Sin embargo, Greene, apartando la bolsa de Jannie, dijo:

–Quiero que primero lo vea tu padre.

Me acerqué y eché un vistazo a la bolsa. En su interior, metido en una arruga de los pantalones de chándal de Jannie, había un pequeño frasco de cristal lleno de un polvo blanco.

CAPÍTULO
52

–¡ESO NO ES MÍO! –protestó Jannie en cuanto lo vio–. Papá, te juro que no es mío. Lo sabes, ¿no?

Asentí.

–Alguien lo ha metido en su bolsa.

–¿Quién haría algo así? –preguntó la entrenadora Greene–. ¿Y por qué?

Miré a Sharon Lawrence, que estaba haciendo estiramientos con sus amigas, ajena, aparentemente, a lo que sucedía al otro lado de la pista.

–Se me ocurre alguien, pero dejaré que sea la policía quien se ocupe de esto –dije.

–¿Quiere que llame a la policía?

–¿Lo ha tocado?

Greene negó con la cabeza.

–Entonces, sí, llame a la policía. Es fácil demostrar si esto pertenece a mi hija o no –dije–. Si sus huellas dactilares están en ese frasco o no.

La entrenadora miró a Jannie.

–¿Están tus huellas en el frasco?

–No –respondió Jannie.

–¿La bolsa estaba abierta? –pregunté.

—Sí, estaba abierta —dijo Jannie—. He cogido la sudadera y he venido hacia aquí.

—¿Ha sido así como lo ha descubirto, entrenadora? —pregunté.

—Eliza Foster, una de mis atletas de Duke, lo ha visto y me ha avisado.

—Entonces, lo han dejado ahí antes del entrenamiento o justo después de que Jannie se pusiera la sudadera y viniera a hablar conmigo —dije.

—Eliza no tiene ningún motivo para hacer algo así —dijo Greene.

—Quiero una prueba real de que esto no pertenece a mi hija. Jannie incluso puede dejar que le saquen una muestra de sangre para que le hagan un análisis toxicológico, ¿de acuerdo?

Jannie asintió.

—Lo que haga falta, papá.

Saqué mi cartera, busqué una tarjeta y se la tendí a la entrenadora.

—Llame a este hombre. Detective Guy Pedelini, de la oficina del sheriff. Él sabrá cómo manejar esta situación.

Greene vaciló, pero luego asintió. Se alejó con la bolsa de Jannie y marcó el número de teléfono en su móvil.

Jannie parecía estar a punto de echarse a llorar cuando se sentó junto a Bree y a mí.

—Todo irá bien —dije, abrazándola.

—¿Por qué querría alguien dejar eso en mi bolsa? —preguntó Jannie, con expresión afligida.

—Para llegar a mí y a Bree a través de ti —dije—. Pero no funcionará.

El detective Pedelini llegó diez minutos más tarde. Primero dejé que hablara con Greene, esperando pacientemente con Jannie y Bree. Se puso unos guantes y se llevó el frasco. Me hizo un gesto con la cabeza y luego se fue a hablar con Eliza Foster.

Cuando hubo terminado, se acercó y me estrechó la mano.

–La entrenadora dice que quiere que le hagan un análisis.

–Así es.

El detective miró a Jannie.

–¿Estás dispuesta a hacerlo?

–Sí –dijo Jannie–. Por supuesto.

–¿Tienen alguna idea de quién ha podido hacerlo? –preguntó Pedelini.

–Yo empezaría por la sobrina de Marvin Bell –dijo Bree–. Si Sharon Lawrence es capaz de mentir por él sobre una violación, también sería capaz de, por él, colocar droga.

El detective de la oficina del sheriff frunció los labios.

–Hablaré con ella –dijo–. Mientras tanto, lleven a Jannie a mi despacho. Llamaré a alguien para que le tome las huellas y le saque una muestra de sangre.

Pedelini se acercó a las otras chicas, que estaban molestas porque no dejaban que se fueran.

–¿Papá? –dijo Jannie cuando nos pusimos de pie, preparándonos para irnos–. ¿Quieres asegurarte de que el sábado puedo ir a Duke para entrenar los cuatrocientos metros?

–Esperadme en el coche –dije.

Me acerqué a la entrenadora Greene y se lo pregunté. Ella dudó.

–Ella es inocente hasta que se demuestre lo contrario, entrenadora.

–Tiene razón, y lo siento, doctor Cross –dijo ella–. Durante todos los años que llevo entrenando, nunca había ocurrido nada parecido. A menos que los análisis digan lo contrario, Jannie puede correr con nosotros el sábado y siempre que quiera.

Me di la vuelta para dirigirme hacia el túnel que había debajo de las gradas, pero Marvin Bell y su hijo adoptivo, Finn Davis, estaban bloqueando el paso.

–Para ser un poli tan bueno, no presta usted demasiada atención –me dijo Marvin Bell.

–¿De veras? –le dije–. ¿Qué fue lo que me perdí?

–Hoy, en el juicio, su sobrina ha sacado mi nombre a colación –me respondió Bell.

–Su sobrina ha testificado hoy en el juicio –le dije.

–Eso es mentira –dijo Finn Davis.

–¿Es mentira que haya testificado o que sea la sobrina del señor Bell?

Bell sonrió con amargura.

–Le advertí de que no quería ser calumniado en el juicio.

–¿Calumniado?

–Difamado, o como quiera usted llamarlo –me dijo Bell.

–Algo sólo es calumnia o difamación si no es verdad –le respondí.

–Escuche, detective mamón –me dijo Davis–. Esa pobre chica fue violada por ese puto enfermo de Stefan

Tate. Tuvo que echarle mucho valor para subir al estrado y enfrentarse a su violador.

–Eso no lo discuto –le dije.

–Entonces, no intenten destrozarla –me dijo Bell–. Puede seguir pensando lo que quiera sobre mí, pero deje a Sharon al margen. Ella es una víctima de todo esto, y no permitiré que la utilicen como si fuera un saco de boxeo.

–Y yo no permitiré que alguien trate de convertir a mi hija en víctima de un montaje.

–¿De qué demonios está hablando?

–Alguien acaba de meter un frasco lleno de polvo blanco en su bolsa de deporte –dije–. Hay un detective del sheriff que está investigando. Se me ocurre que podría haber sido cosa de Sharon.

–Vaya gilipollez –dijo Bell.

Di un paso al frente. Casi rozaba sus caras.

–No, caballeros: lo que es una gilipollez es que intenten matarme y traten de intimidar a mi familia. Quedan avisados: les declaro oficialmente la guerra a los dos.

CAPÍTULO
53

BREE APENAS HABLÓ durante el viaje de regreso a casa, después de haber llevado a Jannie a la oficina del sheriff, donde aportó las muestras de sangre y orina para los análisis. Por precaución, pedí que me entregaran una parte de las muestras.

Cuando entramos en casa, dejé las muestras en el frigorífico, dentro de una bolsa de papel marrón. Jannie empezó a contarle a Nana Mama todo lo sucedido. Ali estaba tumbado en el sofá, viendo otro episodio de *Inexplorado*, el programa de Jim Shockey.

–¿Dónde está ahora? –le pregunté.

Shockey había cambiado el sombrero vaquero por un pañuelo y avanzaba por aguas turbias en medio de la selva.

–¿El Congo, quizás?

–Este Jim Shockey nunca se está quieto –dije–. ¿Dónde está Bree?

–Estoy aquí –gritó mi mujer desde el porche.

Salí y la encontré sentada en una mecedora, mirando a través de la tela metálica. No parecía muy contenta.

–¿Estamos bien? –le pregunté.

–La verdad es que no –me dijo en voz baja.

–¿Por qué?

–¿Tenías que decirles eso a Bell y Davis? ¿Que estabas declarándoles la guerra?

–Estaba hablando con el corazón.

–Lo sé, Alex. Pero ahora eres más que nunca un objetivo.

–Muy bien –dije–. Iremos tras ellos y los detendremos.

Miró al techo, con rabia.

–¿Por qué siempre te pones en peligro?

Mi barbilla se contrajo.

–Bree, tu deberías saber mejor que nadie que eso forma parte de mi…

–¿De tu trabajo? –me preguntó–. No lo creo: yo no me pongo en peligro intencionadamente, y tú lo haces todo el tiempo. ¿Te has parado alguna vez a pensar que es una costumbre de lo más egoísta?

–¿Egoísta? –pregunté, desconcertado.

–Sí, egoísta. Tienes una familia que te necesita. Tienes una esposa que te necesita. Y a pesar de eso, en un abrir y cerrar de ojos, estás dispuesto a poner en peligro nuestra felicidad y nuestro bienestar.

Me quedé unos instantes sin decir nada. Nunca había oído hablar así a Bree. A mi primera y difunta mujer sí. Pero a Bree no.

Bajé la cabeza y dije:

–¿Qué debería haber hecho?

–Calmar los ánimos –dijo–. Dejar que pensaran que no eres ninguna amenaza hasta que no hayas conseguido pruebas contundentes contra ellos. Pero ya e demasiado tarde. Lo que has hecho es intensificar la amenaza, Alex, y…

–Bree –dije, levantando las manos–. Lo comprendo, y lo siento. En mi defensa debo decir que estaba furioso porque estaban utilizando a Jannie. No volverá a ocurrir.

–Me alegra oírlo –dijo ella, levantándose de la mecedora y entrando en casa–. Pero sigues siendo un objetivo.

Me quedé allí un momento, sintiendo un peso que diez minutos antes no sentía. Bree tenía razón. Había echado leña al fuego cuando lo que debería haber hecho era ser más inteligente y marcharme.

En la cocina, Jannie y Nana Mama estaban terminando de comer unas costillas al estilo country.

Mi abuela me miró.

–¿Estás con el agua al cuello? –me preguntó.

–Estoy intentando salir de ella –le dije, sirviéndome arroz y atacando las costillas, que se desprendían del hueso y olían a gloria.

–Gracias, Nana –dijo Jannie, limpiando el plato–. La cena estaba genial.

–Es una receta muy fácil –dijo Nana Mama, rechazando el cumplido con un gesto–. Zumo de naranja y salsa barbacoa. Luego hay que cocerlas a fuego lento durante cuatro horas.

–Aun así, están geniales –dije, después de comer un bocado.

Mientras estaba sentado, comiendo, observé a Jannie para ver si veía algún signo de preocupación por los acontecimientos de las últimas dos horas. Sin embargo, se la veía segura de sí misma cuando salió de la cocina.

–Jannie me lo ha contado –dijo Nana Mama.

–Nos hemos ocupado del asunto –le dije.

–¿Qué te tenía preocupado esta mañana?

Una parte de mí quería contarle lo que me había dicho mi primo: que su hijo había sobrevivido a la caída desde el puente y al descenso por el río, y que pasó dos años vagando por ahí antes de suicidarse.

Sin embargo, no lo hice.

–Una mala noche, eso es todo –dije.

–Vaya –dijo mi abuela, no muy convencida, dejándome que terminara de cenar, lo cual estaba muy bien teniendo en cuenta que Nana Mama siempre ponía el listón muy alto.

Cuando terminé de limpiar mi plato, fui a nuestra habitación y encontré la puerta cerrada. Llamé.

–Está abierta –dijo Bree.

Entré y cerré la puerta. Bree estaba sentada en la cama, con su ordenador portátil.

–Lo siento –le dije, en voz baja.

Ella levantó la vista y me dedicó una media sonrisa.

–Lo sé.

–La cena te está esperando. Unas deliciosas costillas estilo country.

–Iré a cenar en un minuto –me dijo.

–No puedo decirle a Nana Mama lo que me contó Pinkie –le dije, también en voz baja.

–¿Por qué no? –me preguntó ella.

–No… –empecé, y luego me froté las sienes–. Supongo que no quiero que sepa nada de eso si no puedo demostrar que es verdad.

–Tu tío Cliff no está en condiciones de corroborar la historia –me dijo Bree.

–Lo sé –le contesté. Y entonces se me ocurrió cómo matar dos pájaros de un tiro–. Por eso me levantaré temprano, iré en coche hasta Raleigh y tomaré un vuelo a Palm Beach.

–De acuerdo –dijo ella, confundida–. ¿Por qué?

–Es el aeropuerto que está más cerca del lugar donde mi padre se quitó la vida –le expliqué–. Y estaré fuera de Starksville un par de días, con lo cual dejaré de ser un objetivo.

–¿Y qué pasa con Stefan? A pesar de lo que he dicho durante el entrenamiento, podría ser la víctima de un montaje. Quizás orquestado por Bell.

–O por Finn Davis –dije–. Y por eso vas a tener cuidado mientras yo esté fuera, pero no te impliques demasiado, averigua todo lo que puedas sobre esos dos en los archivos públicos.

Bree estuvo reflexionando un momento y luego asintió.

–Eso puedo hacerlo.

CAPÍTULO
54

Palm Beach, Florida

AVIVADAS POR UN VIENTO CALIENTE, las llamas rugían y escupían humo negro al cielo de media mañana. Una bandada de garzas blancas volaba en círculo alrededor del humo y celebraba un festín con los enjambres de insectos que huían del fuego.

A ambos lados de la carretera 441 de Florida se quemaba y se cosechaba la caña de azúcar mientras me dirigía hacia el oeste, al lago Okeechobee. El humo era tan espeso que en dos ocasiones tuve que reducir la velocidad hasta avanzar a paso de tortuga.

Finalmente pude circular contra el viento y el humo desapareció. Vi el cartel que daba la bienvenida a Belle Glade, el lugar donde mi padre se había suicidado y la ciudad más luctuosa que jamás había conocido. Había oído hablar de la ciudad, por supuesto. Todo el que trabajaba en los cuerpos policiales había oído hablar de ella. Como municipio, Belle Glade solía tener un índice de asesinatos equivalente al de una gran área metropolitana como D.C. o Chicago. Cinco minutos después de llegar a Belle Glade pude advertir algunas de las razones de por qué era así.

Sin embargo, no estaba allí para diagnosticar y resolver los problemas sociales, y por eso ignoré los edificios vacíos y las fachadas de las tiendas llenas de agujeros de bala. Me fié de Google Maps para que me llevara a las varias iglesias de la ciudad. Quería averiguar por qué mi padre se había suicidado en la parte de atrás de una de ellas.

Había muchas iglesias en Belle Glade. En las dos primeras que visité, una baptista y otra adventista, no conseguí información útil. En la iglesia católica de St. Christopher hablé con un sacerdote que estaba pintando la puerta de la rectoría. El padre Richard Lane ya había cumplido los cincuenta y había sido trasladado recientemente a Belle Glade.

–¿Treinta y tres años atrás? –dijo, mirándome con los ojos entornados–. No creo que averigüe nada sólo con un nombre.

–Creo en los milagros, padre –le dije.

–Bueno, puedo comprobar si aquí se ofició el funeral del señor Brown, pero si los archivos antiguos se conservan tan mal como los nuevos, no puedo darle muchas esperanzas, detective Cross.

Le di una tarjeta al cura y le dije que me llamara si descubría algo.

Durante las dos horas siguientes estuve llamando a las puertas de todos los lugares de culto de la ciudad. Aunque me atendieron en todas las iglesias, nadie recordaba a un Paul Brown que se hubiera suicidado varias décadas atrás.

Un pastor evangélico me recomendó que probara suerte en las iglesias de los pueblos cercanos, en dirección norte. Otro me aconsejó que buscara los certificados de defunción en los archivos del condado. Ambas eran buenas ideas, y después de despedirme del segundo pastor, intenté pensar qué debía hacer a continuación y la mejor forma de hacerlo.

El calor y la humedad eran horribles. Estaba ansioso por meterme en el coche de alquiler y refrescarme con el aire acondicionado cuando vi una camioneta de la oficina del sheriff del condado de Palm Beach al otro lado de la calle, delante de uno de esos edificios de apartamentos de dos pisos con escaleras exteriores.

Me acerqué y me quedé mirando el edificio. Vi un grupo de gente contemplando la planta superior, donde, alrededor de la puerta de uno de los apartamentos, colgaba la cinta amarilla de una escena del crimen. Un analista de pruebas, un hombre joven, bajó las escaleras. Cuando pasó junto a mí levanté la placa y me identifiqué. Le pregunté adónde debía dirigirme para hablar con alguien de la oficina del sheriff para que me dejaran consultar unos documentos, como una cortesía profesional.

–Sinceramente, no lo sé –dijo–. Puede que el sargento Drummond sí lo sepa.

–¿Y dónde está el sargento Drummond? –le pregunté.

–Es ése –dijo el analista, señalando a dos hombres vestidos con traje que salían del apartamento–. El que tiene la cicatriz en la cara.

Uno de los dos hombres era corpulento, afroamericano, mayor, de unos sesenta y tantos años. El otro tendría treinta y pocos, bien parecido y, a juzgar por su físico, un levantador de pesas en potencia. Pensé que el de la cicatriz sería el levantador de pesas, aunque no sé por qué. Sin embargo, cuando el detective veterano se dio la vuelta para bajar las escaleras, vi la enorme marca que empezaba debajo de su ojo derecho y se extendía quince centímetros hasta terminar encima de la mandíbula, cerca de la oreja.

–¿Sargento Drummond? –pregunté, levantando mi placa–. Detective Alex Cross, división de homicidios de la policía metropolitana de Washington D.C.

El rostro de Drummond carecía de expresión mientras examinaba mis credenciales.

–¿Sí?

El detective más joven me sonrió y me tendió la mano.

–Detective Richard S. Johnson. Sé quién es usted, doctor Cross. Antes estaba en el FBI, ¿verdad? Vi una cinta de una de sus conferencias en Quantico. Sargento, ¿no ha oído hablar de Alex Cross?

Drummond me devolvió la placa.

–Espero que no machaque su ego si le digo que no –dijo.

–No lo creo, sargento –dije, sonriendo–. Tengo un ego a prueba de bombas.

–¿En qué podemos ayudarle? –preguntó el detective Johnson–. No habrá venido hasta aquí siguiendo la pista de algún asesino en serie…

–No, nada de eso –dije.

Les expliqué que estaba buscando a un familiar que había desaparecido hacía mucho tiempo y que supuestamente se había suicidado en Belle Glade hacía muchos años.

—Podríamos echar un vistazo cuando volvamos a la oficina —se ofreció Johnson.

—¿De veras podemos hacerlo? —dijo el sargento Drummond—. ¿O tenemos que averiguar quién mató a Francie Letourneau y a dos miembros de la alta sociedad de Palm Beach?

—No quiero entorpecer su investigación —le dije—. Sólo díganme adónde debo dirigirme. Yo me ocuparé de revolver los papeles.

Drummond se encogió de hombros.

—Venga con nosotros a la oficina. Veremos qué se puede hacer.

—Y quizás podría echar un vistazo a nuestro caso —dijo Johnson.

—Detective… —gruñó Drummond.

—¿Qué, sargento? —le contestó su compañero—. Este hombre es el experto entre los expertos. Prepara a agentes del FBI, por el amor de Dios.

—Lo hacía —dije—. Y me encantaría ayudarlos. Pero si eso machaca su ego…

El sargento sonrió de buena gana.

—¡Qué demonios! Quizás le pueda enseñar algún truco a un perro viejo, doctor Cross.

CAPÍTULO
55

LOS SEGUÍ HASTA SU OFICINA en West Palm, la típica sala con cubículos rodeados por otros cubículos con puertas y ventanas. Estos últimos eran para los oficiales al mando, entre ellos Drummond.

–Johnson, ayúdele a encontrar lo que está buscando –dijo Drummond–. Lo lamento, pero no puedo dedicarle la atención que parece merecer, Cross; el deber me reclama. Hago unas llamadas y le traigo los informes de esos asesinatos.

–Gracias, sargento –dije.

Drummond se metió en su despacho, cerrando la puerta detrás de él.

Mientras Johnson iba a buscar café para ambos, me quedé allí sentado, escuchando los sonidos habituales de un departamento de homicidios: algunos detectives estaban al teléfono, otros discutían. No llevaba fuera ni una semana y ya lo echaba de menos.

Johnson volvió con dos tazas de un café bastante decente.

–No puedo creer que Alex Cross esté sentado en mi despacho.

Me levanté.

–Lo siento.

–¿Qué? ¡No, siéntese! Es un honor. Y ahora, dígame, ¿qué o a quién anda buscando?

–A un hombre. Afroamericano. Fallecido hace aproximadamente unos treinta y tres años.

Johnson se puso manos a la obra, cogió otra silla y sacó su ordenador portátil.

–¿Nombre?

–Paul Brown. Supuestamente, se suicidó detrás de una iglesia, en Belle Glade.

–Echaré un vistazo al registro de defunciones del condado y veré si aparece su certificado.

–¿Han digitalizado documentos tan antiguos?

–En toda Florida –dijo Johnson, mientras tecleaba–. El estado lo financió. En mi opinión, tuvieron visión de futuro.

Aquel joven detective me caía bien. Era agudo y estaba lleno de energía. En cuanto a Drummond, no sabía muy bien qué pensar, salvo que era irónico.

–Dígame, ¿cómo se hizo Drummond esa cicatriz? –pregunté.

Johnson levantó la vista.

–Fue en la primera guerra del Golfo. Un pozo de petróleo explotó mientras lo estaban protegiendo. Dos de sus hombres murieron. La metralla le saltó a la mejilla y la piel le quedó colgando, quemada y abierta. El nervio sufrió graves daños. Ése es el motivo de que apenas tenga expresión. Su cara es simplemente algo que tiene allí, colgado.

–¿Le cae bien?

Johnson sonrió.

–¿Que si me cae bien? Todavía no lo sé. Pero lo admiro. Para mí es el mejor.

–A mí me parece bastante bueno –dije.

–¿Paul Brown?

–Eso es.

–Hace treinta y tres años –dijo Johnson, estudiando la pantalla y tecleando–. Miraremos un año antes y después, sólo para asegurarnos. ¿Tiene una fecha de nacimiento?

Le dije el día del aniversario de mi padre.

Johnson pulsó «Entrar». Casi de inmediato, sacudió la cabeza. No había ninguna coincidencia.

–Deje la fecha de nacimiento en blanco –dije, pensando que mi padre podría haber sido lo bastante inteligente como para haber dejado atrás cualquier dato sobre su verdadera identidad.

El detective borró la información y pulsó de nuevo «Entrar».

–Ahí lo tiene. Hay tres resultados.

–¿Tres? –pregunté, poniéndome de pie para mirar la pantalla.

Efectivamente: tres hombres llamados Paul Brown habían fallecido en Florida hacía aproximadamente treinta y tres años.

–¿Puede consultar los certificados de defunción? –pregunté.

Justo en aquel momento, el sargento Drummond salió de su despacho cargado con varias enormes carpetas de color negro.

–¿Ha habido suerte?

–Hemos encontrado tres Paul Brown –dijo Johnson–. ¿Se puede acceder a los certificados de defunción desde el registro civil, sargento?

–Y a mí qué me cuentas, Miami. Eres treinta y tantos años más joven que yo; se supone que eres tú el miembro tecnológicamente avanzado del equipo.

El detective sacudió la cabeza.

–Yo no...

–Prueba haciendo clic en el nombre –dijo Drummond.

–Oh –repuso Johnson, haciendo clic en el primero.

En la pantalla se abrió un PDF del certificado de defunción de Paul L. Brown, de Pensacola, de veintidós años de edad. Causa de la muerte: traumatismo por objeto contundente.

–Demasiado joven –dije–. Pruebe con el siguiente.

Johnson hizo clic en el segundo nombre. En la pantalla se abrió otro certificado de defunción, en esta ocasión de Paul Brown, de Fort Lauderdale, de sesenta y nueve años. Causa de la muerte: apoplejía.

–Demasiado viejo –dije, ansioso por encontrar una respuesta detrás de la puerta número tres.

El tercer certificado encajaba con el perfil. Paul Brown, de Pahokee, Florida, treinta y dos años de edad, indigente. Causa de la muerte: herida de arma de fuego disparada por él mismo.

–Es él –dije con una sensación de abatimiento–. ¿Dónde está Pahokee?

–A cuarenta kilómetros al norte de Belle Glade.

–Entonces tiene que ser él –dije, estudiando el certificado con una extraña indiferencia–. Eso significa que seguramente la iglesia debe de estar allí. Aquí dice que el cuerpo fue llevado a la funeraria de los hermanos Belcher para el entierro.

–¿Entierro? –dijo Johnson–. En Florida, la mayoría de los indigentes son incinerados.

–Al parecer, no en esa época –dije.

–Conozco a los dueños de esa funeraria –dijo el sargento–. Los Belcher. También tienen un servicio de ambulancias. Cuando era patrullero, en el oeste del condado, aparecían en todos los decesos. Los llamaré.

–Se lo agradezco mucho, sargento Drummond.

Drummond asintió y señaló las carpetas.

–Éstos son los asesinatos que estamos investigando. Si tiene tiempo, agradeceríamos una tercera opinión.

El sargento volvió a su despacho. Empecé estudiando los informes de las muertes de las dos mujeres de la alta sociedad, Lisa Martin y Ruth Abrams, y de su asistenta, Francie Letourneau. Dos horas más tarde casi había terminado. Estaba leyendo los apéndices de los informes de la mujer de la limpieza cuando Drummond volvió.

–Me ha costado un poco dar con él, pero Ramon Belcher trabaja en el turno de noche y me ha dicho que revisaría los archivos para usted –dijo el sargento.

–Gracias.

Johnson volvió a entrar en el cubículo con más café. Le hice un gesto con la mano para darle a entender que no.

–Si tomo más café sin comer algo acabaré con una úlcera.

–¿Ha encontrado algo en esos informes? –preguntó Drummond.

–He detectado algunas cosas.

277

–¿Qué le apetece comer?

–Cualquier cosa. Marisco.

El sargento asintió.

–Está ese sitio junto a Lake Worth. ¿Vienes, Johnson? Podemos hablar del caso mientras cenamos.

–Claro –respondió Johnson–. Mi mujer está embarazada. Deje que la llame.

–¿Embarazada? –dijo Drummond–. No me lo habías dicho.

–Hace poco tiempo –dijo Johnson, sacando su teléfono y alejándose–. Está al final del primer trimestre. Gemelos.

El sargento frunció el ceño y me miró.

–Me habría gustado enterarme antes.

–¿Acaso importa? –le pregunté.

–Por supuesto que importa –se quejó Drummond–. Tal como están las cosas, haré todo lo posible por evitar que el sargento Johnson se meta en líos y que esos bebés se queden sin padre.

–Es usted un hombre de virtudes ocultas, sargento –le dije.

Me miró con su cara carente de expresión, marcada por la cicatriz.

–Eso no es ninguna virtud –dijo–. Es sentido común. En mi caso sólo somos mi mujer y yo, y ella tiene un trabajo con un sueldo mejor que el mío. Pero ahora Johnson tiene a tres personas a su cargo. Saque sus propias conclusiones. Dígame cuáles deberían ser mis prioridades cuando las cosas se pongan feas de verdad.

A pesar de su malhumor, estaba empezando a cogerle cariño al sargento Drummond.

CAPÍTULO
56

Pleasant Lake, Carolina del Norte

PINKIE PARKS HIZO UN GESTO a través del parabrisas, señalando un camino de grava que cortaba la carretera y descendía abruptamente hasta el lago.

–Es allí.

Bree detuvo en la cuneta el Ford Taurus azul que había alquilado aquella mañana.

–Desde aquí apenas se ve nada –dijo Pinkie–. Será mejor meterse en el bosque.

Bree cogió los prismáticos y dijo:

–Entonces, vayamos al bosque.

En cuanto Pinkie se enteró de que Alex se había ido a Florida y que Bree se estaba centrando en Marvin Bell y Finn Davis, insistió en echarle una mano. Sin embargo, ahora, levantando una ceja, le dijo:

–¿Quieres meterte en un avispero?

Bree frunció el ceño.

–¿Estos bosques son famosos por sus avisperos?

–Estos bosques son famosos por Marvin Bell y Finn Davis, que, a mi modo de ver, viene a ser lo mismo.

–Lo que tú digas –dijo Bree, abriendo la puerta–. Vuelvo enseguida.

Pinkie se quejó, pero también se bajó del coche. Había bruma, y hacía calor y humedad. Esperaron hasta que no pasara ningún coche para tomar el empinado terraplén y avanzaron entre unos espinosos matorrales de frambuesas. Pinkie iba delante, abriendo camino hasta que llegaron a un bosque de pinos donde se oía cantar a los grillos.

Debajo de ellos, a varios centenares de metros, Bree vio las claras aguas de Pleasant Lake. Se oía ruido de motores fueraborda y risas de niños.

Pinkie tomó una pista forestal que discurría entre los árboles hasta la ladera que había en la orilla oriental del lago. Bree lo siguió mientras recordaba todo lo que había descubierto aquella mañana sobre Marvin Bell y Finn Davis.

Después de alquilar el coche, Pinkie y ella se habían dirigido a la oficina del registro civil del condado de Stark, desde donde se conectaron on line con la oficina del secretario del estado de Carolina del Norte, buscando información sobre los negocios de ambos. Juntos e individualmente, Bell y Davis eran propietarios de cinco empresas en Starksville y sus alrededores: una tienda de licores, una empresa de limpieza en seco, dos túneles de lavado automático y una casa de empeños y préstamos.

Pinkie comentó que las cinco empresas debían generar y atraer grandes cantidades de dinero en efectivo, algo muy conveniente cuando alguien está implicado en algún negocio ilegal que mueve mucho dinero.

Sin embargo, Bree no tenía jurisdicción en la zona. No podía acceder a bases de datos que le permitieran echar un vistazo a las cuentas bancarias de esos negocios.

Siguiendo un impulso, Bree entró en unas bases de datos públicas de Nevada y Delaware, porque ambos estados tenían leyes de constitución de compañías e impuestos que las hacían atractivas para gente interesada en crear empresas fantasma. Aunque no dio con nada en Nevada, se animó al ver que Marvin Bell y Finn Davis figuraban como agentes registrados en seis compañías de Delaware, tres por cabeza. Las seis empresas se habían creado con la finalidad de «adquirir y desarrollar bienes raíces».

Eso, de manera indirecta, había llevado a Bree a buscar sus auténticos bienes raíces en el condado de Stark. Pero, para su sorpresa y la de Pinkie, ninguno de los dos parecía poseer ninguna propiedad en la zona.

Pinkie dijo que aquello no era verdad, que Bell tenía toda clase de propiedades en el condado de Stark, empezando por una finca en Lake Pleasant. Cuando estuvieron revisando la propiedad que había a orillas del lago, descubrieron que pertenecía a una de las compañías de Marvin Bell en Delaware, lo cual hizo que Bree quisiera ver la finca.

Alex le había dicho que no se implicara, que se quedara al margen, pero Bree no tenía ninguna intención de saltar la valla que rodeaba el recinto propiedad de Marvin Bell. Sólo quería mirar por encima de ella, ver cómo vivía aquel hombre.

Pinkie hizo un gesto para detener a Bree. Ella se paró junto a un pino joven que olía a savia y le impedía ver el lago.

Mirando por encima de su hombro, Pinkie le susurró:

–Si te agachas, te deslizas por delante de mí y te quedas a la sombra, podrás echar un vistazo sin ser vista.

Bree se puso de rodillas y apoyó las manos en el suelo. Pinkie abrió el seto de pinos y la dejó pasar. Bree se retorció, sentándose en el suelo, y empleó los pies para meterse de lado por un hueco que había entre los árboles, en la sombra.

Unos treinta metros por debajo de ella y a unos cien del lago había un camino de grava y la entrada, que era alta, de unos tres metros, y la valla de alambre, recubierta de vinilo verde. Bree enfocó con los prismáticos la parte superior de la valla, cubierta por un alambre de púas en espiral recubierto también de vinilo verde.

A ambos lados de la puerta había cámaras pequeñas montadas en sendos postes. Había postes con más cámaras cada cuarenta metros más o menos antes de que la valla fuera engullida por la espesa vegetación. Bree imaginó que habría más cámaras alrededor de los seis acres de perímetro y centró su atención en la finca.

Habían plantado rododendros junto a la valla, sin duda alguna para bloquear la vista desde el camino de grava. Sin embargo, desde donde se encontraba, por encima de la valla y los arbustos, Bree tenía casi una vista de pájaro de los dominios de Marvin Bell, que contaban con una pequeña laguna a su izquierda y una lengua de tierra de punta roma que se adentraba en el lago principal. Al lado de una loma situada a la derecha de la laguna y elevándose frente al lago principal estaba la casa, una mansión de trescientos metros cuadrados con un tejado de acero rojo y persianas del mismo color.

Una preciosa terraza de piedra con jardines que daba al lago completaba la mansión. Tres caminos de piedra salían de otra terraza situada delante de la casa: uno de ellos conducía a la lengua de tierra, otro a una caseta para botes situada a la derecha de la lengua de tierra y el tercero a un embarcadero con seis ensenadas, situado a la derecha, con elevadores para una flota de motos acuáticas, lanchas motoras, canoas y veleros. En el embarcadero había también una barra y una enorme barbacoa, además de tumbonas y sombrillas.

Junto a la lengua de tierra había una versión en miniatura de la mansión, desde la que Bree imaginó que habría unas vistas increíbles. A través de las enormes y espectaculares ventanas de la casa principal pudo ver que en su interior no habían reparado en gastos. Había obras de arte por todas partes: cuadros, esculturas y móviles.

Sin duda alguna, aquel sitio podía valer 3,1 millones de dólares, lo cual no hizo sino aumentar las sospechas de Bree. Pensó que ser propietario de unos cuantos pequeños negocios en Starksville, Carolina del Norte, no permitiría tener una casa cuyo valor superaba los tres millones de dólares. Supuso que Bell podría haber tenido éxito en el mercado de valores o que alguna de sus empresas inmobiliarias de Delaware habría tenido grandes beneficios.

Pero, de haber sido así, ¿por qué se había quedado allí Marvin Bell? Tenía que admitir que aquella propiedad parecía un pequeño pedazo de cielo, pero ¿acaso la gente que amasaba una fortuna no prefería hacer ostentación de ella en lugares que estuvieran más de moda?

Quizás Marvin Bell sólo era un hombre hogareño, como Warren Buffett. O quizás tenía una razón para quedarse allí a pesar de su fortuna. Quizás tenía asuntos muy importantes que atender.

Antes de que pudiera sopesar esas opciones, Bree captó movimiento y giró los prismáticos para ver a Finn Davis saliendo de la casa. El resto de la finca estaba tranquila y en silencio. Los únicos ruidos –niños riéndose, un distante motor fueraborda– venían de la orilla.

Llevaba gafas de sol, una gorra de béisbol sucia, una camisa de trabajo verde, pantalones vaqueros y unas pesadas botas, y recorrió lentamente el camino de la entrada que conducía hasta el garaje de cinco plazas. Davis pulsó el control remoto y se abrió una puerta que dejó ver un viejo Ford Bronco de color blanco y naranja.

¿Adónde iría con ese trasto? Parecía totalmente fuera de lugar en...

Bree volvió a ponerse de rodillas, se deslizó entre los pinos y se levantó.

–Tenemos que volver al coche –le susurró a Pinkie–. ¡Rápido!

CAPÍTULO
57

Lake Worth, Florida

EL SARGENTO DRUMMOND aparcó frente al restaurante Kersmon Caribbean y entramos. En cuanto vio a Drummond, Althea, propietaria y cocinera del local, salió corriendo de detrás de la barra para darle un abrazo, riéndose.

–¿Por fin has dejado a tu vieja dama por mí, Drummond? –preguntó Althea, con acento jamaicano.

–Ya sabes que ella es única –contestó el sargento.

–Lo sé –repuso Althea–. Sólo quería comprobar si habías perdido el juicio desde la última vez que te vi.

Drummond nos presentó y ella nos buscó una mesa en el pequeño establecimiento.

–¿Os sirvo algo de beber? –preguntó Althea–. ¿Red Stripe?

Johnson miró a Drummond.

–Estás fuera de servicio. Por mí no te preocupes.

–Una Red Stripe –dijo Johnson.

–Que sean dos –dije yo.

–No nos traigas la carta, Althea. Sírvenos lo que creas que nos apetece. Pero que haya algo de pescado.

Eso pareció poner contenta a Althea, que se alejó.

–Le encantará la comida jamaicana –dijo Drummond–. No estoy bromeando. La mitad de los clientes que vienen aquí son del Caribe.

–No podré contárselo a mi esposa –contesté–. Ella adora Jamaica. Y yo también.

–¿De veras? –dijo Drummond–. A mí también me encanta.

Miré a Johnson, tratando de meterle en la conversación.

–¿Listo para ser padre, detective?

–No lo sé.

–¿Usted lo estaba? –me preguntó Drummond.

–No –le dije–. Lo único que sabía era que no quería ser como mi padre.

–¿Y eso funciona?

–Más o menos –le contesté, volviéndome hacia Johnson–. No te preocupes. Sólo es cuestión de ir adaptándose, día a día.

Llegaron las cervezas. Y también unos pequeños cuencos de lo que Althea dijo que era té de pescado, que estaba delicioso, además de una cesta de pan de calabacín recién hecho, que también estaba delicioso. No podía hablarle a Bree de ese sitio.

–Entonces, ¿ha visto usted algo que se nos haya pasado por alto, doctor Cross? –preguntó Johnson.

–Llámame Alex –le dije–. No creo que se les haya pasado por alto nada, aunque hay algunas cosas que no me quedan claras y otras que deberían tenerse en cuenta.

–De acuerdo… –dijo Drummond.

–Sólo para asegurarme de que estamos hablando de lo mismo –dije–. Tenemos a Lisa Martin y a Ruth

Abrams, dos mujeres de la alta sociedad asesinadas con una semana de diferencia; se ha intentado que parezcan sendos suicidios.

–Correcto –dijo Johnson.

–¿Eran amigas?

–Eso parece –dijo el sargento.

–Además de eso, compartían a la misma asistenta, Francie Letourneau, que les robó joyas a ambas mujeres antes de que también fuera asesinada.

–Correcto –dijo Johnson–. Lo han confirmado sus maridos después de que les enseñáramos fotos de varias piezas de joyería halladas en el apartamento de Francie.

–Francie le dijo al dueño del bar de Belle Glade...

Althea apareció de nuevo con una bandeja. Plátanos fritos. Arroz y judías negras. Rabo de buey estofado. Y un mero entero al vapor con especias. Decididamente, no podía contárselo a Bree.

Atacamos la comida. El rabo de buey era sencillamente increíble. Y el mero también. Así como la segunda y la tercera Red Stripes. Había olvidado la facilidad con la que bajan.

Cuando íbamos ya por la segunda ración, dije:

–El día que murió, Francie le dijo al dueño del bar de Belle Glade que tenía que ir a Palm Beach para una entrevista de trabajo.

–Así es –dijo Drummond–. Sólo que no hemos podido encontrar nada que confirme que llegara a Palm Beach. Simplemente desapareció.

–¿Ninguna llamada telefónica?

–No hemos encontrado su móvil, pero queda el registro –dijo Johnson–. Ayer solicité la lista de llamadas de los últimos tres meses. Es probable que mañana la tengamos.

–¿Algo más? –preguntó Drummond.

–Sí. Creo que deberían centrarse en los vínculos y eslabones entre las víctimas y extrapolar a partir de ahí.

Johnson parecía confuso.

–Quiere que aislemos cada cosa que las relaciona –dijo–. Por ejemplo, centrarnos de entrada en Francie como el común denominador de lo que llamaremos el eslabón de mujeres de la alta sociedad. Partiendo de ese supuesto, la asistenta podría haberlas matado para robarles sus joyas y luego fue asesinada por una tercera persona que se enteró de que estaba en posesión de ellas.

–Podría ser –dijo Drummond, sirviéndose una tercera ración de rabo de buey.

–¿Cuál es el segundo vínculo? –preguntó Johnson–. O eslabón.

–La amistad entre mujeres de la alta sociedad –dije–. Puede que Francie trabajara para una tercera mujer a la que estaba robando, alguien la pilló, la mató y la arrojó al agua.

Johnson negó con la cabeza.

–Por lo que descubrí en su apartamento, Francie estaba atravesando una mala racha; había perdido todos sus trabajos como asistenta.

–¿Antes de que le tocara la lotería?

–Correcto.

–Entonces, quizás no le tocara la lotería –dije–. Quizás las joyas explican el dinero que tenía. Es posible que el día que murió no tuviera ninguna entrevista de trabajo y pensara matar a alguien y robar más joyas.

CAPÍTULO
58

EL SARGENTO DRUMMOND estuvo dándole vueltas a la idea.

–Hablaremos con los de la lotería –dijo.

–Yo también hablaría con las últimas mujeres para las que trabajó Francie –dije–. Para ver si echan en falta algunas joyas. Porque había joyas que los Abrams y los Martin no identificaron en sus fotografías, ¿verdad?

–Así es –dijo Johnson, entre bocado y bocado.

Entonces sonó el móvil de Drummond. Lo cogió y le echó un vistazo.

–Lo siento, señores, pero tengo que contestar.

Se levantó, dejándome a solas con Johnson.

–También hay otra posibilidad –dijo.

–Adelante.

–Puede que Francie fuera una ladrona de joyas, pero no la asesina –dijo el joven detective–. Tal vez fuera a robar a alguien y el asesino la pillara.

–¿Te refieres en el momento en que intentaba asesinar a una tercera mujer de la alta sociedad?

–¿Por qué no?

–¿Alguna denuncia de algún asalto por parte de algún miembro de la alta sociedad?

–No, que yo sepa –dijo Johnson.

–¿Postres? –preguntó Althea cuando se acercó a la mesa.

–Estoy lleno –dije.

Ella me miró con el ceño fruncido.

–Es casero –dijo.

Levantando las manos, dije:

–Haré un hueco.

–Pudín de batata –dijo, sonriendo–. ¿Café? ¿Té?

–Tomaré un café –dije.

–Yo también, Althea –dijo Drummond, sentándose de nuevo.

–Tengo que irme –dijo Johnson–. ¿Podemos pedir la cuenta?

–No te preocupes –dijo Drummond–. Yo me encargo.

–Permítame que ponga mi parte –dije.

–De eso nada. Nos ha visitado alguien importante –dijo el sargento, resollando.

Johnson se levantó.

–Repito, ha sido un placer conocerlo, Alex.

–Lo mismo digo –respondí, poniéndome de pie y estrechándole la mano.

–Le veo por la mañana, sargento.

–Bien temprano –rezongó Drummond.

Nos sirvieron el pudín y el café. No sabía que el pudín de batata podía ser tan delicioso, pero lo era.

El sargento tomó un sorbo de café y dijo:

–Lo único que hemos hecho es hablar de nuestro caso. ¿En qué está trabajando ahora alguien como usted?

Vacilé y a continuación empecé a hablarle de mi primo Stefan, de Starksville y de todos los extraños giros que había dado el caso en los pocos días que llevábamos allí. Drummond me escuchó con atención y en silencio mientras sorbía el café y se comía el pudín.

Me llevó casi una hora contárselo todo. Y, después de haberme tomado las cervezas, seguramente hablé más de la cuenta. Sin embargo, Drummond sabía escuchar y todo me pareció muy normal.

—Y aquí estamos —dije.

Pasados unos segundos, el sargento dijo:

—Usted cree que ese tipo, Marvin Bell, mató a ese chico, pero en lo que me ha contado no hay nada que lo involucre.

—Porque no podemos involucrarlo —dije—. Como dicen todos en Starksville, es un tipo escurridizo.

Drummond movió la mandíbula hacia la izquierda y asintió, perdido en sus pensamientos. Luego dijo:

—He conocido a unos cuantos tipos escurridizos. El truco consiste en dejar que sean todo lo escurridizos que quieran para que se confíen demasiado y...

El móvil de Drummond volvió a sonar. Le echó un vistazo y sacudió la cabeza.

—Vuelvo a pedirle disculpas.

El sargento se levantó y se alejó. Apuré mi café, pensando que debería buscar un sitio para pasar la noche. Althea trajo la cuenta, que era increíblemente razonable teniendo en cuenta la calidad de la comida.

—Yo me ocupo de la propina —dije, cuando Drummond volvió.

El sargento sonrió.

–Creo que deseará pagar toda la cuenta cuando le hable de las dos últimas llamadas de teléfono.

–¿Y eso?

–La primera era de la funeraria de los Belcher –dijo–. Se encargaron de embalsamar a Paul Brown y de entregar su cuerpo en un modesto ataúd a una iglesia de Pahokee que ya no existe. Cerró hace quince años.

Fruncí el ceño.

–¿Y la segunda llamada?

–Era del pastor, en realidad una mujer, que solía ocuparse de esa iglesia –explicó Drummond–. Los Belcher la han llamado. Evidentemente, ella conoció a Paul Brown y dice que está dispuesta a reunirse con usted en Pahokee mañana sobre las seis de la tarde para hablarle de él.

Sonriendo, cogí la cuenta que había sobre la mesa.

CAPÍTULO
59

Starksville, Carolina del Norte

BREE APAGÓ LOS FAROS y detuvo el Taurus en un extremo de la plaza principal de la ciudad. En el otro extremo, en diagonal, estaba Licores Bell y delante de la puerta estaba el Bronco. Finn Davis había entrado en la tienda. Bree estaba empezando a dudar de su intuición.

Cuando había visto a Finn Davis saliendo de la casa de Bell con ropa de trabajo al volante de aquel cuatro por cuatro hecho cisco, se imaginó que aquella ropa era una especie de disfraz o que, por lo menos, se había vestido así para pasar desapercibido. Pinkie y ella habían vuelto al lugar donde habían dejado el coche de alquiler dos minutos antes de que Finn saliera de la finca.

Finn Davis nunca había visto a Bree, al menos que ella supiera. Mientras Pinkie permanecía agachado, Bree fingió estar hablando por teléfono hasta que Davis pasó junto a ella, en dirección al sur de la ciudad. Bree dio la vuelta en cuanto Finn hubo desaparecido detrás de una curva y lo siguió a una distancia prudencial.

–Parece un hombre que está atendiendo su negocio, probablemente recogiendo la recaudación del día,
lo que explicaría la ropa de trabajo –dijo Pinkie–. No
quiere llamar la atención.

Ésa parecía ser la intención. Finn se había detenido
en la casa de empeños, en la empresa de limpieza en
seco y en los dos túneles de lavado antes de dirigirse a
la tienda de licores. Quizás a Bree le había fallado la
intuición.

Bree consultó su reloj. Las ocho y media. Hacía casi
una hora que le había mandado un mensaje de texto a
Alex para preguntarle cómo le había ido el día, pero de
momento no le había respondido. Además, empezaba
a tener hambre. Nana Mama le dijo que la esperaría
para cenar...

–¿Crees que Alex encontrará lo que anda buscando?
–preguntó Pinkie.

Bree miró a aquel hombre alto y corpulento cuya
preocupación parecía sincera.

–Eso espero –dijo ella–. Pero, a decir verdad, Pinkie,
no creo que Alex sepa exactamente qué está buscando.
Cerrar una historia, supongo.

–¿Y eso es posible? –preguntó Pinkie–. Lo que quiero decir es que yo no conocí realmente a mi padre. Murió cuando yo era muy pequeño. Y, aun así, pienso en
él, no es una historia cerrada.

El ex marido de Sydney Fox salió de la tienda de
licores. Bree puso en marcha el Taurus. Dejó que Davis se metiera entre el tráfico, arrancó y lo siguió hacia
el sur de Starksville. Unos tres kilómetros después del
término municipal de la ciudad, el Bronco giró a la de-

recha por un camino de tierra que se adentraba en el bosque.

–Conduce al lago Stark –dijo Pinkie–. Allí no habrá demasiado tráfico para pasar desapercibidos.

–Pero ¿allí hay gente? –preguntó Bree.

–Claro, veraneantes. Y campistas en el parque nacional.

–¿Negros?

–También.

–Entonces, correremos el riesgo –dijo Bree.

Esperó hasta que las luces traseras del coche de Finn desaparecieron entre los árboles para ir tras él.

El lago Stark no hacía honor a su nombre.* A su alrededor, el bosque era frondoso. La orilla estaba salpicada de cabañas. Aunque no tenían ni punto de comparación con la mansión de Marvin Bell, eran bonitas y estaban bien conservadas. Bree condujo despacio, como si estuviera siguiendo las señales, mirando cada entrada para coches, buscando el Bronco.

El camino terminaba de repente en una curva cerrada, junto a una estrecha ensenada.

–Para –dijo Pinkie–. Retrocede y da la vuelta como si te hubieras perdido.

–¿Lo has visto? –preguntó Bree, frenando.

–Entrando en una casa, al otro lado de esa ensenada –dijo Pinkie mientras Bree retrocedía y daba la vuelta–. Sigue recto y apaga las luces.

Bree se metió en la entrada para coches de una cabaña de color oscuro. Bajaron del Taurus y corrieron

* En inglés, «stark» significa inhóspito. (N. del T.)

hasta un grupo de árboles situado al otro lado de la estrecha ensenada. El agua no estaba a más de cuarenta metros y Bree podía ver la cabaña y el Bronco. No se apreciaba ningún movimiento. No se oía nada.

La cabaña era bonita, más nueva y moderna que las otras casas que había visto en el lago hasta el momento. Aunque no tanto como la casa de Marvin Bell, para mucha gente, incluida Bree, sería un lujo.

Una niña de unos nueve o diez años salió al porche que rodeaba toda la casa, que tenía vistas al lago. Finn Davis salió al porche detrás de ella. A él le siguió otro hombre al que Bree no pudo ver bien. Levantó los prismáticos cuando el tipo se volvió para estrecharle la mano a Davis y entonces lo reconoció.

–Hijo de puta –masculló Bree.

–¿Qué? –dijo Pinkie.

–Espera –dijo Bree, mirando a través de los prismáticos para asegurarse de que la luz del porche no le estaba jugando una mala pasada.

No. Aquel hombre era el detective Guy Pedelini. Sonreía mientras aceptaba un sobre que le entregaba Davis. Con aire despreocupado, se lo metió en el bolsillo del pantalón antes de rodear a la niña con el brazo, que, supuso Bree, debía de ser una de las hijas de Pedelini. Davis se dirigió al Bronco.

Bree centró su atención en el detective Pedelini. Vio cómo la sonrisa se esfumaba de su rostro en cuanto Davis subió al coche. El detective y su hija entraron en la casa.

–Dios –dijo Bree, dándose la vuelta para correr hacia el coche.

–¿Qué ocurre? –preguntó Pinkie, jadeando a su lado.

—Esa lujosa cabaña es de Guy Pedelini, el único hombre de Starksville que Alex y yo creíamos que era un tipo honesto, y ahora resulta que recibe sobornos de Finn Davis y probablemente de Marvin Bell —dijo Bree—. También es el policía que encontró a Rashawn Turnbull y el encargado de investigar el asunto de las drogas que Bell le colocó a Jannie.

—Joder. Hay cosas que en Starksville no cambian nunca. —Pinkie aún resoplaba cuando los faros iluminaron la ensenada—. No puedes confiar en nadie salvo en la familia.

Los faros de Davis estaban acercándose. Bree y Pinkie derraparon hasta detenerse detrás de un enorme pino situado a unos ciento cincuenta metros del coche de alquiler. Finn Davis se alejó.

Corrieron y se metieron en el Taurus. Bree lo puso en marcha sin encender las luces y condujo por el camino, detrás de Davis.

Perdieron de vista el Bronco hasta poco antes de llegar a la carretera principal. Vieron las luces traseras del coche cuando giraba en dirección a la ciudad. Bree encendió los faros y aceleró. En la carretera había más coches. Se había quedado tres coches por detrás del Bronco cuando pasaron junto a la fábrica de ladrillos medio en ruinas donde la madre de Alex había cosido sábanas y fundas de almohada. Se quedó en la misma posición casi hasta que llegaron al antiguo supermercado Piggly Wiggly.

Justo antes del paso a nivel, Finn Davis giró repentinamente a la izquierda, siguiendo las vías, y lo perdieron de vista.

–¿Adónde lleva esa calle? –preguntó Bree.

–Creo que es una vía de mantenimiento.

Las vías del tren. ¿No había dicho Stefan Tate que junto a las vías del tren había extraños tejemanejes que no había podido descubrir?

Bree tomó la decisión sin pensarlo. Dejó el coche en el aparcamiento del supermercado Piggly Wiggly y bajó del coche de un salto. Corrió por la acera en dirección a las vías del tren. Las luces del paso a nivel empezaron a parpadear. Sonaron las campanas. Bajaron las barreras. Bree pudo oír el retumbo de un tren acercándose.

Bree inspeccionó la zona mientras el tren hacía sonar la bocina. Un edificio abandonado a su izquierda. Un terreno vacío con una hilera de árboles en el extremo más alejado, que separaban éste de las vías. Fue corriendo en diagonal hacia el otro lado del terreno, hasta los árboles, donde había un pequeño promontorio sobre las vías. Apartó los matorrales.

Las luces del tren y las del Bronco iluminaban a Finn Davis, que estaba de pie en la vía de mantenimiento, a unos cien metros de distancia de donde se encontraba ella y a menos de treinta de la vía férrea. Bree lo enfocó con los prismáticos. No parecía preocupado en absoluto por la locomotora. Finn estaba mirando los vagones que había detrás de ella, que aparecieron después de una curva.

Bree movió los prismáticos hacia los vagones; vio las siluetas de dos hombres en la parte superior de uno de ellos, dos hombres más cuatro vagones después y, seis vagones más adelante, otros dos. Cuando pasaban ante

Davis, levantaban la mano en una especie de saludo que Bree no pudo ver bien porque estaba muy oscuro.

Sin embargo, el hijo adoptivo de Marvin Bell era perfectamente visible cuando, en respuesta al saludo, alzó la mano derecha y mantuvo tres dedos en alto.

CAPÍTULO
60

West Palm Beach, Florida

UNA HORA MÁS TARDE estaba totalmente despierto en mi cama del Hampton Inn, hablando por teléfono.

–Esos tipos que iban montados en el tren, el día que llegamos a Starksville, hicieron el mismo saludo.

–Así es –dijo Bree, desde Carolina del Norte.

Me quité las telarañas que cubrían mi mente.

–¿Cuántos hombres has visto?

–Seis en total.

–¿Estaban en algunos vagones en concreto o al azar?

–Todos estaban en vagones de carga, mezclados con vagones cisterna.

–¿Y qué ha hecho Davis después de que el tren se alejara?

–Ha subido al Bronco, ha dado media vuelta y se ha dirigido al norte, probablemente a Pleasant Lake –respondió Bree–. He abandonado la vigilancia en ese punto.

–Aún me sorprende lo de Guy Pedelini. Pensaba que era un buen chico.

–Y yo también –repuso Bree–. Pero me estoy pasando a la opinión de Pinkie.

–¿Y cuál es?

–No te fíes de nadie en Starksville salvo de la familia.

–Cínico, aunque puede que de momento sea una buena idea.

–Estoy monopolizando la conversación. ¿Has tenido suerte por ahí?

–Es lo único que he tenido –dije, y a continuación le conté lo ocurrido a lo largo del día.

–Vaya, ha sido rápido –dijo Bree cuando hube terminado–. ¿Quién es esa mujer a la que vas a ver?

–Es la reverenda Maya y supuestamente conoció a Paul Brown. Los tipos de la funeraria se acordaban de ella.

–Bueno, eso está muy bien. Podrás hablar con alguien que conoció a tu padre.

–Eso creo –dije–. Después podré dejar todo esto atrás, volver, abrazarte y ocuparnos juntos de ese saludo con tres dedos.

–¿Mañana por la noche?

–Creo que más bien pasado mañana. –Se hizo un silencio entre los dos antes de que yo dijera–: ¿Estás bien?

–Sólo estaba pensando qué debo hacer ahora. ¿Algún consejo?

–Si puedes, intenta ver a Stefan. Trata de averiguar específicamente qué le hizo sospechar de la zona cercana a las vías del tren. Creo que no lo mencionó.

–Ya he hablado con Naomi –dijo Bree–. Lo veré por la mañana. ¿Qué vas a hacer tú hasta que veas a la reverenda?

—Les he dicho a Drummond y a Johnson que estaba libre para echarles una mano –dije–. Teniendo en cuenta lo mucho que me han ayudado, es lo menos que puedo haccr.

—Te echo de menos, Alex –dijo ella en voz baja.

—Yo también te echo de menos –dije–. Y gracias.

—¿Por?

—Por jugarte el pescuezo por la familia.

—Soy la mujer de Alex Cross –dijo ella, provocándome–. ¿Qué otra cosa podría hacer?

—Muy graciosa –le dije, sonriendo–. Te quiero, Bree.

—Yo también te quiero, Alex –me dijo ella–. Que duermas bien.

—Tú también –le dije antes de colgar.

Eran casi las once y me había levantado a las cinco de la mañana. Debería haber apagado la luz y tratado de volver a dormir. Sin embargo, me sentía como si me hubiera tomado una taza de café expreso; estaba nervioso, con ganas de hacer algo. Finalmente me fijé en la pila de las tres carpetas que contenían una copia del informe del caso del asesinato de esas mujeres de la alta sociedad y de su asistenta.

¿Se me habría pasado algo por alto tras echarles un primer vistazo?

Pensando que sería mejor responder a esa pregunta que quedarse tumbado en la oscuridad, dándole vueltas a lo que esa tal reverenda Maya podría contarme sobre mi padre, abrí la primera carpeta y empecé a leer de nuevo los informes.

Pasada ya la medianoche, el cansancio se apoderó de mí, sumiéndome en la oscuridad y en unos sueños que eran una mezcla de lo que había visto en Starksville y en Palm Beach: Sydney Fox muerta frente a su casa; las cañas de azúcar quemándose, lanzando humo y enjambres de insectos hacia el cielo; el cuerpo de Rashawn Turnbull en las fotos de la escena del crimen, y un hombre con una capa con capucha negra de espaldas a mí, en una calle de Belle Glade.

Ese hombre levantó su enguantada mano derecha y mantuvo tres dedos en alto.

CAPÍTULO
61

Starksville, Carolina del Norte

«QUERIDA Y DULCE LIZZIE», pensó el abuelo mientras sumergía un remo en las tranquilas aguas. Vestida aún con el camisón blanco y la bata, su preciosa niñita se arrodilló en el suelo del bote de remos, delante del asiento de proa, con los brazos extendidos sobre la borda y sus soñolientos ojos fijos en los nenúfares que brillaban a la luz del sol naciente.

El anciano tiraba suavemente del mango del remo, moviéndolo con delicadeza, haciendo que el bote de fondo plano girara lentamente en círculos alrededor de los nenúfares. Lizzie se agarró con fuerza a los lados de la embarcación y se rio antes de exclamar:

–¡Sí!

–Ya te dije que sería divertido –dijo el anciano.

–¿Es así como atrapas a las hadas, abuelo? –preguntó Lizzie mientras se apartaba hacia un lado los rizos de pelo rubio que caían sobre sus inocentes ojos, siempre tan azules.

El anciano, nuevamente cautivado, dijo:

–Sé de buena tinta que la mejor manera de atrapar hadas es esperar a que haya un cálido amanecer y salgan a tomar el sol en los nenúfares. Giras a su alrededor, las confundes y entonces las agarras.

Lizzie se volvió hacia él, con los ojos muy abiertos.

–Pero ¿por qué?

–Pues porque si atrapas a una hada, ésta debe concederte tres deseos.

–¿Tres? –preguntó la pequeña con asombro, contemplando el agua y los nenúfares que iban a la deriva–. ¿Cómo se llama? ¿Qué nombre le voy a poner?

–¿Al hada? –El anciano pensó deprisa y dijo–: Ginebra.

–El hada Ginebra –dijo ella, disfrutando del nombre. Levantó la cabeza y se volvió para mirar a su abuelo con una sonrisa que se convirtió en una expresión de miedo y confusión.

–¿Quiénes son, abuelo? –preguntó Lizzie.

Él se dio cuenta de que estaba mirando a lo lejos, hacia la orilla. El anciano miró por encima del hombro y vio a tres hombres que venían de la casa y se dirigían por el césped hacia el agua.

–¿Quiénes son esos hombres? –volvió a preguntar la niña, inquieta.

–Son amigos, Lizzie –contestó él, girando el bote en dirección al muelle–. Viejos amigos. Nadie por quien haya que preocuparse.

–¿Y el hada Ginebra? –se quejó Lizzie.

–Mañana seguirá aquí –dijo él.

El anciano se acercó al muelle y le echó un cabo al jefe de policía de Starksville, Randy Sherman. Luego le entregó su nieta al sheriff del condado de Stark, Nathan Brean, y subió al muelle detrás de ella.

—Lizzie, vete a casa y come algo para desayunar —dijo.

Lizzie le dio un beso a su abuelo y corrió descalza por el césped, dedicándole algunos encantadores giros mientras se alejaba.

—Adoro a esa pequeña —dijo él, y luego miró al tercer hombre que estaba en el muelle—. ¿Qué tal le tratan las piedras de su riñón, juez?

—De pena —respondió Erasmus Varney, con una expresión de dolor—. Pero sobreviviré.

—Me alegra oír eso —dijo el anciano—, porque la supervivencia es el motivo de que esté usted aquí esta mañana.

El jefe Sherman y el sheriff Bean estudiaron al anciano. Varney lo intentó, pero por su expresión parecía estar luchando contra el dolor.

—Hasta ahora habéis vivido bien, ¿verdad? —preguntó el abuelo de Lizzie.

Los tres hombres asintieron sin vacilar.

—Entonces para vosotros es importante seguir viviendo bien, ¿verdad?

Los tres movieron enérgicamente la cabeza.

—Es bueno saberlo —dijo el anciano, y luego se puso serio—. He empezado a temer que la continuidad de nuestra placentera vida esté amenazada.

—¿Por quién? —preguntó el juez Varney.

—Por ese Alex Cross y su familia. Por todos ellos. Por su mujer. Por su sobrina, la abogada. Y también por sus tías, sus tíos y sus primos.

–¿Qué quieres que hagamos? –preguntó el jefe Sherman.

–He llegado a un acuerdo con un tercero para que mande a una encajera a la que nunca puedan relacionar con ninguno de nosotros –dijo–. Ella tendrá que disponer de todas las facilidades para realizar su trabajo con éxito cuando pase por Starksville.

–¿Ella?

–Correcto.

–¿Ha estado antes aquí? –preguntó el jefe Sherman.

–Una vez.

–¿Para cuándo está programado su viaje? –preguntó el sheriff Bean.

–Llegará hoy. ¿Algo que objetar?

–Con alguien como Cross hay que actuar con mucha delicadeza –dijo el juez Varney–. Tiene una reputación. Y amigos en las altas esferas.

–Somos conscientes de esa delicadeza, Erasmus –dijo el abuelo de Lizzie–. Por eso he llamado a una encajera. Ella se encargará de que sus muertes parezcan trágicos golpes del destino.

Cuarta parte

UNA COSTA DORADA

CAPÍTULO
62

Palm Beach, Florida

–QUÉ MANERA MÁS TRÁGICA DE MORIR, Maggie –murmuró Coco–. Aunque, en realidad, actualmente es aceptable en nuestro estrato social, ¿verdad? O, al menos, no supone la vergüenza de otros tiempos.

Vestido con unos pantalones de lino blancos de Stéphanie Coudert, un jersey claro y unas bailarinas, Jeffrey Mize, sin haberse colocado una peluca en la cabeza, se sentó a los pies de la cama. Estaba metido en su alter ego, Coco, analizando la posición fetal del cuerpo de Maggie, mirando cómo las sábanas estaban perfectamente ajustadas bajo su barbilla, como si la pobre hubiera buscado un lugar acogedor en el que expirar.

La botella de Patrón en la mesilla de noche completaba el escenario de la sobredosis. Y también los frascos vacíos que contenían las pastillas para el dolor, para la ansiedad y para dormir de las que, era evidente, había abusado la fallecida.

Bastó con un cóctel, pensó Coco con satisfacción al levantarse de la cama. Maggie nunca supo que la golpeó. No fue como en el caso de Lisa Martin, que se convirtió en la novia de Frankenstein, a la que se le saltaron los ojos y gritó cuando la radio se cayó al agua. Y tampoco tenía nada que ver con lo que le ocurrió a Ruth Abrams, que se defendió de la soga con una fuerza sorprendente.

Coco se detuvo delante del espejo de Maggie y admiró su atuendo, su maquillaje, su nuevo aspecto, antes de volverse hacia la caja roja. La abrió y sacó la peluca. De color rubio cobrizo, larga hasta los hombros, el pelo cayó fácilmente sobre ellos.

Unos pocos ajustes y ahí estaba el efecto que buscaba: Faye Dunaway en *El caso de Thomas Crown*, pero su aspecto informal, no el de la escena de la partida de ajedrez con Steve McQueen, donde Faye era pura elegancia y glamur.

Al menos, así era como su madre había descrito siempre aquella peluca. Informal pero intrigante, sport pero con personalidad. Una mujer que podía ser la chica de Steve McQueen.

Coco se echó a reír, porque había visto la película y su madre estaba muerta. Poniéndose unas gafas de montura de carey para completar el efecto Dunaway, se sintió aventurero y travieso y se vio muy atractivo cuando hizo una mueca ante el espejo. Finalmente, Coco dejó de contemplarse, cogió la bolsa de lona y salió de la habitación para dirigirse a la biblioteca. Se detuvo frente a un retrato.

Habían pintado a Maggie descalza, sentada en una duna al atardecer. Llevaba vaqueros y una blusa rosa con cuello. Miraba al mar, casi de perfil, con el pelo azotado por el viento y una expresión que daba a entender que ella era consciente de que su belleza se desvanecía. «Así te quedarás para siempre –pensó–. Sentada en una costa dorada, pensando en la pérdida.»

Coco se dio la vuelta, dejando atrás a Maggie, sin embargo, ese cuadro siempre estaría en su recuerdo. Cruzó la cocina y comprobó el sistema de seguridad en un pequeño cuarto que había en el garaje y vio, satisfecho, que seguía desconectado.

¿Qué había dicho Maggie? ¿Algo de que se reiniciaba a los quince minutos?

«Mucho más tiempo del que necesito», pensó Coco, dándole al interruptor que reiniciaba el sistema. Moviéndose más deprisa, se dirigió al garaje y abrió la puerta que había detrás de su entrañable Austin Martin.

Coco subió al coche, se ató un pañuelo azul sin apretar sobre la peluca, como Faye en la famosa escena del *buggy* en las dunas en *El caso de Thomas Crown*, con Steve McQueen al volante. Puso el Austin Martin en marcha y salió a la primera luz del día.

La verja de la entrada se abrió. Coco condujo por South Ocean Boulevard y se dirigió hacia el norte con la capota del Aston bajada. La sal impregnaba el aire. El viento azotaba el pañuelo en su visión periférica. Un día precioso. Una luz cálida.

Era como estar dentro de una película cuya estrella era Coco en el papel de Faye Dunaway mientras pasaba frente a una mansión, y otra y otra, bañado por el sol. Como si estuviera en un sueño, pensó: «Un día, todos seréis míos. Mamá siempre lo decía. Sólo tienes que soñarlo, Coco, y el mundo puede ser tuyo».

Paró en la ciudad para desayunar e interpretó el personaje de Coco hasta sus últimas consecuencias, alimentándose de la atención, disfrutando de cómo resplandecían él y su público. El auténtico glamur era así, decía su madre. La belleza era una experiencia compartida.

Cuando subió de nuevo al Austin Martin, Coco vaciló un momento, sin saber muy bien adónde debía ir a continuación. Entonces, igual que una paloma mensajera, se dejó guiar por el instinto. Condujo durante un rato, aparcó el coche y caminó hasta la puerta de Mize Fine Arts.

Se había pasado toda la noche profundamente sumergido en el trance de ser Coco, y Mize sólo fue consciente de quién era y de dónde se encontraba cuando estuvo delante de la galería. De pronto se sintió muy débil. Forcejeó con la cerradura hasta que finalmente pudo abrir la puerta de la tienda.

Una vez dentro, echó el pestillo y quitó la alarma. Cruzó la galería en dirección a su despacho, pero estaba tan mareado que tuvo que parar y sentarse en una fila de alfombras persas que había en un rincón. ¿Cuánto tiempo llevaba sin dormir? ¿Un día? ¿Un día y medio? ¿Tanto tiempo le había robado Coco?

Mize se acostó, rodó lentamente sobre un costado y perdió el conocimiento.

No tenía ni idea de cuánto tiempo había estado durmiendo cuando lo despertó el agudo ruido de unos golpes. Mize echó un vistazo a su alrededor, aturdido, y luego se miró en un espejo que había en la pared de la tienda, donde vio el reflejo de su imagen a lo Dunaway sin un pelo fuera de sitio.

Más golpes.

La cabeza de Mize empezó a latir con fuerza, pero se levantó y se acercó desde el rincón a la puerta de entrada, donde un tipo musculoso vestido con una camisa blanca y corbata estaba mirando el interior de la tienda y presionando una placa de policía contra la ventana.

CAPÍTULO
63

EL DETECTIVE RICHARD S. JOHNSON, de la oficina del sheriff del condado de Palm Beach, vio a la mujer acercándose a la entrada de Mize Fine Arts y dio un paso atrás.

Cuando se abrió la puerta, después de que hubiesen quitado el pestillo, vio a una mujer increíblemente atractiva con un pelo impecable que parecía rubio, cobrizo y de color fresa.

La mujer sonrió y, con un suave acento del sur, dijo:

–¿Puedo ayudarlo en algo?

El detective Johnson nunca se había echado atrás en una pelea. Había entrado en combate seis veces en Afganistán sin inmutarse. Sin embargo, nunca había sabido cómo comportarse con mujeres con esa clase de belleza.

–Soy..., eh..., el detective Johnson..., eh, de la oficina del sheriff del condado de Palm Beach.

–¿Sí? –dijo ella, consciente, al parecer, del efecto que causaba en aquel hombre, deslizando la mano por la jamba de la puerta, como una estrella de cine.

–Estoy buscando a Jeffrey Mize –dijo Johnson.

–No está. Normalmente no llega hasta dentro de una hora.

–Oh –dijo Johnson–. He pasado por su casa, pero tampoco estaba allí.

–Estará desayunando. Vuelva dentro de una hora. Estoy segura de que ya estará aquí. ¿Puedo decirle de qué se trata, detective?

–Rutina. Una visita relacionada con un caso en el que estoy trabajando. ¿Y usted es...?

–Coco. Hago visitas y tasaciones para el señor Mize.

–¿Puedo entrar y esperarlo, Coco?

Coco le dedicó un incómodo suspiro.

–Detective, no soy una empleada. Trabajo para el señor Mize como free lance. Vengo temprano para poder hacer mi trabajo cuando esto está tranquilo. ¿Podría darme una hora? Hay un café muy agradable cerca de aquí.

–La veo en una hora –dijo Johnson.

–Lamentablemente, ya no estaré –dijo Coco en voz baja–. Pero gracias, detective.

–De nada, Coco –respondió Johnson, que se alejó por la acera como si se hubiese quedado ligeramente hipnotizado por aquella mujer.

Johnson sacudió la cabeza mientras se dirigía hacia el café. Se había criado en una zona problemática de Miami. Se había alistado en los Marines y había estado dos veces en Afganistán, pero aún se sentía intimidado en presencia de determinadas mujeres. Se rio al pensar en el día que conoció a Angela, su esposa: fue incapaz de decir ni una palabra.

Entonces sonó su móvil. Era el sargento Drummond.

–¿Alguna novedad? –preguntó Drummond.

–Se supone que dentro de una hora podré hablar con Mize –respondió Johnson–. ¿Y usted?

–He hablado con la jefa de personal de Marie Purcell –explicó el sargento–. Despidió a Francie hace cuatro meses. Sospechosa de robar monedas valiosas.

–¿Lo denunciaron?

–No –dijo Drummond–. A la gente como los Purcell no le gusta implicar a la policía. Tienen sus propios agentes de seguridad y se ocupan de sus cosas con discreción.

–¿Es algo corriente por aquí? –preguntó Johnson mientras hacía cola para pedir un café en un local que parecía tener un ambiente agradable.

–Yo diría que sí.

–¿Ha hablado con Cross?

–Ahora voy a recogerlo –dijo Drummond.

Johnson estaba un poco molesto. Había esperado estar más tiempo con el doctor Alex Cross para poder preguntarle más cosas.

–¿Quién es el siguiente en tu lista? –preguntó el sargento.

Johnson sacó un papel del bolsillo y leyó los nombres.

–Crawford –dijo.

–Yo me ocuparé de Schultz.

Johnson le dijo que estaba de acuerdo y colgó. Pidió un expreso y una taza de café de Kenia y los mezcló con hielo. Se leyó el *Palm Beach Post* de cabo a rabo y llamó a la mansión de los Crawford y a otros nombres de la lista pero sólo le dieron la opción de dejar un mensaje.

Johnson se dirigió a la galería quince minutos antes de la hora acordada y llamó a la puerta. Enseguida apareció un hombre. Alto, de hombros caídos y completamente calvo, llevaba unas zapatillas de deporte blancas, unos pantalones negros holgados, una camisa negra y unos guantes blancos de algodón.

–¿Detective Johnson? –preguntó con voz grave–. Coco me ha dicho que había estado aquí. Pase, por favor. Siento no haber estado antes y siento lo de los guantes, pero he tenido una reacción alérgica a algún producto para quitar la laca que estuve probando el otro día.

Johnson entró en la tienda y miró a su alrededor.

–Aquí tiene cosas muy bonitas. ¿A qué se dedica usted, señor?

–Compro y vendo belleza –dijo Mize–. Obras de arte, joyas, alfombras y muebles. ¿Qué puedo hacer por usted?

–Estoy aquí por Francie Letourneau.

Mize frunció el ceño y Johnson se dio cuenta de que no tenía cejas. Ni vello de ninguna clase. ¿Cómo llamaban a eso?

–¿Qué le pasa a Francie? –preguntó Mize.

–Está muerta –respondió Johnson.

Mize se irguió y se llevó una mano enguantada a su flácida boca.

–¿Muerta?

–Asesinada –dijo Johnson–. Encontraron su cadáver en los alrededores de Belle Glade.

–Dios mío, eso es espantoso –dijo Mize–. Siempre me cayó muy bien. Bueno, al menos hasta que tuve que despedirla.

–¿Por qué?

–Nunca llegaba a su hora y no trabajaba demasiado bien –contestó Mize–. Y, aunque nunca pude demostrarlo, creo que me robaba.

–¿De veras?

Mize hizo un gesto, señalando alrededor.

–Hacer un seguimiento de mi inventario es más un arte que una ciencia. Por ejemplo, soy capaz de recordar cada pieza de joyería.

–¿Cree que era eso lo que robaba? –preguntó Johnson–. ¿Joyas?

–Sí. Un buen día, varias piezas que pertenecieron a mi madre habían desaparecido.

–¿Cómo contrató a Francie?

–A través de una empresa –contestó Mize, resoplando–. Me dijeron que venía muy recomendada.

–¿Cuándo la vio por última vez?

–¿Que cuándo la vi? No lo sé. Hace cinco meses, pero tuve noticias suyas hace unos días. Me dejó un mensaje en el contestador de mi casa. Hay que tener cara dura.

–¿Qué decía el mensaje?

–Decía que sentía cualquier malentendido que hubiera podido haber y que quería recuperar su trabajo.

–¿Le devolvió usted la llamada?

–Por supuesto que no. Y borré el mensaje.

–¿Qué día fue?

–¿Sábado? ¿Domingo?

–¿Dónde estuvo usted el domingo?

Mize estuvo pensándolo.

–Estuve trabajando aquí toda la tarde. Luego cené sushi temprano con Coco y su hermana, llegué a casa sobre las ocho y estuve viendo películas antiguas en Netflix. *El caso de Thomas Crown*. ¿La ha visto?

–No.

–Pues debería verla. Es muy buena. La original, no el *remake*. Luego, después de babear un poco con Faye Dunaway y Steve McQueen, me fui a la cama sobre las diez. Me gusta acostarme temprano y levantarme temprano. ¿A usted no?

–También –repuso Johnson–. ¿Conocía usted a Ruth Abrams o a Lisa Martin?

–Después de leer en los periódicos lo que les ha ocurrido, estuve devanándome los sesos. Estoy convencido de que las conocí a ambas en algún acto social. Ha sido algo horrible.

–Francie Letourneau trabajó para esas dos mujeres.

–¿De verdad? ¿Cree que tuvo algo que ver con sus muertes? ¿Y luego qué? ¿Se suicidó?

–Es posible –dijo Johnson, que notó que su móvil estaba vibrando.

Era Drummond otra vez.

–Mueve el culo y ve a casa de los Crawford –gruñó el sargento–. La mujer está muerta.

CAPÍTULO
64

EL DETECTIVE JOHNSON estaba saliendo de su coche cuando el sargento Drummond se detuvo junto a él y aparcó en Ocean Boulevard, entre dos coches patrulla con las luces azules parpadeando.

El calor era insoportable cuando me reuní con Drummond en el aparcamiento del Hampton Inn en West Palm, pero aquí, tan cerca de la playa y del mar, soplaba una agradable brisa de la costa. No era de extrañar que éste fuera el lugar donde la gente muy rica pasaba el invierno, ¿cuándo?, ¿hace más de un siglo? ¿No era eso lo que el sargento había dicho anoche?

Antes de que pudiera asegurarme de que las tres cervezas no habían confundido mi memoria, Johnson empezó a contarle a Drummond su visita a Mize Fine Arts mientras nos dirigíamos a la residencia de los Crawford, una laberíntica villa de estilo mediterráneo de color blanco y tejas rojas. Los impresionantes jardines de la finca daban paso a una cascada en un entorno zen.

La casa era…, en fin, nunca había estado en un lugar así. Bueno, tampoco he visto muchas casas en Palm

Beach, pero digamos que cada habitación había sido diseñada para la revista *Architechtural Digest*.

La cocina era el último grito, con electrodomésticos suecos y finlandeses que brillaban como si los hubiesen instalado el día antes y un magnífico mosaico italiano. La biblioteca parecía haber sido robada de alguna abadía del sur de Francia. Y el dormitorio donde yacía Maggie Crawford brillaba igual que un día en Florida.

Recorrí la habitación, vi las píldoras, la botella de Patrón y el vaso encima de la cama, junto a la desaliñada mujer bajo las sábanas. En otros tiempos debió de ser muy guapa. De no ser porque su piel era de color azul, podría haber estado durmiendo.

–No toquemos nada –dijo Drummond–. Éste será un caso para el forense de principio a fin.

No podía llevarle la contraria. No había señales de pelea. Serían los técnicos del laboratorio quienes nos dirían cómo había muerto.

Un ayudante del sheriff asomó por la puerta.

–La asistenta personal de la fallecida está abajo. Fue ella quien avisó.

Encontramos a Candace Layne en la magnífica biblioteca. La mujer estaba destrozada.

–Esto es lo que todos temíamos que iba a ocurrir –dijo Layne–. Por eso John, el que iba a ser futuro ex marido, se fue. No podía seguir viendo cómo se autodestruía.

–¿Tenía problemas con las drogas y el alcohol? –pregunté.

Layne asintió con tristeza.

—En el fondo, a pesar de todo el dinero, la belleza y la buena suerte, era una mujer insegura, víctima de la ansiedad.

—¿Cuándo la vio por última vez? —preguntó Johnson.

—Ayer, sobre las cinco y media —contestó Layne.

—¿Cree que fue la última persona que la vio con vida?

—Creo que sí. No tenía planes para la noche. Me dijo que iba a leer y a ver una película.

Drummond le preguntó a Layne si conocía a las otras tres mujeres muertas, Lisa Martin, Ruth Abrams y Francis Letourneau. Cuando Layne respondió preguntándole al sargento si creía que Maggie Crawford había sido asesinada, él le dijo que estaba barajando todas las posibilidades. Layne explicó que había despedido a Letourneau después de que Maggie la pillara robándole la plata. Mandó un correo electrónico a las asistentes personales de Ruth Abrams y Lisa Martin, pero nunca se vio con ellas.

—¿La señora Crawford se movía en los mismos círculos que ellas? —preguntó Drummond.

—Las mismas fundaciones benéficas, ese tipo de cosas —dijo Layne, asintiendo.

Aunque no había ninguna prueba concluyente de que Maggie Crawford hubiera sido asesinada, mentalmente relacioné las cuatro muertes. Tres mujeres de la alta sociedad que en algún momento tuvieron la misma asistenta haitiana. Ahora, esas tres mujeres de la alta sociedad y la asistenta estaban muertas. Aquello no era una coincidencia, lo cual significaba que había un eslabón perdido, algún factor que lo relacionaba todo.

–¿Cuánto tiempo llevaba usted trabajando para ella? –le pregunté.

–El mes que viene se cumplirían cinco años –contestó Layne con expresión triste.

–En el caso de que así fuera, ¿sabría decir si han desaparecido algunas de sus pertenencias? –preguntó Johnson–. Por ejemplo, joyas. O vestidos.

Layne asintió.

–Creo que sí. ¿Quieren que eche un vistazo?

–Esperaremos hasta que los forenses hayan terminado su trabajo –dijo Drummond–. Hábleme de ella.

–¿De Maggie? –preguntó Layne. Luego estuvo pensando un rato–. La mayor parte del tiempo era la persona más amable, divertida y generosa del mundo; era un auténtico placer trabajar para ella. Aunque, a veces, cuando estaba alterada, era una tirana, una niña rica que si quería algo, lo quería ya. E incluso estando sobria, a menudo parecía..., no sé..., melancólica y ansiosa. Miren, ahí puede verse, en la expresión de ese retrato.

Layne señaló un óleo de Maggie Crawford en el que aparecía descalza, vestida con unos vaqueros y una blusa rosa. Está sentada en una duna, con un mar de hierba a su alrededor, casi de perfil, mirando al mar. Me acerqué a la pintura para examinarla y vi la expresión a la que se había referido la asistente personal.

–Eso es algo típico de la gente muy rica, ¿no? –dijo Johnson detrás de mí–. Ya sabe, encargar un retrato.

–No lo sé; supongo que sí –dijo Layne.

–Ruth Abrams y Lisa Martin también tenían retratos –dijo Drummond, acercándose al cuadro para estudiarlo–. Coco.

–¿Qué? –preguntó Johnson.

–Aquí, en un rincón –dijo el sargento–. *Coco*. Es la firma.

–No tengo ni la menor idea de quién es –dijo Layne.

–Oh, creo que yo sí –dijo Johnson–. He conocido a una Coco esta mañana.

CAPÍTULO
65

Starksville, Carolina del Norte

ALREDEDOR DE LAS CUATRO de la tarde, Bree caminaba junto a la vía férrea donde había visto a Finn Davis saludando con tres dedos de una mano a seis hombres montados en los vagones de un tren que se dirigía al norte.

–¿Qué estamos buscando? –preguntó Naomi.

–No lo sé –contestó Bree–. Y tu cliente tampoco.

Naomi y Bree se habían acercado a las vías dando un largo rodeo desde la cárcel, donde habían podido hablar con Stefan Tate unos treinta minutos. Cuando Bree le preguntó acerca de sus sospechas con respecto a los trenes, él dijo que había oído hablar de las vías a un par de alumnos del instituto que tomaban drogas y decidió seguir a uno de ellos.

–Lester Michaels, un chico mayor, de esos que sólo piensan en colocarse. Lo vi subirse a un vagón de carga. No apareció por el instituto durante dos días. Cuando le pregunté por su ausencia, me dijo que había estado enfermo, pero hablé con su madre: había estado a punto de denunciar su desaparición.

–¿Has visto a más gente subiéndose a los trenes? –preguntó Bree.

–No –admitió Stefan–. Me senté allí un par de noches, vigilando, pero los trenes pasan por Starksville a todas horas.

–Entonces, he tenido suerte –dijo Bree–. Desde que estoy aquí, he visto chicos montados en vagones dos veces, y en ambas ocasiones saludando a alguien con tres dedos. ¿Sabes algo de eso?

Stefan estuvo pensando un momento y luego asintió.

–Creo que en el instituto he visto a unos cuantos chicos haciendo algo parecido.

–¿Nombres? –preguntó Naomi.

–No lo sé –dijo Stefan–. Creo que eran alumnos de Patty. Por cierto, ¿dónde está? No ha venido a verme ni contesta a mis llamadas.

Bree no dijo nada.

–Estoy segura de que está sometida a mucho estrés –dijo Naomi.

–O me ha dejado tirado –dijo Stefan en tono displicente.

Aunque Bree y Naomi trataron de convencerlo de que no era así, cuando salieron de la cárcel pasaron por casa de Patty Converse. Su coche no estaba, pero por lo que pudieron ver a través de la ventana, sus cosas seguían allí. Naomi la llamó varias veces, pero le salió el buzón de voz.

Así pues, sobre las cuatro de la tarde volvieron a las vías.

Un tren pasó retumbando junto a ellas en dirección al sur. Bree y Naomi se alejaron de las vías para poder ver la parte superior de los vagones de carga, pero en ellos no viajaba nadie, ni siquiera en el furgón de cola. Unos minutos después pasó otro tren en dirección al norte y en él tampoco viajaba nadie.

–Creo que esto es como buscar una aguja en un pajar –dijo Naomi–. Quiero decir que no podemos estar vigilando todo el día.

Bree estuvo pensándolo, miró a su alrededor y luego el frondoso grupo de árboles que había entre las vías y el aparcamiento de Piggly Wiggly. Los árboles que crecían junto a las vías le recordaron un programa que Ali estaba viendo el otro día en Outdoor Channel.

–¿Hay por aquí alguna tienda de material de caza y pesca? –preguntó Bree.

–Creo que sí, en un establecimiento de excedentes del ejército.

Volvieron al coche enseguida y se dirigieron a P & J Surplus, que estaba en el oeste de la ciudad. Cuando entraron en la tienda vieron varias banderas de la Confederación en la pared.

Bree las ignoró y buscó a la única persona que atendía el establecimiento, una corpulenta adolescente llamada Sandrine. Que la miró con desconfianza y a Naomi con cierto interés.

–La he visto en el periódico y en televisión –le dijo Sandrine–. Usted es la que defiende a ese asesino, ¿verdad?

–Soy la abogada del señor Tate –dijo Naomi.

–¿Sigue usted el caso? –preguntó Bree.

La dependienta se encogió de hombros.

–Mi padre dice que no debería prestarle atención.

–¿Y eso por qué?

–Porque, como dice él, sólo se trata de negros matando a otros negros. No pretendo ofenderlas, sólo estoy diciendo lo que dice él.

Naomi consiguió no perder las formas.

–Hemos venido a comprar algo –dijo.

–¿Sí? –preguntó Sandrine, espabilándose–. ¿Qué están buscando?

Bree se lo dijo y la chica salió sonriendo y contoneándose de detrás del pequeño mostrador.

–¡En P & J's lo tenemos todo! El otro día nos llegaron seis. ¿Cuántas quieren?

Tras pensarlo un momento, Bree dijo:

–De momento, dos.

CAPÍTULO
66

West Palm Beach, Florida

LA QUEMA DE LA CAÑA volvía a llenar el aire de humo mientras me dirigía a Belle Glade. Quería estar allí, en Palm Beach y en Starksville al mismo tiempo.

Eran las cinco y veinte de la tarde. Había pasado el día con Drummond y Johnson, que enseguida se pusieron en contacto con el personal de las mansiones de los Abrams y los Martin y confirmaron que Coco también había pintado los retratos de las mujeres. Sin embargo, ningún empleado sabía quién era Coco, y mucho menos dónde vivía.

John, el que iba a ser el futuro ex marido de Maggie Crawford, estaba en Alaska pescando. El rey de las tetas había estado operando durante el día y no estaba localizable. Y también Elliot Martin, el multimillonario marido de Lisa Martin, que estaba en Shanghái en viaje de negocios.

Dejaron mensajes a todos sus ayudantes. Mientras nos dirigíamos a Mize Fine Arts, en Worth Avenue, Johnson hizo una búsqueda en Internet de Coco y Palm

Beach y sus alrededores en su móvil, aunque sin resultados.

Llegamos a Mize Fine Arts en horario comercial, pero estaba cerrado. Aunque llamamos a la puerta, nadie contestó.

–Me gustaría entrar ahí y echar un vistazo –dijo Johnson, cuando ya estábamos dando la vuelta para irnos.

–Estoy seguro de ello –dijo Drummond–. Pero no creo que por un nombre en tres cuadros nos concedan una orden de registro. Y parece que la tienda tiene un buen sistema de alarma. No creo que pudieras explicar qué estabas haciendo ahí dentro si te pillaran.

Cuando lo miré, Drummond me guiñó un ojo.

Nos dirigimos a casa de Mize. En otros tiempos debió de ser una gran mansión. La construcción era impresionante, aunque no tanto como las enormes residencias de Ocean Boulevard. El patio delantero y los jardines estaban muy bien cuidados, pero la casa necesitaba una mano de pintura. Al observarla de cerca, era evidente que había que barnizar la puerta; asimismo, el revestimiento de estuco estaba en mal estado.

Drummond llamó al timbre. No hubo respuesta. Llamó otra vez. Caminé entre la pared y el seto de bambú que separaba la casa de la de al lado. El paso estaba cubierto de hormigón y malas hierbas. Y el patio de atrás aún estaba peor: parecía como si nadie se hubiera ocupado de él desde hacía meses. Un canalón se había descolgado del tejado; la parte inferior estaba sujeta a la pared con un soporte.

–Si está en casa, no contesta –dijo Drummond cuando volví.

–Yo echaría un vistazo al pago de impuestos de ese tipo –dije.

–¿Y eso?

–La propiedad está muy descuidada, lo cual significa que está atravesando problemas financieros.

Drummond llamó para pedir información sobre Jeffrey Mize mientras volvíamos al coche.

–Habrá que vigilar la casa –dijo Johnson.

–Y la galería de arte –dije yo–. Tarde o temprano, Mize o Coco aparecerán.

Puesto que Johnson era el único que había visto a Coco, se encargó de vigilar la tienda. Drummond y yo nos quedamos delante de la casa hasta que tuve que irme para averiguar qué había sido de mi padre.

–Espero que encuentre lo que anda buscando –dijo el sargento antes de irse.

Una hora más tarde, mientras me dirigía al norte de Belle Glade, había tantos insectos aplastados contra el parabrisas que no había forma de limpiarlo por mucho líquido que le echara. Antes de llegar a Pahokee me detuve para llenar el depósito y limpiar el parabrisas. Luego me dirigí a la ciudad y vi los anuncios del equipo de fútbol americano del instituto.

Drummond me había dicho que los equipos de los institutos de Pahokee y Belle Glade siempre figuraban entre los mejor clasificados del estado y que entre los dos habían proporcionado casi sesenta jugadores a la liga nacional de fútbol americano. Impresionante, sobre todo teniendo en cuenta los estragos económicos. En Pahokee aún había menos negocios en funcionamiento que en Belle Glade.

Sin embargo, el Cozy Corner Café de Lake Street aún estaba abierto. Aparqué enfrente. Al estar tan cerca del lago Okeechobee, la humedad era insoportable. Tras recorrer los diez pasos que había desde el coche al café, estaba empapado, aunque quizás eso también fuera debido al repentino nerviosismo que se apoderó de mí. ¿Qué le habría ocurrido a mi padre treinta y tantos años atrás?

En el local había seis clientes, aunque sólo uno de ellos era una mujer que estuviera sola. Me sonrió y me saludó con la mano. Era una atractiva y rolliza mujer mayor, latina, con una amplia sonrisa. Se levantó de la mesa, echándose hacia atrás una larga cola de caballo de pelo negro con canas, y se ajustó un llamativo vestido de batik de color púrpura. Una pequeña y sencilla cruz de madera colgaba de su cuello.

–¿Doctor Cross? –dijo sonriéndome mientras, con las dos manos, estrechaba la mía y me miraba con dulzura a través de unas gafas de montura metálica–. Soy la reverenda Alicia Maya. Tengo entendido que está interesado en Paul Brown.

CAPÍTULO
67

DURANTE UNA HORA, después de pedir un té helado y una ración de tarta de piña, la reverenda Maya me contó lo que sabía de Paul Brown. Lo conoció poco después de que ella se pusiera al frente de la Iglesia Universalista Unitaria de Pahokee.

–Tenía veinticinco años, acababa de terminar mis estudios de Teología y estaba convencida de que podía cambiar el mundo –dijo la reverenda Maya–. Aunque ahora cueste de creer, en aquella época Pahokee era una ciudad próspera. Todo el mundo tenía trabajo. La gente venía aquí en busca de un empleo, incluido Paul Brown.

La reverenda Maya me dijo que Brown había asistido a uno de sus servicios nocturnos. Estaba muy débil y cojeaba mucho.

–Se quedó después del servicio –continuó–. Me dijo que no tenía dónde quedarse y que podría limpiar la iglesia a cambio de permitirle dormir allí. Estuve dudando, pero me di cuenta de que aquel hombre sentía algo más que un dolor físico, y accedí. Estuvo viviendo en la iglesia durante unos ocho meses, trabajando en el campo de día y limpiando la iglesia por la noche.

Levanté las manos.

–Antes de que continúe, ¿podría responderme un par de preguntas rápidas?

–Lo intentaré.

–Después de que Brown muriera, ¿se puso usted en contacto con un hombre llamado Clifford Tate en Starksville, Carolina del Norte?

La reverenda ladeó la cabeza y miró a lo lejos.

–Sí –dijo–. Creo que su nombre y su número de teléfono estaban en un pequeño cuaderno que encontré entre las cosas del señor Brown.

En aquel momento, la pérdida de mi padre me pareció extrañamente definitiva. Debió de notarse en mi expresión, porque la reverenda Maya dijo:

–El sargento me dijo que era pariente suyo.

–Creo que era mi padre –le dije.

La reverenda Maya parpadeó y respiró profundamente.

–Oh… No lo sabía.

La reverenda Maya me dijo que Brown parecía un hombre torturado que hacía todo lo posible por expiar los pecados del pasado, aunque se mostraba evasivo acerca del carácter de éstos. Me dijo que raramente hablaba con ella, aunque a menudo lo encontraba de rodillas, rezando.

–Le preguntaba por qué rezaba –dijo ella–. Pero sólo me decía que estaba buscando el perdón.

–¿Nunca le contó lo que había ocurrido? ¿Lo que había hecho?

Me parecía que la había puesto en un aprieto y supuse que tenía que ver con la confidencialidad que hay entre un religioso y un miembro de su congregación, aun cuando se trate de alguien que ya esté muerto. Así pues, le hablé de Jason Cross.

La reverenda Maya me escuchó con interés mientras le contaba el descenso a los infiernos de mis padres. Le dije cómo murió mi madre y le hablé de mis inconexos recuerdos de lo que durante treinta y cinco años creía que había sido la noche que murió mi padre.

–El señor Brown me contó algo de eso, aunque nunca mencionó ningún nombre. Me dijo que había matado a su mujer porque estaba sufriendo mucho.

–Creo que eso es verdad. ¿Le habló alguna vez de nosotros, de sus hijos? ¿O de su madre?

Ella asintió.

–Así es. Me dijo que sus hijos estaban viviendo con su madre en algún lugar del norte, y que estaban mucho mejor sin él.

La reverenda Maya me contó que una noche, varios meses después de que Brown se hubiera presentado en su iglesia, fue a verlo. Brown no estaba en el pequeño cuarto donde vivía. Entonces oyó un disparo y lo encontró tirado en el suelo, muerto, detrás de la iglesia. Se había disparado a la cara con una escopeta.

–¿Puedo ver el lugar donde ocurrió?

Ella negó con la cabeza,

–En el edificio de la iglesia hubo una plaga de termitas y fue derribado unos cinco años después de que yo me fuera para ocuparme de una parroquia de West Palm. Pero si lo desea, puedo enseñarle su tumba.

–Su tumba. Se lo agradecería mucho.

CAPÍTULO
68

—IREMOS EN MI COCHE –dijo la reverenda Maya–. Será más divertido.

Para mi sorpresa, me llevó hasta un modelo de coche antiguo, reluciente, de dos puertas: un Mazda Miata descapotable de dos plazas.

–¿Todos los reverendos universalistas unitarios conducen coches deportivos? –le pregunté.

Ella se echó a reír.

–Yo sí. Es mi único vicio.

La reverenda era buena en su vicio. Condujo el Miata por las carreteras rurales, en las afueras de Pahokee, como si hubiera entrenado para correr en una carrera. No tuve la oportunidad de averiguar si lo había hecho, porque me acribilló a preguntas sobre mi vida y mi familia.

Cuando llegamos al final del recorrido de quince minutos pude comprobar que la reverenda Maya era tan buena al volante como sondeando en el alma de las cosas.

–Está claro que su vida debe ser apasionante –dijo, reduciendo la marcha y cruzando la estrecha entrada de un pequeño cementerio en medio del campo–. Creo que Paul…, bueno, su padre, se sentiría orgulloso de usted.

Sonreí, con un nudo en la garganta.

–Gracias –dije.

En cuanto bajamos del coche, un enjambre de insectos dispuestos a picarnos empezó a volar alrededor nuestro. La reverenda abrió la guantera y sacó dos repelentes de insectos ThermaCell. Sujetó uno de ellos a su bolso. Coloqué el mío en mi cinturón y me alegré al ver que el chisme funcionaba.

Avanzamos por el cementerio y giramos a la izquierda, hacia la valla de tela metálica y la densa vegetación que había un poco más allá. Al final de la hilera había una sencilla lápida de granito rojizo cuya longitud sería la de dos ladrillos.

PAUL BROWN
DEVOTO SIERVO DEL SEÑOR JESUCRISTO

Sentí que mis hombros se hundían ligeramente al leer esas palabras y luego la fecha de su defunción. Recordé esos años y me pregunté dónde estaría yo cuando mi padre se suicidó.

¿Cuántos años tendría yo? ¿Doce? ¿Trece? ¿Me acordé alguna vez de él en aquella época?

Lo dudaba, y el hecho de reconocerlo sacó a flote la emoción que había empezado a sentir en cuanto estuve frente a la tumba de mi padre. La cabeza me daba vueltas. Mis pulmones se agitaban, buscando aire.

Él había matado a mi madre y escapó de la justicia sólo para acabar consumido por la culpa y el dolor. Entonces lo reviví todo, la tragedia, la pérdida de mi padre por segunda vez. Hundiendo la cabeza en mi brazo, me eché a llorar.

Sentí la mano de la reverenda Maya dándome una palmada en la espalda.

–Un trance muy duro –dijo ella–. Muy duro.

Pasó un minuto antes de que pudiera controlarme. Sorbí por la nariz y, sin mirarla, dije:

–Lo siento.

–No tiene que disculparse –dijo ella con voz dulce.

–Me siento muy mal por todo lo ocurrido.

–Creo que es natural. ¿Qué es lo que más siente?

Estuve pensándolo y me sentí invadido por la ira.

–No haber tenido un padre. Eso es lo que más rabia me da. Un niño merece tener un padre.

–Así es, y lo siento –dijo ella con una profunda empatía en su expresión.

–No tiene por qué sentirlo –dije con voz ronca–. Mi padre tomó una decisión. Estoy seguro de que hizo lo que debía.

–Aun así, es una decisión muy dura.

Asentí.

–Es como si la noche en que murió se hubiera cerrado una puerta. Estos últimos días, esa puerta ha vuelto a abrirse, sólo un instante, y he podido ver un pasadizo secreto, pero terminaba en otra puerta cerrada. Una puerta que permanecerá cerrada para siempre.

La reverenda Maya parecía experimentar mi dolor como si fuera el suyo, y durante unos instantes permaneció en silencio.

–¿Quiere estar un rato a solas? –me preguntó, finalmente.

Miré la lápida y me sentí vacío. Luego, dirigiéndome al espíritu de mi padre, dije:

–Te quiero papá. Te perdono, papá.

La reverenda Maya me dio una palmada en la espalda mientras me alejaba de la lápida. Durante el viaje de regreso a Pahokee guardamos silencio.

–Espero haberlo ayudado a cerrar esta historia, doctor Cross –dijo ella cuando bajé del Miata.

–Quería conocer toda la historia de mi padre, y ahora ya la conozco. Tendré que aprender a vivir con ella, y mi abuela también.

La reverenda Maya me miró durante un largo rato y luego dijo:

–Tengo que volver a casa y preparar la cena para mi marido, que debería llegar del trabajo dentro de una hora, pero le deseo a usted y a su familia que Jesús los bendiga.

–Gracias, reverenda –dije, sonriendo sin muchas ganas–. Le deseo lo mismo a usted y a su marido. Conduzca con cuidado.

–Eso siempre –dijo ella.

Entonces puso el Miata en marcha y aceleró, desapareciendo en la oscuridad.

CAPÍTULO
69

SE PUSO A LLOVER cuando cruzaba el puente. Debían de ser alrededor de las ocho y media de la noche. Estaba pensando cuándo debía llamar a Bree. Una parte de mí deseaba hacerlo en aquel mismo momento, pero no quería remover de nuevo las emociones en público y estando al volante. La llamaría desde mi habitación del Hampton Inn, después de haber hablado con el sargento Drummond.

Sin embargo, ni Drummond ni Johnson contestaron al teléfono, y cuando pasé con el coche por delante de Mize Fine Arts no vi ninguna señal de que estuvieran vigilando el lugar. Entonces me dirigí al domicilio particular de Mize, consciente de que estaba haciendo lo que solía hacer en días turbulentos: concentrarme en un misterio y una investigación como una forma de escapar del resto de mi vida.

Debería haber buscado un sitio donde comer algo, luego haber regresado al hotel y haber tratado de coger el primer vuelo a Carolina del Norte. Sin embargo, en lugar de hacer eso estaba delante de la casa de Mize, aliviado al ver que el vehículo de Drummond estaba justo donde lo había dejado.

Giré en la esquina, aparqué el coche y avancé por la acera con toda la despreocupación con la que un afroamericano puede hacerlo en Palm Beach. Johnson me vio por el retrovisor del copiloto y quitó el seguro del coche. Me subí a la parte de atrás.

–¿Ha habido suerte? –preguntó Drummond, mirándome por el espejo retrovisor.

–Ha sido de gran ayuda. Esa mujer me ha ayudado mucho.

–Entonces, todos contentos.

–Sí. Gracias, sargento.

–Es lo menos que podíamos hacer.

–¿Han dejado de vigilar la tienda?

Drummond señaló a través del parabrisas.

–Esas luces se han encendido hará más o menos una hora. No sé si porque forman parte del sistema de seguridad o porque Mize está ahí dentro.

–¿Cuánto tiempo piensan quedarse aquí?

–No lo sé. Hasta que…

–Sargento –le interrumpió Johnson–. La puerta del garaje se está abriendo. ¿Qué coche saldrá? ¿El Lexus o el…?

La parte trasera de un descapotable de color verde oscuro salió del garaje con la capota subida. Aquel coche debía de tener unos cincuenta años. Podría haberlo conducido Sean Connery en su etapa Bond.

–Un Aston Martin DB Five descapotable –dijo Johnson en tono de admiración–. Un coche muy raro. Ligero y veloz. Un biplaza descapotable.

–Veremos adónde se dirige –dijo Drummond, poniendo en marcha el motor.

El descapotable salió, revelando la silueta de alguien alto al volante. El coche se alejó de nosotros hacia el norte a gran velocidad, aunque sin superar el límite, en dirección a Worth Avenue y la tienda de Mize.

–¿Piensa seguirlo? –preguntó Johnson.

–Quiero saber adónde va por la noche después de haber ignorado todas nuestras llamadas telefónicas y los golpes en la puerta –dijo el sargento.

–Quizás vaya a casa de Coco –dijo Johnson.

–¿Crees que están juntos en esto? –preguntó Drummond.

–¿Por qué no? Coco podría seleccionar los objetivos para Mize. O viceversa.

Drummond frunció el ceño y me miró por el retrovisor.

–¿Una asesina en serie? ¿No es extraño?

–Ha habido varios crímenes, pero no me parece el caso de un asesino en serie. Se han molestado en intentar que las muertes parezcan suicidios, mientras que la mayoría de los asesinos en serie disfrutan exhibiendo su obra. Así pues, una mujer podría ser tanto asesina como cómplice.

–¿Y el móvil?

–Dinero.

El Aston Martin estaba dos coches y casi una manzana por delante de nosotros cuando se paró ante una señal de stop. En vez de girar a la izquierda hacia Mize Fine Arts, giró a la derecha y continuó en dirección al mar.

Ahora Drummond se rezagó, poco dispuesto a correr el riesgo de que lo descubrieran, mientras Johnson y yo estirábamos el cuello para ver cómo el Aston Martin giraba a la izquierda por Ocean Boulevard justo cuando la lluvia empezaba a arreciar. Menos de un minuto después giramos detrás del descapotable, pero ya habíamos perdido de vista a Mize.

Entonces Johnson vio unas luces de freno en la oscuridad, tras una puerta que había en un muro que rodeaba una casa de dos pisos de estilo mediterráneo. La construcción estaba aislada de la calle por abundantes plantas y unas altas palmeras. Dimos la vuelta a la manzana para estar seguros de que Mize no se había dirigido a otro sitio y regresamos, convencidos de que le había dejado entrar alguien que vivía o trabajaba en la casa. Edwin y Pauline Striker figuraban como sus dueños en el registro de la propiedad que Johnson consultó en su iPad.

–¿Pauline es una candidata para Coco? –pregunté. Johnson sacudió la cabeza.

–Los propietarios tienen casi setenta años. Pero quizás Coco sea su hija o un pariente suyo.

Drummond aparcó en un lugar desde donde podíamos ver la puerta y tamborileó con los dedos en el volante. A pesar de que su rostro carecía de expresión, había aprendido a interpretar su lenguaje no verbal. Se sentía frustrado, y me imaginaba por qué.

Las diferentes relaciones que habíamos establecido entre las víctimas, Mize y Coco eran, en el mejor de los casos, poco consistentes, y algunas estaban por demostrarse. Ni siquiera sabíamos, por ejemplo, si la Coco que había pintado los retratos era la misma mujer que trabajaba para Mize. Y lo único que vinculaba a Mize con ellas era que había contratado a Francie Letour-neau y que había recibido una llamada de la asistenta antes de que la asesinaran.

Sin duda alguna, todo eso no bastaba para justifi-car que entráramos en el domicilio de Mize o, para el caso, en la casa de los Striker. Por lo que sabíamos, los Striker eran mayores y amigos del marchante de arte, y éste había ido a hacerles una visita nocturna.

Pero ¿y si...?

—Aquí estoy, preguntándome si Mize está ahí dentro a solas con Pauline Striker —dijo Drummond.

—O con Coco y Pauline Striker.

—Llamemos a la casa por teléfono —dije—. Podemos decir que estamos hablando con la gente que contrató a Francine Letourneau como asistenta o a una mujer llamada Coco para que pintara un retrato. A ver si eso hace que Mize salga corriendo.

Johnson buscó el número, llamó y le salió el contes-tador. Dejó un mensaje diciendo quién era y pidiendo que alguien le llamara a su móvil para hablar de una investigación que estaba llevando a cabo. Cuando col-gó, dudé que le llamaran enseguida, bostecé y consulté el reloj. Eran casi las diez.

Entonces sonó el móvil de Johnson.

—Los Striker —dijo, contestando la llamada y ponien-do el manos libres.

CAPÍTULO
70

EN LA PLANTA DE ARRIBA, en el vestíbulo de la suite, Jeffrey Mize se convirtió en Coco. Controlándose a sí mismo, fingió una voz malhumorada:

–Soy Pauline Striker. Quiero hablar con el detective Johnson.

–Soy yo –contestó Johnson–. Le agradezco que me haya devuelto la llamada tan pronto.

–¿De qué se trata? –preguntó Coco.

–Es referente a una investigación que estoy llevando a cabo –dijo Johnson–. Estoy intentando averiguar si usted o alguna de sus amigas contrató a Francine Letourneau como asistenta en los últimos cuatro o cinco meses.

–En mi caso, la respuesta es no –dijo Coco–. Hemos tenido suerte y hace diez años que tenemos el mismo personal de servicio. Nuestras dos chicas son parte de la familia. En cuanto al personal de otras casas, no sabría decirle.

–Muy bien –dijo Johnson.

–¿Eso es todo? Mi marido y yo tenemos invitados.

–Lamento interrumpirla; sólo una pregunta más.

–Adelante.

–¿Ha sido usted retratada por una artista llamada Coco?

Por un momento, la nube que envolvía a Coco se dispersó y Mize fue presa del pánico. Sin embargo, al cabo de un instante Coco volvió a tomar el control y dijo:

–Los únicos retratos míos y de mi familia son fotografías. ¿A qué viene esto? Tengo invitados a los que debo atender.

–Sólo estamos siguiendo pistas, señora –dijo Johnson–. Le reitero mis disculpas por haber interrumpido su velada.

Al otro lado de la línea cortaron la llamada.

Coco dejó el auricular en la base del teléfono, sintiéndose como si acabara de evitar un peligro inminente. Sin embargo, se quedó allí de pie unos segundos, consciente de que la policía estaba acercándose.

El sistema de circuitos Mize de su cerebro se activó: «Johnson me ha conocido a mí y a Coco. Esta tarde, Johnson ha estado aporreando la puerta de mi casa. Mañana por la mañana volverá a la tienda. Deberías huir ahora mismo. Coger todo lo que puedas y huir».

Pero aquellos días era Coco quien mandaba. Descartó la idea de huir con la misma facilidad con la que había dejado de pensar en el aspecto que tenía su casa, ocultando cualquier cosa que pudiera estropear su apariencia frente al mundo exterior.

Eso era lo único que importaba. La apariencia. Esa noche. Ese momento.

¿Una última vez?

Vestido únicamente con unas bragas negras de La Perla y un espectacular corsé rojo y negro de Chantal

Thomass, Coco entró en el dormitorio principal donde Pauline Striker, desnuda y amordazada, estaba atada a una silla, totalmente aterrorizada.

–¿Qué opinas? –preguntó Coco, recorriendo con los dedos los lados del corsé–. Adelgaza. Y es sensual. Dime, Pauline, por qué, ni en mis sueños más salvajes, podía imaginaros a ti y a Edwin en plan «la viuda alegre», aunque supongo que lo que ocurre en la intimidad es algo que pasa y punto. Y entonces, un buen día, aquí me tienes, vestida con tu ropa picante, mientras tú estás… ahí.

Coco estaba paralizado por el miedo de Pauline y se quedó unos momentos inmóvil. Luego cogió un par de finas medias de seda negras recién traídas de París y se sentó en una silla del tocador. Se las enfundó en los dedos de los pies y se las subió hasta las pantorrillas y los muslos. Coco adoraba esa sensación. Nunca se cansaba de experimentarla.

–¿Has tenido alguna vez la sensación de que dos personas distintas habitaban en tu cerebro? –le preguntó Coco a Pauline, y luego señaló el corsé–. El hecho de haber encontrado esto en un cajón me hace pensar que sí. Así que, por si te lo estás preguntando, eso es lo que estamos haciendo aquí: explorar nuestras personalidades, haciendo realidad nuestras fantasías, ¿sabes?

Pauline Striker tenía los ojos clavados en Coco.

Cuando Coco se acercó a ella, le acarició suavemente la mejilla con las uñas de la mano izquierda y le dijo:

–Esta noche hay alguien más dentro de tu cabeza, Pauline. Se llama Miranda. Es una chica traviesa, y la adoro.

Pauline frunció el ceño, confusa, cuando Coco se colocó en el otro lado de la silla, mirándola de frente.

–Miranda es una chica traviesa, y la adoro –repitió, consciente de que estaba excitándose–. Pero también es mi madre, y la odio.

Coco abofeteó a Pauline con tanta fuerza que le dejó la marca de la palma de la mano en la cara.

Entre los gritos y gemidos de dolor de Pauline, Coco dijo, con frialdad:

–Nada de guantes, mamá. Basta de hacer que parezca un suicidio por el bien de Jeffrey. Eso ya no me produce ninguna satisfacción.

CAPÍTULO

71

—SARGENTO, LE ASEGURO que en algunos momentos su voz sonaba como la de Coco –dijo Johnson–. Cuando hablaba, su cadencia era muy característica. Y la de esa mujer también.

–¿Cadencia? –preguntó Drummond, escéptico.

–Sí, por la sílaba en que ponía el énfasis –dijo Johnson–. Mi mujer es logopeda; sabe de esas cosas, y yo también. ¿No se ha dado cuenta de que a menudo se le quebraba la voz? De mujer mayor y, a la vez, de alguien mucho más joven.

No había oído la voz de Coco, por lo que yo no podía opinar, pero había algo extraño en la forma en que la mujer había respondido a las preguntas de Johnson.

–No podemos entrar porque la voz de esa mujer te parezca la de otra por teléfono –dijo Drummond.

–Pero quizás yo sí pueda –dije.

–¿Cómo? –dijo el sargento, girándose en su asiento para mirarme.

–Usted está de servicio –dije–. Está atado de pies y manos. Pero aquí y ahora, yo no tengo jurisdicción. Soy un ciudadano de a pie que tiene información para pensar que una mujer puede estar en peligro en esa casa. Y, basándome en esa sospecha, entro en la finca y miro a través de algunas ventanas. Si Edwin, Pauline, Mize y más gente están celebrando una fiesta, me largo. Y si veo algo sospechoso, los llamo.

–Podrían dispararle –me dijo Drummond.

–Si me disparan, será el primero en saberlo –le dije, bajándome del coche.

–¿Cómo piensa entrar? –me preguntó Johnson.

–De la forma más sencilla –le dije, y cerré la puerta.

Estaba lloviendo cuando crucé la calle, poco transitada a esas horas. No pasaba nadie por el carril oeste cuando aceleré el paso y di un salto, como si fuera a recoger un rebote.

Me agarré con las manos a la parte superior de la verja y me quedé colgado. Pateé, me contoneé y empujé hasta que conseguí pasar mi vientre por encima de la puerta. Me senté a horcajadas sobre ella, giré, me colgué y me dejé caer. Una vez en el suelo, me moví con rapidez entre las sombras.

El camino de entrada estaba hecho de una especie de mosaico de azulejos; el suelo era resbaladizo y había charcos por todas partes. Avancé entre la vegetación que aislaba la casa de la calle. En el patio interior había luces encendidas que dejaban ver un césped que parecía un descuidado *green* de Augusta. Lechos de plantas anuales rodeaban toda la casa.

Había luces encendidas en cada esquina. Otras luces más pequeñas iluminaban un enrejado en forma de arco en la entrada principal. Pero, a menos que los Striker tuvieran unas cortinas opacas, no había luz en la planta baja.

Sin embargo, en el piso de arriba vi al menos tres habitaciones iluminadas. El ruido de la lluvia me impedía oír algo. Me pregunté si aquél había sido otro acto impulsivo, la clase de paso en falso que tanto preocupaba a Bree.

Sin embargo, la experiencia me dice que, en general, los actos impulsivos merecen la pena. Corrí por el césped hasta el camino y alcancé el enrejado y la puerta. Me quedé allí un momento, tratando de oír algo en el interior de la casa. Aunque pensaba que mi incursión estaba a punto de llegar a su fin, agarré el pomo de la puerta porque, bueno, nunca se sabe.

El pomo se movió y el mecanismo de bloqueo cedió. La puerta se abrió. Nunca se sabe.

En ese momento vacilé porque, aunque la puerta no estaba cerrada con llave, estaba cometiendo un allanamiento de morada. Dudé y finalmente decidí entrar y escuchar. Si no oía nada extraño, me marcharía.

Di un paso en el oscuro vestíbulo, donde se notaba el aire acondicionado, cerré la puerta detrás de mí y agucé el oído. El lejano zumbido del compresor de un frigorífico. El tictac, más cercano, de un reloj. Un goteo que, me di cuenta, era yo chorreando en el suelo del vestíbulo.

Entonces oí una apagada voz de mujer en algún lugar de la planta superior. No podía entender qué estaba diciendo, pero noté una cadencia extraña en su forma de hablar. ¿Era eso a lo que se había referido Johnson?

El ruido de un manotazo. Un grito. Un gemido.

Analicé los sonidos, sin saber muy bien qué hacer. ¿Y si Mize o Coco estaban torturando a esa mujer? ¿Y si los Striker, Mize y Coco eran aficionados al bondage o algo por el estilo y lo practicaban con el mutuo consentimiento de todos?

El policía que hay en mí me decía que me largara, pero cuando oí el ruido de otra bofetada y más gritos, el amante de los misterios que también hay en mí me empujó hacia la escalera de caracol que había en el vestíbulo.

Subí las escaleras sin hacer ruido, tan deprisa como pude. Desde el rellano oí de nuevo la voz de la mujer; aunque sonaba más clara, seguía siendo ininteligible. Después de quitarme los zapatos saqué la Ruger de la funda del tobillo y avancé hasta el final del pasillo, donde vi luz colándose por una puerta; afortunadamente, las tablas del suelo no crujían...

–¿Qué esperabas, Miranda? –preguntó una voz de mujer con tono cruel–. Si te vistes a todas horas con seda y encajes, como un niño pequeño, esto es lo que consigues.

Bofetón. Un gemido.

¿Un gemido de dolor? ¿O de placer?

–Tú me enseñaste el sentido clásico de la palabra estilo, eso te lo reconozco –continuó la mujer con aquella voz de extraño ritmo–. Pero tú no te privaste de nada. –Hizo una pausa antes de gritar–: ¡De nada!

Bofetón.

–¡Todo lo que querías y en el mismo momento en que lo querías, madre!

¡Bofetón! ¡Bofetón! ¡Bofetón!

Cada golpe sonaba más fuerte y más furioso que el anterior. Si se trataba de una relación sexual, rebosaba sadomasoquismo. Fuera lo que fuese, con o sin allanamiento de morada, iba a averiguar quién estaba golpeando y quién era golpeado.

–¿Qué va a ser esta vez, Miranda? ¿Debemos ceñirnos a lo que ya hemos hecho? ¿A la verdad? ¿Al erotismo? Ya sabes cuánto asfixia eso tu orgasmo.

Eso hizo que me detuviera delante de la puerta, sin saber qué hacer. Si irrumpía en la habitación y se trataba de algo consentido, ya podía ir despidiéndome de un montón de cosas.

Entonces la mujer dijo:

–Cuando haya terminado, te introduciré un juguete para completar tu método, tu guión.

A continuación, el lloriqueo se convirtió en un gimoteo amplificado por lo que a mí me pareció terror, por lo que no me importaba nada salvo parar aquello.

Apuntando con la pistola, empujé la puerta hacia dentro y vi a una mujer mayor desnuda, amordazada y atada a una silla. Alrededor del cuello tenía una especie de faja ancha o de cordón dorado. De pie detrás de ella, sobre la cama, tratando de tensar el cordón, había una mujer calva, guapa y extremadamente pálida; su vestido y su maquillaje habrían hecho sonrojarse a un camionero.

Me entró el pánico. Estaba dando un paso atrás cuando los ojos saltones de la mujer desnuda me miraron mientras asentía violentamente con la cabeza.

–¡Suelte eso! –grité, moviéndome hacia el interior de la habitación, apuntando a la mujer calva–. ¡Suelte eso o disparo!

CAPÍTULO
72

LA MUJER CALVA RETROCEDIÓ, soltó la cuerda y me miró a mí y al arma antes de levantar sus temblorosas manos y decir, con voz ronca:

–¿Qué significa esto?

Cogí una bata que había en una silla, la lancé sobre la mujer mayor, que supuse que sería Pauline Striker, y me coloqué detrás de ella sin dejar de apuntar a la mujer calva.

–Ponte de rodillas, Coco, y luego colócate boca abajo sobre la cama, con las manos detrás de la cabeza –le dije.

Al descubrir que sabía su nombre, parecía aún más aterrada. Se arrodilló mientras yo intentaba quitarle la mordaza a la señora Striker. La mujer escupió y se atragantó antes de decir:

–Él...

–¿Es usted de la policía? –me preguntó Coco, de rodillas.

–Algo así –dije, cogiendo mi teléfono móvil–. Sólo necesito saber una cosa, señora Striker: ¿esto era consentido? ¿O su vida estaba en peligro?

Antes de que la mujer pudiera hablar, Coco, con una voz grave y masculina que me sorprendió, dijo:

–Por supuesto que era consentido. Pauline, díselo. No puedes permitir que nuestro pequeño interludio aparezca en el *Palm Beach Post*. No con el nuevo contrato de Edwin a la vuelta de la esquina. Sería un escándalo.

Me quedé boquiabierto durante un segundo, consciente de que Coco tenía que ser Jeffrey Mize. Pero, aunque la persona que tenía delante de mí era calva, mi cerebro tenía problemas con la idea de que *ella* fuera *él*. Si no fuera porque no tenía pelo, Mize podría haber sido una supermodelo entrada en años.

–Señora Striker –dije, vacilante–. Por favor, conteste a mi pregunta.

La mujer mayor parecía menos molesta que antes. Me miró a mí y luego a Mize, que estaba a cuatro patas, observándola.

–Díselo, Pauline –dijo Mize–. Quienquiera que sea.

La señora Striker volvió la cabeza para mirarme y tosió.

–¿Quién *es* usted?

–Un buen samaritano –le dije–. Estoy aquí para ayudar y llamar a la policía si es necesario.

–Un momento –dijo Mize, levantándose y poniéndose de rodillas–. ¿No es policía?

–¿Cómo ha entrado? –me preguntó la señora Striker en tono enojado.

–Eso no importa; lo que importa es si esto era consentido o no –le dije, sintiendo que la situación se me estaba escapando de las manos.

–Era consentido –me dijo la señora Striker enfáticamente–. Pero ciertamente lo que no le consiento es que irrumpa en mi casa apuntándome a mí y a mi invitado con una pistola. ¿Quién es usted y qué anda buscando?

–Da igual quién sea –le dije, tratando de pensar cómo podía salir de allí de una forma digna y anónima–. Lo que importa es que el señor Mize ha sido relacionado con el asesinato de tres mujeres de la alta sociedad de Palm Beach.

–Eso no es cierto –me dijo Mize.

–Él pintó sus retratos. Lisa Martin. Ruth Abrams. Maggie Crawford. ¿Tiene un retrato suyo en esta casa, Pauline? ¿Iba usted a ser la cuarta?

Por un momento, la señora Striker pareció desconcertada. Luego dijo:

–No sé nada sobre ese asunto.

–¿Lo ve? –me dijo Mize, sonriendo y levantándose.

Había llegado el momento de salir corriendo o de hacer un movimiento audaz. Me decidí por la segunda opción.

–Entonces le pido disculpas y me voy –le dije, bajando el arma–. Pero preferiría verla desatada antes de irme, señora Striker.

–Eso no será necesario –dijo Mize.

–Insisto –dije.

Dejé de mirar a Mize, pulsé una tecla de mi teléfono, me agaché y lo dejé sobre la alfombra, detrás de la silla que había a los pies de la cama. Con la mano izquierda empecé a deshacer los nudos. Mi pulgar derecho encontró el seguro de la Ruger y lo accionó antes de cambiar el arma de mano.

Solté un suspiro de frustración, dejé la pistola sobre la colcha y empecé a deshacer en serio los nudos. Había deshecho dos y estaba moviéndome alrededor de la señora Striker cuando Mize se movió, agarró la Ruger y me apuntó de cerca.

–No sé quién es usted, pero voy a disfrutar matándolo –me dijo Mize con la voz de Coco–. Y no te muevas, Pauline. Tú y yo tenemos algo pendiente.

–No, Jeffrey, yo...

Mize golpeó la cabeza de la señora Striker con la culata de la pistola. El corte rectangular que le hizo empezó a sangrar mientras ella gemía.

–¿Por qué ha hecho eso? –le pregunté.

–Necesitaba quitarla de en medio para que tú y yo pudiéramos divertirnos –dijo Mize, bajando de la cama y apuntándome al pecho a un metro de distancia–. ¿Quién eres?

Mi mente iba a toda velocidad, pensando en lo poco que sabía sobre Mize y los asesinatos y en lo que había oído mientras subía las escaleras.

–¿Por qué ibas a matarme? –le pregunté–. Yo no encajo en tu patrón. El complejo de mamá. ¿Tuviste padre alguna vez?

–Cállate –me dijo Mize.

–No cuesta entender que odiabas a tu madre y que lo pagues con estas mujeres –le dije–. Miranda, tu madre, te humilló desde siempre, y te vistió como a una chica hasta... ¿qué edad?

Mize me miró sin decir nada.

–Me imagino que debía de ser una de las pocas cosas suyas que te llamaron la atención –le dije–. La moda femenina y el estilo era lo que teníais en común. Quizás la moda era la única forma en que podías mantener a Miranda alejada de todos esos hombres.

–Tú no sabes nada de ella –gruñó Mize.

–Sé que se gastó un montón de dinero. Calculo que apenas habrás heredado lo bastante para mantener la casa que te dejó. O puede que entre el fideicomiso, los retratos y la tienda tuvieras dinero suficiente durante un tiempo. Pero últimamente el fideicomiso se ha agotado, ya no hay retratos o la tienda ha dejado de funcionar. Y todo ha tenido que ser demasiado para ti, ¿verdad, Jeffrey?

Ahora Mize parecía estar mirando a través de mí.

–De modo que recurriste a las mujeres que conocías, mujeres a quienes habías pintado un retrato, mujeres que te recordaban a tu madre, y decidiste desahogarte un poco.

–¡He dicho que te calles! –gritó Mize, moviendo el arma hacia mí.

–Y quizás robaste dinero, joyas y ropa a tus víctimas para recuperarte un poco. A todas menos a Francie Letourneau; te encargaste de tu asistenta porque era ella la que estaba robándote a ti, ¿no es cierto? O no, quizás lo hiciste porque descubrió tu vida secreta como Coco y…

–¡Ya basta! –gritó Mize. Dio un paso al frente y me apuntó con la pistola a la cara a menos de treinta centímetros de distancia–. ¡Mi madre siempre decía que había que deshacerse de las alimañas lo antes posible!

CAPÍTULO
73

MIRÉ EL CAÑÓN de la Ruger y vi la delgada y femenina mano de Mize dispuesta a apretar el gatillo.

–¡No te muevas, Coco! –gritó el detective Johnson–. ¡Tira el arma o disparo!

–Tranquilo, detective –dije–. No está cargada.

La perfecta piel de porcelana de Mize se tensó en sus pómulos y la incredulidad dio paso a la rabia. Apretó el gatillo. No pasó nada. Lo apretó otra vez y... nada.

Movió la pistola, como si quisiera golpearme con ella. Antes de que pudiera hacerlo, le di una bofetada, aturdiéndolo, y lo lancé al suelo. Johnson le estaba poniendo las esposas cuando apareció Drummond, sin aliento.

–¿Le ha costado saltar la verja? –le pregunté.

–No lo sabe usted bien –me contestó Drummond, resollando–. Ya estoy muy mayor para esta mierda.

–¿Ha oído algo? –le pregunté, acercándome a la señora Striker, que seguía sangrando y parecía confundida. Me agaché sobre la alfombra y recogí mi móvil y el cargador de la Ruger.

–Alto y claro –dijo el sargento, moviendo su móvil delante de mí–. Una prueba suficiente en cualquier manual.

–Esto ha sido una trampa –dijo Mize–. Quiero un abogado. Han estado acosándome.

–¿Por qué? –preguntó Johnson, tirando de él para levantarlo del suelo.

–Por travestismo –dijo–. Por extravagancia sexual, ¿no es así, Pauline?

La señora Striker levantó la ensangrentada cabeza y lo fulminó con la mirada.

–Era amigo mío desde que pintó mi retrato, pero ha intentado matarme. Se puso mi ropa interior, me dijo que esta noche yo sería su madre y luego intentó matarme. Testificaré ante un tribunal y el nuevo contrato de Edwin se irá al garete.

–¿Quiere que llamemos a una ambulancia? –le pregunté, sonriendo.

–Por favor –contestó ella–. ¿Podría darme mi ropa? No quiero que me vean así.

–Dígame qué necesita –dije, mientras Johnson sacaba a Mize del dormitorio.

Me pidió la ropa que Mize le había quitado, la cogió y, con la bata que él le había obligado a ponerse, se dirigió al baño, tambaleándose. Antes de cerrar del todo la puerta, se asomó y se quedó mirándome.

–¿Quién *es* usted? –me preguntó.

Pero fue el sargento Drummond quien contestó.

–Es Alex Cross. ¿No lo sabe?

Ella negó con la cabeza y cerró la puerta.

–Algo es algo –dijo el sargento, rascándose su caída barbilla.

–¿Va todo bien? –le pregunté.

–Oh, usted y yo sí –respondió Drummond–. ¿Mi

jefe, el fiscal del distrito y yo? Bueno, eso es otro cantar.

–No sé –dije–. Quizás la forma en que entré aquí no permita llegar a los tribunales. Pero ¿y qué? Ahora ya ha descubierto quién mató a esas cuatro mujeres. Tan sólo hay que reconstruir el caso a partir de lo que sabe y demostrarlo ahí fuera. Y si me lo permiten, yo testificaré.

Drummond pensó en ello y asintió.

–Supongo que lo más importante era salvar a la señora Striker y sacar de las calles de Palm Beach a un lunático travestido.

–O, para el caso, de los dormitorios.

El sargento parecía estar considerando algo. Finalmente dijo:

–¿Son así muchos de sus casos?

–En realidad, todos son diferentes.

–Después de que haya hecho su declaración, ¿volverá a Carolina del Norte?

–Espero poder regresar mañana.

–¿Para detener a este tipo, Melvin Bell?

–Marvin Bell. Es uno de nuestros sospechosos, pero no he descartado a nadie.

–En mi opinión, es su hombre.

Se oyó el ruido de sirenas acercándose.

–Mi instinto también me dice que lo es, pero ya veremos –le dije.

Drummond me tendió la mano y dijo:

–Ha sido un placer conocerlo, y gracias por todo.

Le estreché la mano.

–El placer es mutuo, sargento –le contesté–. Espero que volvamos a coincidir algún día.

Él me mostró su característica sonrisa torcida y dijo:

–Me encantaría.

La puerta del baño se abrió. La señora Striker salió vestida con un precioso camisón y otra bata. Llevaba la cabeza envuelta en una toalla.

–¿Podrían ayudarme a bajar las escaleras? –preguntó con voz quebrada–. No quiero recibir a nadie en mi habitación.

–Por supuesto –le dije, acercándome a ella y ofreciéndole el brazo.

Ella se agarró a él. Drummond se hizo a un lado. Avanzamos despacio por el pasillo. Al final, al otro lado de las escaleras, había un retrato al óleo suyo colgado en la pared.

Tuve que reconocer que Mize era bueno. Como Coco, había pintado a Pauline Striker en lo que había sido la cumbre de su belleza y encanto.

CAPÍTULO
74

Starksville, Carolina del Norte

NANA MAMA SE ME QUEDÓ MIRANDO fijamente en la cocina remodelada de la casa en la que crecí y, en voz baja, dijo:

–¿Tu padre vivió dos años más?

Asentí y le conté el resto de la historia, incluyendo el suicidio y una descripción de la pequeña lápida de su hijo.

Mi abuela se llevó un tembloroso puño a los labios. Con la otra mano, se quitó las gafas y se secó las lágrimas.

–¿Por qué se quitaría la vida? –preguntó.

–¿Porque se sentía culpable? ¿Porque sentía dolor? ¿Porque se sentía solo? –dije–. No creo que nunca lleguemos a saberlo.

–Debía de ser él.

–¿Él? ¿Quién?

–El que llamaba por teléfono –dijo Nana Mama–. Durante los dos primeros años que estuviste conmigo, durante las vacaciones o, ahora que lo pienso mejor,

365

más o menos por vuestro aniversario, llamaban por teléfono pero no decían nada. Al principio pensé que se habrían equivocado, pero se oía ruido de fondo, la televisión o una canción que estaba sonando.

–¿Cuándo dejaron de llamar? –pregunté.

–Unos dos años después de que llegarais a Washington –dijo.

El tiempo coincidía, pero antes de que pudiera decírselo, Jannie apareció en el umbral de la puerta de la cocina.

–Tenemos que irnos. Quiero tener tiempo de calentar sopa.

Consulté el reloj. Sí, teníamos que irnos.

–¿Estás bien? –le pregunté a Nana Mama, levantándome de la mesa.

Dudó un momento.

–Supongo que sí –dijo–. Mejor que antes.

–Fue castigado por sus pecados y luego murió –dije.

–Todo recupera su equilibrio –dijo mi abuela–. ¿Nos vamos?

–¿Seguro que quieres venir?

–No me lo perdería por nada del mundo –dijo, poniéndose en pie. Posando su mano sobre mi brazo, añadió–: Gracias, Alex.

–¿Por qué?

–Por aclarar las cosas.

–Habría deseado que las cosas hubieran sido distintas para él.

–Yo también. Y seguiré deseándolo.

Acompañé a Nana Mama hasta el porche, donde estaban esperándonos Jannie, Bree, Ali y Pinkie. Nos dirigimos al coche y a la camioneta de mi primo. Ali y Jannie querían ir con Pinkie. Para mi sorpresa, también lo quiso mi abuela, que tenía un aspecto adorable pero ridículo en el asiento delantero de aquel vehículo de una tonelada de peso.

–Nunca había subido en uno de éstos –gritó a través de la ventana, saludándonos con tanto entusiasmo que Bree y yo no pudimos menos que sonreír.

–Es única –dijo Bree, subiendo al Explorer.

–¿Te imaginas que hubiera dos como ella? –le dije, arrancando el coche.

–No creo que el mundo sea lo bastante grande para eso –me dijo Bree, riéndose entre dientes. Luego se inclinó y me dio un beso–. Me alegro de que estés de vuelta.

–Yo también. Y, por cierto, me encantó la fiesta de bienvenida de anoche.

Ella se echó a reír, satisfecha.

–Mmm... Estuvo bien, ¿no?

Nos cogimos de la mano mientras seguíamos a Pinkie por la ciudad. Cuando pasamos cerca de las vías del tren, Bree preguntó:

–¿Crees que podemos parar?

–Supongo que sí, pero no me conozco el camino. ¿Podemos parar a la vuelta?

Bree miró con ansia la hilera de árboles que había más allá de las vías.

–Es curioso que te entren ganas de echar un vistazo cada par de horas. Es como apostar.

–Te entiendo –le dije, y seguí conduciendo.

Muy pronto, la carretera se volvió empinada y ventosa. Discurría por el altiplano en una serie de perezosos giros. Noté algo raro en el volante del Explorer que no había notado hasta entonces y los frenos no respondían con la rapidez habitual.

–Recuérdame que compruebe los niveles de los líquidos en Raleigh –le dije.

–¿No lo hicimos antes de viajar aquí? –me preguntó Bree.

–Sí, pero hay algo que no acaba de...

Entonces se oyó un ligero ruido metálico y todo el coche vibró.

–Esto no tiene buena pinta –dijo Bree–. Será mejor que paremos para echar un vistazo.

En aquel punto habría un desnivel del diez, puede que del doce por ciento, y unas barreras bajas tras las cuales había escarpadas laderas y árboles. Delante de nosotros había un mirador. Puse el intermitente y pisé el pedal del freno. Nada. Volví a pisarlo. El coche sólo frenó ligeramente, y acto seguido se escuchó otro ruido metálico y todo el chasis volvió a vibrar.

Entonces el vehículo pareció liberarse de cualquier restricción y se aceleró, iniciando el descenso totalmente fuera de control.

CAPÍTULO
75

NOS PRECIPITÁBAMOS hacia abajo. Delante de nosotros, la carretera viraba bruscamente a la izquierda, y lo único que podía verse era un cielo de color azul claro.

–¡Alex! –gritó Bree, mientras yo me aferraba al volante y pisaba en vano el pedal del freno.

Cogí la palanca de cambios y traté de reducir la velocidad. Pero el brazo no se movía.

–¡Dios, Alex! Nos vamos...

Con el pie izquierdo, pisé el pedal del freno de emergencia, aunque no hasta el fondo, por miedo a que el coche hiciera un trompo. Los neumáticos chirriaron y luego soltaron humo, dejando manchas negras en el asfalto.

El Explorer se sacudió hacia un lado y luego hacia el otro, pero conseguí evitar que se saliera de la carretera. Luego, justo antes de esa curva tan cerrada hacia la izquierda, bajé el brazo de la palanca de cambios y el motor redujo un poco más la velocidad.

Giré el volante con fuerza y el coche giró. El panel lateral trasero se estrelló contra la barrera, arrancando el parachoques, que salió volando y fue a parar al otro carril, detrás de nosotros.

El resto del trayecto por el altiplano sólo fue desagradable por el olor a quemado de las pastillas de freno, el ruido forzado del motor y el sudor que nos caía de la frente. Cuando ya empezamos a circular por un terreno completamente plano, coloqué la palanca en punto muerto y apagué el motor. Paramos en la cuneta y conecté las luces de emergencia, inclinando la cabeza hacia atrás.

–Deberías llamar a Pinkie –dije–. Dile que nos haga sitio en la camioneta.

–¿No vas a ver qué ha pasado? –preguntó Bree.

–No soy mecánico –dije–. Tendremos que hacer que lo remolquen hasta algún sitio para que lo arreglen.

–Vas a tener que rellenar un parte de accidente –dijo Bree, sacando el móvil y marcando el número de Pinkie.

–Me perdería la carrera de Jannie –dije–. Dejaré una nota con mi nombre y mi número de teléfono.

–A eso se le llama abandonar la escena de…

–Me da igual. Tú llama a Pinkie antes de que esté demasiado lejos.

Cuando volvieron, intencionadamente quitamos importancia a lo ocurrido y sólo dijimos que parecía haber algún problema con los frenos, pero que estábamos bien. Busqué una empresa de grúas en mi teléfono móvil y la empresa aceptó remolcar el coche y llevarlo a un concesionario de Winston-Salem. Luego me senté, rodeé a Bree con el brazo y cerré los ojos.

Caí en uno de esos sueños inquietos y extraños que suceden a las experiencias muy estresantes. No soy capaz de recordar ni un minuto del trayecto de una hora y media hasta Duke.

Nos perdimos antes de dar con las pistas de atletismo. A pesar de lo ocurrido, llegamos lo bastante temprano como para que Jannie pudiera correr antes de que apareciera el resto de las atletas. A las once estaban todas allí, y también la entrenadora Greene, que sonreía mientras se acercaba a mí.

–Me alegro de que hayan llegado a tiempo –dijo, estrechando mi mano y la de Bree.

–Jannie estaba tan emocionada que se levantó antes del amanecer –dije.

–Era imposible no llegar a tiempo –dijo Bree.

La sonrisa de la entrenadora desapareció.

–Es una pura formalidad, pero ¿qué hay de esos análisis de sangre y orina?

–Aún no tenemos los resultados –dije–. Pero, como suele decirse, uno es inocente hasta que...

–Por supuesto –dijo la entrenadora, tendiéndome otra autorización y pidiéndome disculpas por tener que rellenarla–. Esto va a ser interesante.

–¿Y eso por qué? –preguntó Nana Mama.

La entrenadora señaló a tres chicas haciendo ejercicios balísticos y saltando en la pista para calentar.

–Alice y Trisha viven aquí, en Duke. Y Dawn en Chapel Hill. Las tres formaban parte del segundo equipo All-American la temporada pasada.

–¿Jannie lo sabe? –preguntó Bree.

–Quiero pensar que no –contestó la entrenadora Greene, y se alejó trotando.

–¿Qué es All-American? –preguntó Ali.

–Es un equipo que reúne a algunos de los mejores deportistas del país –dije.

—¿Jannie forma parte de él?

—Por supuesto que no —dijo Nana Mama—. Tu hermana sólo tiene quince años, pero será una buena experiencia para ella.

Como ya la había visto hacerlo antes en dos ocasiones, la entrenadora Greene dirigió a las chicas mientras hacían una serie de ejercicios pensados para calentar, relajar y volver a tensar los músculos a toda velocidad. Cuando estuvieron a punto, las separó en grupos de cinco. Corrieron a un cuarenta por ciento, a menos que se quedaran rezagadas. Luego tuvieron que hacer un esprint hasta la meta.

Hicieron esto dos veces en los cuatrocientos metros. Jannie no parecía tener ningún problema en avanzar desde atrás en largas y fluidas zancadas y luego ocupar su lugar en la delantera. Después de cinco minutos de descanso para beber agua y hacer más estiramientos, Greene llevó a cabo algunos cambios y colocó a mi hija con las chicas del All-American, que tendrían veintipocos años, y con otra chica que al menos tenía cuatro más que Jannie.

Todas miraban a mi hija por el rabillo del ojo. Como había comprobado una y otra vez desde principios de año, Jannie no parecía inmutarse por las diferencias con respecto a la edad y la experiencia.

—¿Van a correr ahora? —preguntó Ali, que estaba de pie junto a las gradas, a mi lado.

—Sólo es un entrenamiento —dijo Bree.

—Para Jannie no —dije.

—Vamos a llegar a un setenta por ciento, señoritas —dijo Greene cuando estuvieron alineadas, hombro con hombro—. Tres, dos, uno, ¡ya!

Las chicas mayores salieron dando pasos cortos y sincopados que pronto se convirtieron en zancadas más largas y de ritmo menos frenético. Jannie parecía alcanzar la velocidad exigida sin esfuerzo, aunque unos centímetros por detrás de la chica de diecinueve años y a algunos metros del trío del All-American cuando entraron en la recta opuesta.

Jannie permaneció allí hasta que empezó la siguiente vuelta, recuperó su ritmo y acabó hombro con hombro con la chica de diecinueve años. Estaba a cuatro pasos de distancia de las chicas mayores, que respiraban con dificultad. Dos de ellas miraron a Jannie y le hicieron un gesto de asentimiento con la cabeza.

Mi hija no sonrió, sólo les devolvió el gesto con la cabeza.

La segunda carrera, al ochenta y cinco por ciento, acabó casi igual. Luego Greene pidió un noventa por ciento.

Por la forma en que Jannie movía los hombros hacia atrás y hacia abajo, comprendí que aquello iba en serio, y aunque en las gradas apenas había quince personas mirando, tuve que seguir de pie.

Por primera vez, Jannie adoptó el mismo paso rápido al salir y se mantuvo a la misma altura que la élite cuando acabaron la primera vuelta. Las chicas mayores aceleraron el paso al llegar a la recta opuesta. Jannie permaneció junto a las del All-Americans. La chica de diecinueve años se rezagó.

Mi hija las adelantó al iniciar la segunda vuelta. Aceleró y se colocó en primera posición al llegar a la recta final.

Incluso sin prismáticos se podía apreciar la expresión de incredulidad en los rostros de las chicas mayores, seguida por la del valor y la determinación que las habían llevado casi hasta lo más alto de su deporte. Pusieron toda la carne en el asador, y dos de ellas aceleraron y superaron a Jannie antes de llegar a la meta. Pero mi niña estaba un paso por detrás de ellas y unas zancadas por delante de una atleta de nivel nacional cuando cruzó la meta.

–¡ESO SÍ HA SIDO UNA CARRERA de verdad! –exclamó Ali.

–Ha sido Jannie quien lo ha convertido en una carrera de verdad –dijo Pinkie, sonriendo–. ¡Dios mío, qué buena es!

–¿Doctor Cross? –dijo un hombre, acercándose hasta nosotros desde las gradas. Era corpulento y pelirrojo, vestía unos pantalones de chándal grises y una sudadera con capucha azul; tendría unos cincuenta años y había seguridad en sus ademanes–. Soy Ted McDonald. Para serle sincero, debo decirle que había venido a ver a otra chica, pero me encantaría hablar con usted sobre Jannie.

–¿Qué pasa con Jannie? –preguntó Nana Mama, mirándolo suspicazmente.

McDonald miró hacia la pista donde Greene y una mujer mayor que ella que llevaba calentadores estaban hablando con las chicas.

–Soy entrenador y una especie de ojeador. Me gustaría comentarles algo a usted y a Jannie, pero podemos hacerlo después de que la entrenadora Greene y la entrenadora Fall hayan hablado con usted. ¿Le parece bien?

–¿Se refiere a antes de que nos vayamos de Durham?

–Conozco un sitio excelente para comer que ayudará a Jannie a recuperarse nutricionalmente después de este entrenamiento –dijo McDonald–. Invito yo.

Miré a Bree y a Nana Mama y me encogí de hombros.

–Claro, ¿por qué no? –dije.

–Estupendo. Lo veo en el aparcamiento –contestó.

Sonriendo, me entregó una tarjeta que rezaba: *Ted McDonald, Extreme Performance Systems. Austin, Toronto, Palo Alto.*

McDonald me estrechó la mano, subió de nuevo a las gradas y se puso la capucha. No sabía qué pensar, de modo que lo busqué a él y a su empresa en Google. Antes de que pudiera teclear los nombres en mi móvil, se acercaron la entrenadora Greene y la mujer mayor de los calentadores, Andrea Fall, primera entrenadora de Duke.

Después de habernos presentado y dado la mano, la entrenadora Fall dijo:

–La verdad es que era un poco escéptica con respecto a la invitación, y más aún después de que la entrenadora Greene me dijera que Jannie corría los doscientos, pero ahora debo reconocer que me equivocaba. ¿Qué tal son sus notas?

–Extraordinarias –contestó Nana Mama–. Es muy aplicada.

–Eso facilita mucho las cosas –dijo la entrenadora Fall–. Quiero ofrecerle formalmente a su hija una beca completa en Duke cuando esté lista para asistir a nuestra universidad.

–¿Cómo? –pregunté yo, estupefacto.

–Jannie no podrá responder oficialmente a mi propuesta hasta el mes de febrero de su último curso, pero la quiero en la mesa como la primera de las que me imagino que serán muchas ofertas –dijo la entrenadora Fall.

–¿Tan buena es? –preguntó Bree, con asombro.

–En mis treinta años como entrenadora puedo contar con los dedos de una mano las atletas que he visto con el potencial que tiene Jannie –respondió–. A menos que se lesione, puede conseguir lo que quiera.

–¡Esto es alucinante! –exclamé.

–Me imagino –dijo la entrenadora Fall–. Así pues, si alguna vez Jannie o usted están confusos y quieren hablar sobre su entrenamiento o sobre cómo van las cosas, no duden en llamarme. Sea lo que sea lo que ella decida y sea cual sea la universidad que elija es irrelevante, ¿de acuerdo?

–De acuerdo –dije, dándole la mano.

–Cuide de ella –dijo la entrenadora Fall–. Es un purasangre.

–¿Qué es un purasangre? –preguntó Ali.

–Un purasangre es un caballo de carreras –le explicó Nana Mama.

–¿Jannie es un caballo?

–Corre como un caballo –dijo Bree, apretándome la mano.

Yo también se la estrujé, lleno de orgullo aunque también ansioso. Me sentía como si estuviera con el agua hasta el cuello cuando se trataba de tomar decisiones sobre el futuro de mi hija.

–¿Se lo vas a contar a Jannie? –me preguntó Nana Mama–. Lo de la oferta.

–Tengo que hacerlo –le dije–. Pero esperaré a que estemos en un sitio más tranquilo.

Cuando Jannie se acercó a las gradas sonriendo, Ali dijo:

–Te han hecho una oferta.

–¿Qué?

–Luego te lo cuento –le dije, y le di un abrazo–. Estamos muy orgullosos de ti.

Ella sonrió.

–No tenía ni idea.

–Ha sido Dios –dijo Nana Mama–. Tienes algo que sólo Dios puede conceder.

Nos dirigimos al aparcamiento, donde nos estaba esperando Ted McDonald. Le dio la mano a Jannie, le dijo lo que ya me había dicho a mí y nos llevó a una cafetería cercana donde tenían bocadillos orgánicos y otras cosas por el estilo.

Después de pedir, McDonald preguntó quién iba a tomar decisiones sobre el futuro entrenamiento de Jannie. Le dije que ni siquiera había empezado a planteármelo.

–Entonces me alegro mucho de estar aquí.

Nos informó de su impresionante historial, incluyendo su doctorado en Fisiología del Ejercicio por la Universidad McGill y su etapa como primer entrenador de las federaciones nacionales de atletismo de Francia y Canadá. En la actualidad, McDonald trabajaba como asesor independiente para atletas en varias universidades de Estados Unidos, entre ellas Rice, en Texas, la

A & M de Texas, la Universidad de California en Los Ángeles y la Universidad de Georgetown.

–Y también soy ojeador para...

Entonces nos sirvieron los platos. McDonald había pedido para Jannie una ensalada –con verduras, pollo asado y huevos duros– y un batido de bayas de acai. Mi hija dijo que estaba delicioso. Tomé un sorbo y pedí otro para mí.

Mientras comíamos, McDonald acribilló a Jannie a preguntas. ¿Cuántas dominadas podía hacer sin parar? ¿Cuántas flexiones? ¿Cuál era su récord en salto de longitud? ¿Y en salto de altura? ¿Era muy flexible? ¿Y resistente? ¿En cuánto tiempo recorría una milla? ¿Su mejor tiempo en los cuatrocientos metros?

Jannie no sabía la respuesta exacta a algunas de las preguntas, pero otras se las sabía de memoria.

McDonald siguió haciéndole preguntas. ¿Había hecho alguna vez salto de longitud? ¿Salto de altura? ¿Salto con pértiga? ¿Vallas?

Jannie negaba con la cabeza.

–No importa –dijo él–. Dime qué ocurre cuando estás corriendo. Me refiero a cómo te sientes.

Jannie lo pensó un momento y luego dijo:

–Es como entrar en mi mundo y todo transcurre lentamente.

–¿Estás nerviosa antes de una carrera?

–No, la verdad es que no.

–¿Ni siquiera hoy?

–No. ¿Por qué?

–Las chicas con las que terminaste la última carrera eran todas del *All-American*.

–¿En serio? –preguntó Jannie, sorprendida.

–En serio.

Jannie sonrió.

–Creo que habría podido ganarlas.

–Apuesto a que sí –dijo McDonald. Luego cogió una servilleta, sacó un bolígrafo y estuvo escribiendo durante un par de minutos.

Empujó la servilleta sobre la mesa hasta mí y Jannie. Decía:

H F:
2018-C USA
2020-C P JJ.OO.
2021-P CM
2022-C M
2024-M O JJ.OO.

–¿Qué significa? –le pregunté.

Cuando me lo explicó, sentí como si todo en nuestras vidas hubiese cambiado.

CAPÍTULO
77

UN POCO DESPUÉS, esa misma tarde, aún estaba pensando en lo que Ted McDonald había escrito en la servilleta durante la comida.

¿Era posible? ¿Había que plantearse aquel objetivo?

–Dijo que no teníamos que responderle de inmediato –dijo Bree, sentada en el asiento del conductor del coche que habíamos alquilado en Winston-Salem.

–Lo sé –dije–. Pero es que es muy ambicioso.

–¿No crees que debería intentarlo?

–Sólo tiene quince años. ¿Es a esta edad cuando empiezan a pensar así?

–Seguro que otros adolescentes que practican otros deportes lo hacen –dijo Bree cuando dejamos atrás la señal de «Bienvenidos a Starksville».

Miré otra vez la servilleta, dando vueltas a lo que significaba.

HEPTATLÓN FEMENINO
2018-Campeona de Estados Unidos
2020-Cinco primeras en los Juegos Olímpicos
2021-Pódium en el Campeonato del Mundo

2022-Campeona del Mundo
2024-Medalla de Oro en Los Juegos Olímpicos

¿Era eso posible? McDonald dijo que sí. Dijo que Jannie podía ganar cualquiera de los títulos que había escrito sólo corriendo, pero que había visto tales condiciones físicas en mi hija que pensaba que sería más indicada para una extenuante prueba multidisciplinar como el heptatlón.

–El heptatlón femenino elige a la mejor atleta del mundo –explicó McDonald–. ¿Quieres ser esa atleta, Jannie? ¿La que puede hacer cualquier cosa? ¿Superwoman?

En el mismo instante en que McDonald había hecho la propuesta, Jannie ardió en deseos de aceptarla.

–¿Qué se necesita? –preguntó.

–Alma, corazón y años de trabajo duro –dijo él–. ¿Te sientes capaz de hacerlo?

Jannie me miró y luego volvió a mirarlo a él, asintiendo. Sentí un escalofrío.

McDonald dijo que si a Jannie le parecía bien, iría a verla con regularidad a Washington D.C. durante el curso, para enseñarle las diversas pruebas del heptatlón. Podría competir en carreras hasta que él estuviera satisfecho con su capacidad y le buscaría una beca en una escuela privada de Austin, donde podría trabajar con él más a fondo.

–La escuela es muy buena. Académicamente es un desafío, por lo que estará preparada para ir a cualquier universidad –dijo McDonald.

–¿Y cuánto nos va a costar todo esto? –preguntó Bree.

–Nada –dijo el entrenador.

–¿Qué? –dije–. ¿Cómo es posible?

McDonald explicó que a él lo subvencionaban varias empresas de calzado y maquinaria deportiva y que cobraba por descubrir y entrenar a nuevos talentos. Si Jannie se convertía en la atleta que él creía que era, recibiría un apoyo que, a largo plazo, le haría la vida mucho más fácil.

Educación gratuita. Una carrera como deportista profesional. Los Juegos…

–Se dirigen a casa, Alex –dijo Bree, interrumpiendo mis pensamientos.

Nana Mama, Ali, y Jannie estaban en la camioneta de Pinkie, delante de nosotros. Pinkie sacó su enorme mano con cuatro dedos por la ventanilla cuando cruzaba las vías y nos saludó. Le devolví el saludo mientras Bree ponía el intermitente y entraba en el aparcamiento de Piggly Wiggly. Doblé la servilleta y me la metí en el bolsillo de la camisa.

–¿Crees que Jannie puede hacerlo? –preguntó Bree mientras nos dirigíamos hacia la hilera de árboles que había en el promontorio situado sobre las vías.

–Estoy empezando a pensar que es igual que tú –contestó–. Capaz de conseguir lo que se proponga.

Bree sonrió y me dio un golpecito en las costillas.

–¿Desde cuándo eres tan dulce?

–Desde el día que te conocí.

–Buena respuesta.

–Tengo mis momentos.

Cuando llegamos a la arboleda, Bree me condujo hasta un árbol enorme que daba a las vías. Había unos escalones de acero atornillados a su tronco. Me dijo que los utilizaban los cazadores con arco y que los había comprado en la tienda de material del ejército de la ciudad. Subió unos tres metros hasta llegar a otra nueva adquisición. La cámara de visión nocturna Bushnell había sido diseñada para sacar fotos de cualquier cosa que saliera al paso. Los cazadores la utilizaban para seguir el rastro de los ciervos. Se anunciaban cada ocho minutos en el Outdoor Channel.

—Incluso Jim Shockey la usa —dijo Bree—. De modo que pensé, ¿por qué no? Sacaremos fotos de todos los trenes que pasan por Starksville.

Bree había instalado aquella cámara y otra en un árbol que estaba a unos trescientos metros hacia el oeste. Había revisado las tarjetas de memoria cada veinticuatro horas y había encontrado fotos de jóvenes que iban en el tren del jueves, de última hora de la tarde, el que se dirigía al norte, de mismo en el que también los habíamos visto el jueves de la semana anterior, cuando llegamos a la ciudad.

Colocó tarjetas de memoria nuevas en las dos cámaras y volvió a conectarlas. Nos llevamos las que había sacado al coche y las revisamos en el ordenador portátil de Bree. Nos llevó un poco de tiempo ver las imágenes, pero había varias fotos de jóvenes tomadas la noche anterior a las diez, más o menos a la misma hora en que Bree había visto a Finn Davis haciendo el saludo con los tres dedos el miércoles por la noche.

Davis no aparecía en ninguna de las nuevas fotografías, pero Bree había establecido una pauta. Los jóvenes aparecían en el tren de las diez cada dos noches. Y también en el de las cinco en días alternos.

Eran las cuatro y media. Alguien debería aparecer en el tren de las cinco. A pesar del calor, decidimos volver a los árboles para comprobar si se seguía la pauta. Mientras esperábamos, empapados en sudor, los insectos zumbaban a nuestro alrededor y tuve la desagradable sensación de que tenía garrapatas en las piernas.

Entonces sonó mi móvil. Era Naomi.

—Han vuelto a golpear a Stefan —dijo—. Unos presos lo acorralaron.

Lancé un suspiro.

—Es lo que suele ocurrirles en todas las cárceles a los asesinos de niños y a los pederastas.

—Pero Stefan no lo es, tío Alex —dijo Naomi, con contundencia.

—De acuerdo. ¿Dónde está?

—En el hospital de Starksville, bajo vigilancia.

A unos cien metros de distancia, a nuestra derecha, empezó a sonar la señal del paso a nivel.

—Intentaré pasarme por allí... —empecé, antes de ver un tren acercándose despacio desde el sur. Después de veinte vagones, vi a un joven que iba solo—. Tengo que colgar, Naomi.

—Sólo uno —dijo Bree, mientras me guardaba el móvil en el bolsillo.

—Mejor uno que ninguno —dije.

—¿Cómo quieres manejar todo esto? —preguntó Bree, mientras el motor del tren rugía a menos de veinticinco kilómetros por hora.

—Conduce y sígueme en paralelo en dirección norte —dije—. Yo te llamaré.

—¿Adónde vas?

–A coger ese tren –dije, mientras el joven solitario, un muchacho blanco que llevaba una gorra de béisbol, gafas de sol y una larga camiseta negra, se alejaba. Estaba sentado, con las piernas colgando de la parte frontal del vagón, mirando al frente.

Cuando me di la vuelta, Bree ya se había ido.

Esperé a que pasaran otros quince vagones antes de salir de entre los árboles, bajar el promontorio y empezar a correr a toda velocidad.

78

CRONOMETRÉ LA VELOCIDAD del tren para saber cuándo una de las escaleras de acero de los vagones quedaría justo delante de mí, aceleré una última vez, extendí la mano y me agarré a uno de los peldaños a la altura de la cabeza. Antes de dejar que el tren me arrastrara, di un brinco y apoyé los pies en el último escalón.

Me quedé colgado allí unos instantes. A continuación el sonido de la campana del paso a nivel me recordó que todos los coches que estuviesen parados en mi lado de las vías podrían verme y decidí trepar.

Las bocinas de los coches sonaron cuando mi vagón cruzó el paso a nivel. No miré por encima del hombro ni subí hasta la parte de arriba hasta que no nos alejamos y el tren empezó a ganar velocidad.

Me asomé por encima del vagón para espiar al chico que iba en el tren y me aseguré de que aún seguía mirando al frente antes de encaramarme al techo. Me tumbé, agarrándome a uno de los rebordes hasta que recuperé el aliento y las fuerzas suficientes para levantarme. James Bond hace que parezca fácil, pero estar de pie sobre un vagón de tren que avanza despacio no lo es. Las sacudidas hacia delante, los saltos y la velocidad exigen un equilibrio sobrehumano que yo no poseo. Puesto que no podía mantenerme de pie, tuve que conformarme con quedarme agachado y avanzar paso a paso con mucho cuidado.

Al saltar al siguiente vagón sentí náuseas, pero lo hice y seguí avanzando, mirando fijamente el techo que estaba delante de mí, luego al muchacho y finalmente las vías que se extendían a lo lejos, con un miedo irracional de ver un túnel que se acercar y acabara aplastado contra el muro.

Tardé unos quince minutos en avanzar dieciocho vagones. Estaba tratando de hacerme el ninja cuando salté al vagón decimoséptimo, el que estaba justo detrás del que ocupaba el chico.

Debí de hacer ruido, o quizás sólo fue que en ese momento él decidió darse la vuelta. Cuando aterricé sobre el techo, me estaba mirando fijamente a los ojos.

Se metió la mano derecha en el pecho y sacó una pistola equipada con un silenciador. Me tiré al suelo justo antes de que me disparase. El impacto de la bala en el techo de acero produjo un sonido metálico que sonó unos cincuenta centímetros a mi derecha.

El movimiento del tren había desviado al muchacho de su objetivo. O quizás tenía una pésima puntería. O tal vez fueran las dos cosas. En cualquier caso, pude extender el brazo y sacar mi pequeña Ruger de nueve milímetros antes de que él volviera a apretar el gatillo.

Oí el sonido metálico de la bala, que pasó a unos quince centímetros de mi cabeza. Yo también disparé y fallé, aunque con eso bastó para cambiar la dinámica de la situación. El chico había decidido no quedarse donde estaba y salió huyendo hacia delante, saltando al siguiente vagón mientras yo hacía un esfuerzo por levantarme.

El muchacho estaba saltando a un vagón cisterna de forma ovalada cuando yo aterricé en el vagón que había detrás del suyo. Pero lo había perdido de vista. Entonces vi que se había deslizado hacia un lado cuanto había caído sobre el tanque, golpeándose en la cara.

Se movía despacio, mareado por el golpe, lo que me permitió acortar la distancia que nos separaba. Cuando por fin se recuperó, vi que ya no empuñaba la pistola con silenciador. ¿La habría tirado?

–¡Alto! –grité–. Sólo quiero hablar contigo.

Sin embargo, el chico siguió avanzando.

–¡Alto o disparo!

Pero no se detuvo.

Apunté a su izquierda y le disparé una bala junto a la oreja. Eso lo obligó a encogerse y a darse la vuelta con las manos en alto.

«Eso está mejor –pensé–. Ahora vamos bien.»

Vi que nos acercábamos a un puente sostenido por una estructura de madera. Con mucho cuidado, salté sobre el vagón cisterna, acercándome unos tres metros más al chico. Estábamos a menos de seis metros de distancia. Él se puso en cuclillas, agarrándose a un volante que había en el techo de la cisterna.

–Sólo quiero hablar –le repetí.

–¿De qué quieres hablar, tío? –me preguntó él, tratando de parecer duro pero con expresión asustada.

Levanté la mano y, haciendo el saludo con los tres dedos, dije:

–Quiero hablar de esto. Y de Finn Davis. Y de Marvin Bell. Y de qué estás haciendo en este tren.

Me miró como si me hubieran crecido cuernos y sacudió la cabeza.

–Ni de coña, tío.

–Sabemos que estás protegiendo algo que viaja en este tren. ¿Qué es?

Apartó los ojos de mí y volvió a sacudir la cabeza.

–Ni hablar. No puedo.

–Podemos protegerte.

–No, no podéis –contestó–. Nadie puede proteger a nadie del abuelo y su compañía.

–¿El abuelo y su compañía? –dije, cuando el tren empezaba a cruzar el puente sobre un profundo y estrecho cañón cubierto por un frondoso bosque–. ¿Quién es el abuelo? ¿Qué es la compañía?

Mirándome con expresión afligida, dijo:

–Eso supondría mi muerte.

El chico soltó el volante, se levantó y se tiró por el puente lanzándose desde el tanque, gritando y moviendo las alas, como si quisiera volar, hasta que, después de la larga caída, impactó contra las copas de los árboles y desapareció.

CAPÍTULO
79

NO PODÍA CREERLO. Me di la vuelta y miré hacia atrás, hacia el cañón y el bosque que había engullido a aquel muchacho. Las únicas criaturas que alcancé a ver fueron unos cuervos volando perezosamente en círculos por encima del follaje y que desaparecieron de mi vista en cuanto el tren tomó una curva.

El túnel que había después de la curva apareció tan de repente que tuve que lanzarme sobre el vagón cisterna y agarrarme fuerte hasta que, al otro lado, apareció un frondoso bosque. Traté de llamar a Bree, pero no tenía cobertura. Durante quince kilómetros no tuve ninguna ocasión de abandonar el tren.

Cuando empezó a disminuir la velocidad y se detuvo ya era de noche y había salido la luna. Habíamos descendido bastantes metros. La tenue luz me dejó ver unos campos de cultivo a ambos lados de las vías. Miré hacia delante, buscando un cruce de carreteras. ¿Por qué nos habíamos parado? Estaba a punto de bajar del tren cuando…

–Venga tío, acabemos de una vez –dijo una voz de hombre desde el terraplén.

Me sobresalté y al cabo de un momento me di cuenta de que me estaba hablando a mí.

–¿Qué está haciendo aquí? –le pregunté.

–Joder, tío, no me marees –dijo, nervioso. Vi su silueta debajo de mí–. Dame la mercancía. Tengo la pasta.

–Lo siento, soy nuevo –dije, improvisando–. ¿De cuánta mercancía estamos hablando?

–Está en la hoja, tío –dijo el hombre, irritado–. Abres la escotilla, la coges y zanjamos el asunto.

Miré alrededor. El volante al que se había agarrado el chico. Abría la escotilla.

Me acerqué a ella, de rodillas, y agarré el volante. Lo giré hacia la izquierda, pero no se movió. Y tampoco lo hizo cuando lo giré hacia la derecha. Entonces pensé que quizás la escotilla estuviera cerrada a presión. Apoyé todo mi peso sobre ella, noté que algo se descomprimía y el volante giró hacia la derecha.

Cuando oí un ruido de algo desenganchándose, me puse de pie. Levanté la tapa de la escotilla y el aire se llenó de un agradable olor a vainilla. Saqué la pequeña linterna Maglite que siempre llevo encima y la encendí. Colgada debajo de la escotilla había una especie de cesta de aluminio de casi un metro de profundidad y unos cincuenta centímetros de ancho. La luz de la linterna se colaba por los grandes agujeros de la cesta; en su interior había decenas de pequeños paquetes amarillos cuyo tamaño era más o menos el de una pastilla de jabón grande. Algunos estaban enlazados y otros sueltos.

–Vamos, tío –dijo aquel tipo–. El tren está a punto de salir…

Las ruedas del tren chirriaron. La cisterna dio una sacudida que estuvo a punto de lanzarme al suelo. Casi dejé caer la tapa de la escotilla, la cesta y lo que fuera que contenía.

–¡Eh! –gritó el hombre–. ¡Eh! ¡Mierda, tío!

–¡No he podido evitarlo! –grité–. Hay algún fallo en el mecanismo. Ordenaré que le entreguen la mercancía mañana por la noche. Con un descuento.

Hubo una pausa.

–¿Qué descuento?

–El diez por ciento –grité mientras nos alejábamos.

–Trato hecho, tío.

Esperé hasta que estuvo lejos de mí y entonces me senté con las piernas extendidas a ambos lados de la escotilla. Inspeccioné la cesta, moviendo la linterna a su alrededor, y encontré una puerta con bisagras. La abrí y saqué tres de aquellos paquetes amarillos. Cada uno de ellos pesaba alrededor de medio kilo.

Entonces sonó el teléfono. Era Bree.

–¿Dónde estás? –me preguntó con ansiedad–. Te he estado llamando.

–Dejamos atrás el altiplano, había túneles. No tengo ni idea de dónde estoy.

–¿Has hablado con el chico que iba en el tren?

Le conté lo ocurrido.

–¡Dios! ¿Se ha tirado?

–No puedo creer que prefiriera morir antes que hablar conmigo y enfrentarse a la ira del abuelo.

–¿Crees que Marvin Bell es el abuelo?

–Es probable.

–¿En los paquetes amarillos hay droga?

–Me imagino que sí –dije–. Si lo piensas bien, lo de usar los trenes es muy ingenioso.

–Lo es. ¿Te vas a quedar en el tren y ver hasta dónde te lleva?

–No. Voy a volver a poner la cesta en su sitio, cerraré la escotilla y me bajaré en la siguiente parada. Dejaremos que Bell o quienquiera que esté detrás de todo esto piense que su hombre se largó con parte de la mercancía.

–Tiene sentido –dijo Bree.

–Te llamo dentro de un rato y te digo dónde estoy.

Poco después vi la luz de unas farolas. Cuando paramos por segunda vez, ya había colocado la cesta en su sitio y cerrado la escotilla. A mi derecha, entre los arbustos que había junto a las vías, se oyó un agudo silbido.

En lugar de responder, bajé por la escalera que había al otro lado del vagón cisterna y me escabullí mientras el silbido sonaba cada vez más fuerte y con más insistencia.

CAPÍTULO
80

LA ADORABLE NIÑA de ojos soñolientos sostenía un trozo de piel de oveja que tenía el tamaño y la forma de una toalla pequeña. Lizzie la frotó contra su mejilla de porcelana y se chupó el dedo pulgar mientras se paseaba por el despacho de su abuelo.

Él estaba pensando en cosas horribles y retorcidas, pero al verla allí, tan guapa y tan inocente, todas se desenredaron. Alzándola en brazos, le dijo:

–Es hora de acostarse, señorita.

Ella asintió, se acurrucó en sus brazos y él se sintió feliz. No pesaba, y no era una carga, no era una carga en absoluto. El abuelo avanzó con Lizzie por el pasillo hasta el dormitorio de la pequeña.

La dejó a salvo y arropada bajo las sábanas y una manta. Aunque los ojos de la niña estaban a punto de cerrarse de sueño, aún dijo:

–Cuéntame la historia. ¿Qué le pasa después a la princesa? ¿A Ginebra?

Su abuelo vaciló y luego dijo:

–Un día, un dragón llegó al reino de la princesa Ginebra.

Lizze prestó más atención.

–¿El dragón le hizo daño a Ginebra?

–Lo intentó, pero el abuelo de Ginebra, el rey de las hadas, ordenó a sus mejores guerreros que mataran al dragón. El hermano mayor de Ginebra fue el primero en intentarlo, pero no pudo matar a la bestia que amenazaba el reino de las hadas. La siguiente en intentarlo fue una guerrera.

Ahora Lizzie escuchaba a su abuelo embelesada.

–¿Tenía un arco y una flecha? –le preguntó.

Él asintió.

–Disparó al dragón mientras estaba volando y no le dio por un pelo.

A sus espaldas se oyó un golpe suave. Meeks estaba allí, muy serio.

–Abajo hay alguien que quiere verle –dijo Meeks.

El anciano asintió.

–Voy enseguida.

–No, abuelo –se quejó Lizzie–. ¿Qué fue del dragón?

–Te lo contaré mañana por la noche –dijo él.

–¡Oooh! –gimió la niña–. No puedo esperar. ¿Volvió a disparar al dragón? La guerrera. ¿Cómo se llama?

Después de pensarlo, él dijo:

–Lace. Y, sí, Lace volvió a disparar al dragón, pero hoy no te contaré lo que pasó sino mañana.

Lizzie bostezó.

–Lace matará al dragón y salvará a la princesa Ginebra. Lo sé.

Cuando sus ojos empezaron a cerrarse, el anciano se inclinó sobre la niña y le dio un beso en la mejilla. Apagó la luz pero dejó la puerta entreabierta, como a ella le gustaba. Avanzó por el pasillo, pensando en los cambios que se estaban produciendo y en los muchos desafíos que habían planteado.

En la planta baja, avanzó entre pinturas al óleo y esculturas hasta la biblioteca.

Finn Davis estaba allí, con expresión insegura e incómoda.

–¿Qué ocurre? –preguntó el abuelo de Lizzie.

–Hemos perdido a un hombre de la compañía –dijo Davis–. No hizo la entrega.

–¿Y la mercancía?

–Está todo, salvo un kilo y medio.

–Entonces es que ha huido.

–¿Quiere que vayamos tras él? –preguntó Davis–. ¿Me ocupo de ello?

–Por supuesto, pero tenemos problemas más urgentes.

–¿Los Cross?

El abuelo de Lizzie asintió.

–Sobrevivieron a la encajera. Lo volverá a intentar. Mientras tanto, creo que deberías darle otra puñalada al malvado y enorme dragón.

EL LUNES POR LA MAÑANA, a las ocho y media, Pinkie nos llevó a Bree y a mí al tribunal, donde el juicio de Stefan estaba a punto de reanudarse. Nana Mama llegaría más tarde, con la tía Hattie y la tía Connie. Jannie se quedó cuidando a Ali.

Estaba irritado. Bree y mi primo parecían agotados. Llevábamos así las últimas treinta y seis horas, durante las cuales habíamos dormido muy poco. Y los secretos de Starksville eran más turbios y desconcertantes que nunca.

Abrimos uno de los paquetes de color amarillo y en su interior encontramos lo que parecían trocitos de cristal de color topacio metidos en unos resistentes envases de plástico. Su sabor y su olor no tenían nada de particular, por lo que eché mano de mis influencias y me puse en contacto con varios amigos que trabajan en el laboratorio criminal del FBI en Quantico. Les mandé las muestras, que serían analizadas por la tarde.

Seguíamos sin saber quién era el propietario de la cisterna. La cámara de visión nocturna había sacado una foto del lado derecho de la cisterna, en el que figuraba un código de cinco letras y números estarcidos en negro. Cuando revisamos las primeras fotografías de los chicos que iban en los trenes, vimos que la mayoría estaban sentados en los vagones inmediatamente anteriores a vagones cisterna con códigos parecidos. Durante la tarde y la noche del domingo, Pinkie estudió los códigos, tratando de descifrarlos, pero no sacó nada en claro.

La noche anterior, Bree y yo tomamos posiciones en los árboles que daban a las vías de Starksville alrededor de las nueve y permanecimos allí hasta las once, pero no vimos a ningún chico en el tren.

En resumen: no habíamos tenido suerte tratando de relacionar a Marvin Bell, a Finn Davis o a quien fuera con ese abuelo y la compañía. Incluso estuvimos especulando sobre la posibilidad de que los chicos del tren y el tráfico de drogas no tuvieran nada que ver con Starksville, que la operación se organizara en otra parte y los envíos simplemente pasaran por allí.

–Me pregunto si el chico que se tiró del tren provocó una especie de bloqueo en el sistema de entrega –dijo Pinkie, girando a la izquierda en la plaza principal.

–Podría ser –dije.

–Creo que hay una forma de averiguar si los chicos del tren son de Starksville –dijo Bree.

–De acuerdo… –le contesté.

–Con más cámaras –dijo–. Las colocaremos en los pasos a nivel, de norte a sur. Si son de otro lugar, ya estarán en el tren.

Pinkie asintió mientras se metía en el aparcamiento del juzgado.

–Y si no lo están, entonces sabremos que éste es su punto de partida.

–Por cierto, ¿alguien de los alrededores produce vainilla? –pregunté.

–No, que yo sepa –respondió Pinkie, aparcando el coche.

Cuando entramos en el vestíbulo del juzgado, los periodistas, el público y los testigos que se dirigían a la sala comentaban el fatal ataque al corazón que el sheriff Nathan Brean había sufrido hacía una hora mientras estaba desayunando en un café de la ciudad. Aunque el sheriff Bean tenía un historial de problemas cardíacos, la noticia había causado conmoción.

En la sala oí que un periodista le preguntaba a Randy Sherman, el jefe de policía, quién creía que iba a reemplazarlo.

–El sheriff se elige por votación –contestó el jefe Sherman–. Pero yo apostaría por Guy Pedelini como firme candidato.

Recordé lo que Bree me había contado: Finn Davis en el porche trasero de la casa de Pedelini unas noches atrás; por primera vez pensé que podía haber un titiritero moviendo los hilos entre bambalinas en Starksville. ¿El abuelo? Aun cuando no hubiese ninguna prueba concreta contra él, podía ver claramente a Marvin Bell en ese papel, oculto en las sombras, aparentemente limpio, valiéndose de Finn Davis para cumplir sus órdenes. Dábamos por sentado que Bell y Davis sobornaban a Pedelini. Porque, de no ser así, ¿cómo podría permitirse un detective una casa en el lago como ésa?

Se abrió una puerta lateral. Un alguacil hizo entrar a

Stefan en la sala. Hice una mueca y la tía Hattie gritó: el ojo izquierdo de mi primo estaba amoratado y cerrado y le habían inmovilizado la mandíbula.

Naomi salió corriendo hacia él con expresión furiosa para ayudarlo a sentarse.

–Le está bien empleado –oí que susurraba una mujer.

Miré al otro lado del pasillo. Vi a Ann Lawrence, que estaba hablando con una sobria Cece Turnbull. La madre de Rashawn no respondió, pero los padres de Cece, que estaban sentados dos filas más atrás, movieron la cabeza, asintiendo.

Sin embargo, Delilah Strong, la fiscal del distrito, parecía sinceramente preocupada por el estado de salud de mi primo. Y también su ayudante, Matthew Brody, que se acercó a Naomi para decirle algo.

Ella le hizo un airado gesto con la mano. Entonces entró Patty Converse y se sentó en la fila que había detrás de nosotros. Era la primera vez que la veía desde hacía cinco días. No nos miró, sólo observó cómo el secretario y el taquígrafo tomaban asiento.

–Todos de pie –gritó el alguacil–. Se abre la sesión. Preside el juez Erasmus P. Varney.

CAPÍTULO
82

EL JUEZ VARNEY ESTABA MÁS DÉBIL y tenía la cara más amarillenta que la última vez que lo había visto, retorciéndose de dolor por culpa de los cálculos renales mientras los paramédicos lo sacaban de la sala. Aun así, seguía teniendo una imponente presencia mientras se sentaba en su silla, cogía el mazo y llamaba al orden a la sala.

–Pido disculpas por mi enfermedad –dijo–. Es cosa de mi sangre ucraniana por parte de madre. También quería decir que la repentina muerte del sheriff Bean es una tragedia. Era un hombre de gran integridad y honradez.

Los ojos de Varney se quedaron mirando fijamente mientras hacía sus comentarios introductorios, como si no se estuviera dirigiendo a toda la sala sino a alguien en particular que estuviera sentado en la galería. ¿A quién? No lo sé. De todas formas, quizás sólo fue cosa de mi imaginación.

Varney cogió una hoja de papel de su mesa y la leyó.

–Señorita Cross, este tribunal ha sido informado de que la testigo Sharon Lawrence no estará disponible hoy para que pueda interrogarla; se ha puesto enferma y está en el hospital. ¿Es correcto?

Ann Lawrence, la madre, se puso de pie y dijo:

–Sí, señoría. Está en urgencias, con treinta y nueve y medio de fiebre.

–Me imagino que querrá estar a su lado –dijo Varney.

–Sí, gracias, señoría.

La madre de la chica que había acusado a mi primo de violación y le había tendido una trampa a Jannie nos miró apresuradamente y se fue.

–Está ocultando algo –me surruró Bree al oído.

–Pues claro –dije, con ganas de levantarme, ir tras ella y hacerle unas cuantas preguntas a bocajarro.

Sin embargo, el juez Varney dijo:

–Letrada, cuando la señorita Lawrence se haya recuperado podrá reanudar su interrogatorio. Mientras tanto, me gustaría continuar, a menos que tenga alguna pregunta o alguna queja.

–Tengo quejas, señoría –dijo Naomi–. Con el debido respeto a la memoria del sheriff Bean, ha habido negligencia en la protección de mi cliente. Los agentes del sheriff permitieron que los presos golpearan y patearan a mi cliente hasta que…

–¡Protesto! –gritó la fiscal–. No existen pruebas de que ningún agente *permitiera* el altercado.

–Señor juez, el señor Tate ha comparecido ante este tribunal con múltiples contusiones, cardenales, una fractura de mandíbula y una posible conmoción cerebral –replicó Naomi–. Por lo menos, permita que un neurólogo competente lo examine antes de seguir adelante con el juicio.

–El señor Tate ha sido atendido por los médicos de la cárcel –dijo Strong–, y me han dicho que no muestra síntomas de conmoción cerebral.

–¿Señor Tate? –dijo el juez Varney–. ¿Sabe qué está ocurriendo a su alrededor, dónde se encuentra, qué está haciendo aquí?

Stefan asintió, hablando con dificultad a través de los cables que llevaba en los dientes.

–Sí, señor juez.

Naomi parecía exasperada.

–Muy bien –dijo el juez–. Entonces, seguiremos adelante con el juicio. Ordenaré que la oficina del sheriff doble la vigilancia del señor Tate a todas horas. ¿Le parece bien, letrada?

Naomi vaciló y finalmente se rindió.

–Sí, señor juez –dijo.

En lo que se refiere a la defensa, aquél fue el punto más álgido del día. La fiscal del distrito llamó a los expertos forenses, quienes destacaron el carácter irrefutable de las pruebas a medida que se iban presentando: el semen de Stefan en el cuerpo de Rashawn, el semen de Stefan en las bragas de Sharon Lawrence y la sangre y los tejidos de Rashawn en la sierra de podar plegable hallada en el sótano de la casa de mi primo.

Patty Converse palideció durante estas declaraciones, sobre todo cuando un experto en huellas dactilares testificó que las únicas huellas claras que había en la sierra eran las de Stefan.

Naomi intentó echar por tierra la prueba del ADN de Stefan en la ropa interior de la adolescente preguntando si, durante los días transcurridos entre el momento en que Lawrence afirmaba haber sido violada por mi primo y la muerte de Rashawn, alguien habría podido colocar allí el semen. El experto de la policía dijo que era posible pero poco probable, ya que Lawrence había guardado las bragas en una bolsa con autocierre.

–A no ser que fuera la propia señorita Lawrence quien colocara allí el semen –dijo Naomi.

–Correcto –dijo el experto–, aunque no tenemos pruebas de ello.

Durante el descanso para comer, el jefe del concesionario donde habíamos dejado el Explorer me llamó para decirme que, al parecer, una piedra habría golpeado el manguito de un freno hidráulico que ya estaba flojo y acabó soltándose. Eso hizo que perdiera el líquido y acabáramos quedándonos sin frenos.

–¿Ha conducido por muchos caminos de tierra? –me preguntó.

–Un poco, pero no recuerdo que ninguna piedra grande golpeara los bajos del coche –dije–. ¿Ha visto algo que le haga pensar en un sabotaje?

–¿Se refiere a que alguien quisiera que fallaran los frenos?

–Sí.

–Hay maneras más fáciles de hacer que fallen los frenos que golpeando la conexión de los frenos hidráulicos.

–A menos que quisieran que pareciera un accidente –dije.

–Supongo.

Le pedí al jefe del concesionario que sacara fotos de los daños y acordamos un precio para que reparara el coche y una hora para que yo fuera a recogerlo a la mañana siguiente.

Después de comer, el juicio se puso si cabe más feo

para Stefan y Naomi. El detective Carmichael subió al estrado y habló al jurado de las pruebas encontradas en la antigua cantera, incluida la tarjeta de identificación de la escuela de Stefan.

Naomi intentó que Carmichael admitiera que alguien pudo haber dejado la tarjeta allí, pero el detective no lo hizo.

—Su cliente estaba tan hasta arriba de drogas y alcohol, tan ensimismado en sus sádicos actos, que no era capaz de pensar con claridad.

El detective Frost testificó sobre las fotografías tomadas en la escena del crimen. Yo ya las había visto todas, pero al volver a verlas así, ampliadas, la brutalidad de lo que habían hecho con el cuerpo de Rashawn quedaba magnificada. En la sala se oyeron gritos ahogados, algunos lanzados por los miembros del jurado.

—¡Monstruo! —gritó Cece Turnbull, levantándose de un brinco y apuntando con el dedo a Stefan—. ¡Lo destrozaste! ¡Lo destrozaste como si no hubiera nada humano ni bueno en él!

Durante unos instantes, el juez Varney golpeó con el mazo, llamando al orden, y luego dio instrucciones a los alguaciles para que acompañaran a la madre de Rashawn fuera de la sala.

Cece se negaba a salir. Gritó y escupió a Stefan antes de que los alguaciles pudieran agarrarla y sacarla por la fuerza. La madre de Cece se echó a llorar mientras su marido la sostenía, mirando con odio a mi primo.

Después de que se levantara la sesión, Naomi salió del juzgado y trató de hacer una lectura positiva del día a los periodistas que la abordaron.

Finalmente se deshizo de ellos y se acercó a Bree, a Pinkie y a mí, que estábamos esperando en el aparcamiento. Mis tías y Nana Mama se habían ido a casa a la hora de comer.

—Sé que el juez instruyó a los miembros del jurado para que ignoraran el arrebato de Cece, pero lo recordarán.

—Es inevitable que lo recuerden —dijo Bree—. A mí me dejó conmocionada.

Naomi miró hacia otro lado y se secó los ojos llorosos.

—A mí también. Ya sé que es poco profesional por mi parte, pero estoy empezando a preguntarme si Stefan le hizo todas esas cosas a Rashawn.

—Yo también —dijo Patty Converse, acercándose a nosotros—. Me pregunto cómo pude estar tan ciega.

—Estoy considerando si debo o no llegar a un acuerdo con la fiscal —dijo Naomi—. Conozco a Matt Brady. Sería justo.

—No arrojes tan pronto la toalla —dije.

—No tenemos nada para refutar que Stefan estuviera en la escena del crimen —dijo Naomi—. Su ADN estaba por todas partes.

Antes de que pudiera responder a eso, sonó mi teléfono y me hice a un lado. Era la entrenadora Greene.

—No sabe cuánto odio tener que decirle esto, doctor Cross, pero he recibido una llamada del detective Pedelini, de la oficina del sheriff. Los análisis de sangre y orina de su hija han dado positivo en cocaína y metanfetamina. Me temo que Jannie no podrá seguir entrenando con nosotros y Duke retirará la oferta de beca.

407

CAPÍTULO
83

—**ESO ES MENTIRA**, entrenadora —dije, intentando controlar la ira—. Esas muestran quizás fueron manipuladas. Probablemente lo hiciera el detective Pedelini.

—Bueno —dijo ella, escéptica—. No sé cómo va a...

—¿Demostrarlo? Tenemos nuestras propias muestras de ese día en una bolsa de papel marrón que está en el frigorífico. Las pedí como medida de precaución. Las mandaré a un laboratorio imparcial. Dígame, ¿aceptará Duke la palabra del FBI?

Al otro lado de la línea se hizo el silencio. Luego, la entrenadora Greene dijo:

—Si el FBI dice que Jannie está limpia, entonces es que lo está.

—Gracias, entrenadora —dije, secamente—. La llamaré.

Pulsé la tecla de colgar con ganas de lanzar mi móvil a través del parabrisas del coche de alquiler. Sin embargo, eché mano del poco autocontrol que me quedaba y le conté a Bree y a los demás los resultados del laboratorio.

—Habría sido imposible que Jannie corriera como lo hizo estando bajo los efectos de la cocaína y el *speed* —dijo Bree.

–Por supuesto –dijo Pinkie–. ¿Es que no se dan cuenta?

–Es evidente que no, hasta que no tengamos pruebas que afirmen lo contrario –dije, y les conté que Greene había aceptado que fuera el FBI quien dijera la última palabra.

–Estupendo –dijo Pinkie.

Lo era, y por eso empecé a calmarme. Luego, el asunto de la presencia de drogas en sangre y orina hizo que me preguntara algo.

–Naomi, ¿alguien ha analizado el semen encontrado en el cuerpo de Rashawn y en la ropa interior de Lawrence para comprobar si contenía drogas?

Tras pensarlo un momento, Naomi dijo:

–No, que yo sepa.

–¿Tienes acceso a esas muestras?

–Recibimos pequeñas submuestras que podemos emplear para realizar nuestros propios análisis –explicó Naomi–. Están en la oficina.

–Ve a buscarlas y tráelas a casa –dije. Luego, volviéndome hacia Bree, añadí–: Saca las muestras de Jannie que hay en el frigorífico y métlas en un paquete con las que te dé Naomi. Pinkie te llevará al aeropuerto de Winston-Salem.

–De acuerdo...

–Compra un billete de ida y vuelta a Washington –dije–. Llamaré a mis amigos de Quantico. Te estarán esperando cuando aterrices. Luego te pasas por casa, le echas un vistazo y te vuelves por la mañana.

–¿Crees que ese análisis podría ayudar a Stefan? –preguntó Pinkie.

–Eso dependerá de los resultados –dije.

–¿Y qué harás mientras yo esté fuera? –preguntó Bree.

–Hacerle una visita al detective Pedelini y puede que también a Marvin Bell.

CAPÍTULO
84

CUANDO LLEGUÉ A LA OFICINA de Pedelini, el detective ya se había ido a casa.

Me dirigí al lago siguiendo las indicaciones que me había dado Bree y encontré la casa en la que ella había visto a Finn Davis sobornando a Pedelini. Era un lugar muy bonito: un terreno precioso y una casa grande muy bien cuidada, con un columpio en el césped y un muelle. Estaba orientada al este, y pensé que en aquel sitio ver amanecer debía de ser algo muy especial.

Entré en la finca, aparqué detrás del coche del detective Pedelini, di la vuelta a la casa y me dirigí al porche. Dentro se oía la televisión: un locutor estaba comentando un partido de béisbol. Más fuerte aún era el ruido de unas risas infantiles. Me llegó un olor a pollo asándose. Llamé a la puerta con tela metálica.

–¡Papá! –gritó una niña–. Hay alguien en la entrada.

Oí a Pedelini diciendo algo como:

–Estoy ocupado con ella. Id a ver quién es.

Un segundo después, una preciosa niña de unos diez años se acercó a la puerta.

–¿Hola? –dijo.

–Hola –contesté–. ¿Cómo te llamas?

–Tessa Pedelini.

–Tessa Pedelini, ¿podrías decirle a tu padre que ha venido a verle Alex Cross?

La niña asintió y se fue corriendo para entregar el mensaje.

Hubo una pausa y luego oí que Pedelini decía:

–Así, ayúdala. Despacio, ¿vale?

–Vale –dijo Tessa.

El detective se acercó a la puerta con tela metálica, vaciló y luego salió al porche. Me tendió la mano para estrechar la mía, pero no se la ofrecí.

–Me sorprendí tanto como ha debido sorprenderse usted al enterarme de los resultados de los análisis de su hija –dijo, metiéndose las manos en los bolsillos–. Pero son concluyentes.

Con voz fría y despiadada le dije:

–No le vi venir, ¿sabe?

–¿A qué se refiere? –preguntó él, frunciendo el ceño.

–Conocí a algunos policías corruptos en otros tiempos, pero usted no hizo saltar mis alarmas cuando nos presentaron –dije–. Me pareció que era de los buenos. Y a Bree también se lo pareció.

–Yo *soy* de los buenos –repuso Pedelini, mirándome a los ojos–. El mejor de por aquí.

–Eso no es mucho decir, ¿no?

Pedelini entornó los ojos.

–Cuando esté ahí fuera haciendo mi trabajo puede echarme todas las broncas que quiera. Pero aquí, en mi porche, no se lo pienso consentir. Le pido que se vaya antes de que alguno de los dos haga una estupidez.

Pedelini se quedó mirándome, expectante.

Yo me mantuve firme y dije:

–La otra noche, mi esposa lo vio aceptando un soborno de Finn Davis. Aquí mismo. Y su hija estaba allí y lo vio todo.

Eso lo revolvió por dentro y dio un paso atrás.

–No fue eso –dijo.

–¿Qué es lo que no fue eso? –le pregunté–. Un soborno es un soborno.

El cuerpo de Pedelini se tensó como si estuviera a punto de lanzarse sobre mí; se puso de puntillas, apretando y aflojando los puños antes de decir con un hilo de voz:

–No tiene ni idea de la presión a la que estoy sometido.

Entonces pude verlo en todo su cuerpo. Lo que hacía un momento había interpretado como la pausa que precede a un ataque era, en realidad, su cuerpo tensándose al soportar una pesada carga.

–¿Por qué no me lo cuenta? –dije.

–¿Por qué iba a hacerlo?

–Además de policía, también soy psiquiatra –dije–. Le estoy ofreciendo un dos por uno.

Pedelini estuvo a punto de sonreír. Luego miró a su alrededor, como si buscara un lugar por donde huir.

–Quizás estoy equivocado –dije, esperando que se sincerara–. Quizás la primera impresión que tuve sobre usted fuera la correcta. Quizás es usted un buen hombre y yo simplemente no lo comprendo.

–Me comprende usted muy bien –dijo.

–Cuénteme.

Luchó consigo mismo y, finalmente, dijo:

—Venga conmigo.

El detective se volvió y entró en la casa. Lo seguí por un corto pasillo hasta una cocina de estilo rústico. En un televisor pequeño podía verse el partido de béisbol. Una niña menor que Tessa, de unos ocho o nueve años, estaba sentada a una mesa redonda comiendo palitos de pretzel, absorta en el partido.

—Los Braves ganan por dos, papá —dijo la niña.

—Después de todo, Dios existe, Lassie —contestó Pedelini.

—¿Cuándo vamos a cenar? —preguntó Lassie.

Pedelini miró el temporizador del horno y dijo:

—Dentro de treinta y dos minutos.

El detective salió de la cocina. Su hija no me miró cuando lo seguí hasta un salón con una enorme ventana que daba al lago.

—Es una cosa preciosa —dije.

—Si está pensando que lo compré con dinero sucio, está equivocado —dijo Pedelini—. Mi difunta esposa la heredó de su padre.

Se dirigió a una puerta y la abrió. Entré detrás de él y me encontré en la habitación de un hospital.

CAPÍTULO
85

HABÍA DOS ESTANTES de acero inoxidable llenos de instrumental médico. En un rincón vi una sofisticada silla de ruedas vacía. A ambos lados y sobre una cama de hospital con barandillas altas había monitores conectados, sostenidos por unos soportes.

–¿Cat? –dijo Pedelini, dirigiéndose a la niña que estaba sentada en la cama, haciendo un esfuerzo para abrir la boca para engullir la cucharada de comida que le estaba ofreciendo Tessa–. Éste es el doctor Cross. Tenía ganas de conocerte.

La hija pequeña del detective tomó la cucharada, cerró la boca y volvió los ojos hacia mí. Con una voz quebrada y difícil de entender dijo:

–¿Otro?

Se llamaba Catrina Pedelini y me recordó a una cría de petirrojo que vi una vez mientras me dirigía con mi madre a la fábrica de sábanas. Aquel pájaro recién nacido, con pocas plumas, escuálido y herido, se había caído del nido. Cat Pedelini era todo huesos, con un pecho de paloma, una espina dorsal arqueada hacia la izquierda y unas manos y unos brazos paralizados que se curvaban hacia su torso, dando la impresión de estar sosteniendo algo muy preciado. Aunque la cara estaba desfigurada, conservaba su atractivo.

–No soy doctor en medicina –dije–. He venido a ver a tu padre, pero me alegro mucho de conocerte.

–¿Papá necesita un médico? –preguntó, mirando a su padre.

–Está aquí por trabajo, cielo –contestó Pedelini, inclinándose sobre ella para acariciarle el pelo rubio platino–. Lo estás haciendo muy bien.

–¿Podré ver *Mentes criminales* después de cenar? –preguntó.

Tessa me miró y dijo:

–Es la serie favorita de Cat.

–Si te lo terminas todo, podrás ver un episodio antes de darte un baño –dijo Pedelini.

Cat emitió un gorgoteo de satisfacción y luego dijo:

–Pero lo quiero en un cuenco.

–Pues en un cuenco –dijo Pedelini con dulzura, y luego le dio un beso en la cabeza–. Vuelvo enseguida.

El detective se dio la vuelta, salió de nuevo al pasillo y lo seguí hasta la cocina, donde su hija mediana dijo:

–Los Braves ganan por uno, papá. ¿Cuándo vamos a cenar?

–Después de todo, Dios existe –dijo Pedelini al pasar junto a ella–. Faltan veinticuatro minutos. Cómete un pretzel.

–Me he comido casi toda la bolsa.

–Otra más de las tragedias de la vida.

Pedelini recorrió un corto pasillo, abrió la puerta con tela metálica y salió al porche.

–Hábleme de Cat.

Pedelini se encogió de hombros.

–Para empezar, tenía un gen dañado, o eso fue lo que me dijeron. Sin embargo, sufrió más daños durante el parto que se llevó a mi Ellen. El diagnóstico oficial es parálisis cerebral.

–Parece una niña muy avispada –dije.

–Mucho. Es una niña estupenda. Una luchadora.

El detective se secó las lágrimas que tenía en los ojos.

–¿Ella es el motivo de que acepte el dinero de Finn Davis? –le pregunté.

–¿Tiene idea de lo que ha costado conseguir que siga con vida?

–Ni siquiera soy capaz de imaginármelo.

–Cada célula, cada fibra de mi ser. Se lo prometí a mi mujer cuando ya sabía que se estaba muriendo y había visto a Cat. Le prometí que removería cielo y tierra por nuestro bebé. Y eso es lo que he hecho.

No me había equivocado. Guy Pedelini era un hombre con conciencia y bondad interior. En aquel momento casi pude sentir cómo las derrochaba.

–Pero unos cuidados como éstos cuestan mucho dinero –dije, abordando el problema.

–Muchísimo –dijo, rascándose los zapatos y mirando al lago.

–Más de lo que paga su seguro.

–Eso también –dijo, aspirando por la nariz.

–Entonces, ¿es el dinero de Marvin Bell el que marca la diferencia?

No contestó enseguida, como si estuviera disgustado consigo mismo.

–Casi –dijo.

–¿Qué hace a cambio de su dinero?

El detective respiró profundamente, se acercó a la barandilla y contempló el lago, en cuyas aguas brillaba el reflejo de la luna.

–¿Mirar hacia otro lado –pregunté, siguiéndole– cuando los trenes pasan por Starksville con chicos que saludan con tres dedos desde los vagones de carga, llenos de drogas destinadas a los camellos que hay de norte a sur de la vía férrea? ¿Es eso lo que hace para ayudar a Lassie, Tessa y Cat?

Pedelini estaba de espaldas a mí. Sus hombros temblaban ligeramente. Empezó a darse la vuelta. Estábamos a menos de cuarenta centímetros de distancia. El detective había girado casi noventa grados hacia su izquierda y estaba mirando la estrecha ensenada y el camino que había al otro lado de ella cuando se oyó el disparo del rifle. Vi el fogonazo en el otro extremo de la cala una fracción de segundo antes de escuchar la detonación.

Pedelini giró, se desplomó sobre la barandilla y luego cayó en la cubierta.

La sangre manaba de la herida que tenía en la cabeza.

CAPÍTULO
86

ME LANCÉ SOBRE EL DETECTIVE para protegerlo de un segundo disparo, pero no llegó a producirse. Lo único que oía eran los gritos de las hijas de Pedelini.

–¡Llama al 911! –le grité a Tessa, que se había acercado a la puerta con tela metálica.

No esperé a ver si hacía lo que le había dicho. Me volví hacia su padre, que tenía los ojos en blanco. Sin embargo, aún respiraba. Y su pulso era fuerte.

No quería moverlo, pero giré suavemente su cabeza para ver la herida. La bala le había dejado una buena marca en el cuero cabelludo, como si se lo hubiesen estado hurgando con una herramienta para tallar madera, sin embargo no veía que hubiese penetrado en su cráneo por ningún sitio.

Oí el motor de un coche arrancando y el chirrido de unos neumáticos. Me levanté, miré hacia la ensenada y vi las luces traseras de un vehículo alejándose por la carretera de la orilla. Luego se desvió, y vi a una pareja de ancianos echándose a un lado.

El coche perdió el control y chocó violentamente contra algo. Las luces de freno no llegaron a encenderse.

Empecé a correr. Aquél era el francotirador que nos había disparado.

–¡Espere! –gritó Tessa, detrás de mí.

–¡Tu padre se pondrá bien! –le grité, saltando del porche y corriendo hacia el coche de alquiler.

Di marcha atrás, levantando la grava del camino. El coche se atascó al pisar el embrague. Casi perdí el control al tomar la curva que había en la parte posterior de la ensenada. Reduje la velocidad en la curva que había cerca del lugar desde donde había disparado el francotirador. Cuando encendí las luces, vi la pareja de ancianos junto a la carretera.

Me acerqué a ellos a toda velocidad. Parecían asustados.

–Soy oficial de policía –dije–. ¿Hacia dónde ha ido ese coche?

Al anciano le temblaban las manos.

–Siguió por la carretera. Era un Impala blanco. Casi se nos echa encima.

Un Impala blanco. Me alejé despacio, tratando de no levantar piedras que pudieran lastimar a la pareja, centrando mi atención en un tocón con trozos de acero incrustados. Supuse que el conductor lo habría golpeado frontalmente, lo cual significaba que el radiador o la parte delantera del coche podrían haber sufrido daños.

En cualquier caso, no pude ver el coche mientras avanzaba por la sinuosa carretera de montaña que comunicaba el lago con la ciudad. En cuanto abandoné la carretera del lago y tomé la principal, aceleré.

A mitad de camino de la montaña vi unas luces de freno delante de mí, que al cabo de un momento desaparecieron detrás de una curva. Las volví a ver en la siguiente curva: los faros de mi coche iluminaron la parte de atrás del Impala. A juzgar por las siluetas que se podían ver a través del cristal trasero, en el coche sólo iban dos personas.

La que iba en el asiento del pasajero se dio la vuelta, como si fuera a mirarme, y levantó una pistola. Pisé el acelerador y embestí el parachoques trasero antes de que pudiera disparar. El impacto empujó al Impala carretera abajo, alejándolo de mí. Los faros de mi coche me dejaron ver al conductor agarrándose fuerte al volante.

Finn Davis logró recuperar el control del coche y aceleró después de la siguiente curva. Cuando fui yo quien tomó la curva, un tipo se asomaba a la ventanilla del pasajero, apuntándome con una escopeta con la mano izquierda.

DISPARÓ JUSTO CUANDO PISÉ el freno.

Los perdigones doble cero rompieron el lado derecho del parabrisas. Pisé de nuevo el acelerador cuando vi que el tirador trataba de recargar torpemente la escopeta. No era zurdo.

Me coloqué en el otro carril, donde no le resultaría fácil dispararme, me situé a la altura del Impala y di un volantazo, tratando de embestirlo por segunda vez. Mi parachoques golpeó el coche en un extremo y la parte trasera del Impala se balanceó violentamente hacia la derecha. El tipo de la escopeta salió disparado del coche, voló por los aires y desapareció en la oscuridad.

Los faros delanteros de mi coche iluminaron de nuevo a Finn Davis agarrándose al volante.

No le di una segunda oportunidad, sólo aceleré y embestí el Impala por tercera vez, golpeándolo casi de lado. Mi coche amenazó con girar sobre sí mismo y tuve que pisar el freno. El coche de Finn, sin embargo, se inclinó hacia la cuneta y acabó saliéndose de la carretera.

Me detuve en seco, escuché el ruido de sirenas acercándose, saqué la pistola y la linterna y avancé por la carretera. El Impala había dado al menos dos vueltas de campana y estaba empotrado contra el tronco de un pino. Uno de los faros delanteros seguía encendido, iluminando el bosque.

Enfoqué la linterna hacia el barranco, tratando de localizar la puerta del conductor y a Davis. Pero no estaba allí.

Moví la linterna hacia el techo del coche y lo vi allí. Estaba sangrando e inclinado hacia la ventana del pasajero, apuntándome con un rifle de caza con mira telescópica.

Disparamos prácticamente al mismo tiempo. Yo sosteniendo la pistola a la altura de la cadera, a unos quince metros de distancia, y Davis apoyando su arma en el coche. La mira no debía de funcionar bien, porque, al igual que había ocurrido con Pedelini, la bala pasó a menos de cinco centímetros de mí.

Apagué la linterna, me tumbé en el suelo y escuché el sonido del disparo de un rifle por encima del silbido del radiador del Impala y de las sirenas acercándose. Conté hasta veinte, me quedé tumbado boca abajo, extendí la mano hasta el borde del barranco, encendí la linterna y volví a apagarla de inmediato.

Nada.

Volví a encender la linterna, me moví hacia un lado y miré hacia abajo. Finn Davis estaba apoyado contra el tronco del árbol, con los ojos abiertos y ya sin brillo. Una gota de sangre mostraba el lugar donde estaba la herida, en medio de la garganta.

CAPÍTULO
88

−¿**PIENSAN DETENERME?** −pregunté, ocho horas más tarde.

−Sólo estamos intentando comprender su historia −dijo el detective Frost, frotándose la barriga en la sala de interrogatorios.

Hastiado, dije:

−Fui a ver al detective Pedelini para comentar unos análisis y alguien le disparó mientras estábamos hablando en su porche. Vi que el impacto de la bala había sido lo bastante fuerte como para derribarlo, aunque no era grave. Así pues, fui tras el francotirador. Davis casi atropelló a una pareja de ancianos mientras intentaba huir. Traté de perseguirle, pero su cómplice disparó contra mi coche. Yo me defendí. El coche de Davis se salió de la carretera. Intentó matarme y yo lo maté en defensa propia.

−¿Por qué querría Finn Davis matar a Pedelini? −preguntó Carmichael.

Con lo cansado que estaba, decidí que no podía confiar en los dos hombres que me estaban interrogando, por lo que me guardé para mí todas las teorías que daban vueltas en mi cabeza.

–No puedo darle un motivo claro –dije–. Puede que su padre adoptivo sí pueda hacerlo.

–Hemos llamado a Marvin a su móvil y al teléfono de su casa, pero no contesta –dijo Carmichael.

–Vayan a su casa de Pleasant Lake. –Un agente estuvo allí hace una hora. Como nadie abría la puerta, entró. Había señales de pelea. ¿Sabe algo de eso?

–No –dije–. Por lo que sabemos, Bell ordenó a Fin que matara a Pedelini y ahora ha huido, poniendo la casa patas arriba para que ustedes piensen otra cosa. Pero da igual. El hecho es que Finn disparó a Pedelini y me disparó a mí. Analicen su rifle. Les garantizo que coincidirá con el que mató a Sydney Fox.

–¿Cree que Finn mató a Sydney Fox? –preguntó Frost.

–Así es –dije.

–¿Por qué?

–Porque era un ex marido vengativo. O quizás más cosas.

Los dos policías guardaron silencio. Carmichael tomó un sorbo de una lata de Coca-Cola light. Frost sorbió su café y, con escepticismo, dijo:

–Usted se presenta a sí mismo como un testigo inocente.

–En el intento de asesinato del detective Pedelini, sin duda alguna. Por cierto, ¿cómo está?

–Le han inducido el coma –explicó Carmichael–. Edema cerebral leve.

–¿Se está ocupando alguien de sus hijas?

–Están atendidas –dijo Frost.

Me senté de nuevo en la silla, tranquilo, y dije:

–Entonces, no pienso decir nada hasta que Pedelini se despierte. Cuando hablen con él, verán que respalda mi versión de los hechos.

La puerta se abrió y entró Naomi.

–Ni una palabra más, Alex –dijo.

–Ése es el plan –contesté.

–¿Van a acusarlo? –preguntó mi sobrina.

–De momento no –admitió Frost.

–Entonces, les agradecería que lo soltasen –dijo Naomi–. El doctor Cross es una parte fundamental de mi defensa. No va a abandonar la ciudad. Si lo necesitan, lo encontrarán en el tribunal del juez Varney.

Diez minutos más tarde salimos por la puerta trasera de la comisaría para evitar a los reporteros de televisión y recorrimos el callejón hasta el juzgado a la luz del amanecer. Una parte de mí quería ir a casa y dormir un poco. Sin embargo, llamé a Nana Mama, le dije que me encontraba bien y que nos veríamos en el juicio. Le mandé un mensaje de texto a Bree diciéndole que me llamara mientras nos dirigíamos a un café para desayunar con Pinkie.

Me tomé tres tazas de café, me comí tres huevos fritos con bacon y croquetas de patata y les conté todo lo que me había ocurrido la noche anterior.

–¿Por qué querría matar Finn Davis a Guy Pedelini? –preguntó Naomi.

–Puede que Davis viera a Pedelini del mismo modo que yo: como un hombre esencialmente bueno corrompido por las circunstancias –dije–. Bajo coacción, esa clase de personas no son capaces de guardar secretos durante mucho tiempo antes de venirse abajo, confesar e implicar a otros.

–Así pues, ¿primero el sheriff y después Pedelini? –dijo Pinkie–. ¿Crees que alguien está tratando de hacer limpieza?

–Si a eso le añades el hecho de que manipularon los frenos de nuestro coche, todo parece apuntar que así es.

–Alguien se siente presionado –dijo Naomi.

–¿Alguien? –dijo Pinkie–. Mejor di Marvin Bell.

–Bell ha desaparecido –dije.

–Lo cual significa que nos estamos acercando, ¿no? –dijo Pinkie.

–Acercándonos a algo, pero aún sigue siendo un rompecabezas cuyas piezas no encajan…

Entonces sonó mi teléfono. Era un número que me sonaba pero que no era capaz de ubicar.

–Cross –dije.

–Drummond.

Sonreí.

–¿Cómo está, sargento?

–Estupendamente –dijo–. Mize lo confesó todo al mismo tiempo que alegaba locura.

–Quizás tenga razón.

–No lo llamaba por eso –dijo Drummond–. ¿Qué tal su caso? ¿Ha pillado a ese tipo, Bell?

–Casi –dije–. Pero ha desaparecido.

–Ha huido.

–Eso parece.

–¿Y el juicio de su sobrino?

–El juicio de mi primo. A decir verdad, a menos que presentemos enseguida algo que refute las pruebas, le espera el corredor de la muerte.

Drummond guardó silencio unos instantes.

–Nunca se sabe cuándo pueden cambiar las cosas –dijo.

–Cierto –dije.

Oí un chasquido, miré el identificador de llamadas y vi que era Bree. Le dije al sargento que debía atender otra llamada pero que lo mantendría informado y cambié de línea.

–Hola –dije–. ¿Dónde estás?

–En el aeropuerto de Washington, a punto de embarcar en el vuelo de Winston-Salem –dijo Bree–. Acabo de recibir algunos resultados preliminares que el laboratorio del FBI me ha mandado por correo electrónico.

–¿Y?

CAPÍTULO
89

EL MARTES, A LAS NUEVE de la mañana, el juez Varney golpeó con el mazo para llamar al orden a la sala.

Antes de que ninguna de las dos abogadas pudiera hablar, el juez señaló con el mazo hacia el público.

–¿Cece Turnbull? ¿Usted en mi sala?

Cece tenía los ojos rojos y legañosos cuando se puso en pie y asintió.

–¿Va a causar más problemas? –preguntó el juez.

–No, juez Varney –dijo ella con voz temblorosa–. Yo... Le pido disculpas. Pero...

–Pero nada –dijo el juez–. Mientras esté tranquila, puede quedarse. Pero al primer grito la echaré durante el resto del juicio, ¿entendido?

Cece asintió y se sentó. Ann Lawrence se inclinó hacia delante y le dio unas palmaditas en el hombro para reconfortarla. Sharon Lawrence se sentó junto a su madre. Se la veía pálida y parecía estar débil mientras consultaba su teléfono móvil. Los padres de Cece estaban detrás de los Lawrence. La señora Caine miraba a su marido, a su lado, vestido con un traje de ejecutivo y con los brazos cruzados, totalmente pendiente del juez Varney.

En aquel mismo momento, Randy Sherman, el jefe de policía, nos miraba con cara de pocos amigos a mí y a Nana Mama, que se había sentado a mi lado, y a Pinkie, a la tía Connie y a la tía Hattie, que estaban en la fila de atrás.

El alguacil acompañó a mi primo hasta su sitio. Stefan Tate no tenía la cara tan hinchada, pero sí la piel magullada y de un color púrpura.

Entonces llegó Patty Converse y tomó asiento junto a Pinkie. Sonreí. Ella asintió, aunque sin mirarme a los ojos.

–¿Dónde nos quedamos cuando se levantó la sesión? –le preguntó el juez a su secretario.

–El detective Frost –dijo el secretario–. Es el turno de la señorita Strong.

El detective, que parecía estar tan cansado como yo, subió al estrado.

–Le recuerdo que sigue usted bajo juramento –dijo Varney.

–Sí, señor juez –dijo Frost.

La fiscal del distrito dejó que fuera su ayudante, Matthew Brady, quien interrogara al detective. Brady se centró en otros objetos encontrados en el lugar de la violación y el asesinato de Rashawn Turnbull. Dichos objetos incluían una botella de vodka Stolichnaya rota con las huellas de Stefan Tate hallada a menos de tres metros del lugar donde apareció el cadáver.

Durante nuestra primera conversación en la cárcel, mi primo dijo que probablemente aquella botella era suya, pero que se la debían de haber robado en su apartamento. La excusa era poco consistente.

Una vez más, las pruebas en contra de Stefan parecían abrumadoras. Se podía ver en los rostros de muchos de los miembros del jurado. El semen de Stefan estaba en la escena del crimen. Sus huellas estaban allí. Mató a ese chico, merecía que se lo cargaran.

—Detective —dijo Matthew Brady—. Usted habló con el acusado el día que se encontró el cuerpo de Rashawn.

—Correcto —dijo Frost—. Localizamos al señor Tate en su casa por la mañana.

—¿Cómo describiría su estado? —preguntó Brady.

—Tenía resaca. Su aliento olía a alcohol rancio.

—¿Qué le dijo usted?

—Que habían descubierto el cuerpo de Rashawn —dijo Frost—. Y que habíamos encontrado su tarjeta de identificación manchada de sangre.

—¿Cuál fue su reacción?

—Se puso de rodillas y se echó a llorar.

Frost explicó que se llevaron a mi primo para ser interrogado y que precintaron el apartamento hasta que pudiera ser inspeccionado por un equipo de forenses. Antes de interrogar a Stefan, comprobaron su nivel de alcohol en sangre, que dio 0,065. Aunque no se le podía considerar legalmente ebrio en Carolina del Norte, era un sólido indicador de que había estado bebiendo mucho la noche anterior.

Brady preguntó al detective por el interrogatorio, durante el cual Stefan dijo que era inocente. Sí, la noche anterior había estado bebiendo. Su novia y él habían discutido. Él se había ido hecho una furia, había salido a dar un largo paseo y había comprado una botella. Acabó inconsciente junto a las vías del tren.

Me volví hacia atrás para mirar a Patty Converse. Estaba mirando al suelo.

–¿Le dijo el señor Tate por qué se había acercado hasta las vías del tren? –preguntó Brady.

–No me dio ninguna razón, y eso lo puso histérico –dijo Frost.

–¿Le creyó usted?

–¿Se refiere a la histeria? ¿A la angustia por lo que había hecho? Sí. ¿Que se acercó a las vías y se desmayó? No, no le creí entonces y sigo sin hacerlo ahora. No hay ninguna prueba que lo sitúe cerca del lugar donde dijo haberse despertado.

Frost explicó que dejó a Stefan en una celda bajo vigilancia, para evitar el suicidio, mientras Carmichael y él registraban el dúplex que mi primo compartía con Sydney Fox y Patty Converse. El detective encontró la sierra de podar con sangre y piel de Rashawn en los dientes en una estantería del sótano compartido, junto con un equipo para cazar pavos y un frasco de metanfetamina.

–¿Habían escondido la sierra o el frasco de metanfetamina?

–Sí. En una caja.

–Es curioso que conservara el arma del crimen.

–El nivel de alcohol en sangre del señor Tate debía de estar por las nubes, y la brutalidad con la que fue atacado Rashawn sugiere que estaba fuera de sí –explicó Frost–. Cuando recuperó el conocimiento, seguramente fue incapaz de pensar con claridad y dejó la sierra donde la encontramos.

–Protesto –dijo Naomi–. El testigo está especulando.

–Se acepta la protesta.

–¿Las huellas del señor Tate estaban en esa sierra? –preguntó Brady.

–Cinco huellas.

–¿Estaban las de alguien más?

–No.

El interrogatorio de Brady se prolongó durante una hora más. Sobre las diez y media, el ayudante del fiscal del distrito dijo:

–No hay más preguntas.

–Señorita Cross –dijo el juez Varney–, puede interrogar al detective Frost ahora o acabar el interrogatorio de Sharon Lawrence.

La madre de Sharon Lawrence presionó con el dedo índice el muslo de su hija. La chica dio un brinco y levantó la vista de su móvil, disgustada.

Naomi me miró. Asentí con la cabeza.

–La defensa empezará interrogando al detective Frost –dijo mi sobrina.

CAPÍTULO
90

CUANDO NAOMI SE LEVANTÓ de la mesa de la defensa volvió a mirarme y yo le dediqué una sonrisa de ánimo.

–¿Tiene algo? –me preguntó Nana Mama al oído.

–Tal vez –dije, dándole un apretón.

–Detective Frost –empezó Naomi–. ¿A qué hora llegó usted al apartamento de mi cliente la mañana después de que fuera descubierto el cuerpo de la víctima?

–¿A las nueve? ¿Nueve y cuarto?

–¿Qué llevaba puesto el señor Tate?

–Un pantalón de chándal gris y una sudadera con capucha azul.

–¿Tenía el pelo mojado?

–Así es –dijo Frost–. El señor Tate dijo que acababa de salir de la ducha cuando llamamos a la puerta.

–¿Revisaron ustedes el desagüe de la ducha? –preguntó Naomi.

–Sí.

–¿Encontraron restos de sangre de Rashawn Turnbull en ese desagüe?

–No.

–¿Había algún resto de sangre en ese desagüe?

–Sí, del señor Tate.

–¿Le dijo el señor Tate que solía tener hemorragias nasales? ¿Y que suelen producirse a menudo en contacto con agua caliente?

Frost se movió en su silla.

–Sí, lo dijo.

Naomi volvió a la mesa de la defensa, cogió una hoja de papel y dijo:

–La defensa quiere presentar su prueba documental A: un informe médico que se remonta a la infancia del señor Tate y que refleja su problema de hemorragias nasales.

El juez Varney cogió la hoja y asintió.

Si el hecho de que mi primo sufriera hemorragias nasales contradecía el caso de la acusación, Delilah Strong, Matt Brady y el detective Frost no lo demostraron.

–Entonces, ¿se encontraron restos de sangre del señor Tate en el desagüe? –preguntó Naomi.

–Correcto.

–Pero no de Rashawn Turnbull.

–Eso ya ha sido preguntado y respondido, letrada –dijo el juez Varney.

–¿No le parece extraño? –le dijo mi sobrina a Frost–. Quiero decir que la acusación ha elaborado esa teoría según la cual mi cliente entró en un estado de locura provocado por las drogas y el alcohol que lo llevó a violar y matar a Rashawn Turnbull, cortándole el cuello con una sierra de bolsillo. Y hemos visto fotos de las salpicaduras de sangre en la escena del crimen. Entonces, ¿por qué no había sangre en el desagüe? Si su teoría es cierta, la sangre de ese muchacho debería haberse encontrado en la ropa y el cuerpo de mi cliente.

–Creemos que el señor Tate se deshizo de su ropa y se lavó en otro lugar.

–Pero no hay ninguna prueba que demuestre eso.

Frost no dijo nada.

–¿Tienen la ropa de mi cliente con manchas de sangre?

–No.

–¿Encontraron sangre de la víctima en algún otro lugar de esa casa además de en la sierra de bolsillo hallada en el sótano?

Frost se movió incómodo en la silla.

–No.

–¿Encontraron drogas ilegales en la casa además de la metanfetamina hallada en el sótano?

–No.

–¿Y en el despacho del señor Tate en el instituto?

–No.

–¿Y en su coche?

–No.

–Y aun así quieren hacernos creer que el señor Tate no es sólo un habitual consumidor de metanfetamina sino también un camello cuya mercancía provocó dos sobredosis en el instituto.

–El señor Tate tiene un historial de abuso de drogas y alcohol –dijo Frost–. Lo echaron de…

–Protesto, juez –dijo Naomi.

–Se acepta –dijo Varney–. El jurado no tendrá en cuenta eso.

Pero ya se había dicho. No se podía simplemente dar marcha atrás y esperar que los miembros del jurado lo borraran de su memoria. Stefan había tenido problemas en el pasado. Eso era cuanto les importaría. Naomi parecía frustrada, pero siguió presionando.

–¿Se detectó anfetamina en la sangre de mi cliente la mañana de su detención?

–En niveles muy bajos –dijo el detective Frost.

–¿En niveles muy bajos? Creía que aquella noche había enloquecido a causa del abuso de drogas y alcohol.

–Un nivel alto de alcohol en sangre puede enmascarar la presencia de anfetamina en algunos análisis.

–¿De veras? –respondió Naomi–. Nunca había oído eso. Pero bueno, usted no es un experto.

–Protesto –dijo la fiscal del distrito.

–Se acepta –dijo Varney antes de golpear con el mazo–. Haremos un descanso para comer y reanudaremos la sesión a la una.

CAPÍTULO
91

PINKIE HABÍA ELEGIDO la misma mesa que ya habíamos ocupado antes en el Bench, el restaurante que estaba al lado del juzgado. Me senté delante de él mientras Nana Mama y mis tías ocupaban una mesa contigua. Tenía intención de invitar a Patty Converse, pero se había ido antes de que Varney levantara la sesión de la mañana.

–Creo que hoy las cosas han ido un poco mejor para Stefan –dijo Pinkie.

–Yo también –contesté–. Por primera vez desde que empezó el juicio he visto a algunos miembros del jurado planteándose realmente las pruebas que hay en su contra.

Mi móvil vibró. Un aviso de correo electrónico. La camarera se acercó para tomar nota. Pedí una hamburguesa con pan de sándwich y ensalada en vez de patatas fritas y café. Llevaba tantas horas despierto que volvía a sentirme mareado.

–Si Stefan lo hubiera hecho, se habría manchado con la sangre de Rashawn –dijo Pinkie.

–A menos que Frost esté en lo cierto y se lavara en otro lugar y enterrara su ropa –dije.

–¿Y por qué no enterró la sierra?

–Lo sé. No es lógico. Pero a veces un asesinato y sus secuelas no tienen lógica. Convierten a la gente en algo irreconocible.

–Parece que quieras aguarle la fiesta a Naomi.

–En absoluto –dije, contento al ver que la camarera se acercaba con mi café–. Creo que va a construir una vigorosa defensa para Stefan.

–Estoy seguro de que ahora viene un *pero*.

–Pero he trabajado en muchos casos como éste para saber que cuando las pruebas para condenar a un asesino de niños son apabullantes, la defensa debe hacer algo más que encontrar puntos flacos en los argumentos de la acusación.

–¿Cómo qué?

–Como descubrir al verdadero asesino –dije–. Si conseguimos hacerlo, Stefan será puesto en libertad. Pero si no lo conseguimos, incluso con los resultados del laboratorio, corre el riesgo de ser condenado.

–Juro sobre la tumba de mi padre que Finn y Marvin estaban metidos en esto –dijo Pinkie.

Miré la mesa en la que había hablado con Bell una semana antes.

–Bueno –dije–. A menos que la policía encuentre algo que relacione a Bell y a Davis con el crimen, estás jurando en vano.

–Finn intentó matar a Pedelini, quien, antes de que le dispararan, te reconoció que miraba a otro lado a cambio de los sobornos.

–Quizás.

–¿Qué quieres decir con quizás?

–Habrá que esperar a los resultados del análisis del rifle de Davis, pero cabe la posibilidad de que no quisiera dispararle a Pedelini sino a mí. Estábamos muy cerca el uno del otro, y hay mucha distancia desde la ensenada.

La camarera volvió con los platos que habíamos pedido y los atacamos. Me dolía la cabeza y tuve que hacer un esfuerzo para tragar la comida.

Cuando terminamos de comer, me sorprendió que Nana quisiera asistir a la sesión de la tarde. Durante los últimos meses, por la tarde se echaba una siesta.

–Algo me dice que esta tarde va a ocurrir algo importante en el tribunal –dijo, agarrándose a mi brazo mientras nos dirigíamos al juzgado–. Y no quiero perdérmelo.

–¿Ahora tienes premoniciones? –le pregunté, divertido.

–No soy ninguna swami ni ninguna vidente –replicó–. A veces tengo sensaciones, y la de hoy es una de ellas.

–De acuerdo. Y ese algo importante que sientes... ¿es bueno o malo para Stefan?

Mi abuela me miró con expresión confusa.

–No sabría decírtelo.

Estábamos frente al juzgado cuando mi móvil volvió a vibrar, avisándome, en esta ocasión, de que había recibido un mensaje de texto. Le dije a Nana Mama que entrara para que ocupara nuestros asientos con Pinkie y mis tías, saqué el móvil y vi que era un mensaje de Bree:

Acabo de aterrizar; estoy en un taxi para ir al concesionario a recoger el coche. Hago una parada y te veo dentro de dos horas en el juzgado. ¿Cómo va todo?

Le contesté con otro mensaje:

Mejor. Naomi ha interrogado a Frost y ha ido bien. Conduce con cuidado, te veo luego. Te quiero.

Un momento después:

Yo también te quiero.

Estaba a punto de guardar el móvil en el bolsillo cuando me acordé del correo electrónico que me había llegado a la hora de comer. Era de uno de mis amigos de Quantico, un informe sobre la composición química de una de las muestras que había sacado de la cesta que había dentro de la cisterna.

CAPÍTULO

92

ENTRÉ CORRIENDO EN LA SALA, que se había llenado rápidamente, me acerqué a la barandilla y saludé con la mano a Naomi.

–¿Tienes el informe de la policía sobre la metanfetamina que encontraron en el frasco que había en el sótano de Stefan? –le pregunté.

Lo estuvo pensando un momento, asintió y rebuscó en varias cajas grandes hasta encontrarlo.

–¿Qué ocurre? –me preguntó Naomi.

–No lo sé aún –dije–. Ahora es sólo una corazonada.

–¿Me informarás si resulta ser algo más que una corazonada?

–Serás la primera en saberlo.

Me senté al lado de Nana Mama, le di un beso en la mejilla y empecé a leer el informe de la policía, un análisis químico que identificaba la sustancia contenida en el frasco hallado en el sótano de Stefan como una droga de diseño derivada de la metanfetamina. Describían su estructura química, pero la ciencia no es lo mío. Sin embargo, en la segunda página había una representación gráfica de dicha estructura.

Entonces abrí el informe que acababa de recibir de mis amigos del FBI y vi que los gráficos coincidían. Releí la nota adjunta del estudio del FBI que decía que la sustancia era «una droga de diseño creada por un químico con talento».

Todas las suposiciones e hipótesis que había estado barajando hasta entonces se concretaron. Alguien llamado «el abuelo», probablemente Marvin Bell, dirigía una red de distribución de metanfetamina de diseño a través de los trenes de mercancías.

Una muestra de esa metanfetamina había sido encontrada en el sótano de Stefan. O mi primo tenía acceso a la droga y nos lo había ocultado, o alguien implicado en la red de distribución de la metanfetamina de diseño la había colocado allí.

Me puse de pie y le entregué a Naomi un resumen de lo que había descubierto antes de que hablara el alguacil.

–Todos de pie.

El juez Varney entró y dijo:

–Prosiga, señorita Cross.

Mi sobrina se acercó al estrado.

–Sólo para recapitular, detective Frost –dijo–. La fiscalía cree que la noche del crimen el señor Tate entró en un estado de locura provocado por las drogas y el alcohol que lo llevó a violar y asesinar a Rashawn Turnbull.

–No me cabe la menor duda de ello –contestó Frost.

–¿Y cuál era el móvil del señor Tate? –le preguntó Naomi–. ¿Por qué descargó su ira en un muchacho, un muchacho que supuestamente lo idolatraba?

—No puede imaginarse las noches en vela que he pasado preguntándome lo mismo —dijo Frost, dirigiendo su respuesta al jurado—. Hay momentos en que resulta difícil olvidar la depravación de lo que le hicieron a Rashawn. El genuino odio que hay detrás de ello. Pero Tate había vuelto a consumir con desmesura. Les daba drogas a chicas menores de edad y las violaba. Sydney Fox dijo que vio a Rashawn dirigiéndose a la casa de Tate el mismo día que Sharon Lawrence afirma que la drogó y la atacó. Si así fue, creo que Rashawn presenció la violación. Creo que Rashawn dijo que iría a la policía y Tate simplemente estalló.

En el silencio que siguió, cuatro o cinco miembros del jurado miraron a Stefan como si ya estuviera avanzando por el corredor de la muerte. Los demás observaban a mi sobrina, como si estuvieran preguntándose por qué no había protestado ante la especulación de Frost.

Naomi se dirigió a la tribuna del jurado, reclamando su atención.

—Detective —empezó—, ¿cómo explica que Sydney Fox viera a Rashawn dirigiéndose al apartamento pero Sharon Lawrence testificara que no vio a la víctima el día que supuestamente fue atacada?

Miré a Sharon Lawrence y vi que apartaba los ojos de su teléfono móvil.

—Le habían suministrado la droga de la violación.

—¿Había restos de esa droga en la sangre de Sharon Lawrence cuando denunció su presunta violación?

—Presentó la denuncia una semana después de que ocurriera.

Naomi se acercó a la mesa de la defensa y cogió una carpeta.

–La defensa quiere presentar la declaración jurada de varios expertos en la que coinciden en que todas las drogas de la violación pueden permanecer en la sangre hasta catorce días.

Varney entornó los ojos, cogió el documento, le echó un vistazo y se lo dió al secretario. Luego se pasó la mano por el tupé, con expresión algo ansiosa. ¿Otro cálculo renal?

–Así pues –dijo Naomi–, parte del relato de Sharon Lawrence no es correcto, ¿verdad, detective Frost? No estaba drogada, ¿verdad?

–Usted ha dicho que la droga *puede* permanecer en la sangre hasta catorce días –dijo Frost–. *Hasta* significa que en algunas personas la droga se ha eliminado en menos de dos semanas.

Naomi hizo una pausa, como para cambiar de estrategia.

–El semen que había en la ropa interior de Sharon Lawrence, ¿Coincidía con el de mi cliente?

–El ADN no miente –dijo Frost.

–No estamos cuestionando el análisis de ADN –dijo Naomi–. Cuando la señorita Lawrence denunció su violación, tenía el ADN de mi cliente en su ropa interior.

–Correcto.

–¿Encontró también el ADN de la señorita Lawrence en la ropa interior? –preguntó Naomi.

–Sí –dijo Frost.

Sharon Lawrence estaba mirando al techo, por encima del juez Varney. Su madre le apretó la mano con fuerza.

–Entonces, tenían el semen del señor Tate y los fluidos corporales de la señorita Lawrence, que analizaron para comprobar el ADN. ¿Con qué otro objetivo analizaron esas sustancias?

El detective frunció el ceño.

–No entiendo lo que quiere decir.

–¿Ordenaron al laboratorio que hiciera otros análisis con el semen del señor Tate y los fluidos corporales de la señorita Lawrence? Un análisis toxicológico, por ejemplo.

Frost parpadeó y no dijo nada.

–¿Detective?

–Eh, no, creo que no.

–Hemos comprobado el registro y no, no lo hicieron –dijo Naomi–. Por eso hemos pedido al FBI que realizara otros análisis a partir de esas muestras.

CAPÍTULO
93

NAOMI LEVANTÓ UN DOCUMENTO y dijo:

–A la defensa le gustaría presentar...

–¡Protesto! –dijo Strong, poniéndose en pie–. La fiscalía no tenía conocimiento de esos análisis.

–Porque ordenamos que se hicieran anoche y los hemos recibido esta mañana.

–Eso es imposible. El volumen de trabajo en el laboratorio del FBI es...

–Quantico hizo un trabajo urgente como un favor personal a mi tío.

La fiscal del distrito miró al juez Varney.

El juez giró la cabeza para aliviar un calambre en el cuello, me miró a mí y a otros miembros del público:

–El tribunal admitirá los análisis del FBI –dijo.

El rostro de Naomi se iluminó. Entregó copias al secretario, a la acusación y al detective Frost. Con renovado interés, los miembros del jurado se movieron en sus sillas, preguntándose qué dirían esos análisis. Aunque me sentía orgulloso de mi sobrina, intenté no sonreír. Tenía a todos los presentes en la sala pendientes de ella.

–En la primera y la segunda página figuran los sellos oficiales, las firmas y demás. Vayan a la página tres. Verán que hemos analizado los fluidos corporales de la señorita Lawrence del momento de la presunta violación para ver si se encontraban las drogas que se usan a veces en las violaciones, como el Rohypnol.

Naomi se acercó al testigo.

–¿Podría leernos los resultados, detective? –preguntó.

–No presentan rastro de drogas ni alcohol –dijo Frost.

–Las muestras de la señorita Lawrence no presentan rastro de drogas ni de alcohol –dijo Lawrence.

Sharon Lawrence parecía estar a punto de vomitar. Le dijo algo a su madre, que negó con la cabeza y le cogió la mano con fuerza.

Mientras tanto, Strong y Brady estudiaban detenidamente las páginas de los análisis. Y lo mismo hacían el juez y el detective en el estrado. Los miembros del jurado estaban paralizados. El jefe de policía Sherman se inclinó sobre la barandilla, tratando de llamar sin éxito la atención de los fiscales.

–Detective Frost –dijo Naomi–. En la página cuatro, ¿cuáles son los resultados del análisis del semen de mi cliente en el momento de la supuesta violación?

La voz de Frost se quebró antes de aclararse la garganta.

–Negativos en drogas y alcohol.

–¿En el momento de la presunta violación?

–Correcto.

–Ni rastro de drogas o alcohol –dijo Naomi, dirigiéndose al jurado–. Sin embargo, esto contradice por completo la declaración que la señorita Lawrence hizo bajo juramento. Dijo que habían estado bebiendo, consumiendo drogas y divirtiéndose antes de que el señor Tate le administrara una droga de la violación y abusara de ella. ¿He resumido bien la historia que contó la señorita Lawrence, detective?

–Sí –dijo Frost.

–¿Sigue creyendo ahora que mi cliente violó a la señorita Lawrence, tal y como ella lo describió?

–¡Protesto! –gritó Strong.

Sharon Lawrence estaba llorando en silencio. Y su madre deseaba que se la tragara la tierra.

–Señoría –dijo Naomi–, le estoy pidiendo a un detective con veinticinco años de experiencia que evalúe los hechos tal y como son ahora y que dé una opinión.

Varney vaciló.

–Se acepta, señorita Strong –dijo–. Vuelva a formular la pregunta, señorita Cross.

–¿Encaja la declaración de la señorita Lawrence con estos análisis del FBI?

–No, aunque podría haber adornado esa parte de la historia –dijo Frost.

–O puede que la adornara en su totalidad, en cuyo caso podría ser acusada de perjurio junto con su madre y de presentar pruebas falsas –dijo Naomi–. Y ambas irían a la cárcel.

–¡No! –gritó Ann Lawrence, poniéndose en pie–. Ella... Nosotras...

Varney golpeó con el mazo.

–Siéntese, señora Lawrence.

Tambaleándose, Ann Lawrence se sentó de nuevo junto a su hija, que estaba mirando al suelo.

–La defensa llama al estrado a Sharon Lawrence –dijo Naomi.

–¿Ha terminado con el detective Frost? –preguntó el juez Varney.

–De momento sí, señoría –dijo Naomi–. Aunque preferiría que siguiera estando disponible.

Varney le dijo a Frost que se quedara y, junto con el resto de los presentes en la atestada sala, lo vio cruzarse con una pálida Sharon Lawrence dirigiéndose al estrado.

Ann Lawrence, encogida en su asiento, se había sonrojado. Los padres de Cece la miraban como si fuera un misterio insondable.

–Señorita Lawrence –dijo Naomi–. ¿Ha escuchado la declaración que acaba de hacer el detective Frost?

–Sí.

–¿Y los resultados de los análisis de drogas?

Sharon Lawrence asintió casi sin fuerzas.

–Dígame, ¿el entrenador Stefan Tate la drogó y la violó?

Durante unos largos instantes, la chica no dijo nada. Le temblaban los labios. Miró a su madre y luego a Stefan Tate.

–No –susurró, mientras las lágrimas corrían por su rostro–. Todo era mentira.

Quinta parte

JUSTICIA

LA SALA SUFRIÓ una conmoción. Mi primo se cubrió el rostro con las manos; estaba temblando. El juez Varney parecía desconcertado mientras pedía silencio golpeando con el mazo. Stefan levantó la cabeza y miró a su madre y luego a Patty Converse. Por primera vez en muchos días, vi esperanza en la cara de Patty.

–Señorita Lawrence –dijo el juez–. ¿Comprende que acaba de admitir que ha cometido perjurio?

La chica asintió, entre sollozos.

–¿Voy a ir a la cárcel?

Varney no dijo nada. Pasó un segundo, y luego otro.

–No si dice la verdad al tribunal –dijo Naomi.

El juez miró enojado a Naomi y luego al público antes de decir:

–Sí, decir la verdad ayudará.

Naomi sacó un kleenex y se lo dio a Sharon Lawrence, esperando a que se recuperara.

–¿Por qué mintió? –le preguntó Naomi.

Inclinándose hacia delante, Sharon Lawrence respondió:

–Fue como usted dijo. Nosotras, mi madre y yo, estábamos en apuros. Finn dijo que se aseguraría de que no nos faltara de nada si yo acusaba al entrenador Tate de haberme violado.

–¿El difunto Finn Davis? –preguntó Naomi.

–Sí.

–¿El hijo adoptivo de su tío, Marvin Bell?

–Sí.

–Lo sabía –susurró Pinkie detrás de mí.

–¿Cuánto les ofreció Finn Davis a usted y a su madre por denunciar la violación?

Sharon Lawrence miró a su madre. Ann Lawrence miraba fijamente las manos apoyadas en su regazo, como si fueron negros y profundos agujeros.

–Seis mil dólares al mes hasta que mi madre muriera –dijo Sharon Lawrence, atragantándose–. ¿No lo entiende? Eso la habría salvado. Por eso lo hice.

Ann Lawrence rompió a llorar y se cubrió el rostro con las manos.

–¿Por qué Finn Davis quería que acusara al entrenador Tate de violación?

–No lo sé –respondió Sharon Lawrence–. Dijo que quería asegurarse de que el entrenador Tate recibía su castigo por lo que había hecho.

–¿Fue Finn Davis quien colocó el semen en su ropa interior?

–Sí –contestó la chica con expresión disgustada–. No sé cómo lo consiguió.

–Una última pregunta –dijo Naomi–. ¿Le pidió Finn Davis que metiera drogas en la bolsa de deporte de Jannie Cross?

–Protesto. Es irrelevante –dijo Strong.

El juez Varney parecía estar entre la espada y la pared.

–Se acepta –dijo finalmente.

–Sí, me lo pidió –dijo Sharon, de todos modos–. Finn me prometió dos mil dólares al mes si dejaba las drogas en su bolsa. ¿Vamos a ir a la cárcel mi madre y yo?

Esa última pregunta iba dirigida al juez.

–Eso habrá que decidirlo en otro momento y en otro lugar, señorita –dijo Varney–. Por ahora retírese.

Sharon Lawrence parecía estar aún más encogida y débil cuando se levantó y abandonó el estrado. No miró a Stefan ni a ninguno de nosotros, sólo se sentó al lado de su madre, que la abrazó con fuerza.

–No pasa nada –le susurró–. Todo irá bien.

–Señoría –dijo Naomi–. Teniendo en cuenta que Sharon Lawrence se ha retractado de su testimonio y de las abrumadoras pruebas físicas, la defensa solicita que sean retirados los cargos de violación contra mi cliente.

Varney se humedeció los labios.

–¿Señorita Strong? –dijo.

La fiscal del distrito vaciló y luego dijo:

–La fiscalía no tiene ninguna objeción.

–Proceda –dijo Varney.

Naomi se acercó a Stefan y le puso una mano en el hombro.

–La defensa solicita que el detective Frost vuelva a subir al estrado.

Varney consultó su reloj y asintió.

Frost parecía inquieto cuando volvió a tomar asiento en el estrado.

Naomi cogió otro documento y dijo:

–La defensa quiere presentar otra prueba documental, otros análisis realizados por el FBI a partir de las pruebas encontradas en la escena del crimen.

Una vez más, la fiscalía no protestó y se limitó a coger la copia de los análisis como si le diera miedo su contenido.

Frost también cogió su copia mientras Naomi le decía:

—Esto es un análisis toxicológico de las muestras de semen encontradas en el cuerpo de Rashawn Turnbull. ¿Es correcto, detective?

Frost examinó el documento.

—Sí —dijo.

—Se trata de la misma muestra de semen que la prueba de ADN que la policía identificó como perteneciente a mi cliente, ¿verdad?

—Eh, sí.

—Por favor, lea las páginas cinco y seis —dijo Naomi.

Frost buscó las páginas y las leyó. Fue como ver un globo pinchado que iba desinflándose lentamente.

—Detective Frost —dijo Naomi—, ¿podría leer en voz alta los resultados de los análisis del semen de mi cliente encontrado en el cuerpo de Rashawn Turnbull?

Frost se mordió el labio por dentro. Con voz derrotada dijo:

—Negativo en drogas y alcohol.

—Negativo en drogas y alcohol —repitió Naomi, dirigiéndose al jurado—. La acusación afirma que mi cliente estuvo bebiendo mucho, que tomó drogas en grandes dosis y que estaba fuera de control la noche de la violación y asesinato de Rashawn. Sin embargo, el FBI dice que Stefan Tate estaba totalmente sobrio cuando se tomaron las muestras de ese semen.

CAPÍTULO
95

BREE SE SENTÓ en el asiento que había reservado para ella. Sus ojos brillaban cuando susurró:

–Tengo algo. Algo importante.

–Espera –le dije en voz baja–. Naomi está a punto de echar por tierra el caso de la fiscalía.

–¿Detective Frost? –dijo mi sobrina–. ¿Está de acuerdo en que es esto lo que dicen los análisis?

–Parece que sí –respondió el detective, que daba la sensación de haber estado peleando muchos asaltos en un ring frente a un peso pesado.

–Eso es extraño –dijo Naomi–. Porque la muestra de sangre que le extrajeron a mi cliente la mañana después de que supuestamente matara a Rashawn Turnbull mostraba un nivel de alcohol en sangre de 0,065, lo que indica, probablemente, que la noche anterior estaba muy borracho. ¿Correcto?

Frost respiró profundamente.

–Sí.

–Sin embargo, sabemos que eso no concuerda con los resultados del FBI –dijo Naomi, apoyándose en la barandilla de la tribuna del jurado–. Lo cual significa que el semen encontrado en el cuerpo de Rashawn y en la ropa interior de Sharon Lawrence era de mi cliente, pero no de la noche en cuestión. Lo cual significa que de algún modo, alguien, probablemente Finn Davis, tuvo acceso a algún preservativo usado por mi cliente después de haber tenido relaciones sexuales con su novia.

Miré por encima del hombro y vi que Patty Converse se había ruborizado, aunque estaba asintiendo.

–¡Protesto, señoría! –gritó Strong–. La abogada de la defensa está sacando conclusiones de la nada.

–¡Estas conclusiones no se sacan de la nada! –exclamó Naomi–. Son datos científicos, señorita Strong. Lea la página nueve del informe del FBI, tercer párrafo, en el que habla de una tercera fuente distinta de ADN en la ropa interior de la señorita Lawrence. El primer análisis indica que el ADN es de una mujer y que no es el de la señorita Lawrence. Las secreciones vaginales sugieren, una vez más, que se sustrajo a posteriori un preservativo para colocar las pruebas y así poder acusar a mi cliente de un crimen que está claro que no cometió.

Tanto el juez como la fiscal del distrito estaban leyendo el documento, buscando la referencia.

Naomi les dio veinte segundos antes de decir:

–Esos hechos son irrefutables. Hay que considerar como contaminadas todas las pruebas halladas en la escena del crimen. La botella de vodka, la tarjeta de identificación del señor Tate, la muestra de metanfetamina y el semen deben ser desestimados.

–Señoría, la botella de vodka, la metanfetamina y la tarjeta de identificación son pruebas sólidas –dijo Strong.

–No, no lo son –replicó Naomi–. En el mejor de los casos, el lugar donde fueron encontradas estas tres pruebas es ilógico, sobre todo teniendo en cuenta que las dejó un loco asesino. Está claro que el semen de mi cliente fue dejado allí. Y también el vodka, la metanfetamina y la tarjeta de identificación.

Mi sobrina se volvió hacia la mesa del juez.

–En pocas palabras, señoría: la acusación ya no tiene ningún caso viable contra mi cliente. Por eso solicito que el juicio sea declarado nulo y que Stefan Tate sea puesto en libertad con efecto inmediato.

En la sala se armó un revuelo.

Stefan se inclinó hacia atrás en su silla, mirando hacia el techo y abrazándose a sí mismo. La tía Hattie empezó a aplaudir y a chillar. Pinkie, Nana Mama y yo nos unimos a ella.

El juez Varney parecía ser presa del pánico cuando golpeó con el mazo, pidiendo orden en la sala.

Bree me dio un golpecito en el codo mientras sostenía su iPhone frente a mí, enseñándome vagones de tren sin chicos a bordo cruzando uno de los pasos a nivel al sur de Starksville. Luego me mostró una fotografía de los mismos vagones cruzando la carretera principal de Starksville. A bordo había dos muchachos.

–¿Qué...? –empecé.

Delilah Strong gritó:

–Señoría, aún hay pruebas convincentes que relacionan al señor Tate con ese asesinato.

–Señoría –replicó Naomi–, creo que ha quedado claro que fue otra persona quien mató a Rashawn Turnbull y que trató de inculpar a mi cliente del asesinato.

–La defensa no ha presentado ninguna prueba que demuestre eso –dijo Strong–. ¿Quién cree la abogada que mató a ese chico?

–A decir verdad, eso no es de nuestra incumbencia –dijo Naomi–. Pero tenemos una teoría.

–Alex, tienes que ver esto –dijo Bree, colocando de nuevo el iPhone delante de mí. Miré la pantalla y vi una vista de satélite de las vías del tren en un polígono industrial. Levanté el dedo índice y volví a mirar a Naomi.

Mi sobrina me miró y asintió.

–Señoría –empezó–, tenemos pruebas de que la metanfetamina que encontraron en el sótano del señor Tate está relacionada con una red de tráfico de drogas que utiliza los trenes que pasan por Starksville para distribuir metanfetamina y otras drogas por la Costa Este. Mi cliente tenía sospechas cada vez más evidentes de los trenes de mercancías, y creemos que los traficantes mataron a Rashawn y trataron de inculpar del asesinato a mi cliente para que no siguiera investigando.

–Eso es ridículo –dijo Strong–. La defensa no ha presentado ninguna prueba de esa red de distribución de drogas. Señoría, no puede...

Las puertas de la sala se abrieron de par en par y se armó un escándalo.

Strong, Naomi, el juez Varney, el alguacil, el secretario y la mayor parte de los miembros del jurado se quedaron boquiabiertos, incrédulos y asustados.

Me di la vuelta para ver qué era lo que los había dejado sin habla y me llevé la mayor sorpresa de mi vida.

El sargento Peter Drummond, del condado de Palm

Beach, parecía estar fuera de sí mientras apuntaba con una escopeta Remington de cañón recortado del calibre doce a la cabeza de Marvin Bell.

CAPÍTULO
96

–¡QUE NADIE SE MUEVA o este hombre morirá! –gritó el sargento Drummond, tirando de la cuerda que había atado alrededor del cuello y las manos de Bell, que estaban terriblemente hinchadas y magulladas. Algunos dedos de Bell apuntaban en direcciones hacia las que no debían apuntar.

El publicó empezó a gritar, presa del pánico (y a empujar hacia las paredes) Nana Mama lanzó un grito a mi lado, asustada, y yo levanté un brazo para protegerla. Bree intentó sacar su pistola de seguridad, pero yo le dije:

–No. Conozco a ese tipo.

–¡Alguacil! –gritó Drummond–. Tire su arma al suelo. Y usted, el del estrado, también.

Frost y el alguacil hicieron lo que les habían ordenado.

Drummond echó un vistazo a la sala, tratando de detectar amenazas.

–Usted también, jefe Sherman. Y usted, detective Carmichael. Tiren sus armas. Las de repuesto también.

A Sherman y a Carmichael pareció sorprenderles que aquel loco supiera sus nombres, pero hicieron lo que les había dicho. Entonces, Drummond avanzó con Bell por el pasillo de la sala. Marvin Bell parecía más perdido que asustado. Arrastraba los pies, mirándose las manos y estremeciéndose de dolor.

Mientras seguían acercándose, me levanté y dije:

–Sargento, ¿qué está haciendo?

Drummond volvió su rostro surcado por la enorme cicatriz y carente de expresión hacia Bree y hacia mí.

–Algo que debería haber hecho hace mucho tiempo.

–Vamos, Drummond. Usted no quiere hacer esto.

–Usted no lo entiende, doctor Cross. Tengo que hacerlo.

El sargento empujó a Bell y lo condujo hasta el estrado. Después de mirar a Strong y a Naomi dijo:

–Siéntense, letradas.

Entonces le hizo un gesto a Frost para que abandonara el estrado.

–Este hombre quiere testificar –dijo Drummond.

El detective Frost vaciló, pero bajó del estrado.

–Siéntese en el suelo, al lado de la tribuna del jurado.

Frost obedeció. El sargento condujo a Bell hasta la silla y se colocó detrás de él, sin dejar de apuntarle a la cabeza con el arma y soltando la cuerda, que quedó colgando detrás de la silla.

–Sargento, sea usted quien sea –empezó el juez Varney–, y sea cual sea el problema que pueda tener usted con el señor Bell, ésta no es manera de...

–Con el debido respeto, señoría –respondió Drummond–, ya no estamos en un tribunal de justicia. Esto es una forma de descubrir la verdad en la que el fin justifica los medios.

Vi que Bree pulsó una tecla del móvil y luego lo levantó. Comprendí que estaba grabando a Drummond. Miré por encima del hombro y vi que Patty Converse y Pinkie Parks tenían unos ojos como platos.

¿Qué hacemos?, dijo Pinkie, aunque sólo moviendo los labios.

–Nada –susurré, y miré a mis tías, que se habían inclinado hacia delante, mirando a Drummond totalmente absortas.

El sargento inspeccionó la sala como si fuera de su propiedad y a continuación se concentró en la tribuna del jurado.

–Por una vez, ¿les gustaría saber lo que pasó? Nada de gilipolleces. Todo el asunto al descubierto, para que puedan juzgarlo.

A pesar del miedo colectivo, varios miembros del jurado asintieron.

–A mí también me gustaría –me susurró Nana Mama–. ¿Lo *conoces*, Alex?

–Lo conocí en Florida –le dije en voz baja–. Es policía.

–¿Qué le pasó en la cara?

–Estuvo en la primera guerra del Golfo.

Sabía cómo se había hecho esa cicatriz, pero ¿qué le había pasado a Drummond desde que le había visto? ¿Por qué demonios estaba armando aquel escándalo? ¿Por qué iba a acabar con su carrera y su reputación? ¿Con su vida?

Había hablado con Drummond de Marvin Bell y de lo frustrado que me sentía por no ser capaz de relacionarlo con toda la trama secreta que habíamos descubierto. Y el sargento me había preguntado varias veces por Marvin Bell. Lo había hecho aquella misma mañana, por teléfono. Era evidente que Drummond estaba cerca cuando me llamó. Y Bell nunca había abandonado el condado. El sargento debía de haberlo mantenido como rehén en algún sitio, torturándolo para que confesara.

Pero ¿por qué?

–Vamos a empezar por el principio, Marvin, muy, muy atrás en el tiempo, más de treinta y cinco años –dijo Drummond–. Por aquel entonces usted vendía drogas en Starksville y lo convirtió en un lucrativo negocio, ¿no es así?

–No –contestó Marvin Bell, que parecía confundido–. Yo...

No sé muy bien de dónde, Drummond sacó un pequeño martillo de bola. Lo movió hacia delante con fuerza, rapidez y precisión. La cabeza redondeada del martillo golpeó la hinchada mano izquierda de Bell, que lanzó un grito de dolor.

–Inténtelo otra vez, Marvin –dijo Drummond, moviendo el martillo en la visión periférica de Bell–. Usted vendía drogas. Y organizó una banda.

–Sí –dijo Bell, sollozando–. Vendía drogas. Y organicé una banda.

–¿Aquí, en Starksville?

–Sí.

–¿Cómo se llamaba esa banda?

–La compañía.

«Eso es –pensé–. Bell fundó la compañía. Él es el abuelo».

–Su negocio era despiadado, Marvin. Conseguía que la gente se volviera adicta a la droga regalándosela, hasta que se convertían en sus esclavos. Hizo que mataran a gente. Usted mismo mató a gente.

–Yo nunca he matado a nadie –dijo Marvin Bell, llorando–. No dejo de decírselo, pero usted no me cree.

CAPÍTULO
97

—NO LE CREO –dijo Drummond, moviendo el martillo–. Pero ya volveremos a hablar de eso. ¿Reconoce que ganó un montón de dinero vendiendo drogas?

Marvin Bell se miró las manos y luego el martillo, asintiendo de mala gana.

–Y blanqueó ese dinero con negocios legítimos en el área de Starksville –prosiguió Drummond.

–Sí –dijo Bell, como si su mundo estuviera llegando a su fin.

–Pero ni siquiera después de haber comprado empresas legítimas dejó de traficar con drogas, ¿verdad?

Bell apretó la mandíbula, como si fuera a discutir, pero finalmente negó con la cabeza.

–Por supuesto que no –dijo el sargento–. Vender cocaína, heroína y metanfetamina era demasiado lucrativo. Con un poco de inteligencia, ese dinero era muy fácil de ganar. Así pues, un día pensó en los trenes de mercancías que pasaban durante todo el día y toda la noche por Starksville y se dijo: «¿Por qué no utilizarlos? ¿Por qué no ampliar el negocio?». ¿Estoy resumiendo su historia correctamente?

Bell intentó mover las manos y jadeó antes de asentir.

–Sí –dijo Drummond–. ¿Construyó una red de distribución que se extiende desde Montreal a Miami?

–Sí –contestó Bell, una vez más.

–Y con todo ese dinero se compró una finca en Pleasant Lake, una casa preciosa frente al mar en Hilton Head y un apartamento en Aspen. ¿Es así?

Bell asintió.

–Y también implicó en todo a su hijo adoptivo, Finn Davis.

Bell tragó saliva.

–Finn estaba implicado.

–¿Finn mató a su ex mujer? –preguntó Drummond–. ¿Mató a Sydney Fox?

Oí un crujido detrás de mí cuando Pinkie se inclinó hacia delante.

Marvin Bell inspeccionó la sala, como si buscara desesperadamente a alguien que lo salvara. Drummond atacó de nuevo con el martillo, golpeando la mano derecha de Bell, que lanzó un grito que sacudió a toda la sala excepto a Drummond, que parecía estar tranquilo.

–Conteste a la pregunta, Marvin –dijo el sargento–. ¿Finn disparó a Sydney Fox?

–Sí –gimió Bell.

–Lo sabía, joder –dijo Pinkie, golpeándose la palma de la mano con el puño–. Hijo de puta.

–¿Por qué la mató? –preguntó Drummond.

–Porque la odiaba y tenía que matarla.

–¿Por qué tenía que matar a Sydney Fox?

–Después de haber estado casada con Finn, ella sospechaba demasiado –dijo Bell–. Y hablaba con Tate, que estaba investigando en las vías del tren. Todo eso era un problema, y por eso la mató.

–¿Sydney Fox sabía algo acerca de su proveedor?

Marvin Bell gimió y se movió en la silla.

–No.

–Su sistema de distribución era tan extenso que tenía problemas para conseguir mercancía, sobre todo metanfetamina. ¿Es así?

Drummond lanzó el martillo al aire y volvió a cogerlo.

–Sí –dijo Marvin Bell, encogiéndose.

–Entonces buscó un socio secreto aquí mismo, en Starksville, que pudiera fabricar metanfetamina para usted. De hecho, era un socio que podía proporcionarle un suministro casi ilimitado y al que nunca descubrirían, ¿verdad?

«¿Un socio secreto?», me dije.

–Lo he llamado –susurró Bree, bajando el iPhone y moviendo el puño.

–¿Llamado? ¿A qué te refieres? –dije.

Antes de que Bree pudiera responderme, Drummond dijo:

–¿Es así, Marvin?

–Sí. Tenía un socio.

El juez Varney había empezado a sudar y parecía inquieto. Temía que volviera a sufrir un cólico nefrítico.

–A usted y a su socio –continuó Drummond– no les gustaba que Stefan Tate anduviera husmeando por ahí, investigando cerca de las vías, ¿verdad?

–No.

–Usted y su socio decidieron que Stefan Tate tenía que desaparecer.

Marvin Bell movió las manos y, haciendo una mueca, dijo:

–Yo estaba de acuerdo en que Tate debía desaparecer, pero no tenía ni idea de lo que él había pensado. No tenía ni idea de lo que le haría a ese chico.

–¿Usted sabe con certeza que su socio mató a Rashawn Turnbull?

Bell miró al público. Parecía hablarle directamente a Cece Turnbull.

–Sé con certeza que mató a Rashawn y que inculpó a Tate. Me lo dijo después.

–¿Qué le dijo su socio? –preguntó Drummond–. Textualmente.

Bell tragó saliva.

–Me dijo que se había librado de dos problemas a la vez: de Stefan Tate y de su nieto bastardo negro.

CAPÍTULO
98

DURANTE DOS SEGUNDOS, el silencio en la sala del tribunal era tan absoluto que se habría podido oír el batir de las alas de una mosca. Estaba cansado, exhausto. Tardé dos segundos en entender quién era el asesino, y entonces me di la vuelta para mirar a Harold Caine.

El abuelo de Rashawn. Propietario de una empresa de fertilizantes. Químico, evidentemente. ¿Racista? ¿Abuelo?

La expresión de Caine pareció electrizarse al escuchar los cargos. Su cuerpo se había vuelto rígido. Sus labios se despegaron. Y se había agarrado con tanta fuerza al banco que tenía delante que pensé que sus dedos podrían romperse, como los de Bell.

La mujer de Caine se quedó mirándolo como si él fuera algo irreal y se encogió a su lado. Caine se dio cuenta, volvió la cabeza hacia ella y dijo:

–No es verdad, Virginia. Él es…

–¡Es verdad! –gritó Cece Turnbull.

La hija de Caine se había dado la vuelta y miraba por encima de Ann y Sharon Lawrence para enfrentarse a su padre, sentado dos filas detrás de ellas.

–¡Tú siempre odiaste a Rashawn! ¡Siempre odiaste que un negro se follara a tu hija sureña blanca como una azucena y manchara con un ser vivo el nombre de la familia Caine!

–¡No, eso no es cierto!

Cece salió de su banco, pasó junto a Ann Lawrence y se lanzó sobre su padre. Lo abofeteó y le arañó la cara.

–¡Siempre trataste a mi hijo peor que si fuera una basura! –gritó Cece–. Y me arrebataste a mi Lizzie. Tu preciosa sangre corría tanto por las venas de Lizzie como por las de Rashawn, ¡y lo descuartizaste con una sierra!

Bree se levantó y se acercó a Cece, que se había echado a llorar mientras, sin fuerzas, trataba de seguir golpeando a su padre. Bree tiró de Cece y la contuvo, mientras Caine se venía abajo, jadeando agitadamente, con los arañazos sangrando, mirando como un animal acorralado a toda la gente que estaba observándolo.

–¡Nada de todo esto es verdad! –gritó Caine al público en un ronco susurro–. ¡Nada en absoluto!

–¡Todo es verdad! –gritó Bell desde el estrado–. ¡Maldito demente! ¡Mereces arder en el infierno por lo que has hecho!

Las puertas de la sala volvieron a abrirse de par en par. Dos hombres y una mujer, todos vestidos de ejecutivo, entraron armados con pistolas y luciendo sendas insignias.

–Me llamo Carol Wolfe –dijo la mujer–. Soy la agente especial del FBI, jefe de la oficina de Winston-Salem. Baje el arma, sargento Drummond.

Drummond siguió apuntando con la escopeta a la nuca de Bell.

—Aún no he terminado, agente Wolfe. El señor Bell aún tiene algo más que decir.

CAPÍTULO
99

MARVIN BELL PARECÍA realmente desconcertado.

–Se lo he contado todo.

–Todo no –dijo Drummond–. Ha dicho que nunca había matado a nadie.

–Y es cierto –contestó Bell.

–¿Nunca ha asfixiado a nadie..., a una mujer, quizás? –dijo Drummond–. ¿Hace treinta y cinco años?

–No.

–Usted era su camello –insistió el sargento–. Ella se estaba muriendo de cáncer, y nadie iba a pagarle la heroína que su marido le suministraba para aliviar su dolor.

Bell negó con la cabeza.

–Estuvo a punto de provocarle una sobredosis a su marido –dijo Drummond–. Y entonces la asfixió con una almohada, mientras él sólo miraba, porque estaba tan colocado que no pudo detenerlo.

Drummond respiraba con dificultad.

–Entonces –continuó–, durante casi un año, lo obligó a trabajar para usted, y al final, cuando ya no le era de ninguna utilidad, ató a ese hombre a su coche con una cuerda como la que ahora tiene alrededor de su cuello y arrastró a ese pobre desgraciado por la calle, diciendo que era un asesino de esposas y de madres. Llamó a la policía, les dijo que ese hombre había matado a su mujer y se lo entregó a dos jóvenes que ya figuraban en su nómina: el oficial Randy Sherman y el ayudante del sheriff Nathan Bean. Les pagó para que pareciera que había intentado huir. El juez Varney, por entonces un joven ayudante del fiscal del distrito, también estaba allí. Empujaron a aquel hombre contra la barandilla, que no comprendía por qué los policías volvían a los coches patrulla y luego se daban la vuelta y sacaban sus armas. Entonces le dispararon. Se precipitó por el puente y cayó al desfiladero. ¿No fue eso lo que ocurrió, Marvin?

Drummond dejó caer el martillo. Apretaba con tanta fuerza la pistola contra la cabeza de Bell que le temblaban las manos.

–¡Sí, sí! –gritó Bell–. Eso fue lo que ocurrió.

El juez Varney golpeó con el mazo.

–¡Eso no es verdad!

El jefe de policía Sherman se levantó, dispuesto a protestar, pero la agente del FBI dijo:

–Jefe, está usted detenido. Y usted también, juez Varney.

No recuerdo haberme puesto en pie. Sólo recuerdo que, de repente, me quedé mirando fijamente a Drummond, como si lo hiciera desde un vasto túnel del tiempo.

–¿Quién es usted, sargento? –pregunté, consciente de que Nana Mama también estaba de pie, a mi lado–. ¿Cómo sabe todas esas cosas?

Las lágrimas corrían por el inexpresivo rostro de Drummond cuando apartó el cañón de la escopeta de la cabeza de Bell y nos miró a mi abuela y a mí.

–Sé todas esas cosas, Alex –dijo, atragantándose–, porque en otra vida mi nombre era Jason Cross.

CAPÍTULO
100

NANA MAMA SE QUEDÓ SIN ALIENTO, se llevó la mano al corazón y se cayó sobre mí. Su frágil cuerpo de cuarenta y cinco kilos casi me hizo doblar las piernas, que parecían estar hechas de mantequilla. Tuve que apartar los ojos de Drummond para recuperar el equilibrio y sostenerla.

–¿Es cierto? –susurró mi abuela contra mi pecho, como si no pudiera soportar tener que mirar a Drummond.

–Eso es imposible –dijo Bell, estirando el cuello para mirar a Drummond–. A Jason Cross lo alcanzó una bala y se cayó al desfiladero. Nunca salió de allí.

–Sí lo hizo –dijo Pinkie, que también se había levantado–. Mi tío Clifford lo encontró en el río aquella noche y cuidó de él hasta que se recuperó.

–¿Clifford está aquí, en Starksville? –le preguntó Drummond a Pinkie–. Me gustaría ver al segundo mejor amigo que he tenido jamás. Puede que lo lleve a Bourbon Street, como siempre habíamos planeado.

–¡Oh, Dios mío! –exclamó mi tía Hattie, casi sin aliento.

–Es un milagro –dijo mi tía Connie.

Miré a Nana Mama y vi a mi abuela hecha un mar de lágrimas.

–Es él –le susurré–. No sé cómo es posible, pero es él.

Cuando alcé los ojos, Drummond había dejado a Bell en el estrado, le había entregado la escopeta al detective Frost y se dirigía hacia nosotros con lágrimas rodando por su rostro carente de expresión y con los brazos abiertos.

–No sabéis cuánto os he echado de menos a ambos –dijo–. No tenéis ni idea de lo solo que me he sentido sin vosotros.

Me eché en brazos de mi padre y él se echó en los de su madre, como si fuera la cosa más natural y familiar del mundo.

Inclinamos mutuamente la cabeza, como si de repente nos hubiéramos quedado solos en la sala, como si fuera un universo en miniatura para nosotros. No creo que ninguno de los dos consiguiera articular una palabra inteligible en aquellos primeros momentos del reencuentro. Sin embargo, sé que nos estábamos comunicando profundamente en otro idioma, como la gente a la que abraza espíritus sagrados y que habla lenguas de fuego.

CAPÍTULO
101

UN CÁLIDA Y DESPEJADA TARDE de sábado, dos semanas y dos días después de haber llegado a Starksville, tuvimos una reunión como Dios manda en el patio trasero de la casa de la tía Hattie. Toda la gente importante de mi vida estaba allí.

Damon había volado a Winston-Salem el día anterior para conocer a su abuelo, un momento que había sido tan emotivo y gratificante como cualquiera de los vividos desde la reaparición de mi padre en mi vida. La madre de Naomi, Cilla, y mi hermano Charlie habían llegado el día antes.

Al principio, Charlie no nos creyó cuando Nana Mama y yo lo llamamos para contarle la noticia. Luego se enfadó y dijo que no tenía ningún interés en conocer a alguien que había cortado con nosotros treinta y cinco años atrás. Sin embargo, Cilla y Naomi insistieron, y cuando Charlie miró a nuestro padre, todo quedó olvidado. Lo único que podía haber mejorado aquello habría sido que mis difuntos hermanos, Blake y Aaron, también hubieran estado allí. Todos lloramos aquellas tragedias.

John Sampson, mi mejor amigo, y su mujer, Billie, llegaron aquella mañana. Sampson y mi padre hicieron buenas migas de inmediato, y cuando Drummond no estaba sentado junto a mi tío Cliff, él y John se contaban batallitas de policías y se reían.

Stefan Tate vino con su novia, Patty Converse. Me pareció que estaban tan enamorados como cualquier otra pareja. La agente especial Wolfe también estaba allí.

Evidentemente, el FBI llevaba investigando Starksville por sospechas de mala praxis en el juzgado y la policía desde mucho antes que mi padre llamara a Wolfe y le dijera que viniera para escuchar la impactante declaración que estaba a punto de hacerse en el tribunal de Erasmus P. Varney.

Me acerqué a la agente Wolfe y le pregunté:

—¿Cuál cree que es la situación de mi padre?

—Bueno, no volverá a su puesto en la oficina del sheriff del condado de Palm Beach —dijo Wolfe—. Sobre eso han sido bastante claros, aunque no creo que lo acaben procesando por tomar a Bell como rehén y llevarlo ante el tribunal.

—¿No lo cree? —dije—. Una decisión bastante extrema.

—Así es. Pero hemos detenido al jefe de policía y al juez del condado de Stark. El sheriff fue asesinado, y Guy Pedelini recuperó el conocimiento y lo contó todo sobre ellos. La oficina del fiscal del distrito también está siendo investigada. En definitiva, en Starksville no hay nadie que pueda ir tras su padre, y no sé qué ley federal se le podría aplicar.

–Así pues, puede empezar una nueva vida en libertad –dije.

–Puede empezar su antigua vida con libertad –dijo Bree, acercándose a mí.

–Y Marvin Bell y Harold Caine serán juzgados por muchos delitos –dijo Wolfe–. Si no los condenan a pena de muerte, que a mi parecer sería la sentencia justa, nunca saldrán de prisión.

Pensé en Harold Caine y en su despiadada y cruel indiferencia. Habíamos conocido un poco más la historia de Cece.

Después del nacimiento de Rashawn, sus padres renegaron de ella. Luego Cece se quedó embarazada de un novio blanco que tuvo mientras el padre de Rashawn estaba en la cárcel. Sus padres se enteraron y también descubrieron que Cece se drogaba mientras estaba embarazada.

Los Caine se valieron de los tribunales corruptos de Starksville para demandar a su hija y se quedaron con la niña, Lizzie, a los pocos minutos de nacer. Los tribunales concedieron la custodia de Lizzie a sus abuelos y limitaron enormemente el papel de Cece en la vida de su hija.

Estaba claro que Harold Caine llevaba años amargado y humillado a causa de su nieto mulato mientras mimaba a su nieta blanca como la azucena y dirigía un negocio de producción de metanfetamina en unos laboratorios situados debajo de su empresa de fertilizantes.

Lo más terrible de todo era que el carácter frenético de las heridas que Rashawn había sufrido antes de morir indicaban claramente que Caine había disfrutado asesinando a su nieto. Había disfrutado quitando la vida a alguien de su propia sangre. Pensándolo bien, aquel pobre chico inocente había sido torturado y asesinado por el color de su piel.

Había escuchado muchas versiones de esa historia a lo largo de los años —joven negro asesinado por motivos raciales—, pero aquélla era la peor de todas. La más cruel. La más atroz. La más sádica. La más incomprensible.

Al igual que Cece Turnbull, yo tampoco conseguiría superar nunca la muerte de Rashawn.

Caine había contratado a un abogado y se había negado a declarar. Marvin Bell habló con los fiscales que acusaban a Caine de asesinato y secuestro con agravante de alevosía por motivo de raza. Esperaba que, fuera lo que fuera lo que decidiera un jurado sobre Caine, lo hicieran sufrir.

En la esquina vi a una mujer de mediana edad con un sombrero de Domino's cargada con dos pizzas. Wolfe, Bree y yo nos pusimos en guardia. Varney, Bell y Sherman habían seguido presentando pruebas contra Caine, y todos afirmaron que había contratado a una asesina conocida como «la encajera» para matar a los miembros de mi familia y hacer que pareciera un accidente.

No había conseguido acabar con Bree y conmigo manipulando los frenos del coche. Ahora que Caine estaba entre rejas, no había razón para pensar que «la encajera» aún estuviera rondando por ahí. Pero nunca se sabía.

—¿Me permite que le coja las cajas? —le pregunté a la mujer.

-Por favor -dijo ella, sonriendo mientras me tendía las pizzas-. Llego un poco tarde, por eso les haré un descuento de cinco dólares.

-¿Quién las ha pedido? -preguntó Bree.

-Connie Lou.

-Ah, Edith, estás aquí -dijo mi tía, acercándose con el dinero.

Las dos mujeres se abrazaron. Bree y yo respiramos tranquilos.

Entonces vi algo que me reconfortó. Cece Turnbull apareció en el patio con una niña preciosa que era el vivo retrato de su madre. Cece se había arreglado y parecía estar sobria y feliz de haber recuperado a su hija.

Bree entró en la casa a buscar algo de beber y yo me puse a la cola para servirme algo de comer. Cuando tuve el plato rebosante de conejo frito, ensalada de col, ensalada de brócoli y patatas rojas asadas, vi a Pinkie hablando con Bree y me dirigí hacia ellos.

-No pensarás acabar con todo el conejo, ¿verdad, papá? -me preguntó Jannie, sentada en una silla entre Damon y Ali.

-Dios, está riquísimo -dijo Damon-. Voy a repetir.

-Yo también quiero más -dijo Ali-. Pero Pinkie dijo que prepararía la perca que pesqué ayer en el lago.

-Estoy seguro de que se le ha olvidado -dije-. Pero se lo recordaré.

-La entrenadora Greene y la entrenadora Fall me han dicho que intentarían pasarse un poco más tarde -dijo Jannie.

-Estoy deseando verlas -dije-. Pero quiero que sigas considerando todas las opciones, señorita. ¿De acuerdo?

–Por supuesto, Jannie –dijo Damon–. Si ya tienes a Duke llamando a tu puerta, está claro que te harán muchas más ofertas.

Jannie asintió y luego se puso seria.

–¿Sharon y su madre van a ir a la cárcel? –preguntó.

–Han declarado contra Marvin Bell, pero aunque logren convencer a un jurado de que las obligaron a mentir sobre la violación, a colocar el ADN de Stefan y a meter las drogas en tu bolsa, sigo creyendo que ambas serán juzgadas y deberán enfrentarse a una sentencia.

–No me gustaría que eso arruinara sus vidas –dijo Jannie.

–Y a mí tampoco –dije–. Vamos, divertíos.

–Eso siempre –dijo Ali.

Sonreí.

–Tú ya lo haces, ¿verdad?

–Como Jim Shockey. La vida es una aventura.

Convencido de que mi hijo pequeño tenía una visión de la vida mucho más madura de lo que cabría esperar a su edad, me acerqué a Pinkie y a Bree.

–Dame un poco de conejo; así no tendré que hacer cola –dijo Bree, mirando mi plato con avidez.

–Ni hablar –dije.

–¿Cómo? –dijo ella, enfadada–. ¿Después de lo dura e ingeniosamente que he trabajado en nombre de tu primo?

–Vale –dije–. Coge este muslo.

Bree lo cogió de mi plato.

–¿Y yo qué? –dijo Pinkie.

–Tú tienes condiciones físicas como para trabajar en plataformas petrolíferas –dije–. Vete a hacer cola.

Mi primo se echó a reír y se fue a por la comida.

Bree comió dos bocados de conejo. Parecía que estuviera en el paraíso.

–Lo había resuelto todo, ya sabes. Sobre Caine. Bueno, todo menos lo de Rashawn.

–Te creo.

La creía. La foto del satélite que me había enseñado en el tribunal era de Industrias Caine. Estaba junto a las vías del tren, entre Starksville Road y el paso a nivel que había a cuatro kilómetros y medio al sur. Gracias a las fotografías de la cámara de visión nocturna, Bree había descubierto que los chicos se subían al tren en ese tramo.

Abrió Google Earth y vio el ramal de vía férrea que salía de la empresa de Caine. «Una magnífica tapadera para una fábrica de metanfetamina», pensó.

–Si tu padre no hubiera decidido convertirse en Rambo, yo lo habría puesto contra la pared.

–Pues claro que lo habrías hecho –dije–. Y creo que por eso te mereces unos días en Jamaica.

Bree se animó de repente.

–¿En serio?

–¿Por qué no?

–¿Sólo tú y yo?

–¿Por qué no?

–¿Cuándo?

–Cuando tú quieras.

–Dios, a veces me encantan las ideas que tienes –me dijo Bree, y luego me dio un beso.

–Eh, vosotros, ¿por qué no alquiláis una habitación? –dijo Nana Mama, sentándose a nuestro lado.

–Justamente estábamos hablando de eso –le dije.

–Demasiada información, como suele decir Jannie –dijo mi abuela, dedicándonos un ademán de despedida.

–¿Estás contenta de haber vuelto a Starksville, Nana? –le preguntó Bree.

–Sería una ingrata si no lo estuviera –respondió Nana Mama–. Esto es como la historia del hijo pródigo, sólo que la estoy viviendo. Sinceramente, Bree, podría morirme ahora mismo y me parecería perfecto.

–Pero a mí no –dije.

–Y a mí tampoco –dijo mi padre, que apareció detrás de mi abuela y le dio un beso en la mejilla.

Normalmente, Nana Mama solía armar un revuelo ante las muestras públicas de afecto, pero en aquella ocasión colocó la mano en la mejilla de su hijo y cerró los ojos. Y entonces me la imaginé siendo muy joven, sosteniendo en brazos a su hijo recién nacido.

El móvil de mi padre emitió un zumbido. Se levantó, lo sacó del bolsillo y leyó el mensaje. Me miró a mí y luego a mi abuela.

–Me temo que no os lo he contado todo –dijo–. Cómo me convertí en Peter Drummond y todo eso.

Era verdad. Se había mostrado evasivo sobre esa parte de su vida.

–¿Nos lo vas a contar? –le preguntó Nana Mama.

–Dentro de un minuto –dijo–. Pero antes hay alguien a quien quiero que conozcáis.

CAPÍTULO
102

MI PADRE REGRESÓ COGIDO de la mano de la reverenda Alicia Maya, que estaba totalmente radiante bajo los últimos rayos de sol.

—Alex, mamá —dijo mi padre—. Me gustaría presentaros a mi mejor amiga, la mujer cuyo amor me salvó. Alicia, mi esposa.

Por enésima vez en las dos últimas semanas, mis ojos se llenaron de lágrimas.

—Siento haberte mentido el otro día en el cementerio —dijo la reverenda Maya, acercándose a mí y cogiéndome las manos—. Pero tu padre pensó que sería mejor para ti que siguieras pensando que había muerto. En su opinión, el hecho de haberte visto era un regalo de Dios, y dijo que con eso le bastaba. Sin embargo, cuando te fuiste de Florida, se dio cuenta de que no era suficiente. Quería conocerte, formar parte de tu vida. Y para hacer eso, tenía que volver, enfrentarse a Bell y destruir la vida que se había construido.

Ambos contaron la historia mientras la tarde daba paso al crepúsculo, y todos los que estábamos en el patio guardamos silencio para escucharla.

La reverenda Maya encontró a mi padre tal y como me había dicho: débil, sin techo y cojeando, en su iglesia. Le permitió dormir allí, le dio consejos y lo ayudó a combatir sus adicciones.

–Gracias a Alicia encontré a Dios y llevo treinta y cinco años sobrio –explicó mi padre–. Era culpable de haberos abandonado a vosotros, hijos, y a ti, mamá, pero me aterraba lo que podría pasarme a mí y a vosotros si alguna vez regresaba a Starksville.

–Él me lo confesó todo una noche, cuando llevaba alrededor de un año viviendo en la iglesia –dijo la reverenda Maya–. Me contó que había visto cómo Marvin Bell mataba a vuestra madre, que le habían arrestado y disparado, que había logrado salir con vida del desfiladero y que se había recuperado gracias a la ayuda de su amigo Clifford. Le dije que creía que Dios lo perdonaría.

–¿Fue entonces cuando te enamoraste de él? –preguntó Nana Mama.

–No, el amor llegó más tarde, después de la guerra, cuando comprendí lo cerca que había estado de perderle.

La noche que mi padre conoció a Alicia Maya llevaba documentos falsos que lo identificaban como Paul Brown. No obstante, poco después de haberle confesado a la reverenda su verdadera identidad, se produjo un milagro.

Un joven de diecinueve años llamado Peter Drummond acudió a la iglesia de la reverenda Maya buscando consejo, igual que había hecho mi padre un año antes. Drummond le contó que era huérfano y que hacía menos de un año que había abandonado un centro de acogida para menores de Kansas City. No tenía un hogar, y un día, en un arrebato, decidió alistarse en la marina.

–Dijo que había sido un error –continuó la reverenda Maya–. Que nunca debería haberse alistado y que sabía que era incapaz de soportar las presiones de la guerra, sobre todo lo de matar a otros hombres.

La reverenda hizo una pausa. Mi padre posó una mano sobre el hombro de su segunda esposa y dijo:

–Tú no podías saberlo –dijo.

–Lo sé. –Ella lanzó un suspiro–. Resultó que aquel muchacho arrastraba unos daños psicológicos y espirituales mucho más profundos de lo que yo creía. Le dije que rezara y que confiara en que Dios le mostraría el buen…

La reverenda tenía un nudo en la garganta.

–Drummond se dirigió a la parte de atrás de la iglesia y se disparó a la cara con una escopeta –dijo mi padre.

–¡Dios! –exclamó Pinkie.

–Fuimos los únicos que escuchamos el disparo –dijo la reverenda Maya–. Me puse histérica cuando vuestro padre y yo lo encontramos.

–Ella me dijo que llamara a la policía, pero no me atrevía a hacerlo porque tenía miedo –explicó mi padre–. Entonces empecé a rebuscar en sus bolsillos. Y ahí estaban sus documentos y la hoja de reclutamiento según la cual debía presentarse dos días después en Camp Lejeune.

–Intercambiaste tu documentación con la suya –dijo Ali.

–Muy bien, jovencito –dijo mi padre–. Al principio, Alicia no quería formar parte de aquello, pero le hice comprender que, para mí, podía ser una oportunidad de volver a nacer y de hacer algo bueno por primera vez en mi vida.

–¿Nadie cuestionó los documentos? –preguntó Bree.

–Las fotografías no eran muy buenas, y además se había disparado en la cara –dijo la reverenda Maya–. La policía de Pahokee nunca puso en duda que el joven que había muerto era Paul Brown.

–Y los marines se alegraron de que me uniera a ellos –prosiguió mi padre–. Ascendí a cabo y me fui a Kuwait durante la guerra del Golfo. Formaba parte de un equipo que se suponía que debía tomar y proteger los pozos de petróleo que los iraquíes incendiaban cuando se retiraron. Uno de ellos estalló, y yo estaba demasiado cerca.

La reverenda Maya me dijo que mi padre y ella habían seguido en contacto y que se habían escrito cartas antes de la explosión.

–Cuando lo vi allí tendido, en el hospital de veteranos..., no sé, sólo supe que le quería y que no podía vivir sin él.

–Yo sentía lo mismo –dijo mi padre–. No sabéis lo que significó para mí que viniera a visitarme.

–Y luego te hiciste policía –dije.

–Había sido un criminal –contestó–. Pensé que estaría bien capturarlos.

–Es muy bueno en eso –dijo la reverenda Maya–. Pero cuando descubrió que tú también te dedicabas a lo mismo, Alex, no cabía en sí de orgullo. Ha seguido tu carrera paso a paso.

–Y entonces coincidisteis en Belle Glade, Florida –dijo Nana Mama.

–¿Qué probabilidades hay de que ocurra algo así? –preguntó Jannie.

–Las probabilidades son astronómicas –dijo la reverenda Maya–. Por eso creo que nos guía una mano divina.

–¿Eso crees? –le preguntó Nana Mama.

–Sí –dijo ella.

–Y yo también –dijo mi padre.

–Y yo –dije.

–¿Qué más podría explicarlo? –dijo Nana Mama, sonriendo.

Todos nos sumimos en un reflexivo silencio que me llevó a preguntarme sobre el misterio que había sido mi vida y lo pleno que me sentía en aquel momento.

–Me gustaría proponer un brindis –dijo mi padre–. Que todo el mundo coja un vaso.

Cuando todo el mundo tuvo un vaso en la mano y volvimos a estar juntos, las luciérnagas brillaban en los pinos.

Mi padre levantó su ginger ale y dijo:

–Por nuestra gran familia y todos nuestros amigos, vivos, muertos, y ahora vivos otra vez: que Dios bendiga a los Cross.

–Amén –dijo Nana Mama.

Todos nos hicimos eco de ella.

–Amén.

Esta primera edición de *Vías cruzadas* de James Patterson
se terminó de imprimir en *Grafica Veneta S.p.A.
di Trebaseleghe* (PD) de Italia en mayo de 2016.
Para la composición del texto se ha utilizado la tipografía Sabon
diseñada por Jan Tschichold en 1964.